Das Buch

Lübbenau im Spreewald ist eigentlich recht beschaulich. Doch die kleine Gemeinde ist in hellem Aufruhr: Seit der Rückkehr der Wölfe bangen die Bauern um ihre Existenz. Schäfer und Tierschützer liefern sich hitzige Diskussionen, als auf einer Weide ein toter Junge gefunden wird. Bisswunden entstellen die Leiche. Doch ist er wirklich den Wölfen zum Opfer gefallen, wie die Schäfer behaupten? Polizeiobermeisterin Klaudia Wagner, die in dem Fall ermittelt, beginnt an der vermeintlichen Todesursache zu zweifeln. Was zunächst wie ein tragischer Unfall erscheint, entpuppt sich mehr und mehr als ein Verbrechen von ungeahntem Ausmaß …

Die Autorin

Christiane Dieckerhoff, Jahrgang 1960, machte zunächst eine Berufsausbildung zur Kinderkrankenschwester, ist Mutter zweier erwachsener Kinder und lebt am Rande des Ruhrgebiets. Sie schreibt vor allem aktuelle und historische Krimis.

Von Christiane Dieckerhoff sind in unserem Hause bereits erschienen:
Spreewaldgrab · Spreewaldrache · Spreewaldtod

CHRISTIANE
DIECKERHOFF

SPREEWALD WÖLFE

Kriminalroman

Ullstein

Besuchen Sie uns im Internet:
www.ullstein-buchverlage.de

MIX
Papier
FSC® C083411

Originalausgabe im Ullstein Taschenbuch
1. Auflage März 2019

Umschlaggestaltung: zero-media.net, München
Titelabbildung: © Tim Robinson / arcangel images (Boot); © FinePic®, München (Schrabbel); getty images / © Stock-Foto (Landschaft)
Gesetzt aus der Quadraat Pro powered by pepyrus.com
Druck und Bindearbeiten: CPI books GmbH, Leck
ISBN 978-3-548-29145-1

Prolog

... und weil der Junge sich langweilte, rief er: »Wolf! Wolf!«

Und die Dörfler rannten den Hügel hinauf, auf dem die Schafe weideten. Sie trugen lodernde Fackeln und Mistgabeln in den Fäusten und Flüche auf den Lippen, als der Junge sie auslachte.

Weil es ihm Spaß gemacht hatte, die Dörfler zu foppen, wiederholte er das Spiel in der folgenden Nacht, und wieder kamen die Dörfler mit ihren Fackeln und Mistgabeln gerannt.

Dem Jungen gefiel der Zorn der Dörfler, und er wiederholte das Spiel ein drittes Mal. Diesmal kassierte er nicht nur Flüche, sondern auch eine Tracht Prügel, und der Knabe verlor die Freude am Zorn der Dörfler.

Doch dann kam der Wolf – es war eine dunkle Nacht, der Mond versteckte sich hinter Regenwolken. Und der Wolf wütete in der Herde, und der Junge schrie: »Wolf, Wolf!«

Und die Dörfler hörten ihn, doch niemand griff nach Fackel oder Mistgabel, sondern jeder schüttelte nur den Kopf über den unbelehrbaren Jungen. Und der Junge schrie, bis der Wolf seinem Schreien ein Ende machte.

Und die Moral von der Geschichte: Wer dreimal lügt, den frisst der Wolf.

(Frei nach Aesop)

1. Kapitel

Jurij stieg vom Rad und schob es von der Landstraße auf einen der lehmigen Wege in den Feldern zwischen Burg und Byhleguhre. Veronika hatte ihn angerufen. Er hatte gerade die Eier eingesammelt und Plisch und Plum in den Zwinger gesperrt. Nachts waren sie immer noch im Haus, lagen am Fußende seines Bettes und wärmten ihm die Füße. Nicht einmal das Rascheln der Mäuse im Gebälk weckte sie dort. Außerhalb des Hauses waren ihre Ohren ständig in Bewegung. Nicht das leiseste Geräusch entging ihrer Aufmerksamkeit.

Ein Wolf sei am Nordumfluter gesehen worden, hatte Veronika gesagt. Ich schicke dir ein Bild. Das ist morgen in der Zeitung. Schau, ob du Spuren von ihm findest.

Jurij hatte sich das Bild lange angesehen. Es war ein junger Wolf, so viel war klar. Älter als Plisch und Plum, aber noch nicht ausgewachsen. Wahrscheinlich ein Jährling.

Das machte Sinn: Es waren in der Regel die jungen Wölfe, die sich auf den Weg machten, wenn auch nicht unbedingt zu dieser Jahreszeit. Die meisten Wölfe, die hier in der Gegend gesichtet wurden, stammten vom Rudel in der Lieberorser Heide, einem ehemaligen Truppenübungsplatz.

Jurij legte das Rad in die Böschung und zog den Schirm seiner

Basecap als Schutz gegen die Sonne über die Augen. Grelles Licht triggerte die Anfälle – ein Andenken an seine Drogenjahre -, deshalb trug er meistens eine Sonnenbrille, aber fürs Spurenlesen konnte er die nicht gebrauchen. Früher hatten die Anfälle ihn umgehauen. Heute kamen sie nur noch, wenn er sich aufregte, und dann hauten sie ihn nicht um, sondern ihm fehlten einfach nur ein paar Stunden.

Frühnebel hing über den abgeernteten Feldern, und die Wiesen dampften im schräg einfallenden Sonnenlicht. Schweiß lief Jurij in den Nacken. Auch wenn es noch früh am Morgen und bereits September war, hatte die Sonne bereits Kraft. Er fragte sich, ob das schon der Klimawandel war: Die Sommer wurden immer feuchter und der Herbst immer sommerlicher, und der Winter war auch nicht mehr der, von dem die Alten erzählten: Novemberwetter bis in den März hinein. Das Wetter war so verrückt wie die Menschheit. Der Mensch würde so lange im Überfluss leben, bis er ganz allein auf der Welt war. Aber wehe, es kamen Tiere zurück, die eigene Rechte einforderten, dann war das Geschrei groß. Dann wurden die alten Geschichten aufgewärmt und Emotionen geschürt. Der böse Wolf ist zurück. Rettet eure Kinder. Dabei war Platz für alle. Für Vieh und Wölfe. Jurij kniff die Augen zusammen. Ein Kotstrang am Rande des Weges erregte seine Aufmerksamkeit.

Jurij bückte sich und nahm den Rucksack mit den Probenkits von den Schultern. Erst fotografierte er die Losung, dazu legte er ein Zentimetermaß daneben, dann zerteilte er sie mit einem Holzspatel, wie es ihn Veronika gelehrt hatte. Die Losung war noch relativ frisch und enthielt alles, was er brauchte, um Hundekot auszuschließen: Haare, kleine Knochen. Allerdings keine Hufe oder größere Knochen, wie sie für Wolfskot typisch waren.

Jurij holte einen der mit vergälltem Alkohol gefüllten Plastikbecher heraus und füllte ihn mit Kot für die genetische Untersuchung. Nachdem er ihn ordentlich geschüttelt hatte, beschriftete er ihn mit Datum und Fundort und füllte das Protokoll aus. Wolfsbeobachtung hatte viel mit Schreibkram zu tun. Alles, was er aufschrieb, würde in die Datenbank eingepflegt. Gleich auf dem Rückweg würde er alles auf dem Schlossberghof abgeben, und der *FÖJler* würde die Angaben ins Wolfsregister einpflegen.

So war auch Jurij auf die Wölfe gekommen. Durch ein *Freiwilliges ökologisches Jahr*. Der Schreibkram war nicht so sein Ding gewesen, aber alles andere. Veronika hatte ihm gezeigt, wie man Spuren findet, er hatte Wölfe gefilmt, aber auch gerissene Schafe untersucht. Und er hatte sich zum ersten Mal in seinem Leben sicher gefühlt.

Nach dem FÖJ wusste er, dass sein Platz hier im Spreewald war, und er ging zu Fritz. Veronika hatte ihm von ihrem Nachbarn erzählt, der völlig allein auf seinem Hof lebte und schneller verfiel als sein Hof.

Zuerst war Fritz misstrauisch, aber dann hatten sie sich geeinigt. Sie passten einfach zusammen, Jurij hatte kein Zuhause und Fritz zu viel davon. Er würde den Hof erben, dafür würde er sich um Fritz kümmern und dafür Sorge tragen, dass der Alte anständig unter die Erde kam. Deal. Handschlag. Notar. Jurij hatte schon so viel in seinem Leben vergeigt, das hier wollte er richtig machen.

Von Fritz lernte Jurij, mit dem Jahr zu leben. Im Frühjahr säte er, im Herbst erntete er. Durch die Arbeit seiner Hände blühte nicht nur der alte Mann wieder auf. Jurij reparierte den Hühnerstall und die Kellerstiege, flickte das Dach und schlug das Holz für den Winter. Wenn er nicht einkaufen musste, sah er tagelang nur den alten Fritz, der die Hühner fütterte und ansonsten im Winter auf der Ofenbank und im Sommer vor dem Haus hockte und von früher erzählte. Jurij hörte ihm gerne zu, und wenn Fritz schwieg, erzählte er ihm von seinen Plänen. Und wenn er mal ausfiel, weil sein Gehirn explodierte, war das nicht weiter schlimm.

Es ging ihnen gut miteinander, und Fritz setzte tatsächlich auf seine alten Tage noch Speck an. Wenn Jurij nachts in seinem Bett lag und die mehr als dreihundert Jahre alten Balken über ihm wisperten, wusste er, dass er angekommen war.

Jurij steckte die Probe in den Rucksack, blieb aber in der Hocke. Es war nicht einfach, die Spur zu finden, der Weg war staubig, und es wehte ein leichter, aber stetiger Ostwind. Schließlich fand er den ersten Pfotenabdruck. Er sah aus wie der eines großen Hundes. Um herauszufinden, ob es sich wirklich um eine Wolfsspur handelte, musste er weitere Abdrücke finden und ihnen folgen. Jurij schulterte den Rucksack, fotografierte den Abdruck und ging in die Richtung, in die der Abdruck wies. Es konnte ein langer Tag werden, aber er war geduldig. In einem Waldstück wurde die Spur deutlicher und Jurij sicherer. Dieses Tier verhielt sich nicht wie ein Hund, der überall herumschnüffelte und dabei im Zickzack und vor und zurück stromerte. Dieses Tier lief wie von einer Schnur gezogen immer geradeaus. Wölfe konnten stundenlang in diesem geschnürten Trab laufen und dabei enorme Distanzen zurücklegen, wobei die Abdrücke der Hinterpfoten immer in den Vorderpfoten landeten.

An einer lehmigen Stelle fotografierte Jurij sie wieder und zoomte dann das Bild im Handydisplay. Er scrollte sich durch die Fotos. Wie es aussah, schlappte der linke Hinterlauf immer leicht aus der Spur, was aber wirklich nur in der Vergrößerung zu sehen war. Der Wolf war also verletzt. Das erklärte möglicherweise das Fehlen von Spangen oder anderen Hufresten im Kot. Jurij runzelte die Stirn. Ein verletzter Wolf war keine gute Nachricht.

2. Kapitel

Zwischen Eischnee und gesiebtem Mehl krakeelte Klaudias Handy wie eine Dohle. Fauchend sprang der dicke Kater von der Fensterbank, wo er sich zwischen den vertrockneten Küchenkräutern niedergelassen hatte. Seit dem Sommer lebte er mehr oder weniger bei Klaudia. Ihre Beziehung war noch nicht so eng, dass sie ein Katzenklo gekauft hätte, doch sie spielte bereits mit dem Gedanken.

Klaudia hatte den Verdacht, dass sie nicht die einzige Futterstelle war, die er regelmäßig aufsuchte, aber immer wenn er seinen dicken Kopf an ihrem Schienbein rieb, hatte sie das Gefühl, seine Favoritin zu sein.

Aufseufzend stellte Klaudia den Mixer ab, mit dem sie gerade Eigelb und Zucker vermengte, und wischte sich die Hände an der roten Schürze ab, die ihr Wibke zum Einzug ins Haus geschenkt hatte. Dieser Klingelton war für ihren Chef reserviert, und Polizeihauptkommissar Naumann, von allen nur kurz Pi Aitsch genannt, wollte bestimmt nicht mit ihr über Kuchenrezepte plaudern. Auch wenn er kein Kostverächter war.

Klaudia wischte mit dem Daumen über das Display.

»Ich hoffe, ich störe nicht«, sagte ihr Chef anstelle einer Begrüßung. Immerhin fiel er nicht gleich mit der Tür ins Haus, wie es sonst seine Art war.

»Nein.« Klaudia blickte sich um. Eigelbspritzer zierten den Tisch und reichten bis an die Messbecher mit Eischnee und Mehl. Die rote Lampe am Backofen, die das Aufheizen anzeigte, war bereits erloschen. Es war also alles vorbereitet. Sie, die normalerweise nur Fertiggerichte in der Mikrowelle oder wahlweise im Backofen aufwärmte, hatte sich vorgenommen, an diesem Abend zu backen. Nicht für sich, sondern für Wibke, die morgen Geburtstag hatte und sich einen Kuchen wünschte. Damit schieden Topfblumen, die Klaudia normalerweise verschenkte, aus. Also hatte sie Conny angerufen und sich das Rezept für die mit Schokoraspeln und Sahne gefüllte Biskuitrolle geben lassen, mit dem ihre Stiefmutter sie immer verwöhnte. Dann war sie einkaufen gefahren und hatte sich an die Arbeit gemacht, und nun rief ihr Chef an und fragte, ob er stören würde. Klaudias Adrenalinspiegel schoss in die Höhe. »Was gibt's?«

»Wir haben eine Todesfallermittlung.«

»Wo?« Das Smartphone zwischen Schulter und Ohr geklemmt, schaltete Klaudia den Herd aus, öffnete den Kühlschrank und packte die Schüsseln hinein. PH nannte eine Adresse in der Nähe von Burg. »Findest du das?«

»Wenn nicht ich, dann mein GPS.« Unwillig schnaubend holte Klaudia die Mehlschüssel wieder aus dem Kühlschrank und stellte sie auf die Anrichte neben dem Herd.

»Alles in Ordnung?«, fragte PH.

»Ja, natürlich«, antwortete Klaudia hastig. »So in Ordnung, wie es sein kann, wenn man an einem Freitagabend zu einer Todesfallermittlung muss. Was ist mit der Kriminalbereitschaft?«

»Tut mir leid.« PH räusperte sich. »Aber du bist am nächsten dran.«

»Kein Problem«, murmelte Klaudia. »Sind Spurensicherung und Rechtsmedizin informiert?«

»Ja, die sind bereits alarmiert. Und Demel auch. Kannst du dir vorstellen, dass er gebacken hat?«

»Nein«, antwortete Klaudia, während sie den Kater, der die Eispritzer aufleckte, vom Tisch schob.

»Okay«, fügte PH hinzu. »Dann bis morgen.«

»Bis morgen«, antwortete Klaudia mechanisch. Wibkes Geburtstag würden sie dann wohl in Lübben feiern. Wahrscheinlich im Rahmen einer Lagebesprechung. Klaudia blies die Wangen auf, schaute sich noch einmal um und legte sicherheitshalber einen Teller auf die Schüssel mit dem gesiebten Mehl.

»Komm, Dickie«, lockte sie, und sofort strich der Kater um ihre Beine. Sie nahm ihn auf, öffnete das Fenster und setzte ihn auf die Fensterbank. Auf keinen Fall würde sie ihn im Haus lassen. Vorwurfsvoll drückte er die Nase gegen die Scheibe, und in seinem schielenden Blick lag das ganze Unverständnis seiner Katzenseele.

»Ich muss los.« Klaudia sagte es so laut, dass der Kater sie durch die geschlossene Scheibe hören musste, und kam sich gleichzeitig unendlich albern vor. Sie griff nach Autoschlüssel und Rucksack und verließ ihr Haus am Fließ.

Das GPS führte sie nach Leipe, einem Ortsteil von Lübbenau, der auf einer Talsandinsel, einer sogenannten Kaupe, mitten im Spreewald lag. Früher war der Ort nur übers Wasser zu erreichen gewesen. Erst in den Dreißigerjahren des vorigen Jahrhunderts war der malerische Fußweg von Lübbenau nach Leipe angelegt worden. Zwölf Brücken sorgten dafür, dass Wanderer trockenen Fußes Leipe erreichten. Mit dem Auto musste Klaudia allerdings einen Riesenumweg über Burg fahren. Die Straße war dreißig Jahre später gebaut worden und führte an Feldern, Waldstücken und Gehöften vorbei.

Die Mondsichel leuchtete vom mit Sternen übersäten Nachthimmel und spiegelte sich in den Fließen rechts und links der Straße. Im blassen Licht der Scheinwerfer wirkte die Landschaft so verwunschen, dass man durchaus bereit war, die Geschichten von Irrlichtern, Wendenkönigen und Wassermännern, mit denen die Kahnführer ihre Gäste unterhielten, für bare Münze zu nehmen. Schließlich bog Klaudia um die letzte Kehre. Schon von Weitem sah sie das eingeschaltete Blaulicht des Einsatzwagens, der vor der Bushaltestelle stand. Fuhr man auf dem Landweg nach Leipe hinein, hatte man das Gefühl, durch die Hintertür zu kommen. Da die Höfe alle entlang der Spree gebaut waren, bestand der Ortskern aus landwirtschaftlich genutzter Fläche und eben der Bushaltestelle.

Zu Klaudias Erstaunen war der Streifenwagen von mehr Schaulustigen umringt, als sie zu dieser späten Stunde mitten im Spreewald erwartet hätte. Sie bremste und fuhr die Seitenscheibe herunter. Ein Blitzlicht blendete sie. Was ging denn hier ab?

»Wieso ist die Presse informiert?«, fragte sie den uniformierten Kollegen, der an ihren Wagen trat. Er war jung und blass um die Nase. Wahrscheinlich ein Praktikant.

»Alles Zeugen.«

»Was?«

»Hier war 'ne Wolfswache.«

Klaudia unterdrückte das zweite »Was«. Sie hatte keine Ahnung, was eine Wolfswache war.

»Wo muss ich hin?«

»Von hier aus müssen Sie laufen.«

Der junge Mann war auf jeden Fall ein Praktikant, jeder Kollege hätte sie geduzt. Er zeigte in Richtung eines schmalen Feldweges, der zwischen Weiden und Wald verlief.

»Ist es weit?«, fragte Klaudia.

»Nicht sehr, glaube ich.«

»Wer hat den Toten gefunden?«, fragte Klaudia.

»Ein Herr Delling.« Man hörte dem Praktikanten an, dass er froh war, wenigstens diese Frage eindeutig beantworten zu können. »Polizeiobermeister Kuloth ist bei ihm«, fügte er hinzu.

»Schon jemand von der Kripo da?«

»Sie sind die Erste.«

»Also gut.« Klaudia fuhr die Seitenscheibe wieder hoch und parkte den Wagen am Absperrband. Sie stieg aus, öffnete den Kofferraum und zog die Gummistiefel an. Wieder blitzte ein Fotoapparat auf.

»Hey, Sie.« Klaudia fuhr herum und lief hinüber zu dem Fotografen. »Sie sind von der Presse?«

»Lausitzer Rundschau.«

»Haben Sie Fotos gemacht?«

»Ja, schon«, antwortete der Mann zögernd. Wahrscheinlich ahnte er, was nun kam. Klaudia schätzte ihn auf Mitte dreißig. Er hatte ein freundliches Gesicht mit braunen Augen und zurückweichendem Haaransatz.

»Es tut mir leid«, sagte sie. »Aber Ihre Kamera müssen wir fürs Erste einbehalten.«

»Das können Sie nicht machen.«

»Und ob wir das können.« Klaudia streckte die Hand aus. »Der Kollege gibt Ihnen eine Quittung.« Sie winkte den Praktikanten herbei, gab ihm die Kamera, schulterte ihren Einsatzrucksack und machte sich auf den Weg.

Nach einer Kehre fiel der Schein ihrer Taschenlampe auf einen Mann, der mit dem Kopf zwischen den Knien am Wegrand hockte. Wahrscheinlich der Zeuge. Sie würde nachher mit ihm sprechen, zuerst wollte sie sich selbst ein Bild machen. Klaudia ließ den Schein ihrer Taschenlampe weiterwandern, über wollige Schafrücken hinweg, an dem uniformierten Kollegen vorbei, der am Zaun lehnte. Im Schein der Taschenlampe, die in der Schulterschlaufe seiner Jacke steckte, schrieb er etwas in sein Notizbuch. Klaudia kannte ihn von diversen Lagebesprechungen. Er hieß Kuloth, war zuverlässig, aber nicht der Schnellste. Letzteres war sicherlich auch seinem Körperumfang geschuldet. Kuloth schaute auf, als ihn der Lichtstrahl von Klaudias Maglite traf. Sein Doppelkinn zitterte. Kein gutes Zeichen.

»Die hatten eine Wolfswache hier«, sagte er in dem leicht schleppenden Tonfall, der zu ihm gehörte wie der Bauch, der sich über den Hosenbund wölbte. »Ich hab erst einmal alle Leute weggeschickt, bis auf den jungen Mann, der den Toten gefunden hat. Aber vielleicht willst du mit dem Schäfer und dem Förster sprechen. Die haben das organisiert.«

»Okay. Lass sie kommen. Aber ich schau mir erst einmal den Toten an. Wo ist er?«

»Da hinten.« Kuloths Stimme klang gepresst.

»So schlimm?«, fragte Klaudia.

»Du wirst es ja sehen«, antwortete er und klickte auf das Funkgerät auf seiner Schulter. »Schick mal den Schäfer rüber«, sagte er.

»Na denn.« Klaudia folgte dem Strahl ihrer Taschenlampe. Sie passierte einen Grill, dessen Wärme sie im Vorbeigehen streifte, wich einem umgestürzten Klappstuhl aus, einer abgebrannten Fackel, die in den Boden gerammt war, und hielt auf das rot-weiße Flatterband zu, das den Fundort markierte. Ich sehe was, was du nicht siehst: kalt, warm. Klaudia hielt in der Bewegung inne, der Lichtstrahl zitterte auf dem Fleck. Alles in ihr wehrte sich dagegen zu sehen, was die Dunkelheit so gnädig vor ihr verbarg, doch dann gab sie sich einen Ruck. Heiß.

3. Kapitel

Es war still im Haus. Nicht, dass es keine Geräusche gab. Jetzt im Spätsommer knackten die Balken. Und dann waren da noch die anderen Geräusche, die zu einem Haus gehörten. Der Kühlschrank, der in der Küche brummte, die fauchende Kaffeemaschine, und im Radio dudelte etwas, das wohl in die Rubrik »Gute-Laune-Musik« gehörte, kurz übertönt von einem Auto, das übers Kopfsteinpflaster der Straße fuhr.

Nein, die Stille war anders, sie kroch aus den Wänden und war so leblos wie die Stille vor einem Gewitter im Hochwald, wenn selbst die Insekten verstummten. Stefan fragte sich, ob diese Stille ihn den Rest seines Lebens begleiten würde oder ob jemals wieder Lachen und Stimmen in dieses Haus einziehen würden. Er zog das Rasiermesser über die Wange, spürte den Widerstand der Bartstoppeln und dann das Gleiten der Klinge auf der Haut. Manchmal hatte Franzi ihn rasiert. Die Stirn gerunzelt, hatte sie vor ihm gestanden und konzentriert das Messer geführt. Vorbei. Nicht daran denken. Aber wie sollte das funktionieren? Er stand mit dem Gedanken an seine Frau auf und ging damit zu Bett. Und wenn er nicht die Schlaftabletten nehmen würde, die Alena ihm verschrieben hatte, würde er auch die ganze Nacht an sie denken. Aber so träumte er nicht einmal. Er fiel einfach in einen bleiernen Schlaf, der ihn am Morgen in einen ebenso bleigrauen Tag entließ. Stefan drehte den Wasserhahn auf und spülte den Rasierschaum von der Klinge. Als er den Kopf hob, um den Hals zu rasieren, fragte er sich, wie es wohl wäre, sich einfach die Kehle aufzuschlitzen. Gleichzeitig schalt er sich einen Idioten. Wer brachte sich schon mit einem Einmalrasierer um, wenn es Polizisten gab, die das für einen erledigten. Einen einfach über den Haufen fuhren. Franzi hatte keine Chance gehabt. Sie war über das Polizeiauto geflogen und auf der Straße gelandet. Vielleicht, wenn sie einen Helm getragen hätte, hatte der Arzt im Krankenhaus gesagt. Stefan hätte ihn am liebsten geschlagen: Es klang, als sei sie schuld an ihrem Tod.

Einsatzfahrt. Aus Eisen geformte und auf die Straße geschleuderte Krähenfüße, die so spitz und scharfkantig waren, dass sie Autoreifen aufschlitzen, ins Schleudern gekommen. Worte, die erklären, die entschuldigen sollten, was nicht zu erklären, zu entschuldigen war. Der Polizist hatte eine Halskrause getragen und hinzugefügt, dass es ihm leidtäte, aber dass sie keine Chance gehabt hätten.

Keine Chance, dachte Stefan. Wenn einer keine Chance gehabt hatte, war das Franziska. Sie war tot. Gleichzeitig fragte er sich, ob dieser Mann bei ihr gewesen war, ob er sie in die stabile Seitenlage gelegt hatte oder ob er versucht hatte, seine Luft in ihre Lungen zu pressen. Oder ob er mit ihr gesprochen, ihre Hand gehalten hatte. Und als hätte der Polizist seine Gedanken gelesen, hatte er gesagt, dass sie nicht bei Bewusstsein gewesen war und dass er wüsste, wie er sich fühlen musste. Woher willst du das wissen?, hatte Stefan gedacht, aber dann war es ihm wieder eingefallen. Auch dieser Mann hatte seine Frau verloren, und sie hatten zusammen geweint. Und die wirklich Schuldigen waren davongekommen. Die Verbrecher, die Krähenfüße auf die Straße geworfen hatten, um ihren Verfolgern zu entkommen. Über die Grenze nach Polen. Unerreichbar. Blut quoll aus einem Schnitt neben Stefans Kehlkopf. Er klebte einen Fetzen Klopapier darauf und rasierte sich zu Ende. Der Gedanke an Rache hatte sich mit dem Schmerz in sein Bewusstsein gefressen. Er rubbelte sich das Gesicht, bis die Wangen brannten, dann verließ er das Bad und stand im Flur, den Blick auf die verschlossene Tür gerichtet, die er zugezogen hatte, als er aus dem Krankenhaus zurückgekommen war. Sie hatten ihn in den Keller geführt, und dort hatte er Franzi das letzte Mal gesehen. Abschiedsraum hatte an der Tür gestanden. Er hatte sich neben sie auf das schmale Brett gelegt und sie ein letztes Mal in die Arme genommen. Sie, und ... zögernd streckte er die Hand aus, legte sie auf die Klinge. Mit einem leisen Knarren schwang die Tür auf. Stefan schloss die Augen und wandte sich ab. Es war noch zu früh. Er schaffte es nicht.

4. Kapitel

»Ach du Scheiße.« Das Gewicht der Taschenlampe zerrte an Klaudias Arm. Kraftlos ließ sie ihn fallen. »Was ist das denn?« Kein Wunder, dass der Kollege so blass war.

Es gab sichere und unsichere Todeszeichen. Zu den unsicheren gehörten: fehlende Atmung, fehlender Puls, Bewusstlosigkeit, Hautblässe, komplette Lähmung aller Muskeln mit fehlenden Reflexen und, und, und …

Klaudia war nicht nah genug, um auch nur eins dieser Zeichen beurteilen zu können.

Dann gab es die sicheren Todeszeichen. Um Totenflecken oder Totenstarre erkennen zu können, war sie ebenfalls noch zu weit entfernt. Doch was das Licht ihrer Maglite enthüllte, ließ keinen Zweifel daran, dass diesem Körper, der wie Abfall zwischen den Büschen lag, Verletzungen zugefügt worden waren, die nicht mit dem Leben vereinbar waren. Vorsichtig sog sie Luft durch die Nase. Und das nicht heute oder gestern. Dieser Mensch war schon länger tot.

Klaudia atmete einmal tief durch und ging dann weiter. Sie hielt die Taschenlampe dicht auf den Boden gerichtet, um keine Spuren zu vernichten. Jeder vorsichtig gesetzte Schritt drängte ihr Entsetzen zurück, und als Klaudia vor dem Toten stand, war sie mit allen Sinnen anwesend und ganz auf die Aufgabe fokussiert.

Ihre Taschenlampe enthüllte in erträglichen Bildausschnitten das Unerträgliche. Soweit sie das erkennen konnte, war der Tote jung, mehr Teenager als Mann: schmales Gesicht, leere Augenhöhlen, zerfetzte Kehle, Kleidung blutgetränkt und zerrissen, Eingeweide aus der Bauchhöhle gezerrt.

Er lag verrenkt da, als hätte jemand versucht, ihn fortzuzerren. Ein Arm war am Oberarm abgerissen. Der Schein von Klaudias Maglite beschrieb einen Halbkreis, keine Spur vom Unterarm. An einem Fuß trug er noch einen weißen Turnschuh, der andere Fuß war ebenso verschwunden wie der Unterarm. Der Tote lag am Rande einer Grube. Klaudia leuchtete sie ab. So wie es aussah, hatte er zunächst in der Grube gelegen, und zwar eine ganze Weile. Das Gras war zerdrückt und blutig. Aber irgendwer, und Klaudia wusste nicht, ob Mensch oder Tier, hatte versucht, den Toten in den Wald zu zerren. Klaudia dachte an einen Todesfall, den sie vor Jahren bearbeitet hatte und den Wildschweine verursacht hatten. Mit ihren Hauern und messerscharfen Zähnen konnten sie durchaus für diese Bauchwunde verantwortlich sein. Vor allem die Bachen waren gefährlich. Aber eher im Frühjahr, nicht jetzt im Herbst. Außerdem würden sie nie versuchen, die Leiche wegzuschleifen, oder vielleicht doch?

Klaudia hatte keine Ahnung. Aber vielleicht konnte ihr der Förster weiterhelfen, so wie ihr bei der Todesfallermittlung damals ein anderer Förster geholfen hatte. An seinen Namen erinnerte sie sich nicht mehr, doch sie wusste noch genau, wie das Trittsiegel eines Wildschweins aussah. Auf der Suche nach den wie eine Nelke – mit zu kurz geratenem Stiel zwischen Blüte und Blättern – geformten Trittsiegeln, die typisch für Wildschweine waren, leuchtete sie den Boden ab. Weich genug wäre er. Doch sie fand nichts, was auch nur im Entferntesten dem Trittsiegel eines Wildschweins ähnelte. Rund um die Leiche gab es nur Hüpfspuren von Vögeln und eine Spur, die aussah, als hätte sich ein großes Tier in den Boden gestemmt. Vielleicht ein Hund? Klaudia schaute hinüber zum Pferch, in dessen Mitte sich die Schafe zusammendrängten, als witterten sie die Gefahr. Kälte rieselte ihre Wirbelsäule entlang. Unwillkürlich schaute sie über die Schulter hinweg zum Wald, dann richtete sie sich auf und kehrte, ihre eigenen Schuheindruckspuren nutzend, zum Pferch zurück. Die Kollegen der Spurensicherung waren mittlerweile eingetroffen. Ihr Wagen stand zwischen Weide und Wald gequetscht. Schon in ihre weißen Ganzkörperanzüge gehüllt, bauten sie die Flutlichtanlage auf, die das Grauen in wenigen Minuten taghell ausleuchten würde. Klaudia erkannte Wibke und winkte ihr zu.

»So kann man auch in den Geburtstag reinfeiern, was?« Die Spusi-Kollegin stopfte sich eine rote Locke unter die Kapuze, dann wuchtete sie den Strahler auf den Ständer.

»Hanusch und Welber sind jetzt auch da.« Kuloth leuchtete mit seiner Maglite zu den Männern, die wartend am Zaun standen.

»Wer?«, fragte Klaudia für einen Moment desorientiert.

»Der Schäfer und der Förster«, erklärte Kuloth geduldig.

»Wer davon ist der Förster?«, fragte Klaudia.

»Welber.« Der uniformierte Kollege zeigte auf einen behäbigen älteren Herrn in Cordhose und Funktionsjacke.

»Ach ja.« Klaudia nickte. »Danke«, sagte sie. »Gute Arbeit übrigens. Ich glaube, nicht einmal Wibke Bredau wird etwas zu motzen haben.«

Die Spusi-Kollegin war bekannt dafür, dass sie Tatorte mit Händen und Füßen gegen Eindringlinge, zu denen sie auch Kollegen zählte, verteidigte.

»Ich bewege mich so wenig wie möglich, das weißt du doch.« Kuloth klopfte sich auf den Bauch.

»Herr Welber!« Klaudia ging auf die Gruppe der Zeugen zu. »Kommen Sie doch mal bitte.«

Der schwere Mann stapfte auf sie zu. Seine aus der Hüfte gezirkelten Schritte zeigten seine Anspannung. Neben seinem Gesicht ragte dunkel der Schaft eines Gewehres auf. Klaudia ging ihm ein paar Schritte entgegen und stellte sich vor.

»Wir bräuchten Ihre Hilfe, Herr Welber.«

»Kennen wir uns?« Verwirrt kniff der Förster die Augen zusammen.

»Wir hatten schon mal miteinander zu tun.«

»Wirklich? Aber daran müsste ich mich doch erinnern.« Welber schüttelte den Kopf. So heftig, dass sein Doppelkinn schlackerte.

»Nicht unbedingt.« Klaudia dachte daran, wie er vor Jahren wutschnaubend in eine Todesfallermittlung im Hochwald gestampft war und wie seine aufgeplusterte Autorität verpuffte, als er den freigelegten Schädel sah.

»Oh.« Welber räusperte sich, offensichtlich hatte ihre Bemerkung ihn auf die richtige Spur gebracht.

»Ich möchte, dass Sie vom Waldrand ausgehend nach Spuren wie Klauen oder den Eindrücken von Pfoten Ausschau halten.«

»Kann ich gerne machen.« Der Förster war ganz gespannte Aufmerksamkeit. Zu gespannt, wie Klaudia fand. Sie hatte schon die merkwürdigsten Sachen mit hilfsbereiten Bürgern erlebt, deshalb fragte sie vorsichtshalber nach. »Sie haben den Toten gesehen?«

»Nein.« Der Förster schüttelte heftig den Kopf. Wieder schlackerte sein Doppelkinn. »Als das Geschrei einsetzte, habe ich dafür gesorgt, dass keiner sich dem Fundort nähert, und den Notruf abgesetzt. War das falsch? Hätte ich ...?«

»Sie haben alles richtig gemacht«, beruhigte ihn Klaudia. Der

Gruß einer Frau ließ sie aufschauen. »Einen Augenblick, bitte.« Sie ging zu den Ankommenden.

»Wir mal wieder?« Irina Klaas streckte ihr die freie Hand entgegen. In diesem Moment knatterte der Generator los, und Flutlicht tauchte den Platz in gnadenlos weißes Licht. Irina trug einen Arztkoffer, der für die zierliche Rechtsmedizinerin viel zu wuchtig war. Demel stand neben ihr, die Hände in den Hosentaschen und die unvermeidliche Kippe zwischen den Lippen. Von seinem Hals hing die ebenso unvermeidliche Kamera. Klaudia hatte zwar keine Ahnung von Fotoapparaten, aber sie wusste, dass es eine Hasselblad H4D war. Was immer das bedeutete.

Sie freute sich, dass Irina Dienst hatte. Die Ärztin hatte es ebenso wie Klaudia von der Ruhr an die Spree verschlagen. »Einen Moment bitte«, bat sie Welber und ging hinüber zur Rechtsmedizinerin und ihrem Kollegen. Kurz setzte sie die beiden ins Bild.

»Ich hätte unsere Frau Doktor fast gar nicht erkannt.« Demel nickte in Richtung der Rechtsmedizinerin. »Sie werden mit jedem Mord hübscher.« Demel konnte das Flirten nicht lassen.

»Trag nicht zu dick auf«, sagte Klaudia, auch wenn sie ihm recht geben musste Sie musterte den leuchtend roten Haarschopf der Rechtsmedizinerin. Das war jetzt das dritte Mal, dass sie sich bei einer Todesfallermittlung trafen, und jedes Mal hatte Klaas eine andere Haarfarbe gehabt. Klaudia fühlte, wie sich die Verkrampfung in ihren Schultern löste. Jetzt, wo alle da waren, lastete die Ermittlung schon deutlich weniger auf ihren Schultern. Demel hielt sich zwar für ein Geschenk an die weibliche Menschheit und pflegte sein Image des in die Jahre gekommenen Sonnyboys, trotzdem waren sie mittlerweile ein gutes Team.

»Indian Summer.« Irina strich sich über den raspelkurzen Schopf.

»Passt ja zur Jahreszeit.« Neben der quirligen Assistenzärztin fühlte sich Klaudia uralt. Sie sollte vielleicht auch anfangen, ihre Haare zumindest zu tönen. Der Haaransatz wurde schon recht grau, obwohl sie noch nicht einmal Mitte vierzig war.

»Ich mache mich mal an die Arbeit«, sagte Klaas. »Kann ich ihn mir ausleihen?« Sie nickte in Demels Richtung.

»Nimm ihn. Vielleicht erinnert er sich sogar an seine guten Manieren und trägt dir den Koffer.«

»Ich wollte nicht als Chauvi dastehen.« In gespielter Empörung legte Demel die Hand auf die Brust.

»Was macht dein Kuchen?«, fragte Klaudia.

»PH hat also gepetzt?«

»Er hat nur seiner Verwunderung Ausdruck verliehen«, antwortete Klaudia süffisant.

»Backen ist nicht unmännlich«, verteidigte sich Demel. »Viele Männer backen. Und übrigens«, er legte den Kopf schief, »wenn mich mein Ermittlerauge nicht trügt, hast du Eigelb an der Wange.« Nach dieser letzten Bemerkung nahm er der Rechtsmedizinerin den Koffer aus der Hand und stapfte zur Leiche. Nach einem von einem Grinsen begleiteten Achselzucken folgte ihm die Rechtsmedizinerin.

Dämel, dachte Klaudia, kratzte sich aber vorsichtshalber die Wange, bevor sie zum Förster zurückkehrte.

»Tut mir leid«, entschuldigte sie sich für die Unterbrechung.

»Kein Thema. Sie mussten Ihre Kollegen einweisen, nicht wahr? Was kann ich für Sie tun?«

»Wir bräuchten Ihre fachliche Expertise.« Klaudia rettete sich in Korinthenkackerdeutsch Besoldungsstufe A7. Der Gedanke, einen Bürger in die Nähe der Leiche zu führen, gefiel ihr nicht. Sie musste ihn zumindest vorbereiten. Also räusperte sie sich und fuhr fort: »Der Korpus zeigt ausgeprägte Fraßspuren.« Wieder räusperte sie sich, nicht, weil ihr die A7-Worte fehlten, sondern um dem Förster Zeit zu geben zu begreifen, was sie gerade gesagt hatte. Als seine Gesichtsfarbe von Rot zu Blass wechselte, fuhr sie hastig fort, als wären ihre Worte eine Sicherheitsleine, an der er sich festklammern konnte: »Und wir wüssten gerne, welches Tier dafür verantwortlich sein könnte. Wibke«, rief sie über die Schulter, »könntest du bitte Herrn Welber unterstützen?«

5. Kapitel

Während Wibke sich mit dem Förster entfernte, um den Boden nach Tierspuren abzusuchen, kehrte Klaudia zu den anderen beiden Zeugen zurück. Zunächst wollte sie wissen, was es mit der Wolfswache auf sich hatte, bevor sie den jungen Mann befragte, der den Toten gefunden hatte. Der Schäfer stand am Wegrand. Er hielt den Kopf gesenkt. Ein breitkrempiger Filzhut verbarg sein Gesicht. Ansonsten trug er einen gefilzten Umhang und eine über Stiefeln aufgekrempelte Drillichhose.

»Herr Hanusch?«, sprach sie ihn an. Obwohl Wind und Wetter sein Gesicht gegerbt hatten, schätzte Klaudia ihn auf Anfang bis Mitte dreißig. Ein gepflegter Bart verbarg Kinn und Wangen. Seine Augen waren gerötet. »Mein Name ist Wagner«, stellte sie sich vor. »Kripo Lübben. Sie haben das hier organisiert?«

Hanusch nickte.

Als Klaudia schwieg, fuhr er fort: »Wir haben 'ne Wolfswache gemacht.«

»Und was ist das?«

»War eine landesweite Aktion.«

»Und warum hier?« Klaudia wusste zwar, dass die Wölfe aus Polen einwanderten, doch bisher war der Spreewald verschont geblieben. Zu nass sei es, hatte in der *Lausitzer Rundschau* gestanden.

»Um auf unsere Situation aufmerksam zu machen.«

»Zu Recht«, mischte sich jetzt der junge Mann ein, der den Toten gefunden hatte. »Oder?« Das Kinn vorgeschoben, baute er sich vor Klaudia auf.

»Haben Sie den Toten gesehen?«

»Nicht richtig«, antwortete der junge Mann hastig, »aber was ich gesehen habe, reicht mir. Zerfleischt hat er ihn.«

»Niemand kann mit Sicherheit sagen, ob es ein Wolf war, Herr Delling.« Gerade noch rechtzeitig erinnerte sich Klaudia an den Namen des Zeugen. »Es könnte auch ein Wildschwein für die Verletzungen verantwortlich sein.«

»Vielleicht ist er tollwütig, oder was weiß ich. Keine Ahnung.« Delling redete sich in Rage. Er stand eindeutig unter Schock. »Vielleicht ...«

Klaudia legte ihm die Hand auf den Arm und unterbrach damit seinen Redefluss. »Warum waren Sie hier?«

»Wegen der Wolfswache.« Delling zuckte vor ihrer Berührung zurück, als habe er sich verbrannt.

»Sie sind also auch Schäfer?«

»Nein.« Delling schüttelte den Kopf. »Mechatroniker.«

»Und?«, fragte Klaudia. »Warum waren Sie dann hier?«

»Es gab Bier und Würstchen.« Delling warf ihr einen hastigen Blick zu, als würde er sich schämen. Es wurde Zeit, sich auf seine Seite zu schlagen, damit er nicht ganz zumachte.

»Na, das sind schon mal zwei gute Gründe«, sagte Klaudia deshalb. Sie musterte ihn besorgt. Im grellen Licht der Scheinwerfer schimmerte seine Haut fahlgrau, und Schweiß glänzte auf seiner Stirn. »Wenn Sie möchten, kann ich einen Notfallseelsorger benachrichtigen«, sagte sie.

»Ich hab nichts zu beichten.« Delling spuckte aus.

»Es geht nicht um Beichte, sondern um Hilfe.« Klaudia nahm ihm die abwehrende Reaktion nicht übel. »Sie sind traumatisiert.«

»Und Sie meinen, so ein Pfarrer könnte das ändern?« Delling musterte sie mit einem skeptischen Seitenblick.

»Niemand kann etwas ändern«, antwortete Klaudia. »Doch er kann Ihnen helfen, Wege zu finden, mit der Erinnerung zu leben.« Sie räusperte sich. Bevor sie weitersprechen konnte, unterbrach Demels laute Stimme sie.

»Kannst du mal bitte kommen?« Er und Klaas hockten hinter dem Toten. Wie es aussah, hatten sie die Leiche gerade auf die Seite gedreht. »Das musst du dir anschauen.«

6. Kapitel

Auch wenn es Klaudia drängte, sofort zu den Kollegen zu gehen und sich die Sache anzuschauen, musste sie erst noch dies hier beenden. »Wie kam es, dass Sie den Toten gefunden haben?«

»Ich musste pissen.« Delling schaute an Klaudia vorbei.

»Und deshalb sind Sie zum Waldrand gegangen?«

Delling reagierte nicht.

»Und weiter?«, erinnerte ihn Klaudia an ihre Anwesenheit.

»Na ja, ich hab gepisst, und da hab ich was Helles gesehen und bin hin.«

»Klaudia!« Demels Stimme klang jetzt dringlich.

»Ich muss Sie eben verlassen.« Klaudia winkte Kuloth heran. »Können Sie in der Zwischenzeit dem Kollegen bitte die Stelle zeigen, wo Sie ausgetreten sind?«

»Warum?«

»Um zu wissen, welche fundortnahen Spuren von Ihnen sind.«

»Okay.«

»Was ist mit der Herde?«, fragte Hanusch.

»Was soll damit sein?«

»Kann ich sie wegtreiben? Wenn sich hier ein Wolf rumtreibt, will ich sie im Stall haben. Ich wohne gleich dahinten.« Er zeigte in die Nacht hinaus.

»Es tut mir leid«, sagte Klaudia. »Im Moment ist dies ein Tatort, an dem Sie nichts verändern dürfen. Ich befürchte, bis wir mit unserer Arbeit fertig sind, müssen die Tiere bleiben, wo sie sind.«

»Wie lange dauert das denn?«

»Das kann ich Ihnen noch nicht sagen.« Unschlüssig schaute Klaudia zu den weiß gekleideten Kollegen, die im Gelände unterwegs waren und Spuren sicherten. »Ich frage nach. Aber wahrscheinlich müssen meine Kollegen erst einmal auf die Weide.«

»Sie sagen mir Bescheid?«

»Ich würde es für eine gute Idee halten, wenn Sie erst einmal hierblieben.«

»Aber ich wohne da hinten.«

»Trotzdem.« Klaudia zwang ihre Stimme in den Verhörmodus, um sich ihre Ungeduld nicht anmerken zu lassen.

Der Schäfer öffnete den Mund, um zu widersprechen, doch Klaudia machte auf dem Absatz kehrt und stapfte zur Leiche. Komischer Kerl, dachte sie. Wenn der Tote nicht so eindeutig zerfleischt worden wäre, hätte dieser Schäfer eine gute Platzierung auf der Liste der Verdächtigen sicher.

»Das hat aber gedauert«, murrte Demel. Er und Klaas hockten immer noch hinter dem Toten, der jetzt wieder auf dem Rücken lag.

»Tut mir leid, ging nicht schneller.« Klaudia wusste selbst, wie blöd es war, warten zu müssen, andererseits konnte man einen Zeugen auch nicht einfach so stehen lassen.

»Nein, aber wehtun«, antwortete Demel geheimnisvoll.

»Na dann? Was gibt's denn?«

»Sieh selbst.« Der Kollege und die Rechtsmedizinerin drehten die Leiche, und der Geruch von Verwesung wehte über Klaudia hinweg und ließ sie die Luft anhalten. »Das haben wir beim Drehen gefunden«, sagte Klaas. »Er hat draufgelegen.«

»Ups«, sagte Klaudia, als sie erkannte, was vor ihr lag. »Das sind ja ganz neue Aspekte.«

Mit dem Zeigefinger am Abzugsbügel nahm Demel die Pistole hoch und drehte sie vor seinen Augen. »Das ist eine Makarow«, murmelte er. »Wahrscheinlich noch aus NVA-Beständen.«

»Pass auf, dass es keine weiteren Toten gibt«, scherzte Klaudia nur halb. Sie hielt nicht viel davon, fremde Waffen am Zeigefinger hängen zu haben.

Demel beugte sich vor und schnupperte an der Mündung. »Damit wurde geschossen.« Ein letzter Schwenk des Zeigefingers beförderte die Makarow in einen Spurenbeutel, den Wibke ihm hinhielt. »Vielleicht auf den Angreifer.«

»Könnte das ein Wolf gewesen sein?«

»Gibt's hier überhaupt welche?« Klaas schob die Kleidung des Toten hoch und inspizierte den Rücken.

»Das hier«, Klaudia nickte in Richtung des Grills und der Bierzeltgarnituren, »war eine Wolfswache.«

»Ob es einer war, kann ich so nicht sagen«, antwortete Klaas. »Wir könnten versuchen, genetisches Material von den Wundrändern zu gewinnen. Ansonsten: keine Verletzungen auf dem Rücken oder den hinteren Gliedmaßen«, fuhr sie fort.

»Das Opfer könnte den Wolf also angeschossen haben.« Klaudia kaute an dieser Erkenntnis wie an einem zähen Stück Fleisch. Ein verletztes Tier, das möglicherweise ein Wolf war und einen Menschen getötet hatte, lief hier irgendwo herum. Kein Gedanke, der ihr gefiel. Mussten sie jetzt den gesamten Spreewald absperren? Oder eine Hundertschaft reinschicken? Sie hatte keine Ahnung, was sie in dieser Situation tun musste, irgendwie waren Wölfe während ihrer Ausbildung kein Thema gewesen. Sie schaute hinüber zum Förster, der mit Wibke vor einer Spur hockte. Verletzte Tiere fielen eindeutig in seinen Aufgabenbereich.

»Doch was war die Henne und was das Ei?«, unterbrach Demel ihre Überlegungen. Er half gerade der Ärztin, die Leiche wieder auf den Rücken zu drehen.

»Wie meinst du das?«

»Hat er geschossen, weil er angegriffen wurde, oder wurde er angegriffen, weil er geschossen hat?«

»Kann man so nicht sagen«, antwortete Klaas. »Aber was man sagen kann: Es muss rasend schnell gegangen sein.« Sie griff nach der verbliebenen Hand des Toten. Sie war aufgedunsen, und die Fingernägel drückten sich bereits aus dem Nagelbett. Trotzdem verstand Klaudia sofort, was Klaas meinte. Der Tote wies keine Abwehrverletzungen auf. Nicht an der Hand und auch nicht an dem verbliebenen Unterarm, den die Ärztin nun entblößte.

7. Kapitel

»Eure Leiche.« Klaas zog sich die Einmalhandschuhe von den Händen und stemmte sich in die Höhe. Rückwärts taumelnd landete sie an Klaudias Brust.

»Hoppla.« Klaudia stützte die Ärztin. »Wie alt schätzt du ihn?«

»Schwer zu sagen.« Nachdenklich musterte Klaas das zerstörte Gesicht. »Höchstens zwanzig.«

»Würde ich auch denken.« Klaudia nickte.

»Genaueres nach der Obduktion.« Klaas grinste schief. »Ich denke, wir nehmen ihn gleich Montag dran. So etwas lässt sich der Chef nicht entgehen.«

»Wann ungefähr?«, fragte Klaudia.

»Um neun hat der Chef Studenten da. Also möglicherweise genau dann. Wollt ihr dabei sein?« Klaas trat einen Schritt zur Seite und stieg aus dem weißen Overall der Spurensicherung.

»Ich weiß nicht.« Klaudia schaute zu Demel.

»Deine Entscheidung«, entgegnete er. »Aber eigentlich haben wir genug zu tun, oder?«

»Ich versuche, da zu sein«, sagte Klaudia schließlich. »Aber wartet nicht auf mich, wenn ich es nicht schaffe.«

»Von mir aus kann er abtransportiert werden.« Wibke beschriftete einen letzten Spurenbeutel. »Ich habe alles, was wir brauchen.«

»Was ist mit der Weide?« Klaudia schaute hinüber zu den Schafen, die wiederkäuend das Treiben beobachteten. Hin und wieder blökte eins, und Klaudia fragte sich, ob dieses Blöken ein Kommentar zu ihrer Arbeit war. »Der Schäfer will sie in den Stall treiben.«

»Kann er machen.« Wibke pustete sich eine Haarsträhne aus dem Gesicht, die sich aus der Kapuze gelöst hatte. »Solange er sich vom Weg fernhält.«

»Richte ich ihm aus, aber zunächst will ich noch einmal mit dem Förster sprechen. Kommst du mit?«, fragte sie Demel, der ein paar Schritte entfernt rauchte. Der würzige Tabakgeruch legte sich angenehm mild über den Verwesungsgeruch.

Jeder Kollege nahm die Dinge zu einem Tatort mit, von denen er dachte, dass sie wichtig sein könnten. Also Einmalhandschuhe oder auch Lederhandschuhe, ein Klemmbrett mit diversen Formularen, Spurenbeutel, Stifte und was sonst noch so in die Tasche passte. Zu Demels Ausrüstung gehörte ein Taschenaschenbecher. Wahrscheinlich würde er eher die Einmalhandschuhe vergessen als diesen Aschenbecher.

»Es ist auf jeden Fall ein Kanide.« Welber winkte sie zu einer Spur. Ächzend ging er in die Knie, und die Polizisten folgten seinem Beispiel.

»Und was ist ein Kanide?«, fragte Klaudia.

»Ein Säugetier aus der Familie der Hunde.«

»Sie meinen, diese Spur stammt von einem Hund?«

»Hund oder Wolf, das kann ich so nicht sagen. Aber ich kann Ihnen etwas anderes sagen.«

»Nämlich?«, fragte Klaudia in die Kunstpause hinein.

»Sehen Sie das Trittsiegel?« Welbers Finger zeigte auf eine Eindruckspur. »Mehr breit als lang«, dozierte der Förster. »Gerade und gut definierte Krallenspuren. Die hinteren Pranten kleiner als die vorderen.« Welber legte seine Hand neben die Spur. »Recht groß, entweder großer Hund oder nicht ganz ausgewachsener Wolf.«

»So weit waren wir bereits«, sagte Klaudia.

»Ja, natürlich. Warten Sie.« Welber stand auf und winkte sie einen Meter weiter. »Es ist überall zu sehen, aber hier besonders gut.« Er zeigte auf den Boden. Folgsam, wie im Biologieunterricht, hockten sich die Polizisten neben die Spur. Klaudia sah alles, was Welber beschrieben hatte. Die Fußballen, die Krallenspuren, aber sie hatte keine Ahnung, was Welber von ihr wollte. Demel schien es nicht anders zu ergehen. Er räusperte sich und sprach die Frage aus, die auch Klaudia auf den Lippen lag. »Was ist zu sehen?«

»Er ist verletzt.« Nur mit Mühe gelang es Welber, den Triumph aus seiner Stimme zu verbannen.

»Das wissen wir bereits.« Demel richtete sich auf und streckte die Hand aus, um Klaudia aufzuhelfen. Ohne darüber nachzudenken, ergriff Klaudia sie.

»Das Opfer hat einen Schuss abgefeuert.«

»Kann sein«, sagte Welber. »Aber er hat ihn nicht getroffen.«

»Weil kein Blut in der Spur ist?«, fragte Klaudia. »Oder was macht Sie so sicher?«

»Zwei Sachen. Ich zeig's Ihnen.« Welber winkte sie ein Stück weiter.

»Der macht's aber spannend«, murrte Demel.

»Schulklassengeschädigt«, bestätigte Klaudia so leise, dass der Förster sie bestimmt nicht hören konnte. Sie grinsten sich an, dann gingen sie hinüber zum Förster, der bereits auf sein Gewehr gestützt neben einem Spurentäfelchen hockte.

»Sehen Sie das?«, fragte Welber.

Einen Seufzer unterdrückend ging Klaudia wieder in die Hocke. Sie war kein Scout, sie war Polizistin, und sie hätte es begrüßt, wenn der Förster einfach ausspucken würde, was er wusste. Sie hatte wenig Geduld mit Zeugen, die ihre Aussage in Szene setzten wie eine Bühnenshow. Wie armselig musste ein Leben sein, wenn man eine Ermittlung missbrauchte, um den Auftritt seines Lebens zu haben.

»Er ist zum Opfer gelaufen.« Klaudia unterdrückte ihre Ungeduld. Sollte er doch seinen Auftritt haben.

»Sehr gut«, lobte Welber und kratzte damit gefährlich an der dünnen Haut Verständnis, die ihn vor ihrer Ungeduld schützte. »Und was sehen Sie noch?« Er zeigte auf die kleineren Spuren, die enger beieinanderlagen.

»Sie sind nicht gleichmäßig«, sagte Klaudia schließlich. »Die linke drückt sich weniger tief in den Boden.«

»Eben.«

Klaudia richtete sich auf und schaute nachdenklich hinüber zum Wald. »Das Tier war also schon verletzt, als es das Opfer angegriffen hat.«

»Das Tier hat den Jungen nicht angefallen.«

»Was macht Sie da so sicher?«

»Weil ...« Welber schaute zum Wald hinüber, der grau im künstlichen Licht lag. » ... diese Spur frisch ist und die Leiche nicht.«

8. Kapitel

»Sie meinen, er hat nichts mit dem Tod des Jungen zu tun?« Ein Meer von Möglichkeiten tat sich vor Klaudia auf.

»Er war auf jeden Fall an der Leiche. Aber …« Welber reckte den Zeigefinger. »Wenn dieser Kanide ein Wolf gewesen ist, wäre das ungewöhnlich. Normalerweise meiden Wölfe den Menschen. Außer …« Nachdenklich kratzte sich der Förster die Nase.

»Außer was?«, erinnerte ihn Demel an ihre Anwesenheit.

»Die einzigen Fälle von Wolfsangriffen auf Menschen, die mir bekannt sind, stammen aus Russland. Und da handelte es sich um tollwütige Tiere.«

»Ach du Scheiße.« Klaudia fand die Vorstellung eines verletzten Wolfes schon gruselig genug. An Tollwut mochte sie nun wirklich nicht denken.

»Aber es gibt hier keine Tollwut.«

»Das ist dann wohl die gute Nachricht«, seufzte Klaudia.

»Letztens wurde ein Wolf in Burg gesichtet«, sagte Demel. »Stand in der Zeitung.«

»Das stimmt. Wölfe tauchen immer mal wieder im inneren Spreewald auf. Meistens Jährlinge auf der Wanderschaft.«

»Könnte das der Wolf sein?«

»Kann ich Ihnen nicht sagen. Seit der Sichtung hat ihn niemand mehr gesehen«, antwortete Welber. »Und wie gesagt: Wölfe meiden Menschen.«

»Selbst wenn sie tot sind?«

Welber straffte die Schultern. »Der Geruch der Leiche könnte natürlich sehr verlockend gewesen sein. Wenn es ein Wolf war, war es ein junges Tier. Sie sollten auf jeden Fall das Landesumweltamt informieren. Die wissen da mehr.«

»Machen wir«, versprach Klaudia. »Aber was ist mit Ihnen? Werden Sie ihm folgen?«

»Ich?« Welber schüttelte den Kopf. »Warum?«

»Nun ja«, sagte Klaudia. »Wenn es ein Wolf ist? Sie sind der Förster.«

»Wölfe fallen nicht unters Jagdrecht. Ohne einen Entnahmebescheid vom Landesumweltamt kann ich gar nichts machen.«

»Aber das Tier ist verletzt.«

»Ich glaube, das Tier ist Ihr geringstes Problem«, sagte Welber. »Das hat nur, tut mir leid, wenn ich das jetzt so drastisch formuliere, Aas gefressen. Wie noch ein paar andere Tiere des Waldes. Oder soll ich die jetzt auch alle verfolgen?«

»Sie meinen, wir sollten uns besser darum kümmern herauszufinden, wie diese Leiche hierherkommt?«

»Ich rede Ihnen nicht in Ihre Arbeit rein.«

»Danke für Ihre Hilfe.« Klaudia zwang sich zu einem verbindlichen Lächeln. *Aas gefressen.* Innerlich schüttelte Klaudia den Kopf. Das mochte aus tierischer Sicht richtig sein, für sie lag da immer noch ein Mensch.

»Brauchen Sie mich noch?«

»Ich glaube nicht.« Klaudia blickte kurz zu Demel, der den Kopf schüttelte. »Haben wir Ihre Kontaktdaten?«

»Ihr Kollege«, Welber nickte in Kuloths Richtung, »hat danach gefragt.«

»Der liebt ein offenes Wort, was?«, murmelte Demel, als der Förster sich entfernt hatte.

»Lass uns noch einmal mit dem Schäfer reden.«

»Warum?«

»Das sind seine Schafe, oder? Er muss hier häufiger sein. Und die Leiche liegt schon ein paar Tage hier.«

»Stimmt, auffallend.«

»Aber erst einmal checken wir die Vermisstendatei.« Klaudia drückte die Kurzwahl für die Leitstelle und gab dem diensthabenden Kollegen durch, was sie bisher wusste: also ungefähres Alter des Opfers, Haarfarbe, die weißen Chucks und was sich sonst noch aus der zerrissenen Kleidung rekonstruieren ließ. Der Kollege versprach, sich umgehend zu melden. Klaudia steckte das Handy weg. Der Schäfer kam ihnen bereits entgegen. »Kann ich jetzt endlich meine Schafe hier wegtreiben?«

»Ich glaube nicht, dass sie akut gefährdet sind.«

»Aber es regt sie auf.«

»Tut es das?« Klaudia schaute hinüber zur Weide, wo die Tiere im Gras lagen. Einige schliefen, anderen schauten interessiert den Polizisten bei der Arbeit zu und kauten dabei mit langsamen, gleichmäßigen Kieferbewegungen. »Sie wirken eigentlich ganz entspannt. Im Gegensatz zu Ihnen«, fügte sie hinzu. »Das ist Ihre Weide, oder?«

»Gepachtet«, antwortete der Schäfer, als würde das einen Unterschied machen.

»Und Ihre Schafe weiden immer hier?«

»Nein, erst seit heute«, antwortete Hanusch. »Vorher waren sie auf der Obstwiese am Haus.«

»Und wann waren Sie das letzte Mal hier?«

»Vor einer Woche.« Hanusch kniff die Augen zusammen. »Warum fragen Sie?«

»Sie haben das hier«, Klaudia machte eine Handbewegung, die sowohl die Tische als auch den Grill und den umgefallenen Klappstuhl umfasste, »organisiert.«

»Das hab ich Ihrem Kollegen schon gesagt.«

»Und Ihnen ist nichts aufgefallen?«

»Natürlich nicht. Sonst hätte ich mich doch gemeldet. Es roch ein wenig muffig vielleicht. Aber dabei hab ich mir nichts gedacht. Im Herbst riecht's halt schon mal muffig am Wald. Da denkt man sich doch nichts bei. Ich hab hier alles aufgebaut und mich um den Grill gekümmert.«

»Was gab's denn?«, fragte Demel.

»Würstchen und Hammelkoteletts.«

»Und das hat Ihre Schafe nicht nervös gemacht?«

»Was soll das?«

»Was war mit den Hunden?«, mischte Klaudia sich ein, bevor die beiden Männer richtig aneinanderrasselten. »Haben die nichts gerochen?«

»Welche Hunde?«

»Sie sind Schäfer«, sagte Klaudia. »Schäfer haben Hunde, oder?«

»Das sind Milchschafe«, schnaubte Hanusch. »Keine Herdenschafe. Dafür braucht man keine Hunde. Das macht sie nur nervös.«

»Okay.« Klaudia verabschiedete sich nur ungern von dem Gedanken an Schäferhunde. »Ich denke, Sie können gehen.«

Seufzend schaute sie dem Schäfer nach, der einen Pfiff ausstieß und mit der Herde abzog. So nach und nach lichtete sich der Fundort.

Das durchdringende Krächzen einer Dohle, das aus ihrer Jackentasche schallte, riss sie aus ihren Gedanken. Es war PH, der zurückrief. Es seien keine Vermisstenmeldungen eingegangen, sagte er, und dass sie sich um fünfzehn Uhr zu einer ersten Lage treffen würden.

»Geht in Ordnung.« Klaudia unterdrückte ein Gähnen und steckte das Smartphone zurück.

»Keine Vermisstenmeldungen«, sagte sie zu Demel.

»Aber das stimmt doch nicht«, widersprach Jonas Delling, den Klaudia komplett vergessen hatte.

9. Kapitel

»Wie meinen Sie das?« Überrascht wandte sich Klaudia an den Zeugen.

»Na.« Dellings Adamsapfel hüpfte über seinen Hals. »Dass keiner verschwunden ist, das stimmt nicht.«

»Und wer ist verschwunden?«

»Der Ben ist weg. Seit ein paar Tagen.«

»Aber es wurde keine Anzeige erstattet.«

»Sein Alter hat's nicht so mit der Polizei«, antwortete Delling. »Außerdem ist der immer mal wieder für ein paar Tage verschwunden. Das kennt der schon.«

»Aber?«, hakte Klaudia nach.

»Diesmal ist er nicht zu erreichen.«

»Woher wissen Sie das?«

»Wir sind Kumpels.«

»Aha.« Klaudia schaute hinüber zur Leiche. Mittlerweile war der Bestatter eingetroffen, der den Transport der Leiche zur Rechtsmedizin übernehmen würde. Sie hatten die Leiche bereits in den Transportsack gelegt und schlossen gerade den Reißverschluss. »Und wie alt ist Ihr Kumpel?«

»Im Februar neunzehn geworden.«

»Besaß Ihr Kumpel weiße Chucks?«

»Ja, klar.« Delling blickte hinab auf seine Füße, auch er trug diese Art Sportschuhe.

»Gibt es außer der Tatsache, dass Ihr Kumpel verschwunden ist, noch einen anderen Grund, der Sie annehmen lässt, er könnte der Tote sein?«

»Ich hab nicht gesagt, dass ich das glaube«, widersprach Delling. »Ich hab nur gesagt, dass er verschwunden ist und nicht an sein Handy geht.«

»Ja, das habe ich schon verstanden.« Klaudia räusperte sich. »Worauf ich hinauswill: Haben Sie den Toten gesehen? Also wirklich gesehen?«

»Nein«, räumte Delling nach einer Pause ein, in der das Brummen des Generators das einzige Geräusch war.

»Das dachte ich mir.« Klaudia kaute auf der Unterlippe. Es widerstrebte ihr, einfach auf diesen vagen Verdacht hin dem jungen Mann den Anblick des Toten zuzumuten. Andererseits war es vielleicht die Chance, einen ersten Hinweis auf die Identität des Toten zu bekommen.

»Warten Sie bitte!«, rief sie, als sie zu einer Entscheidung gekommen war.

»Meinen Sie mich?« Irritiert blickte der Bestatter in Klaudias Richtung.

»Ja«, bestätigte Klaudia und griff nach dem Arm des Zeugen. »Kommen Sie bitte mit mir.«

»Ich?« Dellings Gesichtsfarbe wechselte von fahlem Weiß zu ungesundem Grün.

»Es tut mir leid«, sagte Klaudia, und das stimmte wirklich. Sie hätte noch eine Menge mehr sagen können, so nach dem Motto: dauert nicht lange, oder: halb so schlimm, oder: ich bin bei Ihnen, doch sie schenkte sich die Floskeln.

Das, was sie mit dem jungen Zeugen vorhatte, war geeignet,

ihn schreiend aus Albträumen aufwachen zu lassen. Sie nickte dem Bestatter zu, und der öffnete den Leichensack und gab den Blick auf das aufgequollene Gesicht mit den leeren Augenhöhlen frei.

»Nicht atmen«, sagte Klaudia noch, da hatte die Verwesungswolke sie bereits erreicht. Sie verstärkte den Griff um Dellings Arm. »Könnte das Ihr Freund sein?« Sie beschrieb ihm die Kleidung, die ungefähre Größe des Toten, die Haarfarbe. Schließlich nickte der Zeuge, dann riss er sich los und humpelte zum Waldrand, wo er sich vorbeugte. Sein Körper krümmte sich. Auf ein Zeichen Demels schloss der Bestatter den Leichensack.

Klaudia und Demel warteten, bis Delling sich einigermaßen wieder in der Gewalt hatte, dann traten sie zu ihm. Seine Stirn war schweißnass, und er taumelte, als würde er gleich umfallen. Klaudia gab ihm ein Taschentuch und Demel eine Zigarette. Er nahm beides. Nach den ersten gierigen Zügen kehrte die Farbe in seine Wangen zurück.

»Ich bin mir nicht sicher«, sagte Delling schließlich. »So sieht kein Mensch aus.«

Doch, dachte Klaudia. Auch so sehen Menschen aus. »Hat er besondere Kennzeichen? Ein Tattoo oder so etwas in der Art?«

»Chinesische Schriftzeichen.« Delling griff sich seitlich an den Hals.

Klaudia schaute zu Demel. Er hatte mit Klaas den Toten untersucht. Doch der Kollege hob nur verneinend die Augenbrauen. Gerade vom Hals war nicht viel übrig gewesen.

»Wie heißt Ihr Freund?«

»Ben«, antwortete Delling. »Ben Gutsche. Seinem Alten gehört die *Alte Feuerwache*.«

»An der Spreestraße?« Klaudias Ermittlerader, die unterhalb des Zwerchfells lag, wummerte los. Sie kannte die Kneipe von Ermittlungen in einem anderen Fall. In ihrem Hinterzimmer war sie mit einem Rechtsradikalen zusammengerasselt. Doch seit der großen Aktion im letzten Jahr saßen dieser Typ und andere führende Köpfe der *Widerstandsbewegung Südbrandenburg* im Gefängnis. Auch wenn Klaudia selbst nicht an den Verhaftungen beteiligt gewesen war – sie hatte kurzfristig Urlaub genommen, um zu ihrem Vater zu fahren, der mit einem demenziellen Delir im Krankenhaus lag –, wusste sie, dass der Schlag gegen die Rechten vernichtend gewesen war. Also eigentlich alles zerschlagen und in trockenen Tüchern, soweit man das von Aktionen gegen die Rechte sagen konnte. Irgendwie war die Bewegung wie eine Hydra. Ein abgeschlagener Kopf gebar zwei neue. Und jetzt lag da dieser tote Junge, und er war möglicherweise der Sohn des Wirtes der *Alten Feuerwache*.

»Haben Sie eine Idee, was Ihr Freund Ben hier wollte?«, fragte sie.

»Keine Ahnung.« Delling hatte sich wieder gefasst. »Sein Alter hat die Jagd hier.« Er nickte zum Waldrand hinüber.

»Aber es sieht nicht so aus, als sei Ben auf der Jagd gewesen, oder?« Klaudia dachte an die Pistole. Es gab eine Menge Kollegen, die sich besser mit Waffen auskannten als sie. Aber dass eine Makarow keine Jagdwaffe war, wusste selbst sie.

»Keine Ahnung. Woher soll ich das wissen?« Delling zog so heftig an der Zigarette, dass sie funkensprühend knisterte. »Brauchen Sie mich noch?«

»Nein.« Klaudia schaute zur nun leeren Weide hinüber. Wenn dem Vater des Jungen die Jagd hier gehörte, kannte möglicherweise auch der Schäfer den Jungen, und vielleicht hatte er eine Idee, was er hier gewollt haben könnte.

10. Kapitel

Das Haus des Schäfers lag an einem gepflasterten Hof am Ende einer holprigen Sackgasse. Eine Lampe über dem Eingang flammte auf, als Klaudias Peugeot sich dem Haus näherte. Es war ein liebevoll restauriertes Bauernhaus mit Sprossenfenstern und gekreuzten Schlangen auf dem Dachfirst. Die Blumenkästen unterhalb der Fenster waren mit Männertreu und irgendetwas Weißem bepflanzt, das Klaudia nicht kannte.

»Du kannst an der Scheune parken.« Demel zeigte auf eine Parkbucht.

»Nett hier.« Klaudia zog die Handbremse an und stieg aus. Entlang der Scheune wuchsen Sonnenblumen und Stockrosen. Ein buntes Emailschild an der Scheunenmauer warb für Ferien auf dem Bauernhof und Schafskäse.

»Sieht aus, als hätten die hier eine Menge Geld reingesteckt.« Klaudia stieg die zwei Stufen zum Eingang des Wohnhauses hinauf und zog an dem Seil neben der Tür. Ein helles Klingeln rief einen Hund auf den Plan. Schnell näherte sich das Bellen, ein kurzer Ruf, und es herrschte Stille. Also hatte der Schäfer doch einen Hund. Klaudia fragte sich, warum er ihn verschwiegen hatte, als knarrend das Hoftor aufschwang.

»Sie schon wieder?« Wenig begeistert winkte der Schäfer sie in den Hof. Er hielt einen Boxer am Halsband fest, der sie nicht aus den Augen ließ.

Auch Boxer sind Kaniden, dachte Klaudia. Ein schneller Seitenblick zu Demel verriet ihr, dass auch der Kollege seine Biologiekenntnisse gerade aktiviert hatte. Und dann sah sie, dass der Hund hinkte. Ein Hinterbein schien kürzer als das andere zu sein. Sie und Demel tauschten einen Blick. Erst einmal abwarten, dachte Klaudia, und sie war sich sicher, dass ihr Kollege das Gleiche dachte.

Gusseiserne Laternen erhellten das Geviert des grob gepflasterten Innenhofes, der zu beiden Seiten von ehemaligen Wirtschaftsgebäuden umgeben war, die offensichtlich jetzt als Fremdenzimmer vermietet wurden. Runde Bistrotische und Bänke standen vor blau gestrichenen Holztüren. Nur am hinteren Ende des rechten Gebäudekomplexes stand ein Schuppen, der aussah, als würde er noch als Stall genutzt werden. Zur Weide hin wurde der Hof von einem Fließ begrenzt. Um einen Steingarten im Zentrum des Hofes saßen trotz der späten Stunde fünf Pärchen mittleren Alters, deren Blicke ebenso an den Polizisten klebten wie die des Boxers.

»Das ist meine Frau«, stellte Hanusch eine etwas pummelige Frau mit einem seitlich geflochtenen Zopf vor, die eine Thermoskanne in der Hand hielt. Klaudia schätzte, dass Frau Hanusch ungefähr in ihrem Alter und damit deutlich älter als ihr Mann war.

»Und das sind unsere Hausgäste.« Bei jedem Ehepaar, auf das Hanusch zeigte, nannte er einen Namen, und Klaudia nickte bei jedem Namen, ohne ihn zu behalten. Sollte einer der Hausgäste bei der Wolfswache gewesen sein, stünden Name und Adresse sowieso in den Akten.

»Früher waren das alles Stallungen.« Hanusch kratzte sich den Nacken. Ihm war nicht entgangen, dass Klaudia sich umschaute.

Er wirkte angespannt, auf der Hut. Vielleicht störte es ihn aber auch nur, dass die Polizei in seine Ferienhofidylle eingedrungen war.

»Scheint ja zu laufen«, sagte Demel.

»Noch. Aber wer weiß, wie es weitergeht.« Hanusch ballte die Fäuste, und sofort knurrte der Boxer.

»Sie meinen wegen der Wölfe?«, fragte Klaudia. Wenn er reden wollte, war das nur gut für sie. Man erfuhr immer mehr von den Menschen, wenn sie von sich aus erzählten.

»Ja«, antwortete Hanusch. »Da kommt doch keiner mehr in den Spreewald, und von Schafzucht und Obstwiesen allein können Sie hier auch nicht überleben. Und wer weiß, ob ich die Schafe überhaupt halten kann. Früher hab ich einfach Pflöcke in die Erde gestoßen und einen Drahtzaun um die Herde gezogen. Heute muss da Strom drauf sein.«

»Den zahlt doch das Land, oder?«, mischte sich Demel ein.

»Den Strom?«

»Nein«, sagte Demel. »Den Zaun.«

»Schon«, räumte Hanusch widerwillig ein. »Aber was nutzt das? Trotzdem reißt der Wolf die Schafe. Und nicht nur eins. Haben Sie mal Bilder gesehen? Wie so ein Rudel in der Herde wütet? Ein Zombiefilm ist dagegen Kinderkram.«

»Deshalb also die Wolfswache«, sagte Klaudia, um den Zeugen zum Thema zurückzuführen.

»Ja«, antwortete Hanusch kurz angebunden.

»Waren Sie auch da?«, fragte Klaudia Hanuschs Frau.

»Wir alle waren da«, antwortete sie. »Es war ja so etwas wie ein Fest.« Ihre Stimme klang belegt, und sie räusperte sich. »Es gab Apfelbier und Lammbratwurst«, fuhr sie fort. »Das stellen wir selbst her. Also das Bier. Wir haben ja nicht gedacht, dass hier wirklich Wölfe sind. Rundherum ja, aber es hat immer geheißen, hier ist es ihnen zu nass. Und nun das jetzt. Wenn sich das rumspricht.« Ein unterdrücktes Schluchzen unterbrach sie. Eine Frau hatte die Hände vors Gesicht geschlagen, und ihr Mann klopfte ihr hilflos den Rücken, als habe sie sich verschluckt.

»Als der Polizist unsere Namen aufgenommen hat, bin ich mit den Gästen nach Hause«, fuhr Frau Hanusch fort, nachdem sie die weinende Frau mit einem Schluck aus ihrer Thermoskanne versorgt hatte. »Rudi musste ja noch dableiben. Möchten Sie einen Früchtetee?« Sie streckte Klaudia die Kanne entgegen. »Eigene Mischung.«

»Danke«, antwortete Klaudia, obwohl ihr Kaffee lieber gewesen wäre. Die Nacht war noch lang. »Könnten wir uns vielleicht drinnen unterhalten?«, fragte sie Hanusch, als seine Frau sie und Demel mit einem dampfenden Becher versorgt hatte.

»Warum?« Der Boxer zu Hanuschs Füßen hob den Kopf. Kein Laut entwich seiner Kehle, trotzdem fühlte Klaudia sich angeknurrt.

»Bitte, Herr Hanusch.«

»Also gut.« Mit einer Handbewegung lud er sie ein, ihm zu folgen.

Der Schäfer führte sie in einen Wohnraum mit niedriger Holzdecke, einer Sitzecke am Kamin und im Raum verteilten Tischen, die bereits fürs Frühstück gedeckt waren. Zum Hof hin waren bodentiefe Fenster in die Wand gebaut. Klaudia kam sich vor wie auf einer Bühne. Sie war sich sehr wohl der Blicke der Menschen bewusst, die im Hof zurückgeblieben waren. Hanusch schien den gleichen Gedanken zu haben, denn er trat an die Wand und legte einen Schalter um. Mit einem leisen Brummen senkte sich ein Rollo.

»Kennen Sie einen Ben Gutsche?«, fragte Klaudia, als der Motor verstummt war.

»Wollen Sie sich nicht setzen?« Hanusch räumte das vorbereitete Frühstücksgeschirr von einem der Tische.

»Danke, ja.« Klaudia trank einen Schluck aus ihrem Teebecher. Er schmeckte erstaunlich gut. Nach Brombeeren und ein bisschen säuerlich nach Hagebutte.

»Sie haben meine Frage noch nicht beantwortet.«

»Die Gutsches haben die Jagd hier.«

»Also kennen Sie den Jungen.« Irgendwie hatte Klaudia das Gefühl, dass der Mann ihr auswich.

»Nicht mehr als nötig«, antwortete Hanusch. »Warum fragen Sie? Ist er …?«

»Das wissen wir noch nicht genau.«

»Ich muss ihn aber nicht identifizieren?« Panik schwang in Hanuschs Stimme mit.

»Könnten Sie das denn?«

»Ich weiß, wie er aussieht«, sagte Hanusch. »Und dass er ein Arschloch ist.«

»Ein Arschloch?« Klaudias Augenbrauen wanderten in die Höhe.

»Hat man so gehört«, ruderte Hanusch zurück, dem wohl dämmerte, dass er sich gerade exponiert hatte.

»Und was genau macht ihn zum Arschloch?«

»Ich sag da jetzt gar nichts mehr zu.« Hanusch schob den Stuhl vom Tisch und stand auf. Mit langen Schritten wanderte er durch den Raum.

Klaudia und Demel tauschten einen Blick. Sie hob die Augenbrauen, er runzelte die Stirn. Übersetzt hieß das: Soll ich nachhaken – eher nicht.

»Ihr Hund«, sagte Klaudia. »Er hinkt.«

»Ja, und? Er hat sich mal mit einer Ratte angelegt und den Kürzeren gezogen.«

»Läuft er frei herum?«

»Meistens ist er im Zwinger.« Hanusch zuckte mit den Schultern.

»Aber heute nicht?«

»Meine Frau hat ihn wohl rausgelassen, das macht sie oft, wenn sie im Hof ist.«

»Läuft er auch bis zum Wald?«

»Nein«, antwortete Hanusch heftig.

»Sind Sie da sicher?«

»Wieso fragen Sie das?«

»Nun«, antwortete Klaudia. »Wir haben Spuren von Kaniden gefunden.«

»Und das wollen Sie jetzt meinem Boxer anhängen?«, fauchte Hanusch. »Und dafür zahl ich Steuern?«

»Haben Sie etwas gehört in den letzten Tagen oder Nächten?«, lenkte Klaudia die Befragung in eine andere Richtung. Wenn der Hund am Fundort gewesen war, würden sie es herausfinden. Es war nicht notwendig, sich deswegen mit seinem Herrchen anzulegen.

»Was soll ich gehört haben?«, fragte Hanusch gereizt. »Schreie? Hilferufe?«

»Zum Beispiel«, bestätigte Klaudia.

»Nein. Außerdem: Wenn ich etwas gehört hätte, hätte ich euch schon Bescheid gesagt.«

»Auch keinen Schuss?«

»Einen Schuss?« Hanusch schüttelte den Kopf. »War er auf der Pirsch? Hat der Idiot sich selbst erschossen?«

»Das wissen wir nicht«, antwortete Klaudia. »Also, wie ist es: Haben Sie einen Schuss gehört?«

»Einen?«, fragte Hanusch. »Wir haben September. Hier wird dauernd geschossen.«

»Haben Sie eine Waffe?«

»Jetzt reicht's«, fuhr Hanusch auf. »Ich lass mir doch von Ihnen hier keinen Mord anhängen. Da gibt's andere, die hätten mehr Gründe, den Jungen abzuknallen.«

11. Kapitel

»Schon merkwürdig, der Typ, oder?« Demel gähnte, als er zu Klaudia in den Peugeot stieg.

»Allerdings«, räumte Klaudia ein. »Fast zu merkwürdig. Wütend und ein hinkender Hund.« Auch ihr renkte ein Gähnen den Unterkiefer aus. »Wo soll ich dich absetzen?«

»Mein Wagen steht in Leipe.«

»Okay.« Klaudia startete den Peugeot und lenkte ihn aus der Parkbucht. »Ich fahre morgen bei der Familie Gutsche vorbei und lasse mir Zahnbürste und Kamm geben.«

»Soll ich mitkommen?«

»Ich rufe den Notfallseelsorger an. Er kann dann bei der Familie bleiben und sie unterstützen.«

»Ich sage PH, er soll die Lagebesprechung verschieben. Kannst du es bis 15:00 Uhr schaffen?«

»Ich denke«, antwortete Klaudia und bog in die Ortszufahrt Leipe ein. »Auf jeden Fall soll jemand vom Landesumweltamt dabei sein.«

»Warum? Du glaubst doch nicht wirklich, dass ein Wolf den Jungen gerissen hat?«

»Natürlich nicht. Aber es ist nicht entscheidend, was ich glaube.« Klaudia bremste neben Demels Wagen. »Entscheidend ist, was die Leute glauben. Irgendwer wird das Wort Wolf in den Mund nehmen, da kannst du sicher sein.«

»Schöne Scheiße, oder?« Demel stieg aus und beugte sich noch einmal zu ihr. Klaudia roch sein Rasierwasser, das sie so sehr an ihren Ex erinnerte, dass für den Bruchteil einer Sekunde sein Gesicht vor ihrem inneren Auge auftauchte. Sie hatte mal irgendwo gelesen, dass Geruchserinnerungen die langlebigsten waren. Sie unterdrückte einen Seufzer. »Ein verletzter Wolf, der hier irgendwo herumläuft«, fuhr Demel fort.

»Kannst du laut sagen.«

»Ob der Hund auch an der Leiche war?« Demel richtete sich auf und zündete sich, eine Hand noch immer an der Beifahrertür, eine Zigarette an. Nachdenklich blies er den Rauch in den Nachthimmel.

»Laut Hanusch verlässt der Hund das Gelände nicht unbeaufsichtigt.«

»Der kann viel erzählen. Ob er wusste, dass der Tote da lag?«

»Ich weiß nicht. Kommt mir absurd vor. Andererseits ...« Klaudia steckte ihr Handy in die Audiobuchse. »Er verheimlicht uns etwas.« Sie drehte den Zündschlüssel, und Demel schlug die Beifahrertür zu. Mit dem Starten des Motors schmetterte Céline Dion ihr den Refrain aus »The Beauty and the Beast« entgegen. Klaudia stoppte den Track. Manchmal fragte sie sich, ob ihr Smartphone nicht doch zu viel über sie wusste.

Die nächste böse Überraschung erwartete Klaudia, als sie das Deckenlicht in ihrer Küche einschaltete. Es sah aus, als wäre ein Blizzard durch ihre Küche gezogen. Mehl war über den gesamten Küchenboden verteilt, der Teller, mit dem sie die blaue Plastikschüssel abgedeckt hatte, war zerbrochen, und die Schüssel lag unterm Küchentisch. Klaudia schloss die Augen und öffnete sie wieder, doch änderte das nichts am Zustand ihrer Küche. Die Spur des Einbrechers führte in Klaudias Schlafzimmer, wo der dicke Kater sich auf ihrem Bett zusammengerollt hatte.

»Ich habe dich vor die Tür gesetzt.« Klaudia griff nach der schlafschweren Katze und öffnete das Fenster. »Wie bist du wieder reingekommen?« Ohne eine Antwort abzuwarten, knallte sie das Fenster zu und ignorierte Dickies vorwurfsvolles Schielen. Sie fegte das Mehl zusammen, dann saugte sie und wischte anschließend noch die Küche, bevor sie ins Bett fiel.

Am nächsten Morgen weckten sie ihr Handywecker und das Geschrei der Katze, die auf dem Fensterbrett saß.

»Du bist in Ungnade gefallen«, sagte sie zu Dickie. Trotzdem öffnete sie das Fenster und stellte ihr eine Schale mit Katzenmilch, die es aus unerfindlichen Gründen beim letzten Großeinkauf in ihren Einkaufswagen verschlagen hatte, auf die Fensterbank, bevor sie sich auf den Weg machte.

In Lübbenau parkte sie an der Wache und nutzte die Gelegenheit, um sich bei *Bubner* mit Kaffee und Hefeteilchen zu versorgen, dann hockte sie sich auf die Bank am Brunnen und schaute sich um. Obwohl es noch recht früh war, wimmelte es auf dem Markt von Touristen und Schaulustigen. Bauwagen standen herum, und Künstler arbeiteten an ihren Werkstücken. Es roch nach Holz und Terpentin. Wohin Klaudia blickte, es wurde gehämmert, gesägt oder einfach nur gefachsimpelt. Die Menschen waren fröhlich und guter Dinge. Klaudia hatte zwar keine Ahnung, was hier los war, aber sie spürte, wie diese Stimmung aus Geschäftigkeit und guter Laune nach ihr griff. Doch dann dachte sie an das, was vor ihr lag, und die Septembersonne blendete gleich ein bisschen weniger.

»Was machst du denn hier?«, schallte Uwes Stimme über das Kreischen einer Motorsäge hinweg.

Klaudia drehte sich um. Ihr Kollege und Ex-Vermieter schob seinen Sohn im Kinderwagen vor sich her. Er hielt sich sehr gerade und trug eine Halskrause. Bei einem Einsatz hatte er ein Schleudertrauma erlitten und war krankgeschrieben.

»Das Gleiche könnte ich dich fragen.« Klaudia freute sich, ihr Patenkind zu sehen. Es hatte sie überrascht, dass Uwe sie gefragt hatte, ob sie Tims Patentante werden wollte. Ihr erster Impuls war gewesen abzulehnen. Sie hatte es nicht so mit der Kirche. Doch jetzt war sie froh, dass sie diesem Impuls nicht nachgegeben hatte. Tim war jetzt über ein Jahr alt, doch das sah man ihm nicht an. Sein schmaler Kopf und der schmächtige Körper ließen ihn jünger wirken. Aber immerhin waren die Schläuche aus seiner Nase verschwunden, und seit seiner letzten Operation, bei der die Chirurgen den künstlichen Darmausgang zurückverlagert hatten, wurde er sogar ein bisschen speckiger, auch wenn Essen immer noch nicht so sein Ding war. Das sei ganz normal bei Frühchen, hatte ihr Uwe versichert.

Obwohl Klaudia nicht mehr in seiner Einliegerwohnung unterm Dach lebte, besuchte sie Uwe und seine Kids, wann immer sie Zeit fand. Mehr als ein Jahr nach Silkes Tod schien so etwas wie Normalität in den Alltag der Restfamilie zurückgekehrt zu sein.

»Wir sind raus, bevor er die Mädchen weckt. Seine Schwestern lieben ihn, aber nicht so früh am Morgen.«

»Was ist hier los?« Klaudia nickte in Richtung Marktplatz.

»Das weißt du nicht?« Uwe schnaubte. »Du bist echt ein Waldschrat geworden. Was kriegst du eigentlich mit?« Eher vorsichtig als missbilligend bewegte Uwe den Kopf.

»Was macht der Hals?« Klaudia stellte ihren Kaffeebecher auf der Bank ab und hockte sich neben den Kinderwagen, um Tim einen Kuss auf das weiche Babyhaar zu drücken. Er kaute recht zufrieden an einem Beißring und sah nicht aus, als würde er seine großen Schwestern tyrannisieren. Klaudia richtete sich wieder auf und umarmte Uwe vorsichtig. Er roch nach Babyshampoo und Milch.

»Schon besser.« Ein Schatten zog über sein Gesicht, und Klaudia verstand, dass er nicht über den Unfall sprechen wollte. Nach allem, was sie durchgemacht hatten, war es eine echte Nullnummer vom Schicksal, ausgerechnet ihn in diesen Unfall zu verwickeln. Bei der Verfolgung eines verdächtigen Pkw war der Einsatzwagen gegen eine Radfahrerin geschleudert worden. Die beiden Kollegen waren einigermaßen glimpflich davongekommen, die Radfahrerin war jedoch noch am Unfallort verstorben.

»Was treibt dich hierher?«, fragte Uwe. Eine Butterflocke klebte in seinem Mundwinkel.

Klaudia griff nach ihrem Kaffee und setzte sich auf die Bank. »Ich warte auf Vollmer.«

»Oh.« Natürlich wusste Uwe, was das bedeutete.

»Wegen des toten Jungen, den sie bei der Wolfswache gefunden haben?«

»Du bist gut informiert«, antwortete Klaudia.

»Ich hab mir beim *Bubner* ein Käsebrötchen gegönnt.«

»Das sieht man.« Klaudia streckte die Hand aus und wischte ihm die Butterflocke aus dem Mundwinkel. Sie tat es ganz automatisch, ohne darüber nachzudenken, und spürte im gleichen Augenblick, wie ihr Hitze in die Wangen stieg. Was war nur in sie gefahren? »Kennst du diesen Hanusch, der das organisiert hat?«, fragte sie, um ihre Verlegenheit zu überspielen.

»Nicht besonders gut«, antwortete Uwe. »Hat eine Menge Geld in den Hof gesteckt, das ihm nicht gehört, und betreibt einen Hofladen.«

»Er hat also Schulden?«

»Na, mit Schafskäse finanziert sich so ein Umbau nicht. Der Bank gehört der Hof quasi. Denkst du, er hat was mit der Sache zu tun?«

»Keine Ahnung.« Eine Motorsäge kreischte los, und sie fuhr lauter fort: »Er hat zumindest keine hohe Meinung vom Opfer.« Klaudia nippte an ihrem Kaffee. Viel zu heiß.

»Wer ist es denn?« Uwe schob den Kinderwagen so, dass Tim das Treiben auf dem Marktplatz beobachten konnte, und setzte sich zu ihr auf die Bank.

Klaudia verstand seine Neugier. Vor dem Tod seiner Frau war er Revierpolizist in Lübbenau gewesen. Er kannte jeden in der Stadt.

»Wir wissen es noch nicht so genau, aber möglicherweise ein gewisser Ben Gutsche.«

»Thorstens Sohn?«

»Du kennst ihn?«

»Wahrscheinlich nicht so gut wie Annalene.«

»Annalene kennt Thorsten Gutsche?«

»Ich rede von Ben.« Uwe verdrehte kurz die Augen wegen Klaudias Begriffsstutzigkeit. »War ’ne kurze Nacht, was?«

»Allerdings.« Klaudia seufzte.

»Eine Zeit lang waren sie wohl in einer Clique.«

»Und?«

»Was und?« Uwe bückte sich steif, um den Beißring aufzuheben, den sein Sohn aus dem Wagen geworfen hatte. »War nicht so Annalenes Typ, glaube ich. Gott sei Dank.«

»Wieso?«

»Weil er auch nicht mein Typ war.« Uwe nickte einem Passanten zu und verzog dabei schmerzlich das Gesicht. »Hat ihn der Wolf gerissen?«

»Sagt das der Dorffunk?«

»Ja«, bestätigte Uwe. »Soll bei der Wolfswache passiert sein.«

»Das wird ja immer doller.« Klaudia stöhnte. Es war schon schlimm genug, in so einem Fall zu ermitteln, da konnte sie gut auf eine hysterische Öffentlichkeit verzichten.

»Und?« So leicht ließ Uwe nicht locker. »Hat ihn der Wolf geholt?«

»Eher nicht.« Klaudia dachte an die verschiedenen Möglichkeiten, die die Auffindesituation erklären könnten. Von Unfall bis Mord war alles möglich. »Wir wissen noch nicht einmal, ob der Tote wirklich Ben Gutsche ist. Er war schon ein bisschen ...« Sie musste den Satz nicht beenden, Uwe verstand sie auch so.

»Manchmal ist unser Job echt beschissen, was?«

»Kannst du laut sagen.« Klaudia nippte wieder an ihrem Kaffee. Egal, wie beschissen ein Tag war, mit Koffein ließ er sich auf jeden Fall besser ertragen.

»Ich trag dies Ding sogar nachts.« Mit dem Zeigefinger fuhr Uwe den Rand der Halskrause entlang, als lockere er einen zu eng sitzenden Kragen. »Sonst hab ich beim Umdrehen das Gefühl, mein Kopf bleibt auf dem Kissen zurück.«

»Das braucht halt seine Zeit.« Klaudia wusste, dass diese Plattitüde kein Trost war, aber ihr fiel nichts Besseres ein, und außerdem drängte sich jetzt Pfarrer Vollmer durch die Schaulustigen, die den Künstlern bei der Arbeit zusahen.

12. Kapitel

Jurij eilte über den Marktplatz. Er wollte zum Metzger, Schlachtabfälle für die Hunde holen. Es war noch früh, trotzdem herrschte bereits reichlich Trubel um ihn herum. *Musikanten sind in der Stadt.* Er hatte keine Ahnung, warum ihm diese Liedzeile in den Ohren summte. Er wusste ja nicht einmal, woher er sie kannte. Außerdem war es falsch. Nicht Musikanten, sondern Künstler mit Äxten und Motorsägen bevölkerten den Marktplatz. Und sie machten auch keine Musik, sondern einen Heidenlärm.

Waren wirklich schon wieder zwei Jahre vergangen? Unwillkürlich rieb sich Jurij über die Narben in seinen Ellenbeugen, die er von seinem alten Leben zurückbehalten hatte. Alle zwei Jahre fand hier in Lübbenau auf dem Marktplatz das *Spreewald-Atelier* statt: Bildende Künstler arbeiteten eine Woche an ihren Werken, boten Workshops an oder ließen sich einfach von den Touristen ausfragen. Am Ende der Woche wurden die Kunstwerke dann versteigert. Die Stadt bot immer mit, und so füllten sich die Gassen und Plätze mit Kunst. Selbst Jurij hatte sich vor zwei Jahren als Kunstschnitzer versucht, wenn auch nicht ganz freiwillig. Veronika hatte ihn zu einem Schnitzkurs angemeldet. Weil sie seine Chefin war, musste er hingehen. Und eigentlich war es ganz in Ordnung gewesen. Er sollte etwas zum Thema Wasser aus dem Holzklotz schnitzen. Jurij hatte noch nie ein Schnitzmesser in der

Hand gehalten, und der Künstler, Jurij erinnerte sich nicht an seinen Namen, hatte so verrückte Sachen gesagt wie: Folge den Adern des Holzes, spüre die Seele. Jurij hatte es wirklich versucht, weil er Veronika eine Freude machen wollte. Das Ergebnis hatte er ihr geschenkt. In seinen Augen hatte es weder etwas mit Wasser noch mit der Seele des Holzklotzes zu tun, doch sie hatte sich über die buckelige Schale gefreut. Sie benutzte sie für Büroklammern.

Jurij fragte sich, ob Veronika den neuen FÖJler auch zu so einem Workshop angemeldet hatte? Er spürte einen Stich Eifersucht in der Brust, auch wenn er keine Lust hatte, noch einmal einem Baum mit einem Schnitzmesser zu Leibe zu rücken. Lebende Bäume waren ihm lieber. Bei ihnen konnte er die Seele sehen. Man musste nur mit offenen Augen durch den Spreewald gehen, dann sah man die Gesichter in der Rinde. Waldschrate und Hutzelweibchen und bei jungen Birken auch mal das Gesicht eines Kindes.

Jurij umkreiste eine Gruppe Besucher, die einem Bildhauer bei der Arbeit zusahen. Gut, dass er Plisch und Plum zu Hause gelassen hatte. Zu viele Menschen verschreckten sie. Das Erbe ihres Vaters. Sie hatten wenig von der Irish-Setter-Gelassenheit ihrer Mutter geerbt. Die Besitzer der Hündin hatten sich an die Wolfsstelle gewandt. Sie wollten keine Wölfe aufziehen, brachten es aber auch nicht fertig, die Welpen zu ersäufen. Verena hatte ihn gefragt, ob er nicht ein Tier aus dem Wurf übernehmen wollte. Jurij hatte sich für Plisch und Plum entschieden, weil die beiden das glänzend braune Fell der Mutter geerbt hatten. Ohren und Schnauze waren vom Vater, allerdings hatten die Ohren einen leichten Knick.

Die beiden waren unzertrennlich und ständig in Bewegung, wenn sie nicht gerade bei Fritz lagen und seine Füße wärmten. Jurij hielt die Hybriden in einem Gehege auf dem Hof und nahm sie nur selten mit in den Ort. Er wusste, dass viele Leute die beiden lieber tot als lebendig sehen würden.

Jurij nickte einem Polizisten zu, den er vom Sehen kannte. Seine Tochter gehörte zu den Freiwilligen, die immer mal wieder im Schlossberghof aushalfen. Seit Jurij im Spreewald lebte, war sein Verhältnis zur Polizei entspannt. Früher war das anders gewesen. Aber das war vorbei.

Der Polizist trug eine Halskrause und unterhielt sich mit einer blonden Frau, die aussah, als hätte sie zu wenig Schlaf gekriegt.

»Hat ihn der Wolf gerissen?«, fragte er sie.

Unwillkürlich blieb Jurij stehen. Die beiden beachteten ihn nicht, waren ganz in ihr Gespräch vertieft.

Bei der Wolfswache sollte es passiert sein, sagte der Polizist. Jurij wusste von der Aktion. Dieser dämliche Hanusch hatte sie organisiert. Jurij und ein paar Jugendliche hatten die Veranstaltung stören wollen, aber irgendwie waren ihre Pläne versandet.

Hanusch war ein Idiot, der sich vor jeden Karren spannen ließ. Dabei hatte er noch nicht ein Schaf an den Wolf verloren und erst im letzten Jahr die Wolfsschutzzäune vom Land bekommen. Veronika sagte, dass er sich mehr Sorgen um den Tourismus machte als um seine Schafe. Er hatte Angst, dass die Gäste wegblieben. Dabei war klar, dass der innere Spreewald nie Wolfsgebiet werden würde. Viel zu viel Wasser, in dem sich die Spuren des jagdbaren Wildes verloren.

»Und?«, drang die Stimme des Polizisten wieder in Jurijs Bewusstsein. »Hat ihn der Wolf geholt?«

»Eher nicht«, sagte die Frau, die dann wohl auch Polizistin war.

Natürlich nicht. Wölfe waren klug, sie wussten, wer ihre Feinde waren. Zumindest, wenn sie alt genug wurden. Jurij dachte an die abgeknallten Welpen in der Lieberoser Heide und die Spuren, die er gefunden hatte. Es handelte sich um ein weibliches Tier, und sie war verletzt. So viel wussten sie bereits. Weil Jurij die Spur gefunden hatte, durfte er ihr einen Namen geben. Er hatte sie Margot genannt, nach einer Streetworkerin, die echt in Ordnung gewesen war. Ob sie der Wolf war, von dem hier die Rede war? Jurij biss sich auf die Unterlippe.

13. Kapitel

Pfarrer Vollmer war eine imposante Erscheinung, und die Menschen wichen ihm unwillkürlich aus. Wie immer, wenn sie ihn sah, fand Klaudia, dass der Pfarrer sehr dem Bild von Luther ähnelte, das sie im Kopf hatte. Allerdings eher einer modernen Version, also ohne Tonsur, aber dafür mit Nickelbrille und gepflegtem Dreitagebart, der die Pausbacken kaschierte.

»Was macht der Kleine?« Vollmer beugte sich über den Kinderwagen und pikte Tim mit dem Zeigefinger in den Bauch. Er hatte den Jungen im Sommer getauft.

»Wächst und gedeiht«, antwortete Uwe. »Und kriegt Zähne.«

»Na, dann ist ja alles bestens«, sagte Klaudia und erntete für diese Bemerkung zwei erstaunte Blicke. »Was guckt ihr denn so?«

»Man kommt keine Nacht zum Schlafen, wenn Kinder zahnen«, klärte Vollmer sie auf.

»Ich habe auch eine unruhige Nacht hinter mir«, verteidigte sich Klaudia. »Und einen langen Tag vor mir.«

Vollmer verstand den Wink mit dem Zaunpfahl. »Wir sehen uns.« Er klopfte Uwe auf die Schulter und folgte Klaudia dann in die Spreestraße.

»Ich wollte nicht grob sein«, räumte sie kleinlaut ein. Sie wusste, dass sie zu schroff reagiert hatte. Doch immer wenn es um

Kinder und Familie ging, hatte sie das Gefühl, außen vor zu stehen und mitleidig geduldet zu werden.

»Kein Problem.« Vollmer lächelte auf sie herunter. »Wo müssen wir hin?«

»Gleich hier.« Klaudia und Vollmer gingen an der Feuerwache vorbei, der die Kneipe ihren Namen verdankte, in den dahinter liegenden Hof. Das Hämmern und Sägen vom Marktplatz schallte nur noch gedämpft zu ihnen herüber. Ein dicker Kater erhob sich von der Türschwelle, die zur Kneipe führte, streckte sich und starrte sie mit seinen gelben Katzenaugen an. Klaudia fragte sich, ob er mit ihrer Katze verwandt war. Fett genug war er zumindest, wenn er auch nicht schielte.

»Weiß die Familie, dass wir kommen?«

»Nein«, antwortete Klaudia. »Ich habe gedacht, es ist besser, ich spreche direkt mit ihnen.«

»Ich verstehe.«

Sie ließen die Kneipentür links liegen und schellten am hinteren Eingang.

»Es ist noch recht früh für einen Wirt«, gab Vollmer zu bedenken, weil sich nichts im Haus rührte.

»Ich weiß.« Klaudia drückte wieder auf den Klingelknopf. »Aber je eher wir genetisches Material und ein Foto haben, umso besser.«

Endlich hörten sie Schritte, und Klaudia straffte die Schultern.

Ein drahtiger Mann Mitte fünfzig öffnete ihnen die Tür. Er war unrasiert, und der Abdruck eines Kopfkissens hatte sich in seine stoppelige Wange gedrückt. Klaudia stellte erst sich und dann den Pfarrer vor. Sie vermied die Bezeichnung Seelsorger, um den Mann nicht zu verschrecken.

»Sind Sie der Vater von Ben Gutsche?«

»Was hat er denn jetzt schon wieder angestellt?« Der Mann musterte sie mit zusammengekniffenen Augen.

»Dürfen wir hereinkommen?«

Unschlüssig blickte Gutsche über die Schulter in den Flur. »Warten Sie«, sagte er schließlich. »Ich schließe vorne auf.«

»Ein besorgter Vater sieht anders aus«, murmelte Klaudia, als sich die Tür vor ihrer Nase schloss.

»Sorge hat viele Gesichter.« Wieder lächelte Vollmer auf sie herab.

Klaudia verzichtete auf eine Erwiderung. Als Nichtmutter schien sie einfach nicht genug über Eltern-Kind-Beziehungen zu wissen.

Die Tür zur Kneipe wurde aufgestoßen. Sofort versuchte der Kater, in den Schankraum zu gelangen, wurde aber durch Gutsches Fuß daran gehindert. Das Tier schien kein gern gesehener Gast zu sein.

In der Kneipe roch es wie in allen Kneipen nach verschaltem Bier und Rauch. Klaudia blickte sich um. Seit ihrem letzten Besuch hatte sich nichts verändert. Nicht einmal die vertrockneten Veilchen auf den Gasttischen waren ausgetauscht worden.

»Wollen Sie was trinken?« Gutsche hatte sich hinter die Theke zurückgezogen. Dort schien er sich sicherer zu fühlen, zumindest war sein Gesichtsausdruck nicht mehr so verbissen.

»Nein, danke«, sagte Klaudia. »Ihr Sohn ist verschwunden, habe ich gehört.«

»Wenn Sie das gehört haben, wird's wohl so sein.«

»Und Sie haben ihn nicht als vermisst gemeldet.«

»Hören Sie. Der Junge ist neunzehn. Wir hatten Krach, und er ist abgehauen. Und das nicht zum ersten Mal. Haben Sie Kinder?«

Klaudia schüttelte den Kopf.

»Dann seien Sie froh. Nichts als Ärger. Zumindest mit den Jungens.«

»Da sagen Sie etwas sehr Wahres.« Pfarrer Vollmer seufzte. Klaudia ahnte, worauf er anspielte, schließlich hatte sie ihn kennengelernt, weil sein Sohn Tatverdächtiger in einem Mordfall gewesen war.

»Also«, fragte Gutsche. »Was hat er diesmal angestellt?«

»Was war denn seine letzte Schandtat?«, fragte Klaudia.

»Nichts, was mir bisher die Polizei ins Haus gebracht hätte.«

»Wann haben Sie Ihren Sohn das letzte Mal gesehen?« Klaudia zog sich einen der Barschemel heran.

»Sonntag. Er hat gesessen, wo Sie jetzt sitzen, und den Lauten gemacht. Warum fragen Sie? Und wieso wissen Sie eigentlich, dass er verschwunden ist?«

»Ein Herr Delling – ich nehme an, Sie kennen ihn? –«, Klaudia wartete, bis Gutsche nickte, bevor sie fortfuhr, »sagte, dass Ihr Sohn nicht zu erreichen ist.«

»Der Jonas hat ihn auch nicht erreicht?«

Gutsche schluckte. »Aber das muss doch nichts heißen, oder?«

»Herr Gutsche.« Klaudia räusperte sich. Die Augen des Wirts hingen jetzt an ihren Lippen, und Klaudia wusste, dass diese ganze aufgesetzte Wut nichts anderes war als eine Abwehrreaktion. Gutsche wehrte sich gegen die Angst, die in seinen Eingeweiden brodelte. Und Klaudia verstand ihn. Es war schon schlimm genug, eine Todesnachricht zu überbringen. Aber das brachte zumindest Klarheit. Im Gegensatz zu dem, was sie jetzt zu sagen hatte. Sie würde den Vater mit Ängsten und Fragen zurücklassen müssen. Ist dieser Tote mein Sohn? Ist er es nicht? Sie war froh, den Pfarrer neben sich zu wissen. Er würde bei Gutsche bleiben und dessen Verzweiflung auf seine Schultern laden. Was hatte er damals zu ihr gesagt? In ihren dunkelsten Stunden? Lade nicht die Schuld des Täters auf deine Schultern? Er tat es bei jedem Menschen, dem er zur Seite stand. Klaudia zog sich aus ihren Gedanken. Jede Sekunde, die verstrich, machte es schwerer. »Gestern Nacht wurde eine männliche Leiche gefunden.« Es hatte keinen Sinn, um die Sache herumzureden, wenn man einmal angefangen hatte. »Und es könnte sich möglicherweise um Ihren Sohn handeln.«

»Nein.« Gutsche wich zurück, stieß gegen das Regal, Flaschen und Gläser klirrten. »Nein«, flüsterte er wieder. Seine Gesichtszüge verzerrten sich. »Nein!«

»Um das herauszufinden ...«, Klaudia ahnte, dass dieser Mann gerade jedes Wort bereute, das er über seinen Sohn gesagt hatte, » ... möchten wir Sie um ein Foto Ihres Sohnes und am besten auch um seine Zahnbürste und eventuell seinen Kamm bitten.«

Gutsche nickte, saß aber immer noch wie versteinert auf dem Barhocker.

»Haben Sie mich verstanden?«, erkundigte sich Klaudia sanft.

»Was?« Gutsche fuhr zusammen.

»Foto? Zahnbürste? Kamm?«, wiederholte Klaudia geduldig.

»Ja, schon.« Gutsche raffte sich auf und glitt vom Hocker. »Nur: wir haben's nicht so mit Fotos«, fügte er entschuldigend hinzu. »Ich glaube, das letzte Foto ist von seiner Einschulung.«

»War Ben in sozialen Netzwerken unterwegs?«, fragte Vollmer.

»Ich weiß nicht.« Gutsche rieb sich das stoppelige Kinn. »Ich denke. Muss ich Britta fragen. Oh Gott, wie sag ich ihr das nur.«

»Wir können gerne mit Ihrer Frau sprechen.«

»Bestimmt nicht.« Gutsches Stimme klang bitter. »Die ist schon lange weg. Britta ist Bens Schwester. Sie schläft noch.«

»Wir können auch gerne mit Ihrer Tochter reden.«

»Wo ...?«, fragte Gutsche.

»Gerne hier.« Klaudia blickte sich um.

»Das meine ich nicht«, entgegnete Gutsche. »Ich will wissen, wo Sie meinen Jungen gefunden haben.«

»Wir wissen noch nicht, ob es Ihr Sohn ist«, erinnerte ihn Klaudia.

»Wollen Sie mir nicht antworten?« Gutsche kniff die Augen zusammen.

Nein, dachte Klaudia. Sie wollte sein Kopfkino nicht füttern. Es würde noch schlimm genug werden, wenn ihn das Gerede vom Wolf erreichte. Also war es egal, wenn sie es ihm jetzt sagte. »In der Nähe Ihrer Jagd.«

»Bei Hanusch?« Gutsche trat einen Schritt vor. Seine Faust donnerte auf die Theke. »Hat das Schwein seine Drohung wahr gemacht?«

14. Kapitel

Es war Stefans erste Tour nach Franzis Tod. Die letzten Wochen hatten die Kollegen von der Genossenschaft Touren für ihn übernommen. Sie hätten das auch weiterhin getan. Fährmänner standen zusammen. Er solle sich die Zeit nehmen, die er brauchte, hatten die Kollegen gesagt.

Stefan war dankbar, natürlich, doch jetzt wollte er wieder aufs Wasser. Er musste raus aus dem Haus, in dem das verschlossene Zimmer lauerte und jede Bodenfliese ihn an Franzi erinnerte. Er musste aufs Wasser, das Rudel in der Hand und die Sonne im Nacken spüren. Er wusste: Wenn er im Kahn stand und stakte, würde sie ihm am wenigsten fehlen.

Von April bis Oktober hatten sie sowieso immer wenig Zeit füreinander gehabt. Franzi hatte in der Praxis gearbeitet, während er Touristengruppen durch den Spreewald stakte. Am Wochenende war sie manchmal zum Hafen gekommen, hatte ihm etwas zu essen gebracht. Meistens einen Kuchen, den sie gerade gebacken hatte und der noch warm war. Bevor er in den Kahn stieg, hatte sie ihn immer umarmt. »Damit ich nicht vergesse, wie er sich anfühlt«, hatte sie zu den Touristen gesagt und den restlichen Kuchen verteilt. Jeder hatte gelacht, auch er. Als ob man vergessen könnte, wie der Mensch, den man liebt, sich anfühlt, riecht oder schmeckt.

Doch es stimmte, das wusste er jetzt. Man konnte es vergessen. Franzi entglitt ihm: ihr Lachen, ihr Geruch. Alles verschluckt von einer Nebelwand. Einer Nebelwand, die aus ihrem mit einem weißen Laken bedeckten Körper bestand. Seine letzte Erinnerung an Franzi. Der Pfleger, der ihn begleitete, hatte Tränen in den Augen gehabt, als er die Tür öffnete. Die schmale Gestalt, der runde Bauch, in dem ihr Sohn gestorben war. Sie hatten gerade erst gewusst, dass sie einen Sohn bekommen würden. Einen kleinen Sven. Franzi hatte sich den Namen ausgesucht. Sie wollte, dass ihr Kind einen Namen bekam, den man nicht abkürzen konnte.

Sein Handy rettete Stefan vor der Dunkelheit, die nach ihm griff. Er klemmte sich das Rudel unter die Achsel und holte es aus der Hosentasche. Ein verletzter Wolf sei in der Nähe von Leipe gesehen worden. Dirks Stimme klang atemlos. Einen Menschen habe er angefallen. Er solle die Augen aufhalten und Paddler warnen.

Ein Wolf, dachte Stefan. Hier im Spreewald? Er konnte es nicht fassen. Wie die meisten Kinder seiner Generation war Stefan mit den Geschichten vom bösen Wolf aufgewachsen. Er sah ihn zusammen mit Rotkäppchen, ein struppiger Schäferhund mit verschlagenem Blick. Sah ihn an die Tür der sieben Geißlein pochen, die Schnauze weiß von der Kreide, die er gefressen hatte. Und er sah seinen von Wackersteinen aufgetriebenen Wanst. Und an dieser Stelle seiner Gedanken schob sich Franziska vor den Wolf, und er sah ihren schwangeren Leib, aufgebahrt zwischen LED-Kerzen, die flackerten.

Stefan stemmte sich gegen die Dunkelheit, in die dieses Bild ihn stürzte, wie gegen das Rudel, mit dem er den Kahn in den Lehder Graben lenkte. Gleich würde er anlegen und die Gruppe aussteigen lassen. Die Touristen würden entweder im *Fröhlichen Hecht* etwas essen, durch den Ort schlendern oder das älteste Freilandmuseum Brandenburgs besuchen. Dort konnten sie sehen, wie die Spreewälder gelebt hatten, als noch die sorbische Sprache gesprochen wurde und die Orte noch Lědy und Lubnjow hießen. Stefan würde seinen Kahn vertäuen und sich zu den Kollegen setzen, und sie würden besprechen, was dieser Wolf für sie bedeutete. Ein verletzter Wolf im Spreewald. Das konnte nicht gut sein.

15. Kapitel

»Was für eine Drohung?« Klaudia tauschte einen Blick mit dem Notfallseelsorger. Sie war nicht wirklich überrascht, schließlich hatte Hanusch den Jungen als »Arschloch« bezeichnet.

»Dass er ihn fertigmacht, wenn er ihn noch einmal in der Nähe seiner Weide erwischt.«

»Und warum?«, fragte Klaudia.

»Er behauptet, Ben hat ihm Lämmer geklaut.«

»Und?«, fragte Klaudia.

»Was und?«

»Stimmt diese Behauptung?«

»Was weiß ich.« Gutsche ballte die Fäuste und öffnete sie wieder. »Im Frühjahr stand er unter meinem Hochsitz und hat den Lauten gemacht.«

»Und was hat Ben dazu gesagt?«

»Der Alte solle sich nicht so haben, und außerdem wäre es nur ein Lamm gewesen, und das wäre sowieso verreckt, also hätten sie es genauso gut auf den Grill packen können.«

»Also hatte Hanusch durchaus Grund, sich aufzuregen.«

»Ich habe ihm Geld gegeben, damit er aufhört zu krakeelen. Er hat's genommen, aber wenn Ben noch einmal an seiner Weide sei, hat er gesagt, würde er ihn abknallen.«

»Abknallen?«

»Ja. Wurde Ben …« Gutsche stockte. »Ich meine: Wurde der Tote erschossen?«

»Das wissen wir nicht«, sagte Klaudia.

»Aber so etwas sieht man doch.«

»Nicht immer.« Für einen Moment sah Klaudia wieder den zerfetzten Bauch des Toten, das Blut, den Armstumpf. Sie blinzelte. »Wenn Sie Jäger sind, haben Sie doch Waffen, oder?«

»Zwei Gewehre. Alles angemeldet und gut verstaut. Da kommt keiner dran.«

»Keine Pistole?«

»Ich bin Jäger.« Gutsche runzelte die Stirn. »Was soll ich mit einer Pistole?«

»Und Ben?«, fragte Klaudia. »Könnte der eine Pistole gehabt haben?«

»Warum fragen Sie das?« Gutsche schaute von ihr zu Vollmer.

»Wir haben eine Waffe bei dem Toten gefunden.«

»Ben macht ja viel Scheiß, aber eine Waffe?« Gutsche schüttelte den Kopf.

»Worum ging es bei dem Streit mit Ihrem Sohn?«

»Das Übliche«, antwortete Gutsche, seine Stimme klang resigniert. »Dass er endlich eine Ausbildung machen soll, dass er sein Leben vergeudet und nicht ständig vor dieser Kiste hocken soll.«

Vollmer nickte. Wahrscheinlich wusste er genau, wovon Gutsche sprach.

»Papa?« Ein fülliges Mädchen mit vom Schlaf zerzausten rotblonden Haaren tauchte in einen Bademantel gehüllt hinter Gutsche auf. »Oh.« Unwillkürlich wich sie einen Schritt zurück, als sie Klaudia und Vollmer sah. »Du hast Besuch.«

»Das ist Britta«, stellte Gutsche seine Tochter vor. »Die Herrschaften sind von der Polizei.«

»Wegen Ben?« Britta trat neben ihren Vater und legte ihm die Hand auf die Schulter. »Hat er etwas angestellt? Geht es ihm gut?«

Klaudia registrierte die doppelte Sorge in den Fragen der Schwester. Was hat er getan? Wie geht es ihm? Eine Frage mehr, als der Vater gestellt hatte.

»Beides wissen wir nicht«, antwortete Klaudia und berichtete von dem unbekannten Toten und Jonas Dellings Aussage.

»Sie brauchen genetisches Material, nicht wahr?«, sagte das Mädchen zu Klaudias Verblüffung.

»Ich arbeite in einer Arztpraxis«, erklärte Britta sofort. Trotz ihrer Sorge registrierte sie jede Nuance im Gespräch. Klaudia dachte, dass dieses Mädchen nicht nur körperlich ihren Vater um Haupteslänge überragte.

»Dann kennen Sie sich natürlich aus«, sagte Vollmer.

»Es ist bestimmt nicht Ben.« Britta straffte die Schultern. »Sonst hätte Jonas ihn erkannt. Die beiden kennen sich seit Jahren. Er hat ein Tattoo. Wissen Sie das? Am Hals.«

»Herr Delling erwähnte das.« Klaudia wand sich innerlich. Frag nicht weiter, dachte sie. Aber natürlich wusste sie, dass diese Hoffnung vergeblich war.

»Und?«, fragte Britta. »Hat der Tote ein Tattoo?«

»Das können wir zum gegenwärtigen Zeitpunkt nicht ausschließen.« Klaudia hasste sich für diesen Satz, aber sie konnte dem Mädchen ja schlecht sagen: Dazu war der Tote zu zerfetzt. Sie war froh, als sie Zahn- und Haarbürste hatte und das Haus der Familie Gutsche verlassen konnte. Britta würde ihr später ein Foto ihres Bruders aufs Handy schicken. Klaudia hatte ihr ihre Visitenkarte dagelassen. Und auch Vollmer hatte sie dagelassen. Er würde bleiben und die Unsicherheit und Sorge der beiden aushalten. Klaudia wusste, dass sie nicht die seelische Kraft für diesen Job hatte, und war jedes Mal wieder dankbar, dass es ihn gab.

16. Kapitel

Auf der Fahrt nach Lübben dachte Klaudia über das mutmaßliche Opfer nach: geboren am 27. August 1995, mittlere Reife, abgebrochene Ausbildung. Er hatte handwerkliches Geschick, war ziellos, wie so viele Jungen seines Alters, und nahm es mit fremdem Eigentum nicht so genau. Außerdem konnte er schlachten, wenn sie an das wahrscheinliche Schicksal des Lamms dachte, und hatte eine Waffe bei sich gehabt. Das war bereits eine ganze Menge. Immer vorausgesetzt: Ben war der Tote.

Wenn nicht, hatte sie umsonst Angst und Unruhe in diese Familie gebracht. Das war das Risiko, das sie jedes Mal eingehen mussten, um die Identität eines unbekannten Toten herauszufinden, und bevor sie nicht wussten, warum der Junge tot war, gab es wenig für sie zu tun. Unwillkürlich seufzte Klaudia. Laut Förster Welber schied der Wolf als Bösewicht aus, auch wenn die öffentliche Meinung genau das vermutete. Und genau das war der Grund für Klaudias Seufzen. Ihr war nicht wohl bei dem Gedanken, was das für ihre Ermittlungen bedeutete. Das Handy in der Mittelkonsole vibrierte. Klaudia nahm es und warf einen kurzen Blick aufs Display. Bens Schwester hatte ihr das versprochene Foto geschickt.

Klaudias Peugeot rappelte über das Kopfsteinpflaster. Weil Samstag war, lenkte sie ihn in die Einfahrt am Revier. Die Wahrscheinlichkeit, einen Parkplatz im Hof zu finden, war hoch. Thangs Rennrad lehnte an der Backsteinmauer, und auch PH und Demel waren bereits da, nur Petras Mini fehlte. Sekretärin müsste man sein, dachte Klaudia und parkte ihren Peugeot neben einem ausrangierten Einsatzwagen, der hier an den Gleisen Moos und Rost ansetzte. Gerade als sie ausstieg, fuhr Wibke in den Hof. Siedend heiß fiel Klaudia ihr nicht gebackener Kuchen ein.

»Herzlichen Glückwunsch«, begrüßte sie die Kollegin, die in den letzten Jahren so etwas wie Klaudias beste Freundin geworden war. »Ich wollte dir einen Kuchen backen, aber irgendwie ist mir die Katze dazwischengekommen.« Klaudia erzählte Wibke von der nächtlichen Überraschung.

»Und du hast keine Ahnung, wie sie ins Haus kommt?«

»Nicht den blassesten Schimmer.«

»Klingt aufregend.«

»Eher gruselig.« Klaudia schmunzelte. »Die dicke Katze, die durch Wände geht.«

»Die Antwort dürfte weniger geheimnisvoll, aber dafür teurer sein.«

»Das ist das Risiko bei einem alten Haus, oder?« Klaudia seufzte. Sie hatte das Haus geerbt und schon einiges an Geld hineingesteckt. Aber so wie es aussah, war noch einiges zu tun.

»Wir finden es heraus«, versprach Wibke. »Aber nicht heute.«

»Triffst du dich mit deinem Bassisten?« Klaudia hätte genauso gut Lehrer sagen können, denn das war Wibkes Freund im Hauptberuf, aber der agile Endvierziger mit dem schon etwas schütteren Zopf sah sich eher als Künstler.

»Nein.« Wibke warf den Zopf über die Schulter. »Familientag.«

Wibkes Freund hatte eine Ex-Frau und zwei Töchter, Letztere sah er jedes zweite Wochenende, wobei er vermied, auch seine Ex-Frau zu sehen. Klaudia fragte sich, ob Wibkes Freund der Typ

Mann war, der auch für sie infrage kam, sollte sie jemals ernsthaft auf den Gedanken kommen, wieder eine Beziehung einzugehen. Die Trennung von Arno war fast drei Jahre her, und Arno war mittlerweile Vater einer Tochter.

»Ich wollte meinen Vater besuchen«, sagte Wibke.

»Das wird ihn freuen.«

»Und er wird's gleich wieder vergessen.« Wibkes Vater litt an einer durch Alkoholmissbrauch verursachten Form der Demenz.

»Ist das wirklich so wichtig?«, fragte Klaudia. »Immerhin weiß er, wer du bist.«

»Ja«, räumte Wibke ein. »Er denkt allerdings, ich ginge noch zur Schule, und fragt mich immer nach der Mathearbeit.«

»Irgendwas ist immer mit den Eltern, oder?« Klaudia dachte an ihren eigenen Vater, während sie den Transponder auf das Kontaktfeld drückte. Er litt ebenfalls unter beginnender Demenz. Mit einem Sirren sprang die Tür auf. Seit sie vor gut zwei Jahren hier im Lübbener Revier angefangen hatte, hatte sich wenig verändert. Der Steinfußboden im Eingangsbereich war immer noch geborsten, und die Sicherheitsfolie vor den Fenstern rollte sich nach wie vor auf. Doch immerhin gab es, seit das Archiv ausgelagert worden war, eine neue Umkleide für die uniformierten Kolleginnen.

»Sind wir zu früh?« Klaudia hängte ihren Rucksack an ihren üblichen Platz im Besprechungsraum.

»Nicht mal Kaffee steht auf dem Tisch.«

»Petra hat frei«, gab Klaudia zu bedenken. »Du glaubst doch nicht, dass es einer der Kollegen schafft, Kaffee für alle zu kochen? Die stellen doch höchstens ihre eigene Tasse unter die Maschine.«

»Du willst jetzt nicht sagen, dass sie damit auf uns gewartet haben?« Wibke schnaubte. »Chauvis.«

»Immerhin haben sie alles andere vorbereitet.« Klaudia ließ sich auf ihren Stuhl fallen und streckte die Beine aus. Die kurze Nacht machte sich bemerkbar. Gähnend blickte sie sich um. Die großformatigen Fotos vom Fundort und der Leiche, die an den Wänden hingen, vertrieben ihre Müdigkeit jedoch sofort wieder. Die Bilder des Fotografen, dessen Kamera sie beschlagnahmt hatte, lagen als ordentlicher Stapel auf dem Tisch. Auch Wibke ließ sich auf ihren Stuhl fallen und klappte ihr Notebook auf. Klaudia tat es ihr gleich, doch statt des Anmeldefensters der computergestützten Vorgangsbearbeitung, im Revierjargon kurz ComVor(t)-Zone genannt, poppte ein Textfeld auf.

Kommt hoch. Kein Wort zu Wibke.

Eine Überraschungsparty also. Hastig klappte Klaudia das Laptop zu. »Ich geh dann mal Kaffee kochen. Kommst du mit?«

»Bist du bescheuert?« Wibke zog einen Ordner aus der Tasche. »Die Herren sollen sich ihren Kaffee hübsch selbst kochen. Wo bleiben die überhaupt?« Demonstrativ blickte Wibke auf ihre Armbanduhr.

»Ach, komm schon.« Innerlich verfluchte Klaudia die Kollegen. Wie sollte sie Wibke nur dazu kriegen mitzukommen? »Sonst muss ich zweimal laufen.«

»Also gut.« Wibke folgte Klaudia die Treppe hinauf zu den Büros der Kripo. »Ich frag mich, wo die alle sind.« Sie schaute auf die verschlossenen Türen entlang des Gangs.

»Wahrscheinlich bei PH. Geh schon mal vor.« Klaudia öffnete die Tür zu ihrem Büro. »Ich brauch noch was aus meiner Schreibtischschublade.«

»Ist ja stockfinster«, murrte Wibke, und dann schrie sie auf. Klaudia fuhr herum. Das Küchenlicht flammte auf. Bunte Papiergirlanden, heliumgefüllte Ballons und strahlende Kollegen, die sehr laut und sehr falsch »Happy Birthday« sangen.

17. Kapitel

Jurij packte die neue Wildkamera in den Rucksack und verschnürte ihn. Er hatte Veronika versprochen, die Fotofallen zu kontrollieren. Eigentlich war das die Aufgabe seines Nachfolgers, aber der war noch zu grün hinter den Ohren. Gerade als er in den Lada steigen wollte, vibrierte sein Handy. Es war Veronika, und sie bat ihn, in Leipe nach Spuren zu suchen. Die Spur könnte von Margot sein, sagte sie. Zumindest sei der Kanide laut Welber am Hinterlauf verletzt. Als er ihr von der Unterhaltung der beiden Polizisten berichtete, schwieg sie zunächst. »Das gibt Ärger«, sagte sie schließlich. »Hoffentlich finden wir den Wolf, bevor ihn ein aufgebrachter Jäger abknallt.«

In Leipe folgte Jurij einfach nur den Schaulustigen. Touristen und Anwohner standen debattierend auf dem Weg und starrten über das rote Flatterband hinweg, das über den Weg gespannt war.

»Das dürfen Sie nicht«, sagte ein dicker Mann mit viel zu dünnen Beinen, als Jurij über das Flatterband stieg.

»Ich bin von der Wolfswacht«, antwortete Jurij. Das klang offiziell genug, um seine Anwesenheit zu rechtfertigen.

»Hoffentlich kriegt ihr ihn«, sagte der dicke Mann. »Hier ist kein Platz für Wölfe.«

Er solle sich nicht aufregen, sagte eine kleine Frau neben ihm. An seinen Blutdruck solle er denken.

Jurij wandte sich ab. Sollte der Typ sich doch aufkröppen, bis ihn der Schlag traf. Dieser Fettsack gehörte zu der Sorte Menschen, die dachten, der Wald sei nur dazu da, dass sie einmal durchatmen und vielleicht noch Pilze sammeln konnten. Alles, was störte, gehörte weggemacht. Veronika konnte mit solchen Typen umgehen. Aber Veronika konnte auch mit jedem umgehen, egal, ob Schäfer, Rinderzüchter oder erboster Jäger, der Angst um seine Abschussrate hatte. »Es nützt weder mir noch dem Wolf, wenn wir uns Feinde machen«, sagte sie. Und im Gegensatz zu ihm gehörte sie dazu, war hier geboren, hielt selbst Schafe und betrieb eine kleine Landwirtschaft. Sie war kein Außenseiter wie er, mit einem komischen Vornamen, der mit einem anderen Außenseiter auf einem alten Hof lebte. Wenn sie einen Hybridhund aufnahm, verziehen ihr das die Leute. Bei ihm reagierten sie misstrauisch.

Jurij atmete flach durch den geöffneten Mund. Noch immer hing der muffige Geruch des Todes über der Lichtung. Weißes Kreidepulver markierte die Umrisse eines menschlichen Körpers. An dieser Stelle schimmerte das Gras kupfern. Es war niedergedrückt, und es sah aus, als wäre der Tote über eine längere Strecke geschleift worden. Als hätte er vorher in einer flachen Senke nahe am Fundort gelegen. Das tat kein Wolf. Wölfe gingen an die Kehle, brachen dann das Opfer auf und zerrten es einmal zur Seite, damit die Innereien herausfielen. Die waren dann für die Krähen. Der Boden um die Kreideumrisse war aufgewühlt. Viel zu viele Spuren, vor allem menschliche, die alles überlagerten. Jurij ging im Zickzack auf und ab, entfernte sich dabei immer weiter von der Kreidefigur und fand schließlich, was er suchte. Er folgte der Spur in den Wald. Margot war tatsächlich hier gewesen, und wenn er die Spuren richtig deutete, war ihre Verletzung schlimmer geworden. Sie brauchte seine Hilfe. Er lief schneller, als könnte er sie einholen. Ohne es zu bemerken, klopfte er gegen seinen Rucksack. Er hatte alles dabei, was er brauchte.

18. Kapitel

Nach dem Geburtstagskaffeetrinken – Demel hatte tatsächlich nachts noch einen Käsekuchen gebacken, und Petra war nicht nur anwesend, sondern hatte auch noch herrlich frischen Streuselkuchen mitgebracht – zog das Team der Kripo ins Besprechungszimmer um.

»Ich dachte«, PHs Handbewegung streifte die Bilder an den Wänden, »das sei nicht der richtige Rahmen.«

Ich, formten Petras Lippen lautlos. Sie saß neben dem Chef und tippte sich mit der Spitze ihres Stenobleistiftes gegen die Brust.

»Also.« PH zog sein Laptop zu sich heran und startete den Beamer. »Wie sieht's aus?«

»Ich war bei der infrage kommenden Familie.« Klaudia berichtete kurz von ihrem Besuch, während sie das Foto des möglichen Opfers nach ComVor lud. Sofort erschien es auf dem weißen Blatt des Flipcharts, das sie in Ermangelung einer Leinwand benutzten.

Ben lehnte an einem Sportwagen. Im Hintergrund eine Mauer, auf der die fette Katze hockte. Das Selfie musste im Hof der väterlichen Kneipe aufgenommen worden sein. Ben war ein dunkelhaariger Schlaks, der eher seinem Vater als seiner Schwester ähnelte. Sensibler Mund und noch kindliche Wangen. Er trug enge Jeans, Chucks und ein Hemd mit Bügelfalten. Es sah aus, als hätte er es extra für das Foto angezogen. Ein Poser.

»Sowohl die Schwester als auch ein Freund des Jungen erwähnten ein Tattoo am Hals«, sagte Klaudia.

»Das ist hier allerdings nicht zu sehen.« PH vergrößerte das Bild. »Könnt ihr das bestätigen?«

»Kann sein«, murmelte Wibke, ohne aufzuschauen, »kann nicht sein.«

»Mir ist keins aufgefallen«, sagte Demel. »Allerdings waren die Sichtverhältnisse suboptimal.«

Klaudia wusste, dass er nicht vom Licht sprach, sondern von den Verletzungen des Toten. Sie dachte an die Worte des Försters: Auch Menschen werden Teil der Nahrungskette, wenn sie lange genug ungeschützt im Wald liegen. »Könnte er es sein?«, fragte sie. »Was meint ihr?«

»Größe stimmt. Alter, Haarfarbe. Ich würde sagen, ja.« Wibke nickte. »Du kannst mir die Genproben geben. Ich nehme sie auf und schicke sie per Express nach Cottbus. Was ist eigentlich mit diesem Sachverständigen?«

»Müsste jeden Augenblick hier sein.« PH blickte auf seine Armbanduhr. Eine eingefahrene und überholte Geste, wenn man bedachte, dass die Computeruhr am linken unteren Bildrand für alle gut sichtbar war. »Wir haben ihn etwas später bestellt.«

»Ihr hattet das also von langer Hand vorbereitet?«, fragte Wibke.

»Alt genug war die Leiche ja«, konterte Thang.

»Gut, dass dieser Typ vom Landesumweltamt noch nicht da ist«, murmelte Klaudia. »Dann wäre uns eine Dienstaufsichtsbeschwerde sicher.«

Ein Klopfen unterbrach sie.

»Da ist jemand für euch.« Ein uniformierter Kollege steckte

den Kopf zur Tür rein. Normalerweise riefen die wachhabenden Kollegen an, und ein Kriminalbeamter ging dann hinunter und holte den Besucher ab, doch wahrscheinlich wussten sie von Wibkes Geburtstag und wollten sich ihren Anteil am Kuchen sichern. Auch Petra wusste das, und nach einem Seitenblick auf PH stand sie auf und verließ mit dem Kollegen das Besprechungszimmer.

Der Sachverständige war eine rundliche Frau in Klaudias Alter, mit müden Augen und einem ebenso müden Lächeln, das sich sofort schlafen legte, als ihr Blick auf die Bilder fiel. Sie legte Flyer auf den Tisch und stellte sich als Doktor Berghoff vor, Landesamt für Umwelt, Referentin Referat N3, Wolfssachverständige.

»Setzen Sie sich doch bitte.« PH zeigte auf einen Stuhl zu seiner Linken. »Möchten Sie einen Kaffee? Oder ein Stück Kuchen?«

Doktor Berghoff verneinte hastig.

»Es tut mir leid, dass wir Sie bemühen müssen.«

»Das ist kein Problem. Ich habe bereits mit Herrn Welber gesprochen und jemanden zur Spurensichtung geschickt.«

»Die Leute sind beunruhigt.« Klaudia berichtete, was sie von Uwe gehört hatte.

»Aber laut Welber hat nicht der Kanide diesen Menschen getötet.« Doktor Berghoff blickte zu einem der großformatigen Fotos, die Demel von der Spur geschossen hatte.

Kanide, dachte Klaudia. Die ist ja schlimmer als ein Rechtsmediziner am Tatort. Die legten sich in der Regel auch nur darauf fest, dass das Opfer tot war.

»Bevor die Leiche nicht obduziert ist, können wir noch überhaupt nichts sagen«, leierte PH den Kripostandardspruch herunter.

»Wurden die Wundränder für eine Genanalyse abgetupft?«, fragte Berghoff.

Klaudia blickte zu Wibke, doch die zuckte mit den Schultern.

»Dann sollte das nach Möglichkeit zeitnah nachgeholt werden. Die Proben sollten Sie dann umgehend ans Referenzzentrum Wolfsgenetik senden. Ich gebe Ihnen die Adresse.« Berghoff legte einen Ordner auf den Tisch und nahm einen Flyer heraus. »Wer bekommt das?«

Zeitnah, umgehend, wiederholte Klaudia in Gedanken. Was machte die Untersuchungen so wichtig? Der Wolf hatte das Opfer nicht getötet.

»Trotz der Spuren?«, fragte sie deshalb nach, als sie nach dem Flyer griff, den Berghoff auf den Tisch gelegt hatte.

»Wenn es ein Wolf ist, müssen wir wissen, woher er kommt. Und dazu brauchen wir die Genanalyse.« Berghoff klang, als müsste sie nicht zum ersten Mal diese Untersuchung verteidigen. »Wir wüssten dann mehr über den Wolf.«

»Er ist verletzt«, warf Demel ein. »Reicht das nicht?«

»Auch davon hörte ich.«

»Macht ihn das nicht gefährlich?«, mischte sich nun auch Thang in die Diskussion ein.

»Sie meinen für Menschen?«

»Immerhin war er an der Leiche.«

»So wie Krähen, Füchse und wahrscheinlich auch Igel«, antwortete Doktor Berghoff. »Ganz zu schweigen von Würmern und Fliegen.« Für einen Augenblick tauchte wieder dieses müde Lächeln auf. Ihre Müdigkeit schien nicht einem Mangel an Nachtschlaf geschuldet zu sein. Es war eher das resignierte Lächeln einer Lehrerin, die vergeblich versucht, Wissen in die Hirne pubertierender Teenager zu pflanzen.

»Die Natur ist darauf eingerichtet, Aas zeitnah zu verwerten.« Die Biologin und der Förster mochten, was Wölfe betraf, auf unterschiedlichen Seiten stehen, sie benutzten jedoch die gleichen Begriffe. »Und das ist gut und richtig.« Sie nickte bekräftigend.

Klaudias Blick fiel auf die Nahaufnahme des zerfetzten Oberarmes. »Dieses Aas war ein Mensch.«

»Das stimmt«, räumte Doktor Berghoff ein. »Und dieser Junge tut mir leid und natürlich auch die Menschen, die er zurücklässt. Und er ist sicherlich ein Opfer, aber nicht das Opfer eines Wolfes. Zumindest keines tierischen.« Sie räusperte sich. »Und auch wenn es ungewöhnlich ist, dass er an die Leiche gegangen ist. Die Scheu der Wölfe vor den Menschen steckt in ihren Genen. Wahrscheinlich haben, seit der Mensch die erste Steinschleuder gebaut und das Feuer gezähmt hat, nur die Wölfe überlebt und sich fortgepflanzt, die diese Scheu an die nächste Generation weitergegeben haben.«

»Aber es gibt Ausnahmen«, sagte Thang. »Wölfe, die durch Orte laufen. Wölfe, die sich Menschen nähern.«

»Wölfe finden leicht Nahrung in der Nähe der Menschen, Welpen werden angefüttert, es gibt Hybride.«

»Hybride sind Mischlinge, oder?«, warf Klaudia ein.

»Ja.« Berghoff nickte. »Und wenn die weibliche Linie ein Haushund ist, fehlt den Jungtieren die natürliche Scheu. Deshalb nimmt man sie aus dem Bestand.«

»Könnte dieser Kanide, mit dem wir es zu tun haben, so ein Hybrid sein?«, fragte Klaudia.

»Das wissen wir nicht.« Berghoffs Handy klingelte. Nach einer Entschuldigung nahm sie das Gespräch an. Während sie einsilbig antwortete, wanderte ihr Blick zu den großformatigen Pfotenabdrücken.

19. Kapitel

Stefan ließ seine Gruppe am Anleger vor dem *Fröhlichen Hecht* aussteigen und stakte den Kahn dann in das Hafenbecken hinter der Brücke. Er war spät dran und hatte Mühe, noch einen freien Platz zwischen den Kähnen der Kollegen zu finden. An den Wochenenden in der Hauptsaison, wenn die Tagestouristen busweise anreisten, war der Zeitplan noch enger getaktet. Genau eine Stunde hatten die Touristen Zeit, sich zu stärken oder durchs Museum zu streifen. Die Kollegen saßen an dem verwitterten Holztisch unter der Buche, an dem schon ihre Väter gesessen hatten.

Bereitwillig machten sie Platz für Stefan und seine Plastikschale Nudelsuppe, die er sich gekauft hatte.

»Geht so?«, fragte Schiebschick, der mit Abstand älteste noch aktive Fährmann des Spreewaldes.

»Geht so«, antwortete Stefan.

»Scheißsache, wa?«

»Scheißpolen«, murmelte ein anderer Kollege. Er gehörte zu keiner Genossenschaft und warb gerne mal Touristen ab, die zum großen Kahnhafen wollten.

»Habt ihr von dem Wolf gehört?«, lenkte Stefan die Unterhaltung in eine andere Richtung. Er wollte nicht mit den Kollegen über die Gründe reden, die zum Tod seiner Frau geführt hatten.

»Soll ’nen Jungen gekillt haben.« Wieder der Kollege, der über die Polen geschimpft hatte.

»Der Förster sagt, der war schon tot«, mischte sich ein anderer Kollege ein.

»Was soll er sonst sagen?«, fuhr ihm der mürrische Kollege über den Mund. »Der ist ’ne Amtsperson. Die stecken doch alle unter einer Decke. Die lassen doch nichts raus.«

»Ist auch besser so, wa?«, mischte sich Schiebschick ein. »Was meinste, was hier los ist, wenn das die Runde macht.« Er streckte seinen gichtigen Altmännerfinger aus und zeigte übers Fließ zum Anleger. »Dann ist hier geputzte Platte, wa?«

»Macht es doch schon.« Der Kollege holte sein Handy aus der Tasche und zeigte ihnen eine Facebook-Seite. »Einen Jungen aus Lübbenau hat er geholt.«

»Ein Kind?« Stefan dachte an die verschlossene Tür in seinem Haus.

»Nein«, räumte der Kollege zögernd ein. »Aber was nicht ist, kann ja noch werden.«

»Ich dachte, die Polizei weiß noch nicht, wer der Tote ist.«

»Beim Gutsche waren sie.«

»Wer?«, fragte Schiebschick.

»Na, diese Blonde von der Kripo, die das Haus von der alten Frau Nowak geerbt hat. Meine Frau hat gesehen, wie sie reingegangen sind.«

»Gutsche?« fragte Stefan. »Ich kenne eine Britta Gutsche. Sie arbeitet mit meiner Frau zusammen.«

Erst am Schweigen der Kollegen erkannte er die falsche Zeitform.

»Der kleine Ben also.« Schiebschick wackelte bedächtig mit dem Kopf. »Und ich hab gedacht, er ist nach Berlin. Schlimm, schlimm.«

»Aus Polen machen sie rüber.« Wieder der mürrische Kollege.

»Wer jetzt?«, fragte ein anderer.

»Na, die Wölfe.«

»Oder auch nicht«, mischte sich nun ein Kollege ein, der nicht dafür bekannt war, viele Worte zu machen. Außer natürlich bei seinen Touren, da schmetterte er auch schon mal ein Lied zur Unterhaltung der Touristen. »Da gibt's doch diesen Typen und seine Viecher.« Der Kollege zuckte mit den Schultern.

»Wen meinst du?«

»Ist so ein Latzhosentierschützer. Wohnt in der Nähe von Burg bei so einem Alten, der seinen Hof nicht mehr bewirtschaften kann. Hat sich da eingenistet. Unsere Jüngste ist ganz verschossen in ihn. Seit sie ihn kennt, gibt's bei uns nur noch Gemüse.« Seufzend biss er in eine Bockwurst.

»Und was hat das mit dem Wolf zu tun?«

»Er hat zwei Hunde, sagt er. Aber wenn du mich fragst, ist bei den Viechern auf jeden Fall ein Wolf vorbeigegangen und vielleicht ...«

20. Kapitel

»Danke, gute Arbeit«, sagte die Wolfssachverständige schließlich und legte auf.

»Wissen Sie jetzt mehr?«, fragte PH.

»Ja«, bestätigte Berghoff. »Das war Jurij, ein Wolfspate.« »Ein was?« Klaudia stellte sich gerade einen jungen Wolf vor, der über ein Taufbecken gehalten wird.

»Wolfspaten nennen wir unsere Ehrenamtler.« Berghoff steckte das Handy zurück. »Jurij sagt, es ist eine Wolfsspur. Genauer gesagt von einer Wölfin. Sie heißt Margot.«

»Sie hat einen Namen?«, fragte Thang entgeistert.

Wieder blitzte ein Taufbecken vor Klaudias innerem Auge auf.

»Ja, natürlich«, sagte Berghoff. »Margot ist vor circa zwei Wochen in dieser Region aufgetaucht. Eine Spaziergängerin hat sie am Nordumfluter gesehen und ein Foto gemacht. Wir sind gleich hin und haben tatsächlich genetisches Material gewinnen können und einen Match gehabt.«

»Klingt nach Spusi-Arbeit«, murmelte Wibke.

»Das habe ich auch schon oft gedacht.« Berghoff lächelte. »Nur ist unsere Ausrüstung wahrscheinlich sehr viel schlichter. Wie dem auch sei«, fuhr sie fort, »Margot gehörte zum Rudel in der Lieberoser Heide.«

»Und woher wissen Sie das?«, fragte Demel, der entweder

nicht eins und eins zusammenzählen konnte oder im Kuchenkoma war.

»Wir wissen es«, Berghoff wandte sich direkt an ihn und fuhr langsamer und ein wenig lauter fort, »weil wir im letzten Jahr dort zum ersten Mal genetisches Material von ihr gefunden haben. Sie ist also ein Jährling«, fügte sie sicherheitshalber hinzu.

»Und wieso ist sie jetzt hier?«, fragte Klaudia.

»Wie gesagt, sie ist ein Jährling.«

»Sie meinen, sie sucht sich ein neues Revier?«

»Das meine ich.«

»Und was machen Sie mit ihr?«

»Nichts. Wir werden sie im Auge behalten. Mehr nicht.«

»Sie ist verletzt. Ist sie da nicht gefährlich?«, hakte Thang nach.

»Eher gefährdet«, entgegnete Berghoff. Kurz darauf verabschiedete sich die Sachverständige, und auch die Polizisten gingen ins Wochenende. Bevor sie nicht wussten, wer der Tote war, und die Todesursache kannten, blieb ihnen nichts zu tun.

Den Sonntagvormittag verbrachten Klaudia, Wibke und Demel damit, den geheimen Zugang zu Klaudias Haus zu finden. Sie krochen auf allen vieren ums Haus herum, klopften die Treppenstufen ab, Demel holte sogar die Leiter vom Schuppen und stieg aufs Dach, während Dickie auf dem sonnenwarmen Anleger hockte und sich ganz der Pflege seines ohnehin schon glänzenden Fells hingab. Er schien ihre Bemühungen gar nicht zu bemerken, nur seine zuckende Schwanzspitze verriet ihn. Und hin und wieder blickte er sehr selbstbewusst schielend in ihre Richtung.

»Wir kriegen das raus!«, rief Klaudia zu ihm hinüber. Sie stand am Fuß der Leiter und hielt sie fest.

»Du redest schon mit dem Kater?«, fragte Demel von oben

herab. »Noch ein Jahr hier draußen, und du fängst an zu klöppeln.«

»Du riskierst ’ne ganz schön kesse Lippe für jemanden, der sein Leben gerade in die Hände einer Frau gelegt hat.« Wibke hockte auf den Stufen zum Eingang und ließ sich die Sonne ins Gesicht scheinen. »Habt ihr Lust, nachher mit zum *Spreewald-Atelier* nach Lübbenau zu kommen?«, fragte sie. »Heute ist die Versteigerung der Kunstwerke.«

»Ohne mich«, sagte Demel. »Ich mach ’ne Radtour mit meinem Junior, bevor die Ermittlungen Fahrt aufnehmen.«

»Na, beim Radeln musst du wenigstens nicht denken«, murmelte Klaudia. Sie dachte an Demels intellektuelle Glanzleistung bei der Besprechung mit der Wolfssachverständigen.

»Und was ist mit dir?«, fragte Wibke. »Die eine oder andere Steele würde dein Grundstück bestimmt aufwerten.«

»Ein neues Dach allerdings auch«, gab Demel zu bedenken.

»Hast du etwas gefunden?«, fragte Klaudia beunruhigt.

»Nichts, durch das eine fette Katze käme.« Demel stieg von der Leiter, und Klaudia trat zur Seite, um ihm Platz zu machen.

»Aber irgendwo muss er doch hereingekommen sein.« Klaudia musterte Dickie. »Vielleicht gibt es einen Geheimgang vom Schuppen zum Haus.« Demel fischte eine zerdrückte Zigarettenschachtel aus der Hosentasche.

»Ja, klar.« Wibke lachte. »Wie in so einem Spukschloss im schottischen Hochmoor.«

Klaudia lachte ebenfalls, wenn auch gezwungen. Der Gedanke an ein neues Dach gefiel ihr überhaupt nicht. Gemeinsam mit Demel schleppte sie die Leiter zurück zum Schuppen. Nichts konnte dem schottischen Hochmoor weniger ähneln als der Spreewald an diesem sonnigen Septembermorgen. Eine leichte Brise zitterte durch die Erlen, die Vögel sangen, und Hummeln taumelten auf der Suche nach Nahrung über die Wiese vor dem Haus. Ein Tag, wie geschaffen, um ihn auf dem Wasser zu verbringen.

»Ich glaube, ich paddle lieber eine Runde.« Klaudia wischte sich die Hände an der Jogginghose ab.

»Verräter.« Wibke stand auf und klopfte sich den Staub vom Hintern. »Wird Horst wohl dran glauben müssen.«

»Immerhin hast du einen Horst.«

»Muss es denn unbedingt ein Horst sein?«, fragte Demel. »Ich kenne einen vielversprechenden Kollegen, mit hervorragenden Backfähigkeiten.«

»Ich werde das mit Dickie besprechen.« Lachend nickte Klaudia zur Katze hinüber, die sich jetzt zu einem Nickerchen zusammengerollt hatte.

»Ist das eigentlich ein Kater?«, fragte Wibke.

»Keine Ahnung.«

»Und warum nennst du ihn dann Dickie?«, fragte Demel.

»Ist das nicht offensichtlich?« Mit zusammengekniffenen Augen musterte Klaudia die dicke Katze. »Außerdem ist es geschlechtsneutral.«

»Ich kenne keine Dickie«, erklärte Demel im Brustton der Überzeugung.

»Kennst du überhaupt einen Dickie?«, fragte Wibke.

Klaudias Smartphone, das tschilpte wie ein Schwarm Spatzen, unterbrach das Geplänkel. Der Klingelton war für Anrufe ihrer Stiefmutter reserviert.

»Entschuldigung.« Mit dem Handy am Ohr ging Klaudia zum Anleger. Seit ihr Vater vor knapp einem Jahr mit Verdacht auf Schlaganfall im Krankenhaus gelandet war, rutschte ihr jedes Mal das Herz in die Hose, wenn ihre Stiefmutter anrief. Und auch jetzt verpuffte die Leichtigkeit, die sie gerade noch gefühlt hatte. Schaudernd zog Klaudia die Schultern hoch. Selbst die Sonne versteckte sich hinter einem Wolkenschleier. Die geistigen Fähigkeiten ihres Vaters verfielen langsam, aber unaufhaltsam. Das machte ihn wütend und oft auch ungerecht. Klaudia war froh, dass er eine Frau an seiner Seite hatte, die ihn stützte. Wenn er sich auf mich verlassen müsste, wäre er verlassen. Ich muss unbedingt bald wieder hin, dachte sie. Das schlechte Gewissen saß Klaudia wie eine Faust im Nacken. Conny hatte sie wie eine Tochter aufgenommen, obwohl sie es ihr nicht leicht gemacht hatte. In der Pubertät hatte sie ihre Stiefmutter gehasst. Zumindest hatte sie das gedacht. In Wirklichkeit hatte sie nicht Conny gehasst, sondern ihre eigene Mutter, die sich zu Tode gesoffen hatte. Aber auch das stimmte nicht. Sie hatte sich selbst gehasst, weil ihre Liebe nicht gereicht hatte, um ihre Mutter zu retten.

21. Kapitel

Totgesagte leben länger, dachte Klaudia, als sie am Montag ihren Peugeot neben Thangs Golf Variant auf dem Besucherparkplatz des Brandenburgischen Landesinstituts für Rechtsmedizin abstellte. Noch vor einem Jahr hatte der Landtag das Institut schließen wollen, aber wie es jetzt aussah, war dieser Plan am Aufstand der Fachwelt gescheitert.

»Schönes Wochenende gehabt?«, fragte Thang.

»Danke, ja«, antwortete Klaudia. Nach der Suchaktion hatte sie den Nachmittag damit verbracht, mit ihrem Kanu durch den Spreewald zu paddeln und doch noch Wibkes Biskuitrolle zu backen. Allerdings hatte sie dann vergessen, den Timer zu stellen, und erst Dickies vorwurfsvolles Maunzen hatte sie an ihr Backwerk erinnert. Allerdings zu spät. Der Biskuitteig war zu Braunkohle mutiert.

»Wibke und Demel waren bei mir.« Klaudia erzählte Thang von der Suche nach dem Geheimgang.

»Ihr seid jetzt ja ziemlich dicke, was?«

»Geht so.« Klaudia wechselte vorsichtshalber das Thema. Thang und Demel waren im Moment nicht die besten Freunde. Irgendwie hatte sie das Gefühl, dass der drahtige Vietnamese sich ausgeschlossen fühlte.

»Wie geht's deiner Frau?«, fragte sie also betont munter.

»Läuft.« Thang grinste schief, und kurz blitzten seine Goldzähne in Ober- und Unterkiefer auf. »Janina ist jetzt so weit. Sie kann mit dem multimodalen Konzept starten.«

»Das klingt großartig.« Klaudia hatte zwar keine Ahnung, was ein multimodales Konzept war, aber es musste etwas Gutes sein. Für Thang und seine Frau war das letzte Jahr eine rasante Berg- und Talfahrt gewesen. Doch jetzt schienen die beiden ihre Probleme in den Griff zu kriegen. Klaudia gönnte es ihnen von Herzen und drückte den beiden die Daumen. Sie waren schon zu viele Beziehungskrüppel auf dem Revier, Demel geschieden, da mussten es wenigstens Thang und Janina schaffen.

»Waren Sie schon einmal bei uns?« Die Dame an der Anmeldung klang, als hätten die Beamten einen Zahnarzttermin. »Dann kennen Sie sich ja aus«, fuhr sie fort, als Klaudia und Thang nickten. »Saal 3.1 rechter Hand.«

Saal 3.1 rechter Hand entpuppte sich als der bis zur Decke mit weißen Fliesen gekachelte Obduktionsraum, den Klaudia von ihrer letzten Todesfallermittlung kannte. Irina winkte sie heran und stellte sie den um den Metalltisch stehenden Studenten als zuständige Sachbearbeiter vor. Die über dem Tisch installierte Luftabsaugung rauschte bereits, trotzdem hatte die Gesichtsfarbe einiger Studierender schon das Grün des OP-Lakens angenommen, unter dem der Tote lag. Bereitwillig rückten sie zusammen, und die beiden Polizisten nahmen ihren Platz am Tisch ein. Klaudia schloss die Augen und konzentrierte sich auf den toten Menschen, der vor ihr auf dem Tisch lag. Und wie immer in dieser Situation, wenn aus einem Fall wieder ein Mensch wurde, gab sie sich ihrem persönlichen Moment der Trauer hin. Auch wenn sie das Opfer nicht kannte, trauerte sie um ein Leben, das vor der Zeit beendet worden war. Und sie stellte sich der Verantwortung, die das für sie bedeutete. Es war ihre Aufgabe und die ihrer Kollegen, Antworten zu finden: Antworten, die den Hinterbliebenen halfen, das Schicksal anzunehmen. Antworten, die im besten Fall halfen, Täter zu entlarven.

»Professor Stemmler kennt ihr ja bereits.« Klaas nickte in Richtung des hochgewachsenen grauhaarigen Mannes, der in diesem Augenblick den Obduktionssaal betrat. Ebenso wie Klaas trug er OP-Kleidung, seine Füße steckten in pinken Crocs.

»Sind wir dann so weit?« Stemmlers Aufmerksamkeit galt mehr den Studenten als den Polizisten. Sein breiter Mund verzog sich zu einem Grinsen. »Sollte jemandem schlecht werden, kotzt er bitte hinter sich.«

Nach dieser ermutigenden Einleitung und einigen anatomischen Exkursionen zog Stemmler das Tuch vom Opfer. Hinter Klaudia stöhnte ein Student auf und rannte aus dem Obduktionssaal.

»Wie Sie sehen, sehen Sie nichts«, dozierte Stemmler. Der nächste Student stürzte aus dem Saal. »Aber natürlich stimmt das nicht. Was sehen wir?« Aufmunternd blickte er in die Runde. Die jetzt noch anwesenden Studierenden schafften es zwar, die Situation auszuhalten, aber wahrscheinlich nicht, die aufeinandergepressten Kiefer voneinander zu lösen.

»Ein großer Beutegreifer hat ihn aufgebrochen«, meldete sich ein dunkelhaariger junger Mann zu Wort. »Oder ein Wildschwein.«

»Sie kennen sich aus?« Stemmlers Stimme klang anerkennend.

»Mein Vater ist Förster.«

»Sehr gut.« Stemmler nickte dem Studenten zu. »Das meiste lernt man immer noch im Leben, nicht wahr? Irgendwelche Extrawünsche?« Stemmler sprach jetzt die Polizisten an. Weil Klaudia wusste, dass Thang während der Obduktionen die Zähne zusammenbiss, um seinen Mageninhalt bei sich zu behalten, antwortete sie. »Könnten Sie bitte Abstriche von den Wundrändern machen?« Sie zog Doktor Berghoffs Flyer aus der Gesäßtasche ihrer Jeans.

»Bereits geschehen.« Stemmlers Lächeln wurde noch eine Spur breiter. »Aber weiter im Text.« Er wandte sich wieder an die Studierenden. »Die Leber ist verschwunden und ebenso die Nieren.«

Während Klaudia seinen Ausführungen mit halbem Ohr zuhörte, beugte sie sich vor, um den Hals des Toten zu sehen.

»Suchen Sie etwas?«, unterbrach Stemmler seinen Vortrag.

»Verzeihung.« Klaudia lächelte entschuldigend. »Hat das Opfer im seitlichen Halsbereich noch Reste eines Tattoos?«

Stemmler legte dem Toten die Hand auf die Stirn und drehte den Kopf erst nach rechts und dann nach links. Wieder stöhnte jemand unterdrückt hinter Klaudia.

»Die Haut ist recht zerstört«, murmelte Stemmler nachdenklich. »Es wäre jedoch möglich.« Er nahm eine Lampe vom Besteckablett und leuchtete die Haut ab. »Gibt es einen besonderen Grund für diese Frage?«

»Es wird ein Junge vermisst, der so ein Tattoo hatte.«

»Wäre möglich, aber sicher bin ich mir nicht. Haben Sie genetisches Material?«

»Samstag per Eilboten geschickt.«

»Dann müsste das Ergebnis ja vorliegen«, sagte Stemmler gut gelaunt. »Kannst du mal nachschauen?«, wandte er sich an Irina.

22. Kapitel

Alle Augen starrten auf Irinas Hände, die in den Unterlagen blätterten. »Es ist der Junge«, sagte Irina schließlich. »Die Laborantin hat einen Schnelltest gemacht.«

»So geht also alles seinen sozialistischen Gang, nicht wahr?« Stemmler wirkte zufrieden.

Klaudia dachte an Thorsten und Britta Gutsche. Nicht mehr lange, und der Tod des Sohnes – des Bruders – würde schmerzliche Gewissheit für sie sein. Dann gab es kein gnädiges *Vielleicht* mehr. Sie, Klaudia Wagner, würde das letzte bisschen Ungewissheit, an das sie sich klammerten, zerstören. Und danach wäre nichts mehr wie zuvor.

Stemmler griff nach dem Skalpell und schnitt in die pralle Haut über dem Brustbein. Er überließ Klaas das Durchtrennen der Rippen. Zwei weitere Studenten räumten das Feld.

»Sie sehen, die Organe im Brustkorb sind ...« Stemmler machte eine Kunstpause, » ... zumindest nicht angefressen.« Er präparierte die Lunge, und die erste Studentin wandte sich würgend ab. Klaudia blieb einfach unbeweglich stehen. Sie hatte gelernt, die Gerüche und das Gesamtbild auszublenden und sich komplett auf Einzelheiten zu konzentrieren, und im Moment sah sie nur die grünlich schimmernde Lunge, die klatschend in der Waagschale landete.

»Aber natürlich sind auch die Brustorgane dem normalen Zersetzungsprozess unterworfen.«

»Was meinen Sie, wie lange hat er im Wald gelegen?«, fragte Klaudia.

»Wann wurde er das letzte Mal gesehen?«

»Eine knappe Woche, bevor er gefunden wurde.«

»Wir hatten gutes Wetter, oder?«

»Trocken, warm, kein Regen«, bestätigte Klaudia.

»Kann hinkommen. Oh, was ist denn das?« Stemmler nahm eine Pinzette vom Tablett, tauchte sie in den Brustkorb und zog sie wieder hervor. »Da hat wohl ein Käfer unsere Kühlung nicht überlebt.« Der nächste Student stöhnte auf und verließ den Saal.

Da waren's nur noch sieben, schoss Klaudia ein Abzählreim aus ihrer Kindheit durch den Kopf.

»Und was ist das?« Wieder verschwand die Pinzette im Brustkorb, doch was der Professor jetzt hervorzog, schimmerte metallisch und war durch die Wucht, mit der es auf den Körper getroffen war, verformt.

»Könnte er sich selbst erschossen haben?« Thang wickelte ein Mentholbonbon aus und steckte es sich in den Mund. Neben Klaudia stöhnte eine Studentin unterdrückt.

»Selbstmord?« Nachdenklich musterte Stemmler das Geschoss. »Wäre nicht ganz einfach.« Er ließ die Kugel in eine Petrischale fallen, nahm eine Knopfsonde vom Tablett und stocherte damit im Brustkorb herum. »Wäre ein komischer Winkel. Wieso glauben Sie das?«

»Wir haben eine Makarow unter der Leiche gefunden«, antwortete Klaudia.

»Die Offizierswaffe der NVA. Soso.« Stemmler musterte die abgeplattete Patrone. »Wir schicken die Patrone auf jeden Fall nach Eberswalde.«

Zwei Studenten und eine Studentin später war die Obduktion beendet, den Rest würden die medizinischen Sektionshelfer erledigen.

Noch bevor sie in ihren Wagen stieg, informierte Klaudia PH über die Entwicklung. Er würde sich mit der Staatsanwaltschaft in Verbindung setzen. Anschließend rief sie den Notfallseelsorger an und verabredete sich mit ihm.

»Bis gleich.« Thang stieg in seinen Golf, und auch Klaudia klemmte sich hinters Lenkrad. Kaum stöpselte sie ihr Smartphone ein, sang Céline Dion im Duett mit einer männlichen Stimme »The Beauty and the Beast«, und Klaudia drehte ihr den Ton ab.

23. Kapitel

Auf dem Parkplatz am kleinen Hafen wartete Pfarrer Vollmer bereits auf sie. Als schließlich auch Thang seinen Wagen verließ, gingen sie zur *Alten Feuerwache*. Kein Auto parkte im Hof, doch die Tür zur Kneipe war einladend geöffnet. Thorsten Gutsche hockte an einem Tisch. Die platinblonde Bedienung, die Klaudia aus einem früheren Fall kannte, saß neben ihm und hatte ihre Hand auf seine gelegt.

Sobald sie die Stimmen der Polizisten hörte, kam Britta aus dem Durchgang zum Hinterzimmer. Ihre Augen hingen angstvoll an Klaudia und liefen dann über. Ohne dass Klaudia auch nur ein Wort gesagt hatte, wusste sie Bescheid. Weinend lief sie zu ihrem Vater.

Es war schrecklich. Gutsche beschuldigte Gott und die Welt und vor allem den Schäfer Hanusch, seinen Sohn getötet zu haben.

Als sich der erste Sturm gelegt hatte, ließen die Polizisten Vollmer bei dem gebrochenen Vater zurück, und Britta führte sie zum Zimmer ihres toten Bruders. Die Nachricht, dass der Tote tatsächlich ihr Bruder war, hatte sie weniger umgehauen als ihren Vater. Klaudia ahnte, was in dem Mann vorging, der seit Samstag um Jahrzehnte gealtert war. Sie hatten sich im Streit getrennt. Er und Ben. Und was immer der Grund für diesen Streit gewesen war: Thorsten Gutsche würde sich für den Rest seines Lebens Vorwürfe machen.

Thang stieg leichtfüßig die enge Stiege hinauf, die zu Ben Gutsches Zimmer führte. Klaudias hatte Mühe, Schritt zu halten. Nicht zum ersten Mal nahm sie sich vor, ihre Mittagspause nicht mehr hinterm Revier zwischen KiK und Döner zu verbringen, sondern wie Thang durch den Lübbener Hain zu joggen. Sie beneidete den halbvietnamesischen Kollegen um seine Fitness.

Als Klaudia endlich oben angekommen war, stieg ihr der leicht muffige Geruch von Gras in die Nase. Britta hatte die Tür zu einer Bodenkammer geöffnet. Als müsste sie sich bei Klaudia für die Treppen entschuldigen, sagte sie: »Ben hatte unten sein Zimmer, neben meinem, aber er wollte mehr für sich sein.« Ihre Stimme brach, und Tränen stiegen ihr in die Augen. »Er hat alles selbst gemacht«, fügte sie mit erstickter Stimme hinzu. »Gedämmt und tapeziert und so. Er war geschickt. Wirklich. Ganz besonders mit den Händen.« Sie wischte sich über die Augen. »Brauchen Sie mich noch?«

»Im Moment nicht. Danke.« Klaudia wartete, bis das Mädchen sie allein gelassen hatte, dann schloss sie die Tür und strich mit dem Finger über die Kommode. Kein Staub. Die Möbel waren schlicht und verwohnt, an der schrägen Decke hingen großformatige Poster von Rennwagen. Die wenigen Bücher im Regal waren Bildbände. Auch hier überwogen Rennwagen, doch es gab auch andere. Klaudia nahm einen Bildband von Kreta heraus. Alles Gute zum Geburtstag, Bruderherz, stand auf dem ersten Blatt. Klaudia stellte das Buch zurück und sah sich weiter um. Das Bett war frisch bezogen, und auf dem Schreibtisch unter dem Dachfenster stand ein Plastikkorb mit frisch gewaschener Wäsche neben einem aufgeklappten Notebook.

»Alles für die Rückkehr vorbereitet, was?« Thang trat an den

Schreibtisch und griff in den Korb. »Boss Shorts, Tommy Hilfiger, Calvin Klein. Kein ganz billiger Geschmack.«

»Auch das nicht.« Klaudia klappte das Notebook zu: Apple. »Wie es aussieht: nagelneu.«

»Er hat ein iPhone.« Thang nahm eine Ladestation aus einem Regal, das in die Schräge über dem Schreibtisch hineingebaut war. »Kein Handy bei der Leiche?«, fragte er.

»Nope.« Klaudia schaute sich um. »Vielleicht liegt es hier irgendwo?«

»Ich hab die ganze Zeit versucht, ihn zu erreichen.« Britta öffnete die Tür. Sie musste davorgestanden haben. »Das hätte ich gehört. Zumindest am ersten Tag.« Sie schlang die Arme um den Körper, als friere sie bis auf die Knochen.

»Ist das sein Notebook?«, fragte Klaudia.

»Ja.« Britta nickte. »Es ist neu. Sein altes hab ich.«

»Dein Bruder hatte einen teuren Geschmack.« Klaudia wies mit der Hand zum Wäschekorb.

»Eigentlich schon immer.« Brittas Stimme brach. Sie öffnete den Mund und schloss ihn wieder. Ein erstickender Fisch, der verzweifelt nach Luft schnappt. »Vielleicht weil Mama weggegangen ist.« Sie sackte in sich zusammen. Thang fing sie auf und setzte sie auf das Bett, während Klaudia in ihrem Rucksack nach einem Taschentuch kramte.

»Danke«, flüsterte Britta, ohne aufzuschauen. Ihre Hand strich übers Kopfkissen, streichelte die Erinnerung an den Bruder, der nun tot war. »Er hat wohl gedacht, er ist dann mehr wert.«

»Und du?«

»Ich war älter, verständiger. Ich hab schon begriffen, dass es nichts mit uns zu tun hatte, sondern ihr Ding war.«

»Du hast dich um ihn gekümmert.«

»Nicht genug.« Ihr Blick verschwamm wieder.

»Dass er tot ist, ist nicht deine Schuld«, sagte Klaudia und fragte sich gleichzeitig, ob Pfarrer Vollmer etwas Ähnliches gerade eben auch zu dem gebrochenen Vater sagte.

»Die frisch gewaschenen Sachen im Wäschekorb sind alle mit der Post gekommen«, flüsterte Britta. »Als er schon weg war. Ich hab gedacht, ich mach ihm eine Freude. Jetzt wünschte ich, ich hätte das nicht getan.« Sie schluchzte. »Dann könnte man alles zurückschicken, oder?«

Klaudia und Thang schwiegen betreten. Sie warteten, bis das Mädchen sich beruhigt hatte, dann fragte Thang, was ihr Bruder beruflich gemacht hatte.

»Papa geholfen und so.«

»Und was ist: und so?«, fragte Klaudia.

»Gelegenheitsarbeiten. Wege ausbessern oder in anderen Gaststätten aushelfen. So viel ist ja bei uns nicht.«

»Und davon konnte er sich das alles leisten?«, fragte Klaudia.

Britta biss sich auf die Unterlippe. Das Schweigen lastete zwischen ihnen.

»Das hast du dich auch gefragt, oder?«

Britta nickte.

»Und?« Klaudia setzte sich neben sie aufs Bett und legte ihr die Hand auf die Schulter. »Hast du Ben gefragt?«

24. Kapitel

Es war das Thema am Hafen. Stefan hörte es von Schiebschick, als er von seiner Hochwaldtour zurückkam. Es war Montag, die Herbstferien waren vorbei, trotzdem herrschte viel Betrieb am großen Kahnhafen. Der Tote sei tatsächlich der kleine Ben Gutsche. Die Polizei sei jetzt bei der Familie.

Scheiße. Stefan dachte an Bens Schwester. Er kannte Britta nicht besonders gut, aber Franzi hatte sie gemocht. Sie war wohl so etwas wie eine ältere Schwester für das Mädchen gewesen. Wie oft hatte Britta bei ihnen im Wohnzimmer gesessen und von ihrem Vater erzählt und ihrem Bruder und wie ihre Mutter aus ihrem Leben verschwunden war. Nicht, dass er dabeigesessen hätte. Meistens hatte er sich in seinen Hobbykeller verdrückt und geschreinert. Im letzten Jahr die Möbel fürs Kinderzimmer. Trotzdem kannte er die Geschichten. Von Franzi. »Ich würde euch nie alleinlassen«, hatte sie gesagt. Und nun war sie fort, und in seinem Leben war ein riesiges Loch. Franzis Chefin hatte ihm Tabletten gegeben: damit er schlafen, gehen, reden konnte. Funktionieren halt. Er hatte die Pillen geschluckt und sich gefühlt wie ein Taucher. Fast schwebend und in einen Kokon aus Stille gehüllt.

Nach der Beerdigung hatte er die Tabletten weggelassen. Was nutzte die Stille, wenn sich dahinter die Trauer in seine Seele fraß. Manchmal hatte er es nicht ausgehalten, und dann hatte er die

Laufschuhe herausgeholt und war an den Fließen entlanggelaufen, als seien die Ochsen des Teufels hinter ihm her. Doch seine Dämonen waren nicht hinter ihm, sondern in ihm. Sie nährten sich aus seiner Trauer und dem Verlust von allem, was hätte sein können. Er hatte seinen Sohn verloren wie Bens Vater den seinen.

Nur im Gegensatz zu ihm hatte er seinen Sohn nie kennengelernt, hatte ihn nie im Arm gehalten, nie seine Windeln gewechselt, nie seine Hand gehalten, damit er nicht fiel. Von seinem Sohn blieben ihm nur ein leeres Kinderzimmer und ein Ultraschallbild.

Wenn Britta Franzi besucht hatte, sprach sie meistens über ihren Bruder. »Sie sorgt sich«, hatte Franzi gesagt. »Vielleicht ist das so mit Jungen«, hatte sie ein wenig ängstlich hinzugefügt. »Vielleicht machen sich Eltern da mehr Sorgen. Wie warst du so als Jugendlicher?«

»Immer brav«, hatte er geantwortet und Franzi damit zum Lachen gebracht. Sie war die Brave gewesen. Trotzdem lebte er und nicht sie. Niemand hatte ihn über den Haufen gefahren, wie Franzi, oder ermordet, wie Brittas Bruder. Franzis Tod war ein Unfall gewesen. Sie war einfach zur falschen Zeit am falschen Ort, aber Bens Tod war etwas anderes. Jemand hatte gewollt, dass er starb. Jemand hatte einen nicht mal Zwanzigjährigen so sehr gehasst, dass er ihn erschossen hatte. Und das hier in Lübbenau.

Könnte ich das auch? Stefan war sich nicht sicher. Als er neben der toten Franzi gesessen hatte, wäre er dazu in der Lage gewesen. Er hätte jeden ermorden können. Selbst den Pfleger, der neben ihm stand und seine Trauer aushielt. Bestimmt den Polizisten, der den Wagen gefahren hatte, und auf jeden Fall die Polen, die Krähenfüße auf die Fahrbahn geworfen hatten. Und am ehesten noch sich selbst, weil er das Licht an Franzis Rad nicht repariert hatte. Sie alle lebten noch. Nur er nicht mehr so richtig. Sein Leben torkelte zwischen lauter »Das erste Mal« und »Nie mehr wieder«: Der erste Sonnenaufgang ohne Franzi, ihre Zahnbürste im Bad, die sie nie wieder benutzen würde und die trotzdem neben seiner stand.

»Ich frag meinen Neffen, wann die Beerdigung ist.« Schiebschicks brüchige Altmännerstimme holte Stefan in die Wirklichkeit zurück. Der Fährmann sprach mit einem Kollegen, der vom kleinen Hafen herübergekommen war, um Neuigkeiten auszutauschen.

»Wirklich schlimm für die Familie«, sagte der Kollege. Die beiden blickten hastig zu Stefan und gleich wieder aufs Fließ.

»Gib mir Bescheid«, sagte Stefan zu Schiebschick.

»Biste sicher?«, fragte Schiebschick.

Sicher, ob ich es schaffe, an einem offenen Grab zu stehen?, dachte Stefan. »Ja«, antwortete er schließlich, als die Pause zu lang wurde. »Franzi würde es wollen.«

25. Kapitel

Klaudia saß neben Britta auf dem Bett, während Thang am Schreibtisch lehnte. Geduldig warteten sie ab. Britta rang die Hände und löste sie wieder, Tränen liefen über ihre Wangen. Sie öffnete den Mund und schloss ihn. Natürlich hatte sie ihren Bruder gefragt. Und egal, was er ihr geantwortet hatte, sie hatte ihm geglaubt. Es war so viel einfacher, den immer gleichen Lügen zu glauben, als sich der Wahrheit zu stellen, wie immer die auch aussah. Britta hatte so viel Zeit und Energie darauf verwendet, ihren Bruder vor ihrem Vater, sich selbst und der Welt zu verteidigen, dass es ihr schwerfiel, zu ihren Ängsten zu stehen. Selbst jetzt noch. Schließlich straffte sie die Schultern und nickte.

»Er hat gesagt, er hätte beim Pokern gewonnen.«

»Hier bei euch?«, fragte Klaudia.

»Im Leben nicht.« Hektische rote Flecken wanderten von Brittas Hals in ihre Wangen. »Papa hätte ihn umge ...« Sie schlug die Hand vor den Mund, als ihr klar wurde, was sie beinahe gesagt hätte. »Online.« Britta putzte sich geräuschvoll die Nase. »Hat er gesagt.«

»Wir müssen das Notebook mitnehmen.« Klaudia richtete sich auf und trat an den Schreibtisch. »Ihr kriegt es zurück«, fügte sie hinzu.

»Es ist mit einem Kennwort gesperrt.«

»Hast du versucht, es zu knacken?«

Britta nickte zögernd. »Ich hab mir Sorgen gemacht. Als er verschwunden war und ich ihn nicht erreichen konnte. Aber ich hab's nicht rausgekriegt.«

»Unsere IT-Techniker werden es knacken«, versprach Thang.

Klaudia bückte sich und zog an den Schubladen des Schreibtisches: verschlossen.

»Das hat er früher nie gemacht.« Britta schniefte.

»Wann früher?«, fragte Klaudia. »Bevor er sich den Dachboden ausgebaut hat?« Sie dachte an das Foto, das Britta ihr geschickt hatte. Ben war ein Poser mit Chucks und einem Allerweltstattoo am Hals. Also wahrscheinlich nicht sehr fantasiebegabt. Sie bückte sich und fuhr mit der Hand die Ränder der Schubladen entlang. Sie wurde schnell fündig. Der Schlüssel war mit Tesafilm unter den Schubladenboden geklebt. Einbrecher waren nicht zuletzt deshalb so erfolgreich, weil die meisten Menschen zu wenig Hirnschmalz in die Wahl ihrer Verstecke investierten.

»Darf ich?«, fragte sie, bevor sie den Schlüssel ins Schloss steckte.

Britta nickte.

In den Schubladen war das übliche Chaos an Stiften, Spiralblöcken und Bonbonpapier, das auch bei Klaudia herrschte. Dazwischen zwei pralle Umschläge mit dem Logo des Schlosshotels auf der Rückseite. Solche Umschläge lagen in den Zimmermappen. Sie stammten noch aus einer Zeit, als Hotelgäste durchaus auch mal Briefe und nicht nur Mails schrieben. Klaudia nahm den obersten heraus. Er war zugeklebt. Sie drehte ihn in der Hand. Er hatte ein Sichtfenster. Und dahinter war ein weiteres Fenster. Ein Sprossenfenster. Klaudia pfiff leise. Ein Fünfzigeuroschein und – nach der Dicke des Umschlags zu schließen – nicht der einzige. Sie griff nach dem zweiten Umschlag. Auch er war prall gefüllt, und auch hier war zumindest der Schein vor dem Sichtfenster ein Fünfziger. Klaudias Ermittlerader pochte gleichmäßig. Noch einmal schaute sie sich in Bens Zimmer um. Zu viel Geld und zu viele Träume für so ein kleines Leben. Entweder war der Junge ein begnadeter Pokerspieler, oder er hatte eine andere Geldquelle. Klaudia tippte auf Drogen. Viele Drogen kamen aus dem Osten, aber einiges wurde auch hier gekocht. Vor allem Meth. Fern der Ballungszentren war es einfach schwierig, die Szene im Auge zu behalten.

»Da wurde aber um hohe Beträge gepokert.« Klaudia legte die Umschläge zur Seite und fand schließlich auch, was sie gesucht hatte. Bens Kennwörter standen in eckigen Druckbuchstaben auf einem der Spiralblöcke. Immer wieder durchgestrichen und durch neue ersetzt. Nicht nur die Buchstaben-Zahlen-Kombinationen wechselten in jeder Zeile, sondern auch die Schrift. Mal neigte sie sich nach links, mal nach rechts, mal reckte sie sich in die Höhe, jeder Buchstabe ein gereckter Zeigefinger. Dann wieder floss sie in die Breite. Irgendwie schien Ben noch auf der Suche nach der Schrift zu sein, die zu ihm passte. Vielleicht war er aber auch nur auf der Suche nach sich selbst. Oder vielleicht hatte er auch zu viel gekokst oder die falschen Pillen eingeschmissen. Klaudia legte den Zettel zu den Umschlägen und tippte die letzte Kombination aus Buchstaben und Zahlen ins Kennwortfeld. Der Bildschirm entsperrte, und Klaudia lächelte ein Mädchen entgegen, das ihr vage bekannt vorkam.

»Wer ist das?« Klaudia zog ihr Handy aus der Tasche und fotografierte den Desktophintergrund.

Britta beugte sich vor. »Ich weiß nicht«, sagte sie schließlich. »Ich bin mir nicht sicher. Vielleicht ... Ob sie seine Freundin ist?«

»Möglich. Wir werden es herausfinden.« Klaudia kritzelte eine mentale Notiz in eine Hirnwindung. Sie würde Bens Freund, diesen Jonas Delling, nach dem Mädchen fragen. Flüchtig scannte sie die Programme, die der Junge installiert hatte. Viele Ballerspiele, ansonsten vorinstallierte Standardprogramme. Sie rief die Browser History auf: leer. Möglicherweise fanden die IT-Techniker ja etwas. Klaudia klappte das Notebook zu und schaute sich noch einmal im Zimmer des toten Jungen um.

»Wir werden den Raum versiegeln«, sagte sie zu Britta. »Vielleicht müssen wir noch einmal wiederkommen.«

»Ich verstehe nicht«, sagte das Mädchen. »Ben ist doch das Opfer.«

»Das stimmt natürlich«, antwortete Klaudia. »Aber«, ihre Handbewegung schloss den gesamten Raum ein, »vielleicht finden wir etwas, das uns bei der Suche nach dem Täter hilft. Verstehst du das?«

»Ja.« Britta putzte sich wieder die Nase.

»Habt ihr eigentlich eine Jagdhütte?«

»Ben geht da nie hin«, sagte Britta.

»Wir würden uns da trotzdem gerne umschauen.« Klaudia verzichtete darauf, Bens Schwester daran zu erinnern, wo ihr Bruder gefunden worden war.

26. Kapitel

Während Thang die beschlagnahmten Sachen direkt nach Cottbus brachte, fuhr Klaudia zur Jagdhütte. Sie würde vor Ort entscheiden, ob es Sinn machte, die Spusi hinzuschicken. Den Schlüssel hatte sie von Britta. Ihr Vater war dazu nicht in der Lage gewesen. Als er erfuhr, dass sein Sohn mehr als zehntausend Euro in seinem Zimmer versteckt hatte, war er ausgerastet. Sie hatten den Notdienst gerufen, und er hatte eine Spritze bekommen. Jetzt schlief er wahrscheinlich.

In Leipe bog Klaudia in den Wirtschaftsweg ein, der an der Schafweide entlangführte, und hielt hinter einem alten Lada am Wegrand. Sie stieg aus, der Wind spielte in den Erlen und brachte den Geruch von Brackwasser mit. Heute war hier niemand unterwegs. Zumindest niemand, den Klaudia sah. Sie dachte an den Wagen, hinter dem sie geparkt hatte. Das rot-weiße Band, mit dem der Fundort abgesperrt worden war, flatterte im Wind, und unter den Apfelbäumen grasten die Schafe. In der Ferne sah Klaudia den Hof des Schäfers. Er lag inmitten von Obstwiesen und abgeernteten Feldern. Hinter ihr führte ein schmaler Pfad in den Wald. Klaudia wusste so ungefähr, wo sie Gutsches Waldhütte finden würde, sie hatte nur keine Ahnung, was sie dort finden würde. Es musste einen Grund gegeben haben, warum Ben ausgerechnet hier zu Tode gekommen war. Sie dachte an die Verdächtigungen des Vaters. Ohne das gefundene Geld wäre sicherlich Hanusch ihr Hauptverdächtiger.

Ein junger Mann kam ihr entgegen. Er trug eine Basecap und einen Rucksack und schien es eilig zu haben. Als er Klaudia sah, stockte er. Röte schoss ihm ins Gesicht.

»Hallo«, sagte Klaudia. Irgendwo hatte sie den Typen schon mal gesehen.

»Hallo.«

»Schöner Tag für einen Spaziergang.« Der Junge war vielleicht so alt wie Ben Gutsche, und auch wenn er derbe Wanderschuhe, grüne Drillichhosen und eine wetterfeste Jacke trug, waren junge Männer in seinem Alter selten im Wald unterwegs. Außer sie hatten einen Grund. Und der interessierte Klaudia gerade.

»Geht so«, antwortete der junge Mann kurz angebunden.

»Was treibt Sie denn so in den Wald?« Klaudia lächelte ihr Ich-bin-harmlos-Lächeln, das jeder Polizist beherrschte.

»Was geht dich das an?«

Ups, dachte Klaudia. Nicht der höflichste junge Mann auf Gottes weiter Welt und außerdem ein Kampfduzer. Klaudia beschloss, sich nicht provozieren zu lassen. Wahrscheinlich war ihm seine Unhöflichkeit nicht einmal bewusst. Leider schien das höfliche »Sie« Fremden gegenüber aus dem allgemeinen Sprachgebrauch zu verschwinden. Klaudia schätzte diese Entwicklung nicht. Sie mochte die Distanz, die in dem Personalpronomen steckte.

Der junge Mann machte Anstalten, seinen Weg fortzusetzen. Sein Rucksack sah ziemlich schwer und ausgebeult aus.

»Hier wurde ein Toter gefunden.« Mit dem Daumen zeigte Klaudia über die Schulter zurück zu der Stelle, wo nur noch Reste der Kreidespuren den Fundort markierten.

»Ich weiß.« Der Junge nahm die Basecap ab und kratzte sich

den Nacken. Sein dunkles Haar klebte verschwitzt an seinem Kopf. Für das dunkle Haar hatte er erstaunlich graue Augen, fast wasserhell, umgeben von dunklen Wimpern.

»Woher?« Klaudia hob die Augenbrauen.

»Jeder weiß es«, ging der Junge in die Defensive. »Du doch auch.«

»Aber ich bin von der Polizei«, ließ Klaudia die Katze aus dem Sack. »Kripo Lübben. Und Sie sind?«

»Jurij«, antwortete der junge Mann.

»Jurij wie?«

»Lehmann. Jurij Lehmann.«

»Kannten Sie den Toten?«

»Ich?« Jurijs Augen weiteten sich. »Ich weiß doch nicht mal, wer tot ist.«

»Haben wir uns schon mal gesehen?«

»Nein«, sagte Jurij. »Vielleicht«, fügte er hinzu. »Ich weiß nicht.«

»Was tun Sie hier?« Dieser Jurij kam aus dem Wald. Und nicht nur das! Er kam auch aus der Richtung, in der die Hütte der Gutsches lag, und er trug einen schweren Rucksack. Genügend Gründe, misstrauisch zu sein.

»Nichts.«

»Nichts?« Klaudia hob die Augenbrauen. Sie glaubte ihm nicht, und der Junge wusste das.

»Ich bin wegen Margot hier«, sagte Jurij schließlich. »Ich meine wegen einer Wölfin«, korrigierte er sich.

»Du bist Doktor Berghoffs Wolfsexperte, der die Spur gefunden hat?«

»Der bin ich«, bestätigte Jurij. »Und heute bin ich die Fotofallen abgegangen, die ich Samstag angebracht habe.«

»Und?«, fragte Klaudia.

»Nichts.« Jurijs Stimme klang neutral, emotionslos. Klaudias Ermittlerader pochte leise. Aber warum sollte er sie anlügen? Sie würde ja nicht losgehen und den Wolf abknallen. Doch wenn sie bedachte, wie die Emotionen gerade hochkochten, verstand sie sein Misstrauen sogar.

»Ich kann also gefahrlos in den Wald gehen?« Die Frage war als Scherz gedacht, aber im Moment des Aussprechens begriff Klaudia, dass sie es ernst meinte. Auch sie war mit den Geschichten vom bösen Wolf aufgewachsen.

»Na klar.« Jurij setzte die Basecap wieder auf, trat einen Schritt vor, dann wieder zurück, ruckelte den Rucksack auf seinem Rücken zurecht und schaffte es schließlich, die Frage auszusprechen, die ihm auf der Zunge lag.

»Dieser Tote«, fragte er. »Wissen Sie, wie er ums Leben gekommen ist?«

Polizisten duzt du also nicht, dachte Klaudia und fragte sich, ob das eine Erziehungssache war oder eine Sache der persönlichen Erfahrung mit ihrer Berufsgruppe. »Auf jeden Fall nicht durch einen Wolf.«

»Na dann.« Jurij Lehmann wandte sich ab, und Klaudia blickte ihm nach. Er hielt den Kopf gesenkt, schaute nicht nach rechts und nicht nach links. Schließlich verschwand er hinter der Kehre, die der Weg machte.

Klaudia zog die Schultern hoch. Sie war wieder allein mit dem Wind, den Schafen und einer verletzten Wölfin, die Margot hieß und hier irgendwo herumlief – oder lauerte.

27. Kapitel

Stefan stakte seinen Kahn auf die Hauptspree. Die Tour nach Lehde war vorbei und damit seine letzte Fahrt des Tages.

Er sah Britta schon von Weitem. Sie stand auf der Brücke, die übers Fließ führte, und starrte aufs Wasser. Sie sah so traurig und verloren aus, wie er sich fühlte. Auf einmal hatte Stefan Angst, dass sie springen würde. Er erzählte den Touristen zwar immer, dass man im Spreewald nur ertrinken könne, wenn man zu faul sei aufzustehen, doch genau dieses flache Wasser konnte tödlich sein, wenn jemand kopfüber in die Spree sprang.

»Hey«, rief er und grüßte mit dem Rudel. »Willst du mitfahren?«

»Danke, nein.« Brittas Augen waren vom Weinen verquollen. Er sah es, als der Kahn unter ihr hindurchglitt. Sie tat Stefan leid, gleichzeitig dachte er jedoch: Jetzt haben sie noch weniger Zeit, die Polen zu finden. Er schämte sich für den Gedanken. Die ersten Tage nach Franzis Tod hatte er gedacht, es würde alles ganz schnell gehen. Schließlich kooperierte das LKA mit den Polen. Zumindest hatte der Polizist mit der Halskrause das gesagt.

Stefan hatte ihnen vertraut. Sie würden die Schweine kriegen. Doch mit jedem Tag, der verging, sank seine Zuversicht. Und jetzt gab es einen neuen Toten, und er verdrängte Franziska. Weil: Ben war ermordet worden, Franziska nur ein Kollateralschaden.

Stefan ließ die Gruppe am Hafen aussteigen und stieg dann wieder in den Kahn. Normalerweise wäre er jetzt nach Hause gestakt. Die Muskeln in seinen Armen brannten, und ein dumpfer Schmerz klopfte an seiner rechten Hüfte an. Es war ein langer Tag gewesen. Es wäre gut, nach Hause zu kommen, wenn da nicht die Leere wäre. Also stieß er sich vom Steg ab und stakte zurück zur Brücke. Er hatte auch so manches Mal auf einer Brücke gestanden, während seiner einsamen Wanderungen, wenn ihn zu Hause das leere Zimmer anschrie. Dann war er geflohen und hatte zugesehen, wie die Mücken über dem Wasser tanzten, und er hatte sich vorgestellt, kopfüber hineinzuspringen, hatte gespürt, wie das Wasser über ihm zusammenschlug, den Aufprall und die Schwärze. Aber er war nie gesprungen. Er war weitergelaufen, und im Wald zwischen den Fließen hatte sich sein Herzschlag beruhigt, und das Dröhnen in seinen Ohren war einem sanften Wispern gewichen, das in der Ohrmuschel kitzelte wie Franzis Atem, wenn sie ihm etwas zugeflüstert hatte.

Britta bemerkte ihn nicht, bis er ihren Namen rief. »Komm«, sagte er und lenkte den Kahn ans Ufer.

Britta setzte sich auf die Bank ganz vorne im Bug. Er sah nur ihren zuckenden Rücken, und trotz der Schmerzen stakte er sie durch den Wald, bis das Schluchzen nachließ.

Dann lenkte er den Kahn an einen verlassenen Steg und setzte sich neben sie. Gemeinsam schauten sie den langbeinigen Käfern zu, die über das Wasser liefen.

»Er ist erschossen worden«, flüsterte Britta schließlich. »Jemand hat ihn erschossen.«

Stefan legte den Arm um ihre Schulter. Franzi hätte das auch getan. Sie hätte auch gewusst, was sie sagen sollte. Ihm fehlten die Worte. »Erschossen« klang so viel schlimmer und auch wichtiger als »Kollateralschaden«.

»Die Polizei glaubt, dass es mit dem Geld zu tun hat. Auch wenn sie es nicht sagen. Aber ich hab gesehen, wie sie sich angeschaut haben.«

»Welchem Geld?«, fragte Stefan.

»Seinem.« Britta putzte sich die Nase. »Er hat es gewonnen.«

»Sicher«, antwortete Stefan. »Sicher hat er das.« Und fragte sich gleichzeitig, ob der Junge nicht einfach selbst schuld war. Kein Opfer war wie Franzi. Kein Mitleid verdiente, nicht verdiente, dass die Polizei sich kümmerte, während Franzis Tod ungesühnt blieb.

Aber dafür konnte Britta nichts. Sie war unschuldig. So wie Franzi, so wie er. Es waren immer die Unschuldigen, die am meisten litten.

28. Kapitel

Klaudia bahnte sich ihren Weg durch hüfthohe Brennnesseln. Die Jagdhütte war nicht viel mehr als ein Unterstand aus geteertem Holz mit einer Tür. Keine Fenster, das Dach moosgrün.

Nichts deutete darauf hin, dass jemand, der größer als eine Waldmaus war, in den letzten Tagen diesen Weg gewählt hatte. Trotzdem kämpfte sich Klaudia weiter und stand schließlich auf einer morschen Veranda. Die Tür war mit einem rostigen Vorhängeschloss gesichert. Der Schlüssel knirschte im Schloss, Klaudia ruckelte, und schließlich schnappte der Bügel auf. Die Hütte war so trostlos wie die Lichtung, auf der sie stand. Staubmäuse huschten über die Holzdielen. Kleine braune Kügelchen zeigten, dass sie nicht die einzigen Mäuse waren, die hier lebten. Klaudia verabschiedete sich von ihrer Vorstellung, eine Drogenküche vorzufinden.

Demel rief an, als sie ihren Peugeot erreicht hatte. Klaudia warf ihren Rucksack auf den Beifahrersitz und nahm das Gespräch einbeinig, wie ein Storch im Salat, an. Trotz aller Vorsicht hatte sie heftig juckende Pusteln am linken Fußknöchel, auf die sie nun Speichel schmierte, während sie zuhörte. Die Kollegen in Eberswalde hatten zugesagt, sich so bald wie möglich um die Waffe zu kümmern.

»Und was ist bei dir?«, fragte Demel.

Klaudia erzählte ihm von ihrem verunglückten Ausflug in den Wald.

»Also Fehlanzeige«, fasste Demel zusammen.

»Natürlich«, erwiderte Klaudia. »Warum einfach, wenn es auch umständlich geht.«

»Vielleicht eine Affekthandlung.«

»Jemand hat ihm die Waffe in die Hand gedrückt, sonst wäre sie nicht mit der Leiche mitgeschleift worden.« Klaudia zog das Sockenbündchen über die Pusteln. Einen Atemzug später setzte das Jucken wieder ein. Ignorieren, dachte Klaudia. Du kannst das. »Das macht man nicht im Affekt.«

»Vielleicht doch Selbstmord.«

»Ich weiß nicht.« Klaudia visualisierte das Szenario. Auch wenn Stemmler den Einschusswinkel unwahrscheinlich fand, blieb Selbstmord natürlich eine Option. Es musste ein Tag wie heute gewesen sein, oder vielleicht war es auch Nacht. Warum stellte sich jemand an den Waldrand, klemmte sich eine Waffe so in die Hand, dass er sie sich auf den Bauch oder die Brust aufsetzen konnte, und erschoss sich dann? Und wurde dann eine Woche nicht gefunden? Schon merkwürdig das Ganze. *Die Natur ist darauf eingerichtet, Aas zu verwerten.* Berghoffs Worte hallten durch ihr Hirn.

»Bist du noch da?«, fragte Demel.

»Ja.« Klaudia spuckte sich wieder auf den Finger und schob ihn unter das Sockenbündchen. »Wir werden ja sehen, was die Kollegen in Eberswalde dazu sagen.«

»Die waren direkt euphorisch. Haben sie mal was anderes zu tun, als zerlöcherte Ortsschilder zu untersuchen.«

»Was?«

»Liest du eigentlich nie Zeitung?«

»Sonst noch was?« Demels Zeitungsfrotzelei wuchs sich zu einem Running Gag aus. Klaudia verdrehte die Augen: zerschossene Ortsschilder, was es im wilden Osten nicht alles gab.

»Was machst du jetzt?«, fragte Demel.

»Noch einmal mit dem Schäfer sprechen.«

»Nicht ohne deinen Partner.«

»Thang ist in Cottbus.«

»Ich bin in 'ner Stunde da.«

»Und was soll ich in der Zeit machen?«

»Iss was«, sagte Demel. »Hast du wahrscheinlich eh nötig.«

Klaudia wollte widersprechen, doch ihr Magen knurrte vernehmlich.

»Wir treffen uns im *Froschkönig*.«

»Wo ist der *Froschkönig*?«, fragte Klaudia, doch Demel hatte bereits aufgelegt. Also tippte sie »Froschkönig« und »Leipe« in ihr Smartphone und saß wenig später zwischen Touristen auf einer Terrasse direkt am Fließ, hielt die Nase in die Sonne und verputzte einen Spreewälder Wurstteller. Nach dem Essen lehnte Klaudia sich mit einem Kaffeebecher in der Hand zurück und genoss das Plätschern des Wassers, das sich wie eine weiche Decke über ihren Tinnitus legte. Ein Schatten schob sich vor die Sonne, und der Alltag hatte sie wieder.

29. Kapitel

Jurij hatte der Polizistin nicht die ganze Wahrheit gesagt. Vielleicht ein Reflex aus seinem früheren Leben, vielleicht eine Notwendigkeit. Jurij neigte nicht zum Grübeln. Lügen war überlebenswichtig: Lügen und sich wegducken. Trotzdem tat er es nicht gerne. Nicht in diesem neuen Leben. Andererseits hatte ihn eine Lüge genau hierhingebracht.

Jurij lenkte den Lada über den holprigen Weg, der zum Hof führte. Sein Handy brummte. Eine SMS von Veronika. Nur ein »W« mit Fragezeichen, mehr nicht. Einhändig tippte er »nein« ins Eingabefenster. Die Autokorrektur half ihm dabei. Er warf das Handy auf den Beifahrersitz. Diese Lüge war ihm schwerer gefallen. Doch auch sie war notwendig. Veronika würde ihn köpfen, schroten und als Kraftfutter an ihre Schafe verfüttern, wenn sie erfuhr, dass er nicht nur Fotofallen installiert, sondern auch präpariertes Futter ausgelegt hatte.

Ein Fahrrad lehnte am Schuppen. Nicht schon wieder, dachte Jurij. Er mochte Chantalle ja, aber sie war einfach zu jung. Fritz lachte ihn deshalb aus. Mädchen können nie zu jung sein, sagte er dann, und dass der Hof eine Frau brauchte.

»Dann nimm du sie doch«, hatte Jurij ihm vorgeschlagen.

»Ist mir zu anstrengend«, hatte Fritz da geantwortet. Und anstrengend war sie, da hatte der Alte recht: Chantalle wollte sich ausprobieren, etwas erleben, etwas bewegen. Raus aus diesem Leben. Abitur machen und dann nach Berlin und dort studieren. Und dann vielleicht zurückkommen und so leben wie Veronika. Einen Hof bewirtschaften und als Wildbiologin arbeiten. Oder vielleicht doch lieber Medizin. Sie wäre die Erste in ihrer Familie, die studieren würde. Zumindest, soweit sie das wusste. Ihren Vater kannte sie schließlich nicht. Also sie wusste schon seinen Namen, aber er war abgetaucht, vielleicht ins Ausland gegangen. Das könnte sie natürlich auch. Irgendwohin gehen. Vielleicht nach Afrika oder Asien und dort als Biologin arbeiten. Sie redete ununterbrochen, wenn sie ihm auf dem Hof half, und meistens hörte Jurij ihr sogar zu. Er mochte den etwas atemlosen Klang ihrer Stimme. Und manchmal erzählte er ihr von seinen Plänen, die so ganz anders waren als die ihren. Damit sie begriff, dass er im Gegensatz zu ihr in seinem Leben angekommen war.

Auch wenn er das einer Lüge verdankte. Jurij lenkte den Lada in den Schuppen und stieg aus. Sofort bellten Plisch und Plum und sprangen gegen den Draht des Zwingers.

»Unser Mädchen ist da«, begrüßte ihn Fritz, als er ums Haus herumkam. Seine abgearbeiteten Hände lagen auf den Oberschenkeln, und mit dem Rücken lehnte er an der sonnenwarmen Hauswand. So konnte er stundenlang sitzen, die Augen geschlossen, als schliefe er, jedoch sofort hellwach, wenn sich die Hunde meldeten oder er das Schlagen der Autotür hörte.

»Im Haus ist sie«, fügte er hinzu. »Ich glaube, sie räumt die Waschmaschine aus.« Fritz gefiel der Gedanke, dass eine junge Frau seine Unterhosen faltete.

»Das ist dein Job.« Jurij war die Vorstellung eher peinlich. Und ein bisschen eifersüchtig war er auch. Denn eigentlich ließ Fritz niemanden an seine WM 66. »Zwei Jahre hat meine Mutter auf das Ding gewartet«, sagte er immer. Der Toplader stand zusammen mit der Wäscheschleuder in der Waschküche neben dem alten Waschbottich, der nun nicht mehr benutzt wurde.

»Mich stört's nicht.« Fritz nahm seine angerauchte Zigarre, die neben ihm auf der Bank lag, schnupperte daran und legte sie wieder weg. Mit seinen Zigarren war Fritz eigen. Er rauchte genau eine am Tag. Nach dem Frühstück schnitt er sie an, paffte die ersten Züge, stauchte sie dann aus und verschwand auf dem Klo. Nach dem Mittagessen paffte er wieder ein Weilchen, und abends genoss er dann die letzten Züge, schmiss den Stumpen in den Küchenofen und legte sich schlafen. Zwischendurch sammelte er Fallobst ein oder jätete Unkraut. Und freute sich daran, wenn Besuch kam. Vor allem Chantalle hatte er ins Herz geschlossen.

»Hi.« Chantalle trat aus der Tür und strahlte ihn an.

»Du sollst das nicht.«

»Ich hatte Zeit. Wie sieht's aus? Hast du Bilder von ihr?«

»Ich lass die Hunde raus.« Ihre Fragen ignorierend, ging Jurij zum Zwinger. Es war nicht so, dass es ihm etwas ausmachen würde, Chantalle anzulügen, aber da war Fritz, und den wollte er nicht anlügen. Fritz war auch der einzige Mensch, der von Jurijs altem Leben wusste, und das war gut so, denn Fritz war auch der Mensch, der für ihn da war, wenn sein Kopf ihn mal wieder im Stich ließ.

30. Kapitel

Bei Tageslicht sah der Hof des Schäfers noch mehr wie eine Postkartenidylle aus. Der Hund bellte, als Klaudia am Klingelstrick zog, doch diesmal öffnete sich nicht die Hoftür, sondern die Haustür.

Erstaunt runzelte Frau Hanusch die Stirn, und ihr Gesichtsausdruck entspannte sich auch nicht, als Klaudia nach ihrem Mann fragte. Heute trug sie den geflochtenen Zopf um den Kopf geschlungen. Ihr Gesicht war erhitzt, und sie trug eine Plastikschürze vor dem Bauch. Sie trocknete sich die Hände an einem Küchentuch ab, das vom Schürzenbund hing.

»Er ist im Stall«, sagte sie. »Melken.«

»Können wir zu ihm?«

»Ja, Moment.« Frau Hanusch schloss die Tür, und ihre Schritte entfernten sich. Augenblicke später schwang das Hoftor auf. Neben Frau Hanusch hockte der Boxer. Wasser tropfte von seiner Schnauze auf das Kopfsteinpflaster.

Inmitten des Steingartens plätscherte jetzt ein Springbrunnen, und in einer flachen Wasserschale badeten Spatzen.

»Ihre Gäste müssen sich sehr wohlfühlen bei Ihnen«, sagte Klaudia.

»Wenn nicht gerade ein Toter am Haus liegt«, entgegnete Frau Hanusch und entschuldigte sich im gleichen Atemzug für die Bemerkung. »Mein Mann ist hinten im alten Schweinestall.« Sie zeigte auf einen Schuppen am Ende des Grundstücks. »Ich würde Sie ja hinbringen, aber ich wasche gerade Rohwolle.«

»Kein Problem«, entgegnete Demel galant. »Wir finden den Weg.«

Es dauerte einen Moment, bis sich Klaudias Augen an das dämmrige Licht im Stall adaptiert hatten. Der Geruch von Heu und eingetrockneten jahrhundertealten Exkrementen stieg ihr in die Nase. Sie hörte ein Sirren und brauchte einen Augenblick, um zu realisieren, dass es nicht in ihrem Kopf war, sondern die Quelle seitlich von ihr lag. Klaudia und Demel folgten dem Geräusch und fanden den Schäfer in einer engen Buchte, in die auf halber Höhe ein Gerüst hineingebaut war. Zwei Schafe standen darauf, deren Zitzen über Gummischläuche mit der Melkmaschine verbunden waren.

»Herr Hanusch?«, machte sich Klaudia über das Sirren hinweg bemerkbar.

Der Schäfer fuhr herum. »Ach, Sie sind das.«

»Entschuldigen Sie die Störung«, fuhr Klaudia fort. »Aber wir würden gerne noch einmal mit Ihnen sprechen.«

»Was gibt's denn noch?« Hanusch wandte sich ab und machte sich am Euter eines der Schafe zu schaffen. Klaudia hatte nicht den Eindruck, dass diese Manipulation nötig war, zumindest nicht für das Schaf. Aber vielleicht für den Schäfer. Möglicherweise wollte er Zeit gewinnen.

»Die Identität des Toten ist geklärt.«

»Ich weiß.« Hanusch wandte sich dem nächsten Schaf zu. »Es ist Ben.«

»Dann können Sie sich wahrscheinlich auch denken, warum wir hier sind.«

»Nein.« Hanusch drehte sich zu den Polizisten um. Sein Gesicht sah hager aus, eingefallen. So, als sei er übers Wochenende um Jahre gealtert.

»Wir haben mit Bens Vater gesprochen«, sagte Klaudia sanft. »Sie haben gesagt, dass Sie Ben fertigmachen, wenn Sie ihn noch einmal an Ihrer Weide erwischen.«

»Aber das habe ich nicht«, sagte Hanusch.

»Nicht gesagt?«, fragte Demel.

»Doch, schon.« Hanusch drückte einen Knopf, und das Sirren der Melkmaschine erstarb stotternd. Sofort wurden die Schafe auf dem Gerüst unruhig.

»Ich muss an das Brett hinter Ihnen«, sagte Hanusch. Klaudia und Demel traten zur Seite. Der Schäfer legte das Brett an die Rampe, und die Schafe liefen an den Polizisten vorbei in den Stall. Während Hanusch die nächsten Schafe auf das Gerüst trieb, schaute Klaudia sich um. Der Stall hatte fließseitig ein hohes Tor. Ein Steg führte direkt in den Stall hinein, der in verschiedene Boxen unterteilt war, die durch Holzgatter voneinander getrennt waren. In jedem Pferch drängten sich Schafe.

»Also, was haben Sie nicht?«, wiederholte Demel seine Frage, als die Melkmaschine wieder sirrte.

»Ihn fertiggemacht«, antwortete Hanusch. »Bis Freitag wusste ich ja noch nicht einmal, dass er da lag.«

»Wirklich?«, fragte Klaudia.

»Ich hab den Jungen nicht getötet«, fuhr Hanusch auf. »Ich hätte ihn zusammengeschissen, wenn ich ihn erwischt hätte. Das schon. Klaut der einfach die Lämmer. Wissen Sie, wie sich das anfühlt?« Hanusch hob einen der Schläuche an, der sich mit weißer Milch gefüllt hatte und durchhing, um die Milch ablaufen zu lassen. »Zur Lammzeit schlafe ich im Wohnzimmer auf der Couch. Weil hier im Stall eine Kamera hängt und ein Mikro. Damit wir alles mitkriegen. Der Fernseher läuft die ganze Nacht. Meine Frau und ich versuchen, jedes Lamm durchzukriegen, und da kommt der Scheißkerl und klaut sie am helllichten Tag von der Weide.«

»Woher wussten Sie, dass es Ben war?«

»Erwischt habe ich ihn«, antwortete Hanusch. »Als die Ersten verschwunden sind, haben wir die Kamera in den Baum gehängt. Da war er dann drauf.«

»Hängt die Kamera noch?«, fragte Klaudia.

»Nein«, knurrte Hanusch. »Ist ja keine Lammzeit mehr.«

»Haben Sie Anzeige erstattet?«, fragte der pragmatische Demel.

»Klar habe ich das, aber die Bilder durften nicht verwendet werden, weil ich kein Warnschild ›Videoüberwachung‹ in den Baum gehängt habe. Also gab's nur eine Anzeige gegen unbekannt. Und das nennt sich Rechtsstaat.«

»Deshalb haben Sie Ben den Marsch geblasen?«

»Ja.« Hanusch rückte wieder ein Zitzengummi zurecht.

»Und?«, fragte Demel. »Hat's geholfen?«

»Keine Ahnung«, antwortete Hanusch. »Die Lämmersaison war ja dann vorbei. Und jetzt ist er tot.«

»Ihr Hund hinkt«, sagte Klaudia.

»Ja. Immer noch. Warum verdammt noch mal reiten Sie so darauf herum?« Hanusch drehte am Regler der Melkmaschine, und die Schafe blökten. Weiß blubberte Milch durch die Plastikschläuche in den Metallkübel.

»Gehen Sie mit ihm spazieren?«

»Seh ich so aus?«

»Und wo verrichtet er sein Geschäft?«, fragte Klaudia. »Doch wahrscheinlich nicht in Ihrem Hof?«

»Worauf wollen Sie hinaus?« Hanusch schaltete die Melkmaschine aus und befreite die Schafe von den Zitzengummis.

Klaudia und Demel traten zur Seite, damit der Schäfer wieder die Planke an den Melkstand anlegen konnte. Demels Gesichtsausdruck war neutral. Auch er spürte, dass Hanusch etwas vor ihnen verbarg.

»Ist es nicht erstaunlich, dass Ben ...«, setzte Klaudia nach.

»Was?« Hanusch fuhr herum. Die Planke knallte auf das Gerüst, und die Schafe drängten sich blökend zusammen.

» ... erst bei der Wolfswache gefunden wurde?«, beendete sie unbeeindruckt von der offensichtlichen Wut des Schäfers ihren Satz.

»Was ist daran merkwürdig?« Hanuschs Adamsapfel glitt den Hals entlang. Seine Stimme klang, als würde er die Polizisten am liebsten rausschmeißen. »Ich habe Ihnen doch gesagt, dass die Tiere auf einer anderen Weide waren.«

»Das habe ich schon verstanden.« Klaudia musterte den Schäfer nachdenklich. »Aber Sie haben Touristen hier. Der Fundort ist nicht weit von Ihrem Haus entfernt und auch nicht weit von Leipe.«

»Die meisten Gäste gehen aufs Wasser. Das ist kein ausgewiesener Wanderweg«, entgegnete Hanusch. »Da geht keiner spazieren.«

»Ich verstehe«, sagte Klaudia.

»Sonst noch Fragen?«

»Im Moment nicht«, sagte Klaudia, die spürte, dass sie im Moment nicht weiterkamen. »Aber vielleicht später noch einmal.«

»Dann wissen Sie ja, wo Sie mich finden.« Hanusch drängte sich mit seinen Schafen an den Polizisten vorbei. Klaudia hatte das Gefühl, dass nicht nur der Schäfer ihr vorwurfsvolle Blicke zuwarf.

31. Kapitel

»Verdächtigst du ihn?«, fragte Demel. Sie standen wieder vor dem geschlossenen Scheunentor. Die tief stehende Sonne spiegelte sich in den Scheiben seines Wagens.

»Ich weiß nicht.« Klaudia schulterte ihren Rucksack.

»Ich fahr dich zu deinem Auto.«

»Nicht nötig.« Sie blinzelte in die Sonne. »Ich kriege eh zu wenig Bewegung.«

»Wir könnten ja mal zusammen eine Radtour machen.«

»Was wird das?« Klaudia musterte ihn von Kopf bis Fuß. »Ich dachte, das Thema sei durch.«

»Ich frag ja nur.«

»Weißt du, was Petra über dich sagt?« Klaudia erinnerte sich nur zu gut an ihr erstes Von-Frau-zu-Frau-Gespräch mit der Reviersekretärin.

Petra war so etwas wie die selbst ernannte Beziehungspäpstin des Reviers und beglückte jeden Kollegen mit ihrer Weisheit. Demel sei eine nette Affäre, hatte sie über ihn gesagt, weil er nämlich nach seiner Scheidung noch unter einer posttraumatischen Beziehungsstörung litt.

»Ich bin mir nicht sicher, ob ich es wissen will.« Demel zündete sich eine Zigarette an und starrte auf die Glut.

»Du wärst eine nette Affäre.«

»Klingt doch vielversprechend, oder?«

»Ich kann viel gebrauchen«, sagte Klaudia. »Einen neuen Anstrich für den Schuppen, ein neues Dach und außerdem noch Waschpulver«, zählte sie auf.

Verwirrt runzelte Demel die Stirn.

»Was ich allerdings überhaupt nicht gebrauchen kann«, fuhr Klaudia fort, »ist eine nette Affäre.«

»Okay.« Demel legte den Kopf in den Nacken und blies den Rauch seiner Zigarette gen Himmel. »Sag Bescheid, wenn du es dir anders überlegst.« Er grinste.

Klaudia nickte lächelnd. Das war das Gute an Demel. Er nahm seine Annäherungsversuche selbst nicht so ernst.

»Denkst du, Hanusch hat den Jungen erschossen?«

»Ich weiß es nicht.« Klaudia griff sich an den Magen. »Es ist so ein Bauchgefühl. Ich find's einfach komisch, dass die Leiche so lange nicht entdeckt wurde.«

»Wenn er im Graben lag? Ich hab mal von einem alten Mann gelesen, der aus einem Altenheim verschwunden ist. Nach einem halben Jahr haben sie ihn keine hundert Meter entfernt im Straßengraben gefunden. An einer Hauptstraße«, fügte er kopfschüttelnd hinzu.

»Er lag nicht im Graben.«

»Nicht mehr«, sagte Demel.

»Vielleicht hat er gewusst, dass der Tote da liegt.« Klaudia rieb sich den Nacken.

»Bisschen weit hergeholt, oder?«

»Ich weiß.« Klaudia dachte an die Spreewaldidylle und den Schäfer. »Trotzdem: Irgendetwas verbirgt er vor uns.«

»Und nun?«

»Gute Frage.« Klaudia spielte mit dem Handy in ihrer Hand.

»Vielleicht sollte man sich die Spuren einfach noch mal in Ruhe anschauen.«

»Wir sind Bullen, nicht Winnetou und Old Shatterhand.«

»Dann müssen das eben Fachleute für uns erledigen.« Sie dachte an den jungen Kampfduzer.

»Aber bestimmt nicht mehr heute«, sagte Demel. »Mach, dass du nach Hause kommst. Wer weiß, was dein Kater wieder angestellt hat.«

»Dickie ist nicht mein Kater.«

»Das scheint er aber anders zu sehen.«

Bevor Klaudia widersprechen konnte, stieg Demel in seinen Wagen und brauste davon. Nachdenklich blickte Klaudia dem roten Audi hinterher. War sie wirklich noch nicht bereit für eine Affäre? Bist du bescheuert?, schimpfte sie mit sich selbst und machte sich auf den Weg nach Leipe. Du hattest was mit einem Kollegen. Mehr als zwanzig Jahre. Das reicht!

Der Spaziergang tat Klaudia gut und vertrieb die Gedanken an ihren Ex.

Als sie ihr Auto erreicht hatte, kramte Klaudia in ihrem Rucksack nach Berghoffs Visitenkarte. Sie hatte nicht die Absicht, nach Hause zu fahren. Wenn sie wirklich wissen wollte, ob Hanuschs Hund nicht ebenfalls am Fundort des Toten gewesen war, blieb ihr nicht viel Zeit. Pfotenabdrücke waren sehr vergängliche Spuren, und auch wenn es seit Tagen nicht geregnet hatte, musste das nicht so bleiben. Die Biologin meldete sich gehetzt. Sie sei gerade beim Melken, sagte sie, gab ihr aber bereitwillig Jurij Lehmanns Handynummer und Adresse. Wahrscheinlich war sie froh, mit dieser Auskunft davongekommen zu sein. Klaudia wählte Jurijs Nummer, doch es sprang nur die Mailbox an. Mist, dachte Klaudia. Sie tippte die Adresse in ihr Handy, schloss es an, und Céline Dion sang »Baby think twice«. Irritiert stoppte Klaudia den

Track. Langsam wurde ihr die Sache mit dem Handy fast so unheimlich wie das Geheimnis des Katers.

Zwanzig Minuten später und nach einer Fahrt über teilweise unbefestigte Feldwege parkte Klaudia ihren Peugeot auf einem Rasenstück neben einer Scheune.

Sie stieg aus und sah sich um. Hunde bellten und wurden durch einen scharfen Ruf zum Schweigen gebracht.

Das Holz der Scheune war schwarz vom Alter und roch nach Sonne und dem Teer, mit dem es wetterfest gemacht worden war. Am Scheunentor lehnte ein Fahrrad, um dessen Lenker Plastikblumen gewunden waren. Nicht unbedingt ein Herrenrad. Klaudia folgte einem Weg aus in die Wiese eingewachsenen Steinplatten, wich den Ästen knorriger Obstbäume aus, die am Wegrand wuchsen, passierte ein Gemüsebeet, die Reste einer Brombeerhecke und etwas, das aussah wie ein Bienenstock und Klaudia mehr beunruhigte als die Hunde.

Ein alter Mann hockte auf einer Bank und sah ihr entgegen. Er trug einen formlosen Filzhut, eine ausgebleichte Latzhose und Holzschuhe an den nackten Füßen. Er schien unentschlossen, ob er aufstehen und ihr entgegengehen oder einfach abwarten sollte. Hinter ihm saß die Besitzerin des Rades. Zumindest ging Klaudia davon aus, dass die in engen Jeans steckenden Beine zu einem Mädchen gehörten. Der Alte sagte etwas, und das Mädchen stand auf. Klaudia erkannte sie sofort. Es war das Mädchen von Bens Computerscreen.

32. Kapitel

»Guten Tag, Frau Wagner«, sagte das Mädchen, und Klaudia wusste auf einmal auch ihren Namen. Es war Chantalle, Annalenes Freundin. Nur sah sie nicht aus wie Chantalle. Zumindest nicht wie die Chantalle, an die Klaudia sich erinnerte. Keine rot gefärbten Haare, keine schwarz geschminkten Augen in einem zu blassen und kindlich runden Gesicht. Sondern eine hübsche Sechzehnjährige mit locker fallenden mittelbraunen Haaren, die ein schmales Gesicht mit dezent geschminkten Augen umrahmten.

»Hallo, Chantalle«, sagte Klaudia. »Was für eine Überraschung.«

»Mit mir hätten Sie hier nicht gerechnet, oder?«, fragte das Mädchen unbefangen.

Du ahnst nicht, wie recht du damit hast, dachte Klaudia. Aber das klären wir später. Sie machte sich eine mentale Notiz. »Ich wollte zu Herrn Lehmann.«

»Zu Jurij?« Chantalle blickte Hilfe suchend zu dem alten Mann.

Der Gedanke, dass die Polizei etwas von dem jungen Mann wollte, gefiel ihr offenbar nicht. Klaudias mentale To-do-Liste wuchs um einen weiteren Punkt an. »Doktor Berghoff sagt, er könnte mir vielleicht helfen.«

»Veronika.« Chantalle atmete sichtbar auf. Hilfsbereit bot sie nun an, ihn zu holen. Als das Mädchen im Haus verschwunden war, streckte Klaudia dem alten Herrn die Rechte entgegen, die er auch sofort ergriff. Sein Händedruck war fest, die Handflächen schwielig. »Klaudia Wagner. Kripo Lübben.«

»Ich bin der Fritz«, sagte der alte Mann. »Ohne Nachnamen und Dienststelle.« Er lachte über seinen Scherz.

Klaudia mochte den alten Mann sofort. Er war aus dem gleichen Holz geschnitzt wie Schiebschick.

»Und was bringt Sie zu uns?«, fragte Fritz, nachdem er sich wieder beruhigt hatte.

»Herr Lehmann unterstützt uns bei Ermittlungen.«

»Ist es wegen des Toten?«, mischte sich Chantalle ein, die in der Tür lehnte. »Meine Mama hat davon erzählt. Aber das ist Quatsch«, fügte sie hinzu. »Wölfe reißen keine Menschen.«

»Das ist uns durchaus bewusst.« Klaudia fragte sich, ob Chantalle wirklich keine Ahnung von der Identität des Toten hatte oder ob Bens Tod sie weniger berührte als das Schicksal der Wölfe. Sie tippte auf Unwissenheit. Entweder hatte ihre Mutter ihr verschwiegen, wer der Tote war, oder Chantalle hatte es einfach nicht mitgekriegt. Was nicht ganz unwahrscheinlich war.

Klaudia staunte immer wieder über die sehr unterschiedlichen Welten von Erwachsenen und Teenagern. Zeitweise schien es ihr, als würden sie in unterschiedlichen Versionen des gleichen Universums leben. Doch Chantalles Nichtwissen machte die Situation nicht einfacher für Klaudia. Theoretisch hatten ihre Dienstjahre sie mit allem ausgerüstet, was sie zur Bewältigung dieser Situation brauchte. Sie konnte gut mit Zeugen und Verdächtigen umgehen, kam mit schweren Jungs klar und kriegte einen guten Draht zu leichten Mädchen. Nur bei weiblichen Teenagern versagte ihr Instinkt regelmäßig. Klaudia schluckte. In diesem Moment trat Jurij Lehmann aus dem Haus, und sie verschob die Fragen, die Chantalles Anwesenheit aufwarf, in ein Seitenfach ihres Gehirns und versah sie mit dem Tag WICHTIG!

»Noch eine Kanidenspur?«, fragte Jurij, als Klaudia ihm ihre Bitte vortrug. »Wie wahrscheinlich ist das denn?«

»Nicht sehr«, räumte Klaudia ein. »Aber würden Sie trotzdem noch mal nachschauen?«

»Heute noch?« Skeptisch blickte Jurij Richtung Westen, wo die Sonne bereits über den Baumwipfeln hing.

»Gleich morgen?«, bat Klaudia.

»Also gut. Sonst noch was?« Jurij ging hinüber zum Zwinger, in dem zwei sehnige Schäferhunde auf und ab liefen.

»Das wäre alles. Im Moment«, fügte sie hinzu.

»Aber Ihnen ist klar, dass das ohne Vergleichsspur wenig Sinn macht?«, rief Jurij über die Schulter zurück. »Auch Margots habe ich nur erkannt, weil ich ihr schon einmal gefolgt bin.«

»Wann haben Sie die Spur eigentlich das erste Mal gesehen?«

»Knapp zwei Wochen ist das her.« Jurij wischte sich den Nacken. »Aber nördlicher.«

»Ist es nicht merkwürdig«, fragte Klaudia, »dass die Wölfin immer noch hier ist?«

»Sie ist jung.« Jurij hob die Schultern und ließ sie wieder fallen. Dann trat er an den Zwinger.

Eine Kette klirrte, und die beiden Hunde verließen den Zwinger. Sie umkreisten Klaudia mit eingekniffenem Schwanz, und Klaudia war sich auf einmal überhaupt nicht mehr so sicher, dass es Schäferhunde waren. Dafür war sie sich umso sicherer, dass die beiden ihren beschleunigten Herzschlag hörten und den Schweiß witterten, der ihr zwischen den Brüsten ausbrach.

Sie fragte sich, warum Jurij die Hunde rausgelassen hatte? Wollte er ihr drohen?

33. Kapitel

Stefan ließ Britta am großen Hafen aussteigen. Er hätte sie auch nach Hause gebracht, aber das wollte sie nicht. Musik schallte aus den Lautsprechern des Flaggschiffs. Touristen saßen an den Tischen und genossen ein kühles Bier. Nachdenklich stakte Stefan seinen Kahn übers Fließ. Je weiter er sich vom Hafen entfernte, umso ruhiger wurde es. Nur noch wenige Urlauber saßen auf den Bänken entlang der Hauptspree oder kehrten mit geliehenen Paddelbooten von ihren Ausflügen zurück. Die Abendsonne glitzerte in der Bugwelle von Stefans Kahn. Er erwiderte die Grüße der Kollegen, die ihre Kähne abdeckten oder die Vorgärten wässerten. Doch anstatt ins Fließ einzubiegen, an dem sein Haus lag, stakte er der Abenddämmerung entgegen. Es war kein Versehen. Stefan war hier aufgewachsen. Er konnte eher staken als Rad fahren und hätte seinen Weg mit verbundenen Augen gefunden. Was er nicht fand, war die Kraft, die er brauchte, nach Hause zu kommen. Jeder Gegenstand, selbst der Geruch und vor allem die verschlossene Zimmertür erinnerten Stefan daran, was er verloren hatte.

Bis dass der Tod euch scheidet. Das war so leicht dahingesagt. Wenn man dachte, der Tod sei weit weg. Stefan kam aus einer langlebigen Familie. Er hatte nicht damit gerechnet, dass der Sensenmann einfach so einen Lebensfaden durchschlug. Vielleicht in einem Anfall von Langeweile hatte er ihm den Menschen genommen, dessen Name in diese einsame Stelle in seinem Herzen eingebrannt war, die auf Franzi gewartet hatte.

Und nun blutete die Stelle und eiterte und schmerzte so sehr, dass er sich jeden Morgen fragte, ob es nicht besser sei, einfach aufzugeben: liegen zu bleiben und sich vom Schmerz auffressen zu lassen. Aber dann meldete sich seine Blase und zwang ihn aus dem Bett. Und wenn er schon im Bad war, konnte er genauso gut duschen, und wenn er dann geduscht war, konnte er sich auch anziehen, und wenn er angezogen war, schaffte er es auch, in die Küche zu gehen und sich einen Kaffee zu kochen. Und in der Küche knurrte sein Magen, und er aß eine Schnitte Brot mit Marmelade, die Franzi im letzten Jahr eingekocht hatte. Und wenn er erst einmal so weit war, konnte er genauso gut das Haus verlassen und sich dem Leben stellen. Das war der Weg aus dem Haus. Eine Aktion führte zur nächsten. Ein Schritt nach dem anderen. Der Weg ins Haus war ungleich schwerer.

»Was sehen meine altersmüden Augen?«, rief eine Stimme vom Ufer. »Der kleene Endrulat.«
Die Stimme gehörte Schiebschick.

»Machste noch 'ne Abendrunde, wa?«

Der alte Schiebschick winkte mit seinem Stock vom Ufer. Stefan gab dem Kahn einen Drall nach rechts. Er mochte den Alten. Schiebschick war schon uralt gewesen, als er selbst noch kurze Hosen getragen hatte. Schon damals hatte er nur noch spärliche weiße Haare, riesige Ohren und ein Gesicht wie eine zerknitterte Brötchentüte gehabt. »Willste mit?«

»Wenne mich nachher am Hafen rauslässt, wa?«

»Geht klar.« Schiebschicks Gesellschaft war auf jeden Fall besser, als allein zu sein.

»Ich kenn dat Gefühl«, sagte Schiebschick, als hätte er seine Gedanken gelesen. Ächzend stieg er über die Borte. Jedem Fahrgast hätte Stefan geholfen, bei Schiebschick hielt er einfach nur den Kahn still. Es gab Hilfe und Hilfe. Und einem Fährmann in den Kahn zu helfen war nicht die richtige Art von Hilfe. Schiebschicks Geruch nach Zwiebeln und feuchtem Keller, der zu ihm gehörte wie seine Sprüche, streifte Stefan.

»Das Haus ist zu groß und man selbst zu klein, wa?« Schiebschick setzte sich auf die erste Bank und musterte Stefan aus seinen immer tränenden Altmänneraugen.

»So ungefähr«, antwortete Stefan ausweichend. Ich kann es nicht, dachte er. Ich kann einfach nicht drüber reden. Er nahm das Rudel und drückte den Kahn vom Ufer weg. Schiebschick half mit seinem Stock, und der Kahn glitt in die Strömung.

»Ging mir auch so, als die Olle weg war.« Bei dem Wort »Olle« zitterte Schiebschicks Stimme. »Krebs hatse gehabt, wa?« Er lehnte den Stock an den Tisch, an dem er saß, und zog ein kariertes Taschentuch aus der Jackentasche. Umständlich schnäuzte er sich die Nase, die ebenso wie die Ohren immer größer wurden. Während er es wieder in die Jackentasche stopfte, spitzte er die Lippen und spuckte ins Wasser.

Stefan hatte nicht gewusst, dass Schiebschick überhaupt verheiratet gewesen war. Aber was wusste er schon über den Alten? Nur das, was alle wussten. Dass er aus Berlin war, auch wenn er die Touristen mit sorbischen Sprüchen traktierte. Im Tagebau hatte Schiebschick gearbeitet, und jetzt gehörte er zum großen Hafen wie das Flaggschiff und die Stände mit den Spreewaldgurken.

»Haste die kleine Gutsche ausgefahren?« Schiebschick musterte ihn von schräg unten.

Aha, dachte Stefan. Daher wehte also der Wind.

»Sie stand auf der Brücke.«

»Üble Sache«, murmelte der Alte und spuckte wieder ins

Fließ. Ein Wasserläufer stoppte vor dem weißen Schaum und wechselte dann die Richtung.

»Ja«, bestätigte Stefan. Was sollte er auch sonst sagen. Erschossen werden war eine üble Sache, genauso wie angefahren werden und über ein Autodach fliegen.

»Aber meine *holca* findet das raus.« Schiebschick faltete die Hände über dem Stockgriff und legte das Kinn darauf.

»Wird sie wohl«, murmelte Stefan. Wie jeder Fährmann wusste er, wer Schiebschicks Mädchen war.

Seit der Alte vor ein paar Jahren mit dieser blonden Polizistin aus dem Westen eine Geisel gerettet hatte, betrachtete er sich als ihr persönlicher Lutk. Stefan war aufgewachsen mit den Geschichten dieser kleinen, kaum ein Fuß großen Leute, die sich immer etwas von den Menschen ausliehen und dafür ihre Gaben zurückließen. »Hat ja jetzt Priorität.«

»Was?«, fuhr Schiebschick auf.

»Na, der Ben Gutsche.«

»Ja, schlimme Sache.« Schiebschick stieß den Stock gegen die Bodenbretter. »Aber meine *holca* findet das raus.«

»Sag ich ja.« Stefan stemmte sich gegens Rudel, und der Kahn nahm genügend Fahrt für das Unterqueren der Brücke auf, die vor ihnen lag. An dieser Stelle war das Fließ schlammig, und er brauchte alle Kraft, um das Rudel aus dem Schlick zu ziehen.

»Die Polen kriegt sie auch.« Schiebschick spuckte wieder ins Wasser.

»Kannst du Gedanken lesen?« Stefan bückte sich, um sich nicht den Kopf an der Brücke zu stoßen, die sich übers Fließ spannte. Wieder tauchte er ein in den Geruch des alten Mannes. Ist das jetzt der Geruch des Alters?, fragte er sich, oder der Geruch der Einsamkeit?

»Ist nicht viel zu lesen.« Schiebschicks Stimme hallte unter der

Brücke. »Brauch ich nich mal 'ne Lesebrille für, wa? Man will wissen, wer schuld ist.«

»Sie ist über den Polizeiwagen geflogen.« Der Kahn glitt jetzt durch eine der Streusiedlungen. Wie ein Wendenkönig winkte Schiebschick den Anwohnern und Touristen, die im Dämmerlicht vor den Häusern saßen und den milden Abend genossen. Ein Kleiber landete auf einem Fischkasten und flog dann knapp am Kahn vorbei übers Fließ.

»Red keinen Quatsch. Der Achim kann nichts dafür«, sagte Schiebschick, »und seine Kollegin auch nicht.«

»Heißt er Achim?«

»Ja«, antwortete Schiebschick, »Uwe Achim Michalke. Nach seinem Vater. Feiner Kerl.«

»Ist er wohl.« Stefan erinnerte sich an das Gespräch mit dem Polizisten. Er hatte eine Halskrause getragen, und sie hatten miteinander geweint.

»Jetzt sind sie damit beschäftigt, Bens Mörder zu finden.«

»Der Junge wurde ermordet?« Schiebschick beugte sich vor.

»Sagt Britta.« Stefan ärgerte sich, dass er nicht die Klappe gehalten hatte. »Und so was hat natürlich Priorität.«

»Das Wort gefällt dir aber, wa?«

»Nicht sonderlich.«

»Und?« Neugierig beugte Schiebschick sich vor. »Wat sacht se noch?«

»Nichts.« Stefan stemmte das Rudel in den Grund. An dieser Stelle trafen sich zwei Arme der Spree, und das Fließ war breit genug, um zu wenden. Langsam schwenkte der Bug nach links. Aus dem Spreearm kam ein Kanu geschossen. Trotz des Dämmerlichts erkannte Stefan die blonde Frau.

»Wenn du mehr wissen willst«, sagte er zu Schiebschick, »musst du deine *holca* fragen.«

34. Kapitel

Nachdem sie sich mit Jurij für den nächsten Morgen verabredet hatte, fuhr Klaudia direkt nach Hause. Als sie den Wagen in ihren Hof lenkte, huschte der Kater zum Schuppen. Klaudia fragte sich, ob ihn das schlechte Gewissen vertrieb oder ob er auf der Jagd war. Es nervte sie, dass sie immer noch nicht wusste, wie er ins Haus gekommen war. Im Prinzip hatte Klaudia nichts dagegen, dass Dickie sich bei ihr einnistete. Sie mochte den schielenden Kater, und außerdem war es außerhalb der Saison schon recht einsam zwischen den Fließen. Um die Nachbarhäuser zu sehen, musste sie auf den Heuboden des Schuppens steigen. Während der Saison, wenn die Kähne fuhren, war ihr manchmal zu viel Trubel auf dem Fließ vor dem Haus. Auch wenn Schiebschick dafür gesorgt hatte, dass die Kahnführer ihr Haus nicht mehr als Teil der »Mörderischen Spreewald«-Tour anfuhren. Sich am Wochenende von schaudernden Touristen bei der Gartenarbeit fotografieren zu lassen, kam auf Klaudias Wunschliste weit nach Hämorrhoiden.

Als sie aus dem Wagen stieg, war es noch hell genug, um eine Runde zu paddeln. Sie genoss die Freiheit, einfach so in ihr Kanu zu steigen und loszufahren.

Sie lief ins Haus, um sich umzuziehen. Kritisch blickte sie sich um. Wenn der dicke Kater im Haus gewesen war, hatte er zumindest keine Spuren hinterlassen.

Im Gegensatz zu mir, dachte Klaudia und ließ Wasser in die Tasse mit dem eingetrockneten Kaffeerest laufen, die an der Spüle stand, dann verließ sie das Haus und stieg in ihr Kanu, das am Anleger vertäut war.

Sie genoss die Fahrt durch den abendlichen Spreewald. Um diese Zeit des Tages waren nicht mehr viele Boote unterwegs. Klaudia zog die Paddel durch, und ihr Kanu schoss pfeilschnell aus dem Seitenfließ.

Der behäbige Spreewaldkahn drehte mitten im Fließ bei, und Klaudia bremste mit dem Paddel die Fahrt und lenkte das Kanu zum Ufer. Das war noch einmal gut gegangen. Hätte sie den Kahn gerammt, wäre ihr ein Bad in der Spree sicher gewesen.

»Wenn das mal nicht meine *holca* ist«, ertönte Schiebschicks freundliche Stimme. Er winkte ihr mit dem Stock, den sie ihm im Frühjahr besorgt hatte. Er war auf dem Weg nach Hause gestolpert und hingefallen. Es hatte eine Weile gedauert, bis ihn jemand gefunden hatte. Zum Glück war er mit einer heftigen Erkältung davongekommen. Klaudia vermutete, dass er einen Gurkenschnaps zu viel gekippt hatte, aber da er das vehement leugnete, hatte sie ihm einen Stock besorgt.

»Wenn das mal nicht mein Lieblingsfährmann ist«, erwiderte sie und lenkte ihr Kanu an den Kahn.

»Kennst du Stefan?«, fragte Schiebschick und zeigte auf den jungen Mann, der das Rudel hielt.

»Ja.« Klaudia nickte. Sie wusste nie, was Schiebschick im Schilde führte, und ihn zusammen mit dem Angehörigen eines Opfers zu sehen, versetzte sie in Alarmbereitschaft.

»Er hat Angst, dass ihr keine Zeit mehr für ihn habt. Weil du doch jetzt den Mörder von dem kleinen Ben jagst.«

Wir sprechen uns noch, dachte Klaudia grimmig, nickte aber verständnisvoll. »Die Ermittlungen im Fall Ihrer Frau sind davon nicht tangiert«, sagte sie zu dem Fährmann, der den Mund erst auf- und dann wieder zuklappte: ein Fisch auf dem Trockenen. Schiebschick hatte nicht nur sie eiskalt erwischt.

»Im Fall Ihrer Frau ermittelt das LKA, nicht wir.«

»Siehst du«, sagte Schiebschick. »Hab ich dir nicht gesagt, meine *holca* kümmert sich.«

Der Fährmann nickte nur. Es hatte ihm die Sprache verschlagen.

Was kein Wunder war, wie Klaudia fand. Deine *holca* wird dir gleich was ganz anderes, dachte sie, und als das Schweigen peinlich wurde, ließ sie die Borte los und wendete das Kanu. »Ich muss los«, sagte sie zum Abschied. »Bevor der Kater wieder Unfug macht.«

»Was hat er denn angestellt?« Schiebschick angelte mit seinem Stockgriff nach ihrem Kanu. Klaudia fuhr zu ihm herum, und ihr Ärger verflog. Er musterte sie so liebevoll, dass sie ihm einfach nicht böse sein konnte. Schiebschick ist, wie er ist, dachte sie.

»Er hat einen Geheimweg ins Haus gefunden«, antwortete sie.

»Was?« Schiebschick zog an seinem Stock, bis Klaudias Kanu wieder gegen die Borte stieß.

»Die Tage habe ich ihn rausgeschmissen«, antwortete sie. Bevor Schiebschick die Geschichte nicht gehört hatte, würde er sowieso keine Ruhe geben, also fasste sie die Ereignisse im Stenogrammstil zusammen. »Hast du eine Idee, wie er reingekommen ist?«, fragte sie zum Schluss.

»Ich?« Schiebschick ließ ihr Kanu fahren. »Wieso ich?«

»Ich dachte nur«, antwortete Klaudia. Schiebschicks abwehrende Reaktion verwunderte sie. Normalerweise ließ sich der alte Mann keine Gelegenheit entgehen, ihr zu helfen. »Niemand kennt das Haus besser als du.«

»Was du nicht sagst.« Schiebschick nahm seine Schirmmütze ab und kratzte sich den Nacken. »Bin ich 'ne Maus?«

»Wohl eher nicht.« Klaudia tauchte das Paddel ins Wasser. »Man sieht sich«, rief sie über die Schulter zurück, und: »Wir sind dran.« Der letzte Satz galt Schiebschicks Fährmann, der kurz die Hand zur Mütze hob und sich dann gegen das Rudel stemmte.

Armer Mann. Klaudias Kanu nahm Fahrt auf. Gerne hätte sie irgendetwas Tröstendes gesagt, aber was? Wie sollte man einen Mann trösten, der seine Frau verloren hatte? Sie konnte ihm ja noch nicht einmal sagen: Hey, wir finden die Schuldigen. Weil sie es nicht wusste. Sie war sich sicher, dass die Kollegen vom LKA mit Hochdruck an dem Fall arbeiteten, und wahrscheinlich gaben auch die polnischen Kollegen ihr Bestes. Doch die Ermittlungen bei diesen grenzüberschreitenden Delikten erinnerten oft eher an das Märchen vom Hasen und vom Igel, und leider war meistens die Polizei der Hase.

35. Kapitel

Die Polizistin lehnte an ihrem Peugeot. Es war noch früh, Bodennebel lag über den Feldern. Keine guten Sichtverhältnisse, um nach Spuren zu suchen. Jurij hatte überlegt, sie anzurufen und das Ganze abzublasen, aber dann hatte er auf seinem Laptop die Kameras überprüft. Sein Plan war aufgegangen. Er würde also auf jeden Fall nach Leipe fahren müssen. Und da war es nicht schlecht, einen Vorwand zu haben. Er schlug die Wagentür zu und ging hinüber zur Polizistin.

»Danke, dass Sie es einrichten konnten.« Verfroren hatte sie die Schultern hochgezogen. Ihr Kinn verschwand im Jackenkragen.

»Bevor die Bodennebel nicht weg sind, kann ich nichts machen.« Jurij wollte nicht, dass sie sich an ihn hängte wie eine Klette.

»Ich verstehe.« Die Polizistin spielte unschlüssig mit ihrem Handy.

»Ich muss eh noch die Kameras überprüfen«, sagte Jurij. »Wenn ich damit fertig bin, dürfte sich der Bodennebel aufgelöst haben.«

»Ja«, antwortete die Polizistin. »Nur leider habe ich nicht so viel Zeit.« Unschlüssig blickte sie wieder auf ihr Handy.

»Ich fotografiere, was ich finde, und schicke es Ihnen.«

»Das wäre großartig.«

»Dann machen wir das so.« Er nickte ihr aufmunternd zu.

»Ja«, sagte die Polizistin wieder. So richtig wach schien sie noch nicht zu sein.

»Sie haben Ihre«, sie machte eine Kunstpause, »Hunde dabei?«

»Sie helfen mir, die Spur zu finden«, sagte Jurij, was durchaus die Wahrheit war, nur handelte es sich bei der Spur, die Plisch und Plum finden sollten, nicht um die Spur, wegen der die Polizistin hier war. Jurij spielte mit dem Gedanken, die beiden aus dem Lada zu holen. Die Polizistin stand nicht so auf Hunde, das hatte er gestern bemerkt. Sie war zur Salzsäule erstarrt, als er die beiden aus dem Zwinger gelassen hatte. Nur mit Mühe beherrschte er seine Ungeduld. Am liebsten hätte er die Frau an den Schultern gepackt und in ihren schicken Peugeot gesteckt.

»Kennen Sie Chantalle schon lange?«, fragte die Frau plötzlich.

»Wieso?« Jurij spürte dieses Zucken im Augenwinkel, das ihn immer ansprang, wenn ihn etwas verwirrte.

»Nur so«, antwortete die Polizistin ausweichend. »Ich habe mich nur gewundert, als ich sie gestern auf dem Hof gesehen habe.«

»Sie kommt immer mal wieder vorbei.«

»Sie ist ein nettes Mädchen.«

»Ja, das ist sie.«

»Kennen Sie ihre Freunde?«

»Was hat das damit zu tun?« Jurij wies mit dem Daumen über die Schulter.

»Nichts«, sagte die Polizistin. »Ich dachte nur.«

»Kannte sie den Toten?« Jurij war jetzt auf der Hut. What the fuck wollte die Polizistin von Chantalle?

»Kannten Sie ihn?«

»Nein.« Jurij entspannte sich. Sie stocherte einfach herum. »Ich weiß nicht mal, wer es ist.«

»Ben Gutsche«, antwortete die Polizistin. »Er lebte in Lübbenau. Seinem Vater gehört die *Alte Feuerwache*.«

»Keine Ahnung.« Jurij stockte. Eine Erinnerung streifte ihn. »Chantalle hat mal einen Ben mitgebracht«, fügte er hinzu. »So einen Poser.«

»Das dürfte er gewesen sein.« Die Polizistin versenkte ihr Handy in der Jackentasche und musterte ihn mit zusammengekniffenen Augen.

»War er häufiger bei Ihnen?«

»Ein paarmal«, antwortete Jurij ausweichend. »Meistens hat Fritz ihn zugetextet.«

»Es gab also keine Spannungen zwischen Ihnen?«

»Weshalb? Ich kannte ihn doch kaum.« Jurij hatte auf einmal gar nicht mehr das Gefühl, dass die Polizistin noch nicht so richtig wach war.

»Ist Chantalle Ihre Freundin?«

»Ich hab keine Zeit für so was«, fauchte Jurij und wusste selbst, dass er zu heftig reagierte. Was wäre schon dabei, wenn sie seine Freundin wäre?

»Sie melden sich?« Die Polizistin ließ das Thema ebenso plötzlich fallen, wie es aufgekommen war.

Mit einem flauen Gefühl im Magen ging Jurij zurück zum Lada und ließ Plisch und Plum raus. Ben Gutsche war also tot. Er fragte sich, was das für ihn bedeutete.

36. Kapitel

PH brach mitten im Satz ab, als Klaudia, eine Entschuldigung murmelnd, die Frühbesprechung störte. Wie so oft war sie die Letzte. Sie quetschte sich zwischen Demel und Thang und erwiderte Wibkes Begrüßungszwinkern. Es war enger als sonst am Tisch, denn neben PH saßen Demeter-Anders und ein Kollege, dessen Muskeln fast den Stoff seines Hemdes sprengten. Seine Finger glitten über die Tastatur seines Laptops. Er schaute kurz auf, als sie sich setzte, und nickte ihr zu. Klaudia erwiderte den stummen Gruß. Irgendwie kam er ihr bekannt vor.

Auch Demeter-Anders nickte in ihre Richtung. »Sollen wir noch mal von vorne anfangen?«, fragte sie scheinbar freundlich.

»Danke. Nicht nötig.« Klaudia unterdrückte einen Seufzer. Die Staatsanwältin und sie mochten sich nicht. Und obwohl es irrational war, hatte sie den Verdacht, dass Demeter-Anders mit der entscheidenden Aktion gegen die Widerstandsbewegung Südbrandenburg gewartet hatte, bis Klaudia im Urlaub war. Sie hatte erst nach ihrer Rückkehr von der Aktion erfahren, dabei hätte sie zu gerne Marcel Fiedler den Haftbefehl unter die Nase gehalten.

»Vielleicht kannst du weitermachen«, forderte PH den fremden Kollegen auf. An Klaudia gewandt sagte er: »Das ist Mark Meinert. Er ist einer der EDV-Spezialisten vom LKA.«

»Kennen wir uns?«, fragte Klaudia.

»Wir sind uns schon mal begegnet.« Meinert blickte nur kurz von seiner Tastatur auf.

»Bei einer Schulung?«, hakte Klaudia nach.

»Können wir vielleicht weitermachen?« Demeter-Anders sah demonstrativ auf ihre Armbanduhr. »Ich bin ja ganz bei Ihnen, aber wir haben wirklich keine Zeit.«

»Okay.« Meinert räusperte sich. »Es war nicht weiter schwierig, das Laptop des Opfers auszulesen. Insgesamt sind sehr wenige Daten vorhanden, was sich allerdings durch die kurze Nutzungszeit erklärt. Ben Gutsche war in den üblichen sozialen Netzwerken unterwegs und bei Triple Acht angemeldet.«

»Was ist Triple Acht?«, fragte Klaudia.

»Ein Anbieter für Onlinepoker«, sagte Demel, bevor der LKA-Kollege antworten konnte.

»Finanzierst du deine kostbare Fotoausrüstung etwa über Glücksspiel?«, neckte ihn Wibke und kassierte ein Stirnrunzeln von PH.

»Bens Schwester sprach davon, dass er online gepokert hat«, sagte Klaudia.

»Und zwar sehr erfolgreich«, ergänzte Thang.

»Wie kommst du darauf?«, fragte Meinert. Er verzog den Mund zu diesem Du-hast-ja-keine-Ahnung-Grinsen, das nach Klaudias Erfahrung zur Grundausstattung der LKA-Kollegen gehörte. Immer noch zermarterte sie sich das Gehirn, wo sie ihn schon einmal getroffen hatte. Er war zu jung, um aus ihrer Vergangenheit zu stammen. Sie hatten also auf keinen Fall in grauer Vorzeit zusammen in einer Hundertschaft Dienst geschoben. Vielleicht war er mal als ein Praktikant in ihrer alten Dienststelle eingesetzt gewesen. Aber egal, wo sie sich begegnet waren, ihr Bauchgefühl sagte ihr, dass ihre Begegnung nicht vergnügungssteuerpflichtig gewesen war. »Weil er das seiner Schwester gegenüber behauptet hat«, sprang sie Thang bei.

»Hat er das?«

Nun kam auch Klaudia in den zweifelhaften Genuss seines LKA-Lächelns. Sie wischte es sich wie eine Fluse von der Schulter.

»Ja«, antwortete sie. »Um seinen plötzlichen Reichtum zu erklären. Aber«, fuhr sie fort, »wenn ich deine Frage richtig deute, stimmt das nicht.«

»So ist es«, antwortete der Kollege. »Er war ein eher unterdurchschnittlicher Pokerspieler. In Summe hat er im letzten Jahr etwas mehr als zweitausend Euro verloren.«

»Also deshalb hat er nicht in Papas Hinterzimmer mitgemischt.« Klaudia nickte nachdenklich.

»Dazu war er wohl zu jung«, sagte Meinert. »Außerdem traf sich da nur die Elite.«

Erstaunt blickte Klaudia auf. Woher kannte der Typ die *Alte Feuerwache*?

»Heißt das, der Junge hatte Spielschulden?«, fragte PH.

»Nein«, antwortete Meinert. »Man hat keine Schulden in diesen Foren.«

»Ich bin mit solchen Onlinesachen ja immer ein bisschen dämlich«, ergriff Wibke das Wort.

»Wie die meisten Kollegen«, konterte der LKA-Kollege trocken.

Unbeeindruckt fuhr Wibke fort: »So ist das halt mit mir und Sachen, die man nicht in Spurenbeutel packen oder unters Mikroskop legen kann. Aber selbst ich weiß, dass Glücksspiel in Deutschland verboten ist.«

»Nicht verboten.« Diesmal durfte sich Wibke in Meinerts LKA-Grinsen sonnen.

Was für ein arrogantes Arschloch, dachte Klaudia. Kein Wunder, dass der Typ ihr Gänsehaut bereitete.

»Nur staatlich monopolisiert.«

Klaudia folgte seinen Ausführungen nur noch im Stand-by-Modus. Wo verdammt noch mal waren sie sich schon mal begegnet? Wenn die Situation wirklich so grässlich gewesen war, wie sich das jetzt gerade anfühlte, musste sie sich doch erinnern.

»Da bin ich ja beruhigt«, ätzte Wibke. »Ich dachte schon, der Junge hätte etwas Verbotenes getan.«

»Vielleicht könnten wir uns einfach auf die Tatsachen beschränken«, mischte sich nun Demeter-Anders ein.

»Die Tatsachen sind ganz einfach«, fuhr der LKA-Typ fort. »Was immer ihr an Geld bei dem Opfer gefunden habt, es stammt nicht aus Onlinepokerspielen.«

»So er nicht von einem anderen Rechner aus gespielt hat.« Klaudia musste ihm einfach widersprechen.

»Dann müsste er auch andere Profile benutzt haben«, sagte Meinert. »Worauf wir keinen Hinweis gefunden haben.«

»Was ist mit Mails und so?«, fragte Klaudia.

»Negativ. Seinen E-Mail-Account hat er nur für Onlinebewerbungen benutzt«, sagte Meinert. »Ansonsten dürfte er eher übers Handy kommuniziert haben. Aber das habt ihr ja nicht.« Er schaute in die Runde.

PH verneinte.

»Auf dem Rechner findet man nur was im Facebook-Messenger, und das ist so das Übliche: Geplänkel, Verabredungen, Müll.«

»Als was hat er sich denn so beworben?«, fragte Demel.

»Alles, was ihm seine Sachbearbeiterin beim Jobcenter zugeschustert hat.«

»Und?«

»Scheint nicht so geklappt zu haben.« Meinert zuckte mit den

Achseln. »Off the record, würde ich sagen, ihm fehlte das notwendige Interesse.«

»Das heißt, er hatte andere Einnahmequellen.« Klaudia dachte an Bens Reich unterm väterlichen Dach. Mief trifft Träume. Er hatte gerade erst angefangen, sich mit so etwas wie Luxus zu umgeben. Sein Reichtum musste also noch recht frisch sein. »Und zwar recht einträgliche.«

»Drogen?«, warf Meinert ein.

»Wir haben nichts gefunden.«

»Das muss nichts heißen.« Wieder dieses LKA-Grinsen.

»Wir sollten seinem Freund noch einmal auf den Zahn fühlen«, sagte Klaudia. »Wie heißt er noch mal?« Sie scrollte sich durch ComVor.

»Delling.« Demel war schneller. »Jonas Delling.«

»Taucht der Name in Bens Rechner auf?«

»Auf diese Frage habe ich gewartet.« Meinerts Finger glitten über die Tastatur. Er trug einen breit glänzenden Ehering. Wahrscheinlich frisch verheiratet, dachte Klaudia. Wenn der zu Hause auch so den Besserwisser raushängt, wird sich dieser Ring nie an seinem Finger abnutzen. Der Gedanke gefiel ihr.

»Und?«, fragte Klaudia. »Kommt er vor?«

»Sie sind auf Facebook miteinander befreundet und liken und teilen alles, was sie posten.«

»Also eine innige Beziehung«, ätzte Wibke.

»Wie ist Bens Beziehungsstatus auf Facebook?«, fragte Klaudia.

»Single«, antwortete Meinert. »Ist das wichtig?«

»Ich weiß nicht«, sagte Klaudia und dachte an Chantalle. »Vielleicht.«

37. Kapitel

Nachdem die Polizistin in ihren schicken Peugeot gestiegen war, machte Jurij sich mit Plisch und Plum auf den Weg. Weiträumig umging er die Stelle, an der die Leiche gelegen hatte, trotzdem winselten die beiden aufgeregt. Für ihre empfindlichen Nasen war der Geruch des Todes noch sehr präsent und ebenso verlockend.

Jurijs Ziel war eine Lichtung, die er mit Ködern präpariert hatte. Diese Lichtung hatte er nicht mit einer einfachen Wildkamera bestückt, sondern mit einer Videokamera, die mit einem Bewegungsmelder verbunden war. Sie hatte ihre eigene Solarzelle und konnte unbegrenzt laufen. Solche Dinger wurden zum Schutz des Regenwalds eingesetzt. Er nutzte sie zum Schutz der Wölfe.

Sowohl die Kamera als auch das Narkotikum hatte er geklaut. Eine Fähigkeit aus seinem alten Leben, auf die er nur im Notfall zurückgriff. Wegen der Kamera machte er sich keine Gedanken. Diese Großkonzerne lebten davon, dem Verbraucher mit menschenunwürdig produzierter Ware und Sprüchen wie »Geiz ist geil« das Geld aus der Tasche zu ziehen. Also war das Equipment, das er abgezogen hatte, eine Art Wiedergutmachung. Eine schlüssige Argumentationskette, wie er fand. Die richtigen Argumente zu finden, um den Diebstahl des Narkotikums zu rechtfertigen, fiel ihm hingegen schon deutlich schwerer. Schließlich tröstete er sich mit dem Gedanken, dass ihn der Tierarzt auf jeden Fall unterstützt hätte.

»Platz!« Mit einem Ruck zog Jurij die Wolfsmischlinge zurück. Hechelnd schauten sie zu ihm auf. Sie genossen es, im Wald zu sein, noch mehr hätten sie es jedoch genossen, wenn er sie hätte frei herumlaufen lassen, doch das konnte er nicht wagen. Man wusste nie, wann der Jäger in einem Hund hervorbrach. Fast nie. Jurij hakte die Leinen mit einem Karabinerhaken an seinem Gürtel fest. Dann holte er den Plastikbecher mit dem Fellbüschel der Wölfin aus seinem Rucksack, das er Anfang des Monats eingesammelt hatte, und hielt es Plisch und Plum unter die Nase. »Such!«

Die Wölfin lag in einer Erdmulde nicht weit von der Lichtung entfernt, auf der sie das präparierte Fleisch gefressen hatte. Ihr Brustkorb hob sich in schnellem, angestrengtem Rhythmus. Es wurde Zeit, dass sich jemand um sie kümmerte. Jurij wusste, dass er ein Risiko eingegangen war. Aber der Erfolg gab ihm recht. Plisch und Plum näherten sich ihr lautlos. Sie waren zu sehr Wolf, um zu kläffen.

»Platz!«, kommandierte Jurij, doch diesmal gehorchten die Hunde nicht. Zu stark war die Geruchssensation. Er zerrte sie von der hechelnden Wölfin fort und befestigte die Leine an einer schlanken Birke. Dann näherte er sich dem verletzten Tier, umschlang ihr Maul mit Klettband und schulterte sie. Plisch und Plum jaulten, als er sie auf der Lichtung zurückließ. Er würde sie später holen. Zunächst musste er sich um die verletzte Wölfin kümmern. Sie war viel leichter, als er gedacht hatte, sie konnte nicht viel gefressen haben in den letzten Tagen. Ihr linker Hinterlauf war grotesk angeschwollen und stank nach Aas. Nicht mehr lange, und die Fäulnis wäre in ihr Blut eingesickert. Vielleicht hätte sie aber vorher den Hinterlauf abgebissen und so ihr Leben gerettet. Tiere taten so etwas. Aber genauso gut war es möglich, dass sich die Entzündung schon in ihrem Körper ausgebreitet hatte. Jurij stellte sich vor, wie die Bakterien sich in ihren Organen ausbreiteten, das gesunde Gewebe zerfraßen, bis es eitrig zersetzt auseinanderfiel. Ihm dämmerte, dass er nicht genug wusste, um der Wölfin zu helfen. Er brauchte Hilfe. Er musste mit Veronika sprechen. Sie würde ihn einen Kopf kürzer machen für diese Aktion, aber dann würde sie die Ärmel hochkrempeln und die Sache regeln. Zumindest hoffte er das. Der Herzschlag der Wölfin wummerte gegen seine Schulterblätter, ihr fiebriger Atem streifte sein Ohr. Ein Zittern ging durch ihren Körper. Nicht, dachte Jurij. Tränen stiegen ihm in die Augen. Er hatte so viel für sie riskiert. Sie konnte jetzt nicht einfach sterben.

38. Kapitel

Die restlichen Punkte der Sitzung waren schnell abgearbeitet. Thang zeigte die Bilder von der Kamera des Pressefotografen, die er ausgewertet hatte. Die Fotos brachten keine neuen Erkenntnisse: Menschen an Holztischen und Schafe, die malerisch unter Bäumen lagen. Auf einem Bild stand Jonas Delling etwas abseits, das Handy in der Hand, versunken in was immer er tat. Ein Fremdkörper. Auf einem anderen Bild blickte Hanusch ernst in die Kamera. Klaudia sah die Bildunterschrift direkt vor sich. *Wölfe im Spreewald. Schäfer blicken voller Sorge in die Zukunft.*

Als PH sein Laptop zuklappte und damit das Zeichen zum allgemeinen Aufbruch gab, blickte Demeter-Anders einigermaßen zufrieden auf ihre Armbanduhr.

»Wir treffen uns in einer halben Stunde auf dem Parkplatz?« Demel stellte seine Kaffeetasse auf das Tablett und stand auf.

»In Ordnung.« Klaudia bückte sich nach ihrem Rucksack. Als sie wieder aufblickte, stand Meinert neben ihr und schaute auf sie herab.

»Ja?« Klaudia schob den Stuhl zurück und stand ebenfalls auf. Sie hasste es, wenn jemand auf sie herunterblickte. Vor allem, wenn dieser Jemand ein arroganter LKA-Schnösel war. Sie waren annähernd gleich groß, sodass sie dem Kollegen gerade in die Augen blicken konnte.

»Du erinnerst dich nicht, oder?«

»Nein«, antwortete Klaudia nach einer Weile. »So nachhaltig ist die Begegnung wohl doch nicht gewesen.« Sie ließ sich nicht anmerken, dass genau diese Frage sie seit der Besprechung beschäftigte, und schenkte ihm ihr neutrales Wir-sind-alle-nur-Menschen-Lächeln, das sie in Verhören einsetzte, um Verdächtige in Sicherheit zu wiegen, und klappte das Laptop zu. Nicht nur Meinert konnte seine Mundwinkel als Kommunikationsmittel einsetzen.

»Bevor ich zur EDV gewechselt bin, war ich VE.«

»Oh.« Klaudia fiel das Lächeln aus den Mundwinkeln. Verdeckter Ermittler hatte er gesagt. Sie blinzelte. Adrenalin wummerte durch ihren Schädel. Stroboskopbilder: tanzende Menschen, zuckende Augenlider, geballte Fäuste, eine Hand auf einer Schulter.

Die Hand einer Frau. Demeter-Anders war zu ihnen getreten. »Können wir?«, fragte sie.

»Man sieht sich.« Ohne ein weiteres Wort folgte Meinert der Staatsanwältin.

Klaudia schnappte nach Luft. Ein Fisch auf dem Trockenen.

»Was war das denn?« Die Augenbrauen hochgezogen, blickte Wibke den beiden hinterher.

»Hast du ihn erkannt?«

»Wen?«

»Meinert natürlich.«

»Sollte ich?« Wibke musterte ihre Haarspitzen. »Ich muss unbedingt zum Friseur«, murmelte sie. »Aber der hat immer schon zu, wenn ich endlich Feierabend machen kann. Sie seufzte. »Du könntest übrigens auch mal wieder eine Tönung vertragen.«

»Er war beim Hechtfest.«

»Was meinst du?«

»Damals, als die Schlägerei war.«

»Und?«, fragte Wibke. »Was ist nun?«

»Ich hab's grad erst erfahren.«

»Du willst mir nicht erzählen, dass es dir noch nicht aufgefallen ist.«

»Was?« Verwirrt stopfte Klaudia das Handy in den Rucksack. »Ich bin dem Typen gerade das erste Mal wieder begegnet.«

»Welchem Typen?« Verwirrt runzelte Wibke die Stirn.

»Meinert! Der Typ vom LKA.«

»Was hat der mit deinen Ansätzen zu tun?«

»Scheiße, Wibke.« Gegen ihren Willen musste Klaudia lachen. »Worüber reden wir eigentlich gerade?«

»Ich weiß nicht, worüber du redest«, antwortete die Kollegin. »Ich rede von unserem Friseurbesuch.«

»Welchem Friseurbesuch denn?«, fragte Klaudia zunehmend verwirrt.

»Also«, setzte Wibke an. »Gehen wir nächsten Samstag zum Friseur?« Sie sprach langsamer, als Petra stenografierte. »Dann vereinbare ich nämlich einen Termin.«

»Okay.« Klaudia schob sich eine Haarsträhne hinters Ohr. »Wenn du meinst.«

»Geht doch.« Wibke schulterte ihre Tasche. »Ich schick dir 'ne WhatsApp.«

Immer noch verwirrt verließ Klaudia als Letzte das Besprechungszimmer.

»Hast du das mitgekriegt?«, fragte sie Thang, als sie das gemeinsame Büro unterm Dach betrat.

»Was?« Einigermaßen uninteressiert hackte er auf seiner Tastatur herum.

»Dieser Typ«, sagte Klaudia. »Dieser Meinert. Er war VE bei den Rechten.«

»Echt?« Thang blickte jetzt doch auf. »Mich wollten sie auch mal anwerben.«

»Ich fass es nicht.« Klaudia plumpste auf ihren Bürostuhl, der quietschend protestierte.

»Ich hab echt drüber nachgedacht.«

»Ob er Bescheid wusste?«

»Aber dann war es mir doch zu gefährlich.«

»Er kann unmöglich Bescheid gewusst haben, oder?«

»Diese vietnamesischen Gangs sind nachtragend. Außerdem hab ich dann geheiratet. Und Verheiratete nehmen sie nicht.« Thang wandte sich wieder seinem Bildschirm zu.

Frustriert loggte Klaudia sich in ihren eigenen Computer ein. Hörte ihr eigentlich irgendwann mal einer der Kollegen zu? Während sie gerade herausgefunden hatte, warum Demeter-Anders ihre Ermittlungen blockiert hatte, faselte Wibke was von Spliss, und Thang schwelgte in Erinnerungen an eine Vergangenheit, die er nicht einmal gehabt hatte.

»Was suchst du?«, fragte der Kollege.

»Ich wollte mal checken, was wir über die Waffe wissen.«

»Das wüsstest du, wenn du pünktlich gewesen wärst«, sagte Thang, beantwortete dann aber doch ihre Frage. »Es ist eine Makarow 9 mm, aber das wussten wir ja bereits. Der Abgleich mit dem Zentralregister war negativ, und es ist die Tatwaffe.«

»Und was ist das?« Klaudia scrollte sich zu einer Nahaufnahme. »Sieht aus wie ein Kreis in einem Quadrat«, sagte sie.

»Das heißt, dass die Waffe in der DDR produziert wurde.«

»Ob unser Schäfer Hanusch bei der NVA war?« Nachdenklich öffnete Klaudia die Schublade ihres Schreibtisches. Ihr Magen knurrte und erinnerte sie daran, dass sie wieder das Frühstück hatte ausfallen lassen. Die letzten – ziemlich trockenen – Gummibärchen wanderten von der Schublade in ihre Wangentasche.

»Verdächtigst du ihn wirklich?«

»Die beiden waren nicht gerade die besten Freunde«, nuschelte Klaudia an dem süßen Saft vorbei, der ihren Mund füllte. Klaudia wurde von Thangs iPhone unterbrochen, das »Auferstanden aus Ruinen« schmetterte.

»Du solltest deiner Frau echt einen anderen Klingelton geben.« Entnervt schluckte sie die Gummibärchen herunter. Die Nationalhymne eines untergegangenen Staates war ja noch schlimmer als die Vogelstimmen, die sie Verwandten und Kollegen zugeordnet hatte.

Andererseits passt es, dachte Klaudia, während sie sich Mühe gab, das Gespräch des Kollegen zu überhören. Da das bei der Enge ihres Büros nur bedingt möglich war, schob Klaudia ihren Stuhl zurück und stand auf. Es wurde sowieso Zeit für sie, sich auf den Weg zu machen.

39. Kapitel

Die Stimmen waren direkt vor ihm. Fuck! Mit der Wölfin auf den Schultern schlug Jurij sich in die Büsche. Der Boden quatschte unter seinen Schritten, und er sank bis zu den Knöcheln im Morast ein. Auch wenn es lange nicht geregnet hatte, war der Spreewald an vielen Stellen morastig.

Ein Hund bellte, die Wölfin auf seinen Schultern zuckte mit den Läufen, als sei das Bellen in ihr Bewusstsein vorgedrungen. Jurij duckte sich hinter einem umgestürzten Baumstamm.

»Was ist denn?« Die atemlose Stimme eines Mannes. »Aus! Verdammt noch mal: Was hast du denn?«

»Bestimmt hat er etwas gerochen.« Die Stimme eines Mädchens. What the fuck machte Chantalle hier? Warum war sie nicht in der Schule?

Weil sie ein Schulpraktikum macht, schoss es ihm durch den Kopf. Ein Schulpraktikum beim Förster, um genau zu sein. Womit Jurij auch klar war, wem die männliche Stimme gehörte. Förster Welber. Genau dem Menschen, dem er auf keinen Fall mit einem Wolf auf den Schultern begegnen sollte. Und ausgerechnet der war jetzt hier. Fuck. Fuck. Fuck.

»Das kann gut sein«, sagte Welber, »schließlich war ein Wolf hier.«

»Jurij hat gesagt, sie sei verletzt.«

»Das ist mir auch aufgefallen.«

»Er hat Fotofallen aufgestellt.«

Chantalle redete zu viel. Jurij kaute auf der Unterlippe.

»Ich hoffe, der Wolf ist schon weg«, brummte Welber. »Bringt nur Unruhe ins Revier.«

»Ich glaube, sie ist angeschossen worden.«

Nicht du, dachte Jurij. Veronika glaubt das. Sie hatte nichts zu den Polizisten gesagt, aber genau das war ihre Vermutung gewesen, als sie Margots Identität bestätigt hatten. Anfang Juli hatten sie die Kadaver der Welpen gefunden. Jemand hatte sie einfach so abgeknallt. Nicht einfach so. Jurij knirschte mit den Zähnen. Man stolperte nicht einfach so über ein Wolfsrudel. Man musste schon wissen, wo man zu suchen hatte. Und jemand hatte sich die Mühe gemacht, genau das zu tun. Zur Strecke gebracht und aufgereiht lagen die Welpen auf dem Rendezvousplatz in der Lieberoser Heide. Von den Elterntieren gab es weitere Sichtungen, doch Margot war von ihrem Radar verschwunden. Sie hatten angenommen, dass sie ebenfalls tot und als Trophäe mitgenommen worden war. Die Jährlinge kümmerten sich oft um die Welpen, während die Alttiere jagten. Doch dann war sie hier aufgetaucht. Verletzt und hungrig.

Der Hund des Försters jaulte. Jurij wagte es nicht aufzuschauen. Aber nach dem Klang der Stimmen mussten die beiden jetzt genau an der Stelle sein, an der er sich ins Gebüsch geschlagen hatte.

»Da ist eine Spur.« Chantalles Stimme überschlug sich vor Aufregung.

Halt die Klappe. Jurij hielt die Luft an.

»Sieht ganz so aus«, sagte der Förster.

»Wollen Sie nicht nachschauen?«

»Nein.«

»Aber der Hund ist doch ganz aufgeregt.«

»Der Wald ist kein Abenteuerspielplatz«, sagte der Förster und rief dann: »Verdammt noch mal, lass das sein!«

»Such!«, rief Chantalle, und Jurij hätte ihr am liebsten den Hals umgedreht. Kläffend brach der Hund durchs Unterholz. Es war nur noch eine Frage von Sekunden, bis er sie stellen würde. Er bückte sich und bettete Margot ins Moos.

»Bleib hier«, schrie der Förster. »Hast du nicht gehört? Du kannst nicht einfach dem Hund hinterherlaufen.«

Der lichtbraune Setter des Försters hechelte über Jurijs Spur. Hinter ihm rannte Chantalle. Jurij richtete sich auf und ging ihr entgegen. Chantalle stoppte, als sei sie gegen eine unsichtbare Wand geprallt. Ihre Augen wurden groß. Der Setter hatte ihn jetzt erreicht.

»Aus.« Bevor der Setter an ihm hochspringen konnte, griff Chantalle nach dem Halsband.

»Alles in Ordnung«, rief sie über die Schulter hinweg und brachte damit den fluchenden Förster zum Schweigen. »Es ist nur Jurij.«

Wild schüttelte Jurij den Kopf. Konnte dieses Mädchen nicht einmal die Klappe halten?

»Was, verdammt noch mal, macht der Bengel hier?«

»Die Polizei schickt mich«, rief Jurij. Er nahm Chantalles Arm und zog sie mit sich.

»Wieso schickt dich die Polizei?« Welber musterte Jurij misstrauisch. »Und warum, verdammt noch mal, ist mein Hund so verrückt?« Der Setter zerrte immer noch an seiner Leine.

»Wahrscheinlich rieche ich nach Plisch und Plum.«

»Sind die beiden hier irgendwo?«, fragte Welber. Misstrauisch blickte er sich um. »Du weißt, was passiert, wenn ich sie in meinem Revier erwische.«

»Ich weiß«, antwortete Jurij. Welber würde die beiden abknallen, wie es jeder Jäger hier im Umkreis tun würde, der sie vor die Flinte bekam.

»Also«, fragte Welber. »Wieso schickt dich die Polizei?« Ausgerechnet dich, klang in seiner Stimme mit.

»Ich soll die Spur noch mal abgehen«, sagte Jurij. Das war immerhin nah an der Wahrheit. »Ich hab mich hier heute Morgen mit der blonden Polizistin getroffen.«

»Mit Klaudia?«, fragte Chantalle.

»Ja«, bestätigte Jurij. »Sie wollte wissen, ob da noch eine andere Kanidenspur sein könnte.«

»Eine andere?« Mit einem Ruck zog Welber seinen Hund zu sich. »Platz«, fauchte er.

»Ja.« Jurij fühlte sich jetzt sicher.

»Und?«, fragte Welber. »Hast du eine andere Spur gefunden?«

»Noch nicht«, antwortete Jurij wahrheitsgemäß und fragte sich im gleichen Augenblick, warum the fuck er das gesagt hatte.

40. Kapitel

Jonas Delling wohnte in einer dieser Werkssiedlungen jenseits der Bahngleise, die nach der Wende zurückgebaut und saniert worden waren. Als die Polizisten schellten, bewegte sich eine Gardine im Untergeschoss. Klaudia und Demel tauschten einen amüsierten Blick. Sie wurden also beobachtet.

»Vielleicht ist er nicht da?«, sagte Demel.

»Wo soll er denn sein?« Klaudia drückte den Finger wieder auf den Klingelknopf. »Er lebt von Hartz IV.«

»Meinst du, die haben kein Leben?«

»Was weiß ich.« Klaudia schämte sich für ihre Bemerkung. Zwar halfen Vorurteile bei der Vorsortierung, trotzdem sollte man vorsichtig damit sein, sonst verstellten sie einem den Blick auf den einzelnen Menschen.

»Scheiße. Ja?«, knatterte schließlich eine verschlafene Stimme, die sehr zu Klaudias Vorurteilen passte, aus der Gegensprechanlage. Sie nannte ihre Namen, und nach einer kurzen Pause sirrte der Türsummer.

Jonas stand in T-Shirt und Boxershorts in der Wohnungstür. Die spärliche Kleidung enthüllte den muskulösen Körper eines Bodybuilders. Ums Fußgelenk trug er einen elastischen Verband. Klaudia erinnerte sich an sein Hinken.

»Was ist denn?« Er kratzte sich den Nacken.

»Wir hätten noch ein paar Fragen zu Freitagnacht.« Die Polizisten hatten sich darauf geeinigt, nicht sofort mit der Tür ins Haus zu fallen. »Dürfen wir reinkommen?«

»Ich weiß nicht.« Unschlüssig blickte Jonas von ihr zu Demel. »Scheiße. Ja.« Er trat zur Seite.

»Entschuldigen Sie, dass wir Sie aus dem Bett geschmissen haben.« Es war so eng im Flur, dass sich ihre Körper berührten. Jonas roch nach Schlaf und Gras. Kein Wunder, dass er neben sich stand.

»Geht klar.« Jonas streckte die Hand aus und öffnete eine Glastür. »Wollen Sie schon mal vorgehen?«

»Danke.« Klaudia war froh, dem engen Flur zu entkommen. Das Wohnzimmer war sehr aufgeräumt, frische Luft wehte durch das geöffnete Fenster hinein. Mit geübtem Blick scannte Klaudia den Raum: Couchecke, Glastisch, auf dem eine Autozeitschrift lag, Plasmabildschirm. Alles billige Massenware. Keine Extravaganzen. Während Demel die Zeitschrift vom Glastisch nahm und durchblätterte, ging Klaudia vor dem Regal unter dem Fernseher in die Hocke und legte den Kopf schräg. Die DVDs hatten Titel wie »Die Heimsuchung« oder »Das Dunkle in dir«, daneben standen Bücher über Ernährung und Bodybuilding und zwei zerfledderte Taschenbücher mit Titeln wie »Blutgeil«, »Todesgeil«. Nicht unbedingt ihr Geschmack. Klaudia schob die zerlesenen Taschenbücher zurück und nahm ein gerahmtes Foto in die Hand, auf dem Jonas Delling im Scheinwerferlicht seine Muskeln spielen ließ. Überall im Regal verteilt standen außerdem Pokale mit Dellings eingraviertem Namen.

»Ganz schön beeindruckend«, sagte sie zu Demel.

»Das auch.« Demel warf die Zeitschrift zurück auf den Tisch. »Von solchen Karren kann unsereins nur träumen. Die schnellsten BMW.«

Bevor Klaudia antworten konnte, kam Delling zu ihnen ins Wohnzimmer. Wasser tropfte aus seinen Haaren, und er trug jetzt Muskelshirt und Sweathose. Klaudia stemmte sich in die Höhe.

»Der Tote ist identifiziert.« Klaudia setzte sich neben Demel.

»Und?« Delling blieb zunächst unschlüssig im Raum stehen, setzte sich dann jedoch ans andere Ende des Sofas. »Ist es Ben?« Sein Blick wanderte von Klaudia zu Demel und wieder zurück.

»Ja«, sagte Klaudia. »Es tut mir leid.«

»Scheiße.« Mit beiden Händen wischte Delling sich durchs Gesicht. »Weiß sein Vater es schon?«

»Die Familie ist informiert.«

»Wir …« Jonas' Adamsapfel kämpfte sich über seinen Hals. »Wir wollten da zusammen hin«, flüsterte er schließlich. Er starrte an Klaudia vorbei. »Waren wir dann auch irgendwie, oder?«

»Warum wollten Sie zu dieser Wolfswache?«, fragte Demel. »Ich dachte, Ben und dieser Schäfer …«

»Gerade deshalb«, unterbrach ihn Jonas. »Ben war nicht der Typ, sich von einem Hanusch irgendetwas vorschreiben zu lassen. Außerdem gab's da Freibier.«

»Sie meinen, Ben hätte für Freibier einen Streit provoziert.«

»Er ist zumindest keinem aus dem Weg gegangen.« Delling ballte die Fäuste. »Vielleicht wollte er aber auch wegen der Barbie hin.«

»Der Barbie?«

»Seiner Perle? Freundin?« Delling suchte offensichtlich nach Worten, die auch eine mittelalte Polizistin verstand.

»Ist das seine Barbie?« Klaudia schob ihr Handy über den Tisch, auf dem sie Chantalles Foto aufgerufen hatte.

»Ist von Bens Computer, oder?« Jonas gab ihr das Handy zurück. »Er fuhr voll auf die ab«, fügte er hinzu.

»War sie da?« Klaudia wusste, dass weder Chantalle noch Jurij

Lehmann auf der Zeugenliste standen. Doch das musste nichts heißen.

»Keine Ahnung.« Jonas verzog das Gesicht. »Vielleicht. Ich hab sie nicht gesehen und auch nicht den Ökofreak, mit dem sie immer abhängt. Ben hatte echt 'nen Hals auf den.«

»Ist Jurij Lehmann dieser Ökofreak?«

»Keine Ahnung, wie der heißt«, sagte Jonas. »Ich meine diesen Typ, der die Wolfshunde hat.«

»Das ist Jurij Lehmann«, bestätigte Klaudia.

»Vielleicht hat der ihn abgeknallt?«

»Wie kommen Sie darauf?«

»Keine Ahnung. Ben hat gesagt, der sei scharf auf seine Barbie. Außerdem wollte er ihm die Suppe versalzen.«

»Die Suppe versalzen?«

»Hat er gesagt. Irgendwie wollten die die Wolfswache aufmischen.«

»Wer ist die? Jurij Lehmann und Chantalle?«

»Kann sein.« Delling kratzte sich den Nacken. »Vielleicht nicht die Barbie. Aber dieser Lehmann. Mit dem ist nicht zu spaßen, hat Ben gesagt.«

»Was meinte er damit?«, hakte Klaudia nach.

»Keine Ahnung.« Jonas knetete die Finger. Er hatte schrecklich abgekaute Fingernägel. »Er ist aus Berlin, und seinen Dienst im Landesumweltamt hat er auf jeden Fall nicht freiwillig gemacht.«

41. Kapitel

Klaudia und Demel tauschten einen Blick. Mit nur einem Satz war aus ihrem Fährtensucher ein möglicher Verdächtiger geworden. Klaudia gefiel der Gedanke gar nicht, dass sie ihn noch einmal zum Fund- und möglichen Tatort geschickt hatte.

»Wir haben noch ein paar Fragen zum Ablauf.« Es hatte keinen Zweck, vergossener Milch nachzutrauern. Sie konzentrierte sich wieder auf das Hier und Jetzt. »Wie war das am Freitag?«, fuhr sie fort. »Sie waren also bei der Wolfswache.«

»Weil Sie dort mit Ben verabredet waren«, fügte Demel hinzu. Sie spielten sich die Bälle zu.

Jonas nickte. Nachdem er zunächst bereitwillig geantwortet hatte, wurde er nun zunehmend wortkarger.

»Aber er kam nicht«, half ihm Klaudia auf die Sprünge.

»Ging ja wohl schlecht.«

»Haben Sie ihn gesucht?« Demel beugte sich vor und legte die Ellbogen auf die Knie.

»Ich hab versucht, ihn anzurufen. Und dann wollte ich abhauen. War ja ätzend, mit all den Knickerbockertypen.«

»Aber Sie sind nicht abgehauen.«

»Ich musste pissen. Das hab ich doch alles schon gesagt«, fuhr Jonas auf.

»Manchmal fällt einem noch etwas ein, wenn man nach dem ersten Schock noch einmal über die Ereignisse nachdenkt.«

»Ehrlich gesagt habe ich die letzten Tage damit verbracht, genau das zu vermeiden.«

»Es war grässlich, oder?« Für einen Augenblick stieg Schuldbewusstsein in Klaudia auf. Dieser Junge gab sich alle Mühe, cool zu wirken, und das, obwohl er seinen besten Freund verloren hatte. »Sie haben sich also in die Büsche geschlagen?«, fragte sie sanft.

»Sag ich ja.«

»Und sind über die Leiche gestolpert.«

»Nicht direkt. Als ich da so stand, hab ich den Schuh gesehen.«

»Trotz der Dunkelheit?«, fragte Demel.

»Der Mond schien.«

»Stimmt.« Klaudia erinnerte sich an das eigentümlich weiße Licht des Mondes. »Und weiter?«

»Ich bin näher ran.«

»Warum?«, fragte Klaudia.

»Ja, wegen dem Schuh.«

»Das habe ich schon verstanden.« Klaudia nickte. »Aber was war an dem Schuh, das Sie dazu gebracht hat nachzuschauen?«

»Er lag komisch.«

»Wie komisch?«, hakte sich Demel wieder ein.

»Verdreht halt.« Jonas starrte an die gegenüberliegende Wand. Klaudia ahnte, was er sah.

»So als ob ein Fuß drinsteckt.« Sein Adamsapfel wanderte wieder über den Hals.

»Sie sind also hin.«

»Nur ein paar Schritte, dann ist was weggehuscht, und ich hab das Bein gesehen und bin zurück.«

»Und Sie hatten keine Ahnung, dass es Ben war?«

»Nein«, antwortete Jonas. »Woher auch.«

»Immerhin war er verschwunden.«

»Ja, schon«, räumte Jonas ein. »Aber da hab ich mir doch nichts bei gedacht.«

»Ist das häufiger passiert?«

»Was?«, fragte Jonas.

»Dass Ben verschwand?«

»Nein, das auch nicht. Nur wenn er mal wieder Stress mit seinem Alten hatte.«

»Und wo ist er dann hin?«

»Mal zu mir, mal bei 'nem anderen Kumpel.«

»Wir haben in Bens Zimmer Geld gefunden«, kam Klaudia nun zum eigentlichen Thema. »Viel Geld.«

»Ja, und?«

»Seine Schwester sagt, er hätte online gepokert.«

»Wenn sie das sagt.«

»Sie wussten davon?«

»Vom Pokern?«

Klaudia nickte.

»Ja, klar. Aber nicht, dass er gewonnen hat«, schnaubte er. »Das hat er hübsch für sich behalten.«

»Er hat nicht gewonnen«, sagte Demel.

»Hat er nicht?«

»Nein«, bestätigte Klaudia die Bemerkung ihres Kollegen. »Haben Sie eine Idee, woher das Geld stammen könnte?«

»Warum fragen Sie mich?« Dellings Stimme schraubte sich in die Höhe.

»Er war Ihr bester Freund«, entgegnete Klaudia. »Da weiß man so etwas.«

»Wohl nicht.« Jonas schürzte die Lippen. »Wenn so eine Barbie auftaucht, ändert sich einiges.«

42. Kapitel

Jurij fühlte sich eingekesselt. Hinter ihm die Wölfin, vor ihm der Förster, im Wald Plisch und Plum und neben ihm Chantalle, die ihm den Schlamassel eingebrockt hatte.

»Ich kann dir helfen«, sagte sie. »Das kann ich doch, oder?« Sie lächelte den Förster schräg von unten an. Jurij war davon überzeugt, dass Welber auch ohne dieses Lächeln zugestimmt hätte. Er wirkte geradezu erleichtert. Wahrscheinlich war er froh, Chantalle loszuwerden. Seinen Setter hinter sich herziehend, schlug er die Richtung ein, aus der Jurij gerade gekommen war.

Er geht zur Lichtung! Panik versetzte Jurij einen Tritt in die Kniekehlen. Er würde Plisch und Plum finden und sie abknallen. »Warten Sie!«, rief er.

»Ja?« Welber blieb stehen und wandte sich um.

»Ich ...« Panik rollte durch Jurijs Hirn, walzte jeden Gedanken nieder. Er sah das ungeduldige Stirnrunzeln des Försters, doch sein Hirn war leer. Ihm fiel einfach nichts ein, was er sagen konnte. Kopfschüttelnd wandte der Förster sich ab, wollte weitergehen.

»Wollen Sie uns nicht auch helfen?«, rief Jurij. Scheißidee. Doch in seiner Panik fiel ihm nichts Besseres ein.

Offensichtlich verstand Chantalle ihn auch nicht. Sie sah ihn fragend an. »Wir waren gerade schon bei den Spuren.«

»Und?«, fragte Jurij den Förster.

»Was soll das werden?« Welber zog seinen Setter zurück, der an der Leine zerrte. »Hast du irgendeinen Scheiß gemacht?«

»Ich dachte nur.« Schweiß versickerte im Bund von Jurijs Boxershorts. Er hatte sich so tief in die Scheiße geritten, dass er mit jedem Atemzug Scheiße inhalierte.

»Was dachtest du?« Welber bückte sich, klickte die Leine auf, und der Hund rannte los, die Nase dicht am Boden, lief er ins Gebüsch.

»Ihr bleibt hier«, kommandierte Welber, dann folgte er seinem Hund.

»Was geht hier ab?« Chantalle griff nach Jurijs Arm.

»Scheiße!« Jurij befreite sich aus ihrem Griff und folgte dem Förster. Er hatte versagt. Auf der ganzen Linie versagt. Wenn es gut gegangen wäre, hätte Veronika ein Auge zugedrückt. Dann hätte nur gezählt, dass er Margot gerettet hatte. Sie hätte ihm wahrscheinlich ordentlich den Marsch geblasen, aber sie hätte sich wieder beruhigt und ihn weitermachen lassen. Aber jetzt würde sie ihn aus dem Programm nehmen. Sie konnte gar nicht anders. Jurij wischte sich mit dem Ärmel die Nase. Zweige knackten hinter ihm. Er spürte Chantalles keuchenden Atem im Nacken. »Warte!«, rief sie. Er reagierte nicht. Der Förster hatte jetzt den umgestürzten Baumstamm erreicht, hinter dem Margot lag. Der Setter war weder zu sehen noch zu hören. Wahrscheinlich stand er jetzt in Habachtstellung vor Margot, die er hilflos zurückgelassen hatte.

What the fuck hast du dir dabei gedacht?, wütete Jurij gegen sich selbst. Er hatte Margot auf dem Gewissen. Und warum? Weil er es gut gemeint hatte? Dabei wusste er doch, dass gut gemeint das Gegenteil von gut gemacht war.

Der Förster wandte sich zu ihnen um. Er sah wütend aus. Auf

einmal wünschte Jurij sich, dass er mit der Leine ausholen und sie ihm durchs Gesicht klatschen würde. So oft, bis der Schmerz das Schuldgefühl auslöschte. Welber stieg über den Baumstamm, bückte sich.

Jurij wollte zum Förster, doch seine Füße klebten am Boden fest. »Ich kann es erklären«, rief er. Seine Stimme krächzte.

Welber tauchte wieder hinter dem Baumstamm auf. Er hielt etwas in der Hand. Jurij begriff nicht sofort, was er sah. Und als er es begriff, verstand er es nicht.

»Was ist das?« Der Förster hielt das Klettband hoch, das er in der Hand hielt. »Was hat hier gelegen?«

43. Kapitel

»Der wohnt ja wirklich mitten im Spreewald.« Fluchend wich Demel einem Schlagloch aus.

»Aber wunderschön.« Klaudia genoss den Blick über die Felder und Weiden.

»Glaubst du diesem Jonas?«

»Was?«, fragte Klaudia. »Die Sache mit dem Schäfer? Oder die mit Jurij? Oder dass er keine Ahnung hat, woher Ben das Geld hatte?«

»Alles.« Demel umkreiste ein weiteres Schlagloch und bog in die Hofeinfahrt ein.

»Wahrscheinlich haben die beiden gedealt.« Klaudia löste das Gurtschloss.

Diesmal stand kein Mädchenrad an der Scheune, und auch der Platz auf der Bank und der Zwinger waren verwaist.

»Er scheint noch nicht wieder zurück zu sein«, sagte Klaudia.

»Und nun?« Demel zog an seiner Zigarette. Wie immer nutzte er den kurzen Weg vom Auto, um seine Nikotinsucht zu befriedigen.

»Vielleicht ist der alte Mann da.« Klaudia trat an die Tür und hob den Klopfer an, der in Augenhöhe hing. Donnernd landete er auf der Eisenplatte, als sie ihn fallen ließ. Die Tür vibrierte von dem Stoß.

»Das ist kein Rammbock.« Demel grinste.

»Ist mir aus der Hand gefallen.«

»Scheint aber keiner da zu sein.« Demel wandte sich ab.

»Nun warte doch.« Klaudia legte das Ohr an die Holztür. »Alte Männer sind keine D-Züge.«

»Wem sagst du das.« Seufzend drückte Demel seine Zigarette im Taschenaschenbecher aus.

»Ich höre was.« Noch einmal betätigte Klaudia den Türklopfer, diesmal, ohne die Tür in ihren Angeln zu erschüttern.

»Ich komme.« Das Klackern von Holzklotschen näherte sich.

»Siehst du.« Klaudia trat einen Schritt zurück.

Es dauerte noch etwas, bis die Eingangstür knarrend aufschwang.

Der alte Fritz trug auch jetzt den formlosen Filzhut und die ausgebleichte Latzhose, die er bei ihrer ersten Begegnung getragen hatte.

»Ich war heute Morgen mit Jurij verabredet«, erklärte ihm Klaudia nach der Begrüßung.

»Der Junge ist nicht da, aber wollen Sie nicht reinkommen?« Fritz führte sie in den Wohnraum. Klaudia hatte das Gefühl, durch eine Zeitschleuse ins 19. Jahrhundert eingetreten zu sein. Wie eine Glucke duckte sich ein Kachelofen in eine Ecke des niedrigen Raumes, in den der alte Fritz sie führte. Die bunten Butzenscheiben leuchteten im Sonnenlicht und tauchten den Raum in ein weiches Dämmerlicht. Wände und Decken waren aus dunklem Holz. Ein wuchtiger Schrank und ebenso wuchtige Truhen standen entlang der Wände. Hinter einem altersschwarzen Holztisch mit gedrechselten Beinen stand eine mit ausgebleichtem Samt bezogene Küchenbank. Darüber hingen Fotografien in Rahmen aus dunklem Holz.

Nur die Zeitschriften mit barbusigen Frauen auf den Covern,

die sich auf der Ofenbank stapelten, verrieten, dass hier tatsächlich Menschen lebten.

»Wollen Sie einen Kaffee?« Fritz, dem Klaudias Blick nicht entgangen war, drehte den Zeitschriftenstapel um. Er wirkte verlegen, als er sich wieder aufrichtete, und murmelte etwas von Männerwirtschaft.

»Wir wollen Sie nicht stören«, sagte Klaudia.

»Sie stören man gar nicht. Außerdem: Jurij muss gleich da sein.«

»Dann gerne.« Klaudia setzte sich auf die Küchenbank, und Demel quetschte sich neben sie. Ihre Oberschenkel berührten sich, und Klaudia spürte einen Schlag unterhalb des Solarplexus und fuhr auf. Verwirrt über ihre Reaktion trat sie an die Wand und betrachtete die Fotos. Männer und Frauen, Junge und Alte standen aufgereiht vor diesem Haus. Alle starrten ernst in die Kamera.

»Machen Sie sich wegen uns keine Umstände«, rief sie.

Fritz war durch eine Tür verschwunden. Wasser lief, dann das typische Klackern eines Gasherdes, der eingeschaltet wurde.

»Ich freu mich immer, wenn jemand kommt, wa.« Fritz klang wie Schiebschick, und Klaudia fragte sich unwillkürlich, ob sich die beiden alten Männer kannten.

Sie vertiefte sich in die Betrachtung der Bilder. Ganze Generationen hingen hier sepiafarben an der Wand. Die Bilder zeigten Menschen bei der Ernte, beim Bauen einer Scheune, Porträts, Familienbilder. Schnappschüsse eines Lebens. Klaudia glaubte, einen jüngeren Fritz zu erkennen. Auf einem Bild lachte er in Uniform in die Kamera, hielt großspurig eine Waffe in der Hand.

»Milch? Zucker?« Fritz drückte Klaudia einen Becher in die Hand.

»Sind Sie das?« Klaudia zeigte auf das Bild des jungen Mannes in Uniform.

»Waren andere Zeiten damals. Freiwilliger Dienst für den Sozialismus, wa?« Fritz lachte so, dass Kaffee aus dem Becher schwappte, den er noch trug. »Drei Jahre war ich bei der Truppe. Wie sieht's mit dir aus?« Er stellte den Becher vor Demel auf den Tisch. »Warste auch dabei?«

»Knapp verpasst«, antwortete der Kollege.

»Dann haste aber Glück gehabt, wa?« Fritz schob sich den Hut in den Nacken. »War ja nüscht mit dem Verteidigen des Sozialismus.«

»Wo waren Sie denn?« Demel blies in den Kaffeebecher.

»Mot Schützen.«

Klaudia hatte keine Ahnung, was die Abkürzung bedeutete, aber Demel nickte.

»Ich war froh, als meine Zeit rum war«, fuhr Fritz fort. »Ich bin nicht für die Truppe gemacht.«

»Das sieht auf dem Foto aber nicht so aus.« Klaudia nahm das Bild von der Wand und legte es vor sich auf den Tisch.

»Nicht?« Er beugte sich kurzsichtig über die verblasste Fotografie. »Ah. Jetzt weiß ich. Angeben wollt ich. Hab für mein Mädchen posiert. Hat aber nichts genützt. Sie hat trotzdem einen anderen genommen.«

»Ist das eine Makarow?«, fragte Klaudia.

»Du kennst dich aus, wa?«

»Geht so.« Klaudia hängte das Foto zurück.

»Nun setz dich doch.« Fritz zog einen Holzschemel unter dem Tisch hervor und hockte sich darauf.

Es war wirklich dämlich, als Einzige zu stehen, also folgte Klaudia der Aufforderung und quetschte sich wieder neben Demel auf die Bank. Für eine Weile nippten sie an ihren Kaffeebechern.

»Ich weiß gar nicht, wo er bleibt«, sagte Fritz schließlich. »Bestimmt ist er wieder hinter einem Wolf her. Der Junge ist ja ganz verrückt mit den Viechern. Hat sogar zwei Mischlinge aufgenommen.«

»Plisch und Plum?«, fragte Klaudia.

»Ich hab ihm gesagt, er soll es sein lassen. Freunde macht man sich nicht damit bei den Nachbarn. Das kannste glauben.« Fritz nickte nachdenklich. »Und Freunde brauchste, wenn du hier lebst. Aber wenn es um Wölfe geht, lässt der Junge sich ja nichts sagen.«

»Ist Jurij Ihr Enkel?«

»Nö.« Fritz kratzte sich den Nacken. »Ich hab nie geheiratet. War ich wohl nicht der Typ zu.«

»So wenig der Typ wie für die NVA?«, fragte Klaudia.

»Das hab ich wenigstens probiert.« Fritz grinste. »Aber hier will ja keine Frau leben.«

»Sie haben es doch sehr schön hier.«

»Für Ferien, aber nicht zum Leben.«

»Also sind Sie nicht mit dem Jungen verwandt«, brachte Demel das Gespräch auf den Punkt zurück.

»Veronika hat ihn mitgebracht.«

»Veronika?«, fragte Klaudia.

»Die ist jetzt ein hohes Tier beim Umweltamt.«

»Sie meinen Doktor Berghoff.«

»Ja, genau.« Fritz klopfte mit den Fingerknöcheln auf die Tischplatte, als wollte er Klaudia Beifall spenden. »Sie bringt immer ihre Praktikanten bei mir unter. Ist nicht so weit vom Schlossberghof weg, und viel Geld nehm ich auch nicht.«

»Aber Jurij ist kein Praktikant mehr, oder?«, fragte Klaudia.

»Ihm hat's hier gefallen. Hatte wohl nichts, wohin er zurückwollte. Also ist er geblieben. Und jetzt kriegt er alles, wenn ich nicht mehr bin.« Trübselig massierte Fritz die Gichtknoten an seinen abgearbeiteten Händen. »Ist ja niemand mehr übrig außer mir.«

»Sie haben ihm also den Hof vererbt?«, fragte Klaudia.

»Nicht vererbt«, antwortete Fritz. »Ich bin ja nicht tot, wa? Ich weiß nicht genau, wie das heißt. Der Notar hat so viel geredet. Aber Fakt ist: Jurij kümmert sich um mich, und wenn ich dann tot bin, kriegt er den Hof.«

»Und lebt dann mit Chantalle hier?«, warf Klaudia scheinbar scherzend ein.

»Vielleicht.« Fritz zuckte mit den Achseln.

»Sie scheint ihn zu mögen.«

»Sie ist ein nettes Mädchen.«

»Ist sie oft hier?«

»Ziemlich. Die sind ja alle wolfsverrückt.«

»Mein Sohn auch«, seufzte Demel. »Scheint ansteckend zu sein.«

»Kann man wohl sagen. Ist immer was los hier, seit Jurij da ist. War früher anders.« Fritz klang nicht, als würde er sich nach der Ruhe früherer Zeiten zurücksehnen.

»War dieser Junge auch schon einmal hier?« Demel holte sein Handy hervor und zeigte Fritz das Foto von Ben.

»Ja. Doch.« Fritz nickte. »Netter Junge. Was ist mit ihm?«

»Er wurde erschossen«, sagte Klaudia. »Mit einer Makarow.«

»Mit einer Makarow«, sagte Fritz. »Das ist ja mal komisch.«

»Wieso?«

»Na ja. Der Junge war ganz scharf auf Waffen. Wollte alles wissen. Wie es so war damals und mit dem Schießen und so. Hab ihm sogar ...«

»Ja?«, fragte Klaudia.

»Nichts.« Fritz legte eine Hand hinters Ohr und hielt lauschend inne. »Ich glaub, da kommt er.« Er sprang so abrupt auf, dass der Holzschemel umfiel, und lief zur Tür.

Erstaunlich, dachte Klaudia. Diese Schnelligkeit hätte sie dem alten Mann nicht zugetraut. Ihre Frage nach der Makarow schien ihm in die Beine gefahren zu sein.

44. Kapitel

»Was war das denn?« Demel starrte auf die Tür, die mit einem Knall hinter dem Alten zufiel.

Klaudia zwängte sich hinter dem Tisch hervor. »Keine Ahnung. Aber wir werden es herausfinden.«

»Wo willst du hin?«, fragte Demel.

»Unseren Trapper begrüßen.«

»Bevor er gebrieft wird?«

»Kluger Bulle.« Klaudia stieg über den Holzschemel und folgte dem alten Mann.

Fritz' Hände lagen auf Jurijs Schultern. Hastig flüsternd redete er auf ihn ein. Sein Blick flog zur Tür und traf auf Klaudias. Sofort trat er einen Schritt zurück. Außer den beiden Männern war noch Chantalle da. Sie stand neben Jurij. Ihr Mund wirkte verkniffen, und die Augen waren dunkel vor Zorn. Sie hielt die Hunde an der Leine, die sich mit eingezogenem Schwanz an ihre Beine drängten. Sobald sie Klaudia sah, zwang sie sich ein Lächeln ins Gesicht. Jurij stand einfach nur da. Mit hängenden Schultern und erstauntem Blick. Er wirkte auf Klaudia, als sei er gerade aus einem Traum erwacht. Er schaute nicht einmal in ihre Richtung. Trotzdem räusperte er sich. »Ich hab keine anderen Spuren gefunden«, sagte er.

Heisere Stimme, seltsam monoton.

Chantalle öffnete den Mund, schnalzte dann aber doch nur mit der Zunge und führte die Hunde zum Zwinger.

Was hatte sie sagen wollen? Klaudia blickte ihr hinterher.

»Ich geh dann mal in den Stall.« Fritz hustete diesen Satz mehr, als dass er ihn aussprach, und verschwand in einem der Nebengebäude.

Zurück blieben Klaudia und Jurij, der immer noch wirkte, als sei nur sein Körper anwesend.

»Danke«, sagte Klaudia schließlich, und als er nicht reagierte, fügte sie hinzu: »Hat Chantalle Ihnen bei der Suche geholfen?«

»Ich hab sie auf dem Rückweg getroffen.« Jurij setzte sich auf die Bank und bückte sich, um die Gummistiefel von den Füßen zu ziehen. Er trug grob gestrickte Schafwollsocken. Ordentlich stellte er die Gummistiefel neben die Tür und schlüpfte in neongrüne Crocs. Er trug eine Sonnenbrille, hinter der seine Augen nur zu ahnen waren.

»Weiß sie Bescheid?«

Jurij zuckte mit den Schultern. »Ich glaub nicht«, sagte er schließlich und stand auf. »Ich hab ihr auf jeden Fall nichts gesagt.«

»Sie mögen Chantalle, oder?«

»Was soll die Fragerei?«, fuhr Jurij auf. »Den gleichen Scheiß haben Sie mich doch heute Morgen schon gefragt.«

»Ben hat gegenüber einem Freund erwähnt, dass Sie scharf auf das Mädchen seien.«

»Umgekehrt wird ein Schuh draus.« Jurij drängte sich an ihr vorbei ins Haus. Er stutzte, als er Demel sah.

»Haben Sie sich Verstärkung mitgebracht?« Jurij schob sich die Sonnenbrille über die Basecap. Seine Augen waren von einem hellen Braun mit grünen Einsprengseln um die Pupille herum und von elegant gebogenen Wimpern umrahmt.

»Wäre das nötig?«, fragte Klaudia. »Und was bedeutet ›umgekehrt wird ein Schuh draus‹? Ist Chantalle scharf auf Sie? Oder war Ben scharf auf Chantalle?«

»Was weiß ich«, fauchte Jurij. »Ich kannte den Typen doch überhaupt nicht.«

»Aber er war hier«, sagte Klaudia.

»Ja.« Jurij spuckte das Wort aus. Seine Hände schlossen sich zu Fäusten und öffneten sich wieder. »Hab ich Ihnen doch gesagt. Er hat mit Fritz in der Sonne gesessen und sich die alten Geschichten erzählen lassen.«

»Mehr nicht?«, fragte Klaudia.

»Was weiß ich. Ich habe zu arbeiten. Ich sitze nicht in der Sonne. Außerdem kenne ich Fritz' Geschichten. Ich lebe hier.«

»Hatten Sie Streit?«, fragte Klaudia.

»Weshalb sollte ich mich mit Fritz streiten?«

»Nicht mit Fritz«, sagte Klaudia. »Mit Ben.«

»Ich hab nichts mit Chantalle. Verdammt noch mal. Wollt ihr mir einen Strick daraus drehen, dass die Schnalle hierherkommt?«

»Jurij!«

Klaudia fuhr herum. Chantalle stand in der offenen Eingangstür. Die Hundeleine entglitt ihren Fingern und fiel klackernd zu Boden.

»Ach, Scheiße.« Jurij drängte sich an ihr vorbei und lief hinaus.

»Wieso habt ihr über mich geredet?« Chantalles Stimme zitterte. Unsicher blickte sie von Klaudia zu Demel.

»Setz dich bitte.« Klaudia hob den Schemel auf und stellte ihn wieder an den Tisch. Die Situation war nicht optimal, doch sie musste für Klarheit sorgen.

»Was ist hier los, Frau Wagner?« Chantalle setzte sich gehorsam. »Warum ist Jurij so wütend?«

»Das wüssten wir auch gerne«, sagte Demel. »Du kennst Ben Gutsche?«

»Hat er was angestellt?« Hastig sah sie von Demel zu Klaudia. Sie stellte exakt die gleiche Frage, die auch der Vater gestellt hatte.

Sie weiß es wirklich nicht. Klaudia unterdrückte einen Stoßseufzer. Aber wie war das möglich? Ihre Mutter arbeitete bei *Bubner*. Die Bäckerei am Markt war die Lübbenauer Klatschzentrale. »Kanntest du ihn gut?«

»Wir waren mal zusammen.«

Chantalle sprach jetzt so leise, dass Klaudia sich vorbeugen musste, um sie zu verstehen. Sie dachte an das Desktopbild. Immer wenn der Junge seinen Rechner hoch- oder runterfuhr, hatte Chantalle ihn angelächelt. Das sah nicht nach »waren mal zusammen« aus. Das schrie »sind zusammen«.

»Du weißt, dass er verschwunden war?«, fragte sie.

»Nein.« Chantalle schüttelte den Kopf. »Warum auch. Ich hab ja Schluss gemacht.«

»Warum?«

»Weil«, Chantalle hob die Schultern und ließ sie wieder fallen. »Es passte halt nicht.«

»Passte es wegen Jurij nicht?«

»Das möchte ich nicht sagen.« Chantalle senkte den Kopf.

»Es würde uns vielleicht helfen«, sagte Klaudia.

»Helfen wobei?«

»Chantalle.« Klaudia hockte sich vor das Mädchen und legte ihr die Hände auf die Knie. »Ben ist der Tote von Leipe.«

»Der Tote von Leipe?«, wiederholte Chantalle krächzend.

»Wolltet ihr euch bei der Wolfswache treffen?«

»Wer sagt das?«, fuhr Chantalle auf.

»Ein Zeuge.«

Chantalle reagierte nicht. Sie hockte vor Klaudia, und aus ihren Augen liefen Tränen, die ihr vom Kinn tropften.

»Wir haben darüber gesprochen«, sagte sie schließlich, die Stimme heiser und brüchig. »Aber ich hatte nicht vor, dahin zu gehen. Und Jurij sowieso nicht.«

»Aber Ben wollte?«

»Ja«, räumte Chantalle ein. »Er wollte sie aufmischen.«

»Ben wollte die Wolfswache aufmischen?«, vergewisserte sich Klaudia. Bei Delling hatte das anders geklungen.

»Er war ein Spinner. Ich hab da nichts zu gesagt und Jurij auch nicht. Sonst hätte er uns voll zugelabert.«

»Weißt du, wie er die Wolfswache aufmischen wollte?«, fragte Demel.

»Keine Ahnung.« Schluchzend schlug Chantalle die Hände vors Gesicht. »Wenn ich ihm gesagt hätte, dass ich nicht mitmache, würde er dann noch leben?«

45. Kapitel

Fuck! Chantalle weinte. Es war wie ein Tritt in die Kniekehlen. Jurij plumpste auf die Stufen vor der Eingangstür und barg das Gesicht in den Händen. Was für ein Scheißtag, erst die Wölfin, dann Welber und nun auch noch das. Wenn er Eier in der Hose hätte, würde er hineingehen und sie in den Arm nehmen. Damit sie nicht mehr wütend auf ihn war und ihn noch mehr in die Scheiße ritt. Er hatte jetzt schon das Gefühl zu ersticken. Diese Polizistin wollte ihm unbedingt den Mord anhängen, das spürte er im Bauch. Sie musste seine Akte kennen. Es war vorbei. Und er war schuld. Wenn wenigstens die Sache mit Welber nicht wäre. Aber der Förster hatte ihm kein Wort geglaubt. Immer heftiger hatte er ihn beschuldigt, hinter seinem Rücken krumme Dinger zu drehen. Dann *Whoom*, und als er wieder zu sich kam, war der Förster verschwunden gewesen, und er hockte mit Chantalle auf dem Baum. Sie hatte die Arme um ihn geschlungen und immer nur gesagt: Bist du verrückt geworden! Er hatte sich befreit und Plisch und Plum geholt. Sie war mitgegangen. Immer einen Schritt hinter ihm. Er hatte ihr von der Wölfin erzählt, und jetzt konnte er nur hoffen, dass sie die Klappe hielt. Mutlos trat er gegen seine Gummistiefel. Chantalles Weinen wurde heftiger. Ob sie wegen ihm weinte? Oder wegen Ben? Ob sie ihr jetzt von ihm erzählten? Jurij lehnte den Kopf gegen das warme Holz des Hauses. Er schloss die Augen. Am liebsten hätte er das Gleiche mit seinen Ohren getan, sie einfach zugeklappt. Das Weinen wurde leiser. Fritz kam aus dem Hühnerstall. Er trug den Eierkorb.

»Was sitzt du hier?«, fragte er.

»Sie heult«, antwortete Jurij.

»Oh.« Fritz setzte sich auf die Bank und stellte den Korb in den Schatten darunter. »Wegen dir oder wegen dem Toten?«

»Ich weiß es nicht.«

»Was ist passiert?«

»Ich weiß es nicht.«

»Das kann so nicht weitergehen, wa?«

»Wir reden später. Okay?«

»In Ordnung. Mochte sie ihn?«

»Keine Ahnung.«

»Magst du sie?«

»Ich weiß nicht«, antwortete Jurij. »Vielleicht. Ich bin mir nicht sicher.«

»Verstehe.« Fritz zog eins seiner gemangelten Taschentücher aus der Hosentasche und schnäuzte sich die Nase. Diese Taschentücher waren der einzige Luxus, den er sich gönnte. Seine Nase sei damit aufgewachsen, sagte er immer. »Wann eigentlich?«

»Wann eigentlich was?«

»Wann hamse Ben erschossen?«

»Keine Ahnung. Vor 'ner Woche oder so.« Jurij wischte Tierhaare von der Schulter, zwirbelte sie zwischen den Fingerspitzen. Er verstand immer noch nicht, was passiert war. In dem einen Moment war Margot tief betäubt, im nächsten verschwunden.

»Eine Woche?«, nuschelte Fritz ins Tuch hinein. »Soso.«

»Wie meinst du das?« Jurijs Nackenhaare richteten sich auf.

»Nur so.« Fritz inspizierte den Inhalt seines Taschentuchs, als gäbe es nichts Wichtigeres auf der Welt als seinen Rotz.

Schritte näherten sich der Tür. Jurij sprang auf und setzte sich zu Fritz auf die Bank. Die Polizistin sollte nicht denken, er hätte gelauscht. Noch ein »Hätte!« Hätte, hätte, Fahrradkette. Seine Fersen stießen gegen den Eierkorb.

Die Polizistin hielt Chantalle im Arm. Sie sagte nichts wie: Sie sind verhaftet, oder: Steig ein, du Punk, wir nehmen dich mit. Also hatte Chantalle nichts gesagt. Sie weinte nicht wegen ihm. Sie weinte wegen Ben.

»Chantalle kommt mit uns.«

Die Polizistin sah mitgenommen aus. Dabei musste sie es doch gewohnt sein, Menschen schlechte Nachrichten zu überbringen.

»Ich bring sie nach Hause.« Jurij sprang auf und streckte die Hand nach Chantalle aus.

»Nicht nötig.« Ihre Stimme klang, als hätte sie einen nassen Schwamm verschluckt. Sie schaute an ihm vorbei.

Verrat mich nicht, dachte Jurij. Fuck. Verrat mich nicht. Er senkte den Kopf.

»Wir bringen sie erst einmal zu Freunden«, sagte die Polizistin. »Und danke für Ihre Hilfe.«

Als das Auto der Polizisten vom Hof fuhr, schlurfte Fritz ins Haus. Jurij folgte ihm mit dem Eierkorb. Was sollte er auch anderes machen. Das Leben ging weiter. Das tat es immer. Auch wenn es wie ein D-Zug über einen hinwegraste.

Fritz rumorte in seiner Kammer, die direkt neben der Eingangstür lag. Jurij selbst schlief unter den Dachbalken. Er mochte es, das Rascheln der Mäuse über sich zu hören.

»Was suchst du?«, rief er, während er die Eier in den Kühlschrank räumte.

»Erschossen ist er worden«, rief Fritz zurück.

»Ja, und?« Jurij stellte den Korb neben den Ofen und ließ Wasser in den Kessel laufen. »Was willst du essen?«

»Sie ist weg.« Fritz stand auf einmal neben ihm und drehte das Wasser ab.

»Was?« Polternd landete der Topf in der Spüle.

»Du weißt, was ich meine.«

»Nein.« Jurij schluckte trocken.

»Sie ist weg.«

»Was verdammt noch mal? Wovon redest du?« Wieder hatte Jurij das Gefühl, einen Tritt in die Kniekehlen zu kriegen. Zischelnd hob die Schlange den Kopf.

»Sie ist nicht mehr unter meinem Bett.« Fritz schien seine Frage überhaupt nicht gehört zu haben.

46. Kapitel

Sie saßen in der Küche. Uwe, Demel und Klaudia. Annalene hatte Chantalle mit in ihr Zimmer genommen und die Musik aufgedreht. Die Bässe wummerten durch die Wände und vibrierten in Klaudias Kieferknochen. Von ihrem Platz aus konnte sie den roten Kirchturm von Kaninchen-City sehen, der Sperrholzstadt, die Uwes Schwiegervater für Annelenes Kaninchen in den Garten hinterm Haus gebaut hatte.

»Klar kann sie erst mal hierbleiben«, sagte Uwe nicht zum ersten Mal, und auch diesmal wackelte er bedenklich mit dem Kopf. »Scheiße«, flüsterte er. Seine Wangenmuskeln traten hervor.

Es war eine Schnapsidee hierherzukommen, wütete Klaudia gegen sich selbst. Dabei schien es logisch zu sein, Chantalle erst einmal zu ihrer besten Freundin seit Kindergartenzeiten zu bringen. Ihre Mutter war arbeiten und musste warten, bis sie abgelöst wurde. »Ich kann doch nicht einfach den Laden zumachen«, hatte sie gesagt. »Ich bin allein.«

»Wir bringen sie zu Annalene«, hatte Klaudia daraufhin gesagt und dabei nicht bedacht, dass diese beste Freundin traumatisiert war. Ebenso wie ihre gesamte Familie. Aber das Leben geht weiter, verteidigte sich Klaudia vor ihrer inneren Stimme. Für uns alle. Sie musterte Uwe. Er trug keine Halskrause mehr, saß aber auf dem Küchenstuhl, als hätte er einen Stock verschluckt.

»Chantalles Mutter kommt so bald wie möglich.«

»Geht klar.« Uwe griff nach dem Babyfon, das auf dem Tisch lag, und legte es auf die Anrichte.

»Schon komisch, dass sie so gar nichts gewusst hat«, murmelte Demel.

»Wie alt ist dein Sohn?«, fragte Uwe.

»Elf«, antwortete Demel. »Warum fragst du?«

»Wäre er so alt wie die Mädchen«, antwortete Uwe seufzend, »würdest du nicht fragen. In dem Alter hören die dir nur zu, wenn du sie fragst, ob sie Geld wollen. Dann kriegste 'ne Antwort. Ansonsten bist du Luft. Und zwar heiße Luft, die aus den unteren Körperregionen entweicht.«

»Das wird wieder«, tröstete ihn Klaudia.

»Ich weiß.« Uwe grinste schief. »Dieser Gedanke hält mich aufrecht.«

»Es wäre besser gewesen, wir hätten sie ins Bürgerbüro bei der Wasserschutzpolizei gebracht«, sagte Klaudia.

»Nun hör endlich auf.« Uwe bewegte energisch den Kopf. Eine Bewegung, die er sofort bereute.

»Wie geht's dir denn?« Klaudias Schuldbewusstsein wuchs um einige Grade.

»Ganz gut«, antwortete Uwe.

Aber das würde er mit einem Bauchschuss auch sagen. Nur die Harten kommen in den Garten.

»Wie lange bist du krankgeschrieben?«, fragte Demel.

»Diese Woche noch.«

»Was ist eigentlich mit dem Kleinen, wenn du arbeitest?«, nutzte Demel die Gelegenheit, das Thema zu wechseln.

»Frau Bode kümmert sich«, antwortete Uwe. »Sie war Erzieherin und ist jetzt pensioniert. Die Mädchen waren bei ihr in der Gruppe.«

»Da hast du aber Glück gehabt, was?«, fragte Demel leichthin.

Klaudia presste die Lippen aufeinander. Glück definierte sie eindeutig anders.

»Wenn du meinst«, antwortete Uwe schmallippig.

In diesem Moment dämmerte wohl auch Demel, dass er mal wieder in einem Fettnäpfchen gelandet war. Bevor er noch etwas Dämliches von sich geben konnte, rettete ihn sein Handy.

»Die Leitstelle.« Demel runzelte die Stirn. »Was gibt's?«, fragte er, als er das Gespräch angenommen hatte, und dann sagte er nur noch: »Ja. Ja. Ja? Nein!« Seine Augenbrauen wanderten zum Haaransatz.

Klaudia beugte sich vor und drehte den Kopf, um mehr von dem Gespräch zu hören, aber es war hoffnungslos. Die Stimme des Kollegen der Leitstelle war für sie nur ein unverständliches Zischeln.

»Du brauchst keinen Streifenwagen hinzuschicken«, sagte Demel schließlich. »Wir übernehmen das.« Dann drückte er das Gespräch weg.

»Was ist los?« Neugierig musterte Klaudia den Kollegen. Er wirkte verwirrt.

»Wir müssen noch mal los.«

»Das habe ich verstanden«, sagte Klaudia. »Aber wohin?«

Demel schaute sich um, dann beugte er sich vor. Unwillkürlich streckten auch Klaudia und Uwe die Köpfe vor. Uwes Lippen entwich dabei ein leises Ächzen.

»Dieser Förster hat an der Leitstelle angerufen«, flüsterte Demel. »Er hat Anzeige erstattet.«

»Ja, und?«

»Wegen Körperverletzung.«

»Wie bitte?«

»Jurij Lehmann hat ihn niedergeschlagen.«

47. Kapitel

Britta stand auf dem Anleger. Sie trug eine ausgeleierte Strickjacke, und obwohl es warm war, umschlang sie sich mit beiden Armen. Stefan kassierte seine Gäste mit dem üblichen Spruch ab: »Wer nicht bezahlen möchte, steigt bitte auf der Wasserseite aus« erntete die üblichen Lacher. Als die Gruppe sich zerstreute, stieg er wieder in den Kahn, um für den nächsten Kollegen, der gerade von der Hochwaldtour zurückkam, Platz am Anleger zu machen. Der September war sonnig wie selten, und wegen des *Spreewald-Ateliers* waren mehr Touristen in der Stadt als normalerweise außerhalb der Ferienzeit.

Und die ganze Zeit spürte er Brittas Blick. Er wusste, dass sie wegen ihm hier war, dass sie auf ihn wartete.

Für einen Moment fühlte Stefan den Impuls, den Kahn vom Steg abzustoßen, dann sah er doch zu ihr hinüber. Die Einsamkeit, die sie ausstrahlte, ähnelte zu sehr der Hölle in seinem Herzen. Ihre Trauer strahlte von ihr ab wie eine kalte Windbö. Der Wind spielte in ihren Haaren. Die Touristen machten einen Bogen um sie, wandten sich ab von ihr. Stefan straffte die Schultern und atmete tief durch.

»Steig ein«, rief er Britta zu. Seine Stimme hallte über den Steg. Britta zuckte zusammen und strich sich eine blonde Strähne aus dem Gesicht.

»Danke.« Mit zwei Schritten war Britta bei ihm und stieg zu ihm in den Kahn. Ihr Gesicht war verquollen, und ihr Haar, um das Franzi sie so beneidet hatte, weil es immer so blond leuchtete, hing ihr strähnig über die Schultern. Stefan wusste, dass sie sich innendrin genauso strähnig und verquollen fühlte. Er kannte das Gefühl, und deshalb war sie gekommen. Weil sie wusste, dass er sie verstand.

Wieder sprang ihn der Zweifel an. Wollte er das wirklich? Wollte er sich auch noch den Schmerz dieses Mädchens auf die Schultern packen? Und warum eigentlich? Stefan war kein analytischer Mensch, nie gewesen. Fürs Grübeln war Franzi zuständig gewesen. Trotzdem fragte er sich jetzt, warum er sich Britta nahe fühlte. Ihr Schmerz würde nichts von seinem eigenen wegnehmen. Brittas Dunkelheit brachte ihm kein Licht. Aber eine Auszeit. Unbewusst nickte er. Das war es. Brittas Schmerz war sein Time-out. Wenn seine Gedanken sich mit dem Tod ihres Bruders beschäftigten, dachte er nicht an Franzi. Dann war er einfach nur er selbst und nicht ein hilfloses Bündel Trauer, das nur so tat, als würde es mit dem Leben zurechtkommen. Er missbrauchte die Trauer des Mädchens, um seiner eigenen zu entgehen. In seinen Ohren klang das wie eine Win-win-Situation. Britta setzte sich mit dem Rücken zu ihm, den Blick aufs Fließ gerichtet, ihre Schultern zuckten. Stefan stieß das Rudel in den schlammigen Untergrund, und der Kahn nahm Fahrt auf. Lange Zeit waren Brittas tränenschwerer Schluckauf und das Gluckern des Wassers die einzigen Geräusche.

»Er hat das Geld nicht beim Pokern gewonnen«, schniefte Britta schließlich.

»Was?«

Sie wiederholte den Satz.

»Woher weißt du das?«

»Jonas hat angerufen. Die Polizei war bei ihm.«

»Wer ist Jonas?«

»Ein Freund.«

»Dein Freund?«

»Auch«, antwortete Britta, »aber eher Bens. Er meldet sich zwischendurch und fragt nach, wie es uns geht.« Sie schlug die Hände vors Gesicht. »Ich hab Angst.«

Stefan stemmte sich gegen das Rudel und steuerte einen Steg an, den nur noch Enten zum Sonnen nutzten. Hier hatte einmal ein Haus gestanden, doch daran erinnerte nur noch der Fischkasten, der an einer rostigen Kette hing und nur noch nass wurde, wenn es regnete. Von hier aus führte ein Weg zur Klingewiese. Er war oft mit Franzi hier gewesen. Sie hatten einen Korb dabeigehabt und eine Decke und hatten Picknicks gemacht und sich im Moos am Rande der Wiese geliebt. Stefan warf die Kette um den morschen Holzstamm, legte das Rudel auf den Steg und setzte sich neben Britta.

»Wovor?«, fragte er. Mit der rechten Hand hielt er den Kahn am Steg. Warm drückte das Holz gegen seine Handfläche.

»Dass er irgendeinen Unfug gemacht hat.«

»Er kann das Geld verdient haben«, sagte Stefan, obwohl er selbst nicht daran glaubte. »Er hat gekellnert und andere Jobs gemacht.«

»So viel Geld kriegst du nicht fürs Kellnern«, widersprach Britta, und als würde sie sich für ihr Misstrauen schämen, fügte sie stotternd hinzu: »Das sagt Jonas auch.« Sie wischte sich mit dem Jackenärmel durchs Gesicht. Eine feuchte Spur blieb auf ihrer Wange zurück.

»Und was denkt dieser Jonas, woher dein Bruder das Geld hat?«

»Er weiß es nicht«, schniefte Britta. »Aber ich zerbreche mir den Kopf und denke: Drogen.« Sie blickte ihn an, als wollte sie, dass er ihr widersprach.

»Wie kommst du darauf?«

»Es hat manchmal komisch gerochen.« Sie wischte sich wieder die Nase. »Von oben.«

»Wie? Komisch gerochen?«

»So nach Heu.«

»Du meinst, er hat gekifft?«

Britta nickte.

»Das tun viele Jungs in dem Alter, oder?« Stefan hatte selbst gekifft. Sie alle hatten es damals ausprobiert. Er hatte aufgehört, als er anfing, mit Franzi zu gehen. Sie war da sehr strikt gewesen. Also hatte er es sein lassen. Nicht sofort, aber sofort, als er begriff, dass ihm Franzi wichtiger war als Gras.

Stefan schluckte die Tränen herunter. Er hätte nicht hierherfahren sollen. Zu viele Erinnerungen.

»Und nicht nur gekifft«, murmelte Britta. »Wie sonst sollte er auf einmal an so viel Geld kommen?«

»Man hat nicht viel Geld, wenn man Drogen nimmt«, sagte Stefan. »Man braucht viel Geld.«

48. Kapitel

»Es war nicht Jurijs Schuld.« Chantalles Stimme überschlug sich. Sie stand mit Annalene in der offenen Küchentür.

»Was weißt du darüber?« Klaudia fuhr herum. Chantalle wich ihrem Blick aus und griff nach Annalenes Hand. Uwes Tochter wirkte in diesem Moment sehr erwachsen. Nicht nur Chantalle hat sich verändert, dachte Klaudia und wunderte sich, dass es ihr erst jetzt auffiel. Annalenes Gesicht war länglicher geworden, ihr Mund breiter, die Haare dunkler. Auch wenn Letzteres wahrscheinlich einer Haartönung zu verdanken war, sah sie aus wie eine jüngere Version ihrer toten Mutter.

»Vielleicht sollten wir ins Wohnzimmer wechseln.« Uwe griff nach dem Babyfon und ging voraus. Auf dem Weg warf Klaudia einen Blick ins abgedunkelte Schlafzimmer, Tim schlief in seinem Kinderbett. Sie sah die roten Zahlen auf dem Display des Überwachungsmonitors, die den Sauerstoffgehalt seines Blutes anzeigten. Seit Ostern brauchte Tim keinen zusätzlichen Sauerstoff mehr, und wie es aussah, kam er bestens zurecht.

Obwohl im Wohnzimmer reichlich Sessel und andere Sitzmöbel standen, quetschten sich Annalene und Chantalle in einen Sessel. Mit hochgezogenen Beinen hockten sie dort, als seien ihre Oberkörper zusammengewachsen. Chantalle schniefte, und Annalenes Lippen waren schmal und blass. Klaudia beschloss, erst einmal Ruhe in die Situation zu bringen, und fragte das Nächstliegende: »Warum seid ihr eigentlich beide heute nicht in der Schule?« Sie wusste, dass die beiden Mädchen nicht mehr in derselben Klasse waren. Nach Silkes Tod hatte es bei Annalene in der Schule nicht mehr geklappt. Doch mittlerweile hatte sie sich gefangen.

»Studientag«, antwortete Annalene kurz angebunden.

»Und du?«, wandte sich Klaudia an Chantalle.

»Praktikum«, schniefte das Mädchen. »Deshalb war ich ja im Wald.«

»Mit Förster Welber.« Demels Frage war eher eine Feststellung.

Chantalle nickte.

»Erzähl einfach der Reihe nach.« Klaudia beugte sich vor und legte die Ellbogen auf die Oberschenkel.

»Wir waren an der Fundstelle und sind dann der Spur gefolgt, und auf einmal ist Welbers Hund ausgerastet.« Chantalle stockte. »Wir – ich meine –, ich hab gedacht, da sei ein verletztes Tier, also hab ich ihn laufen lassen und bin hinterher. Aber da war Jurij.«

»Mit seinen Hunden?«, fragte Demel.

»Nein.« Tränen tropften von Chantalles Wangen. Klaudia kramte ein Taschentuch aus ihrem Rucksack.

»Hier.« Sie wartete mit der nächsten Frage, bis Chantalle sich die Nase geputzt hatte.

»Warum hat der Setter angeschlagen?«

»Ich dachte wegen Jurij.« Chantalle schmiegte sich an Annalene, als wollte sie Schutz suchen. »Er stand da einfach so im Wald und ist dann mit mir zum Förster. Aber der Hund hat sich nicht beruhigt, und da ist Welber misstrauisch geworden.«

»Und dann?«

Durchdringend hallte der Westminster-Gong durch die Wohnung. Uwe sprang auf und sprintete durch den Flur. Klaudia hörte seine murmelnde Stimme und die aufgeregte Stimme einer Frau. Innerlich verdrehte sie die Augen. Fünf Minuten später wäre ihr lieber gewesen.

Frau Brumme rauschte ins Zimmer und stülpte sich quasi über ihre Tochter. Um nicht zerquetscht zu werden, schob sich Annalene aus dem Sessel und setzte sich zu Klaudia aufs Sofa. Klaudia lächelte sie kurz an, dann konzentrierte sie sich wieder auf das Geschehen vor ihr.

»Es tut mir so leid.« Frau Brumme drückte Chantalle an ihre magere Brust.

»Nicole, bitte.« Chantalle befreite sich aus der mütterlichen Umarmung. »Du bist voll peinlich.«

»Ich koch Kaffee«, schlug Uwe vor. »Ich glaube, wir können alle einen gebrauchen.«

»Du bist so lieb.« Nicole Brumme lächelte kurz in Uwes Richtung, bevor sie sich wieder über ihre Tochter stülpte. Auch die Bäckereifachverkäuferin hatte sich verändert. Wenn Klaudia bei *Bubner* einkaufte, war es ihr bisher nicht aufgefallen, doch jetzt sah sie die Veränderungen. Sie hatte abgenommen und trug eine flotte rote Brille, die gut zu ihrem honigblonden Haar passte.

»Nicole, bitte.« Chantalle befreite sich aus der mütterlichen Umarmung.

»Sie ist verwirrt«, entschuldigend wandte sich die Mutter an Klaudia.

»Das wissen wir, Frau Brumme«, sagte Klaudia, um sie zu beruhigen. »Wir haben auch nur noch ein paar Fragen, dann können Sie Chantalle mitnehmen.«

»Fragen? Wieso?« Misstrauisch kniff Nicole Brumme die Augen zusammen.

»Reine Routine.« Uwe legte ihr die Hand auf die Schulter. »Komm, lass die Kollegen ihre Arbeit machen.«

Lief da was? Klaudia blickte hastig zu Annalene, doch die schien in den Anblick ihrer abgekauten Fingernägel vertieft zu sein.

Für einen Moment legte Frau Brumme die Wange auf seinen Handrücken, dann straffte sie die Schultern. »Ich kann sie doch nicht allein lassen.«

»Also gut.« Uwe verließ das Wohnzimmer, und Augenblicke später hörten sie das Rauschen von Wasser.

Frau Brumme setzte sich auf und verschränkte die Arme vor der Brust. Es wirkte nicht wie eine Abwehrgeste, sondern sie klemmte die Hände in die Achselhöhlen, als wollte sie sie festhalten. Chantalle rückte noch weiter von ihrer Mutter ab. Sie saß jetzt auf der Sesselkante. Trotzdem schien ihr die Gegenwart der Mutter Mut zu geben. Ihr Kinn schob sich vor.

»Okay«, sagte Demel in das Schweigen hinein. »Wie ging es weiter, Chantalle?«

»Geht es um den Mord?« Frau Brummes Stimme überschlug sich.

»Nein.« Chantalle legte die Hand auf das Knie ihrer Mutter. »Um was anderes.«

»Wir sind auch sofort fertig«, versuchte Klaudia die aufgeregte Mutter zu beruhigen. Vergeblich, wie sich sofort zeigte.

»Nein.« Nicole Brumme zeigte auf Klaudia. »Sie sind jetzt fertig. Chantalle ist minderjährig. Sie haben kein Recht, sie zu befragen. Komm.«

»Ni …«

»Wir gehen!« Frau Brumme rauschte hinaus, und nach einem entschuldigenden Augenrollen über die Schulter hinweg verließ auch Chantalle das Wohnzimmer.

»Was war das denn?«, fragte Demel fassungslos, als die Haustür mit einem Knall ins Schloss fiel.

»Voll peinlich«, murmelte Annalene.

Ein leises Juchzen tönte aus dem Babyfon, und sofort war sie auf den Beinen. Sie war einen Schritt eher an der Schlafzimmertür als ihr Vater, der aus der Küche kam, und verschwand in dem abgedunkelten Zimmer. Uwe kehrte zu Klaudia und Demel ins Wohnzimmer zurück.

»Nicole ist manchmal etwas aufgeregt«, sagte er mit einem schiefen Grinsen.

»Du scheinst sie ja gut zu kennen.« Klaudia musterte ihn spöttisch. Rote Flecken bildeten sich auf seinem Hals. Keine Panik, dachte sie. Ich freue mich doch für dich.

Uwe vermied Klaudias Blick. »Was macht ihr jetzt?«, fragte er.

»Einen Mord aufklären«, antwortete Klaudia und schlug sich dann gegen die Stirn, als sei ihr gerade etwas eingefallen. »Ach nein«, fügte sie theatralisch hinzu. »Das muss ja warten. Wir müssen erst mit Welber sprechen und seine Aussage aufnehmen.«

»Und anschließend noch einmal mit diesem Jurij reden«, ergänzte Demel.

»Was denken die sich eigentlich?«, fauchte Klaudia.

»Wir sind hier nicht bei ›Wünsch dir was‹.« Demel hob den Zeigefinger und musterte Klaudia wie ein Mathelehrer, der eine besonders bildungsresistente Schülerin vor sich hatte. »Diese Show heißt: So ist es.«

»Du mich auch«, zischte Klaudia an dem Lachen vorbei, das sich in ihre Kehle drängte.

»Ihr habt echt Spaß daran, Leute in die Scheiße zu reiten, was?« Annalene stand in der Wohnzimmertür. Sie trug Tim auf der Hüfte, der sich schläfrig an sie schmiegte.

»In der Regel können die Leute das ganz gut alleine«, antwortete Klaudia. Ihre gute Laune zerplatzte mit einem leisen Ploppen in ihrem kranken Ohr. Annalene hatte es echt drauf.

»Wie gut kanntest du diesen Jungen?«, fragte Uwe.

»Ben?« Annalene strich Tim eine verschwitzte Haarsträhne aus der Stirn.

Klaudia hatte das Gefühl, dass sie Zeit gewinnen wollte.

»Nicht besonders gut«, sagte Annalene schließlich. »Er war mal mit Chantalle zusammen.«

»Wer hat Schluss gemacht?«, fragte Klaudia. Es war immer gut, eine zweite Meinung zu hören.

»Keine Ahnung.« Annalene schob das Kinn vor. In diesem Moment sah sie ihrer Mutter so ähnlich, dass Klaudia den Blick abwenden musste.

»Der Junge ist tot«, sagte sie zur Tischplatte, »und wir suchen seinen Mörder.«

»Chantalle hat ihn nicht umgebracht«, fauchte Annalene. Sofort kräuselte sich Tims Stirn ängstlich. Sein Kinn zitterte, und seine Hand patschte auf Annalenes Lippen.

»Ist ja gut.« Gezwungen lächelte das Mädchen auf ihren kleinen Bruder herab. »Ist ja gut.«

»Niemand hier glaubt, dass Chantalle etwas mit der Sache zu tun hat«, sagte Demel.

»Warum wollt ihr dann wissen, wer Schluss gemacht hat?«, konterte Annalene.

»Weißt du, was ein Katalysator ist?« Klaudia räusperte die Ungeduld aus ihrer Kehle. Lieber eine Stunde mit drei Schwerverbrechern als eine mit Annalene. Warum verdammt noch mal fiel es ihr so schwer, ruhig zu bleiben, wenn sie mit ihr sprach? Sie mochte das Mädchen, fühlte sich verantwortlich, aber sobald sie zusammen in einem Raum waren, herrschte Zickenkrieg.

»Chemie-LK?« Annalene verdrehte die Augen. »Du denkst,

dass er wegen Chantalle umgebracht wurde?« Sie riss die Augen auf. »Abgedreht. Völlig abgedreht.«

»Es ist eine Möglichkeit«, antwortete Demel. Er schien das Gefühl zu haben, dass es an der Zeit war, Klaudia zur Seite zu springen. »Vielleicht nicht die wahrscheinlichste«, räumte er ein, »aber eine.«

»Dann kümmert euch erst einmal um die wahrscheinlichsten.« Annalene setzte ihren kleinen Bruder auf die andere Hüfte und machte auf dem Absatz kehrt.

»Großer Auftritt«, murmelte Demel.

»Ich rede noch mal mit ihr.« Uwe rieb sich den Nacken. »Sie schmeißt sich halt vor ihre Freundin.«

»Natürlich tut sie das.« Klaudia stand vom Sofa auf und griff nach ihrem Rucksack.

»Na.« Demel schraubte sich ebenfalls in die Höhe. »Dann lass uns mal noch ein paar Leute in die Scheiße reiten. Damit der Tag gerettet ist.« Er grinste schief.

»Sie hat es nicht so gemeint.« Uwe rieb sich den Nacken.

»Kein Thema.« Demel schlug ihm auf die Schulter, und Klaudia spürte geradezu körperlich den Schmerz, der augenblicklich Uwes Gesichtszüge verzerrte.

»Oh Scheiße.« Demel trat zurück und wäre fast über eine Bodenvase gestolpert.

49. Kapitel

Auch wenn Demel die Nase rümpfte, fütterte Klaudia ihr GPS mit der Adresse, die ihr der Kollege von der Leitstelle aufs Handy geschickt hatte.

»Das findet ein Blinder mit Krückstock«, murrte er.

Klaudia ignorierte ihn, aber wahrscheinlich hatte er recht. Sie fuhren über die Landstraße, vorbei an der Konservenfabrik, von der aus die Spreewälder Gurken in die Welt hinauszogen. Nach gut einem Kilometer forderten Demel und die freundliche Stimme ihres elektronischen Pfadfinders sie auf, in einhundert Metern links in »Hinter den Scheunen« einzubiegen.

»Gibt's auch eine Straße vor den Scheunen?«, fragte Klaudia ihren ortskundigen Kollegen und erntete einen entnervten Blick.

Das Haus des Försters lag direkt am Boblitzer Graben. Kaum stiegen die Polizisten aus Klaudias Peugeot, öffnete sich die Haustür, und Welber erschien auf der Türschwelle. Offensichtlich hatte er noch keine Zeit gehabt, sich umzuziehen. Blutflecken trockneten auf seiner Lodenjacke. Sein linkes Auge war bis über die Augenbraue hinweg fachmännisch verpflastert, und sein sonst so rundes Gesicht wirkte eingefallen.

»Ich war bis gerade im Krankenhaus.« Ohne ein Wort der Begrüßung führte er sie in sein Büro. Es war ein dunkler Raum, der nach Pfeifentabak roch. Die Wände waren zugestellt mit Regalen, in denen Aktenordner verstaubten. 1992, las Klaudia, 1993 … Auch auf dem Schreibtisch lagen aufgeschlagene Ordner. Dafür fehlten Computer, Fax und andere Bürotechnik, die Klaudia erwartet hätte.

»Mein Büro ist eigentlich in Calau«, erklärte Welber, Klaudias Blick richtig interpretierend. »Das ist so ein Hobby von mir.« Er strich mit der Hand über den Ordner. »Ich digitalisiere die Wetteraufzeichnungen meiner Vorgänger.«

»Bestimmt wichtig«, sagte Klaudia anerkennend. Sie beneidete Menschen, die in ihrer Freizeit etwas Sinnvolles taten, selbst wenn sie ihre Zeit damit verbrachten, Garn zu Eulen zu knüpfen. Wenn sie nicht gerade joggte oder die Fließe und Kanäle ihrer neuen Heimat mit ihrem Kanu unsicher machte, war sie eher so der Ich-lasse-mich-berieseln-Typ. »Wie fühlen Sie sich?« Klaudia setzte sich auf einen der mit grünem Samt bezogenen Stühle vor dem Schreibtisch.

»Im Wesentlichen erschrocken«, tastete sich Welber durch seine Erinnerungen. Er schob einen aufgeklappten Ordner zur Seite, und ein flaches Notebook tauchte auf. »Es ging alles so schnell.«

»Erzählen Sie einfach der Reihe nach.« Klaudia kramte ihr Smartphone aus dem Rucksack und wischte mit dem Daumen über das Display. »Haben Sie etwas dagegen, wenn ich das Gespräch aufnehme?«

»Nein«, antwortete Welber. »Warum sollte ich?« Seine Stimme wurde lauter. »Ich habe ja nichts falsch gemacht.«

»Davon gehen wir aus«, beruhigte ihn Klaudia.

»Also.« Welber räusperte sich. »Es war folgendermaßen …« Er berichtete von seiner Begegnung mit Jurij und von seinem Verdacht.

»Sind Sie sicher?« Klaudia versuchte, den Gedanken, dass der

Junge mit einer Wölfin durch den Wald spazierte, in ihr Hirn zu pressen, aber irgendwie verkantete er sich ständig. Außer? Sie dachte an Plisch und Plum. Was, wenn es kein Duo, sondern ein Trio war?

»Ich habe das hier gefunden.« Welber zog ein Klettband aus einer der Taschen seiner Cargohose. »Es lag im Moos.«

Klaudia und Demel beugten sich vor. Der Förster hielt ein ganz normales Klettband in der Hand, wie man es in jedem Baummarkt kaufen konnte.

»Und deshalb denken Sie, er hätte die Wölfin bei sich gehabt?«

»Nicht nur«, widersprach Welber. »Da waren Spuren.«

»Was für Spuren?«, fragte Klaudia.

»Wolfsspuren.« Er lehnte sich zurück und verschränkte die Arme vor der Brust. »Die Wolfsspuren.«

»Sind Sie sicher?« Klaudia erinnerte sich noch gut an ihre Lehrstunde.

»Es war der dreibeinige Wolf. Ich hab's ihm auf den Kopf zugesagt. Und noch ein paar andere Sachen.« Welbers Hand fuhr hoch zu dem verklebten Auge. »Und da ist er ausgerastet.«

»Und hat Sie niedergeschlagen«, hakte Demel ein.

»Ja.« Welbers Blick fixierte einen Punkt hinter Klaudia und Demel. »Und dann hat er einen ganz starren Blick gekriegt. Hat einfach nur dagestanden und vor sich hin gestarrt. Wie 'ne Kuh, wenn's donnert. Irgendwie – weggetreten.«

»Und?«, fragte Demel.

»Nichts und.« Welber zeigte auf sein verbundenes Auge. »Das hat geblutet wie Sau. Ich bin dann weg.«

»Und der Junge?«

»Stand einfach nur. Ich glaub, der hat das nicht mal mitgekriegt.«

»Roland?« Die Stimme einer Frau. Klaudia und Demel unterdrückten einen Seufzer. Irgendwie schien heute jede Befragung unterbrochen zu werden.

»Hier im Büro«, antwortete Welber.

»Oh.« Doktor Berghoff erschien in der Tür. Sie stutzte. »Sie sind schon eingeschaltet.« Ihre Schultern sackten nach vorne, und sie sah wieder so müde aus wie bei ihrer ersten Begegnung im Lübbener Polizeirevier. »Ich hatte gehofft, wir könnten das so klären.«

»Tut mir leid.« Welber stockte. »Aber ich musste Anzeige erstatten, hat die Ärztin gesagt. Wegen der Berufsgenossenschaft«, fügte er hinzu.

Na bravo, dachte Klaudia, sie waren also nur dazu da, um einen eventuellen Versicherungsschaden zu bestätigen. Das kam zwar ständig vor, vor allem, wenn den Leuten nach Wochen auffiel, dass irgendwer sich an ihrer Wohnungs- oder Balkontür zu schaffen gemacht hatte. Dann meldeten sie den Schaden ihrer Versicherung und erfuhren, dass sie ohne Anzeige keinen Anspruch auf Versicherungsleistungen hätten. Sie riefen dann die Polizei, und die nahm dann die Anzeige und die wenigen Spuren auf. Polizeialltag. Das gleiche Prozedere im Falle einer offensichtlichen Körperverletzung hatte Klaudia jedoch noch nicht erlebt. Und du auch nicht, was?, dachte sie nach einem Seitenblick auf Demel.

»Der Junge kann nichts dazu«, sagte Berghoff.

»Ich auch nicht.« Welber verschränkte wieder die Arme vor der Brust.

»Aber Jurij könnte keiner Fliege etwas zuleide tun.«

»Sieht das aus wie ein Facettenauge?« Welber zeigte auf sein lädiertes Gesicht. »Er hat mich niedergeschlagen.«

»Er war nicht er selbst.«

»Auch wenn er ausgerastet ist und es jetzt bereut«, mischte sich Klaudia ein. »Der Tatbestand ist eindeutig.«

»Er ist nicht ausgerastet.« Berghoffs Hände flogen durch die Luft, als wollte sie die richtigen Worte einfangen. »Er hat – Anfälle«, sagte sie schließlich.

»Anfälle im Sinne von Wutanfällen?«, fragte Klaudia.

»Nein.« Berghoff seufzte. »Anfälle im Sinne von Absencen.«

»Sind das nicht so eine Art Krampfanfälle?« Demel schaute von seinen Notizen auf. Wie meistens bei den Befragungen hielt er sich zurück.

Wir sind ein gutes Team geworden, dachte Klaudia und empfand fast so etwas wie Schuldgefühle Thang gegenüber, der eigentlich ihr Partner war. Doch da er im Moment damit beschäftigt war, sein Leben wieder in den Griff zu kriegen, kümmerte er sich eher um den Bürokram und schob Dienst nach Vorschrift.

»Ja«, bestätigte Berghoff. »Es ist so etwas wie ein Krampfanfall. Wenn Jurij unter Stress gerät, setzt sein Bewusstsein aus. Sein Gehirn macht sozusagen eine Pause.«

»Und in so einer Pause hat er Herrn Welber niedergeschlagen?«, fragte Klaudia skeptisch.

»Ich denke«, antwortete Berghoff.

»Woher wissen Sie davon?«

»Chantalle hat es mir erzählt. Sie macht sich Sorgen. Und ich auch«, fügte sie hinzu. »Ich hab ihn angerufen und mit ihm gesprochen. Er ist am Boden zerstört. Wissen Sie, der Junge hatte es nicht leicht im Leben. Aber jetzt ist er auf einem guten Weg. Er vertraut mir.«

»Und was hat der Junge gesagt?«, fragte Klaudia. »Hat er Sie gebeten, ein gutes Wort für ihn einzulegen?«

»Nein«, antwortete Berghoff. »Er erinnert sich nicht einmal an den Vorfall.«

Welber schnaubte. Offensichtlich gefiel es ihm nicht, zu einem Vorfall herabgestuft zu werden.

Klaudia und Demel tauschten ein Zucken der Augenbrauen. Chantalle, die Wolfsspuren, ein niedergeschlagener Förster, ein toter Junge und Jurij, der sich an nichts erinnerte. Klaudia fragte sich, woran er sich sonst noch alles nicht erinnerte.

Sie sollten dringend noch einmal mit dem Jungen reden. Vielleicht konnten sie seiner Erinnerung auf die Sprünge helfen.

50. Kapitel

»Die Polizei ist im Hof!« Die Tür von Fritz' Zimmer knarrte, und er hörte den schlurfenden Schritt des Alten. Nachdem sie das Haus auf der Suche nach seiner Makarow auf den Kopf gestellt hatten, hatte er sich in sein Zimmer zurückgezogen. Er sei müde, hatte er gesagt, aber Jurij wusste, dass er Zeit brauchte, um nachzudenken.

Trotzdem war er froh gewesen, als Fritz die Tür hinter sich geschlossen hatte. Der Anfall steckte ihm noch in den Knochen. Er schwitzte, und seine Muskeln waren schwer, als hätte er die Grippe. Er hatte sich die Stiege zum Spitzboden hinaufgeschleppt und war auf sein Bett gefallen. Doch an Schlaf war nicht zu denken. Die Dachsparren anstarrend, zermarterte er sich das Hirn. Er schrak zusammen, als sein Handy klingelte. Es war Veronika, und sie machte ihn zur Schnecke. Welber hatte ihn angezeigt. Natürlich hatte er das. Chantalle hatte das Gleiche gesagt. »Du hast ihm einfach die Faust ins Gesicht gerammt.« Sie hatte sein Gesicht in beide Hände genommen und geflüstert. Ihre Augen waren dabei so groß gewesen, dass sich Jurijs fassungsloses Gesicht in ihren Pupillen spiegelte.

»Ich habe Welber geschlagen.« Jurij flüsterte den Satz immer wieder. Als müsste er ihn auswendig lernen.

Auch wenn Veronika gesagt hatte, dass sie die Sache wieder

einrenken würde, wusste er, dass er alles verkackt hatte. Und jetzt war es so weit. Die Polizei war im Hof. Vor seinem inneren Auge sah er rotierende Blaulichter, Männer in martialischen Uniformen, die im Hof ausschwärmten, hörte das Knattern von Sprechfunkgeräten. Und trotz dieser Bilder in seinem Kopf war er ganz ruhig. So wie jedes Mal. Wenn erst einmal alles verkackt war, konnte man nichts mehr verkacken. Es gab es keinen Grund mehr, sich aufzubäumen. Es war einfach vorbei.

So musste es einem Todeskandidaten gehen, wenn der Strom durch seinen Körper jagte. Es war vorbei. Es gab keinen Grund mehr, zu zappeln oder sich zu wehren.

Wahrscheinlich konnten die Bullen seine Akte schon beten: Geburt, Vater grenzdebil, Mutter drogenabhängig. Im Alter von zwei Jahren hatte das Jugendamt ihn aus seinem verdunkelten Kinderzimmer geholt. Dort habe er mit Geschwüren am Hintern in seinem Gitterbett gelegen. Er konnte nicht laufen, nicht sprechen, nicht lachen. Zumindest stand das in seiner Akte. Er selbst erinnerte sich nicht an die Zeit. Nur manchmal, wenn er wegduselte, dann hatte er auf einmal den scharfen Ammoniakgeruch von Urin in der Nase und fühlte sich schrecklich allein.

Jurij hatte seine Eltern nie wiedergesehen, wusste nicht einmal, ob sie noch lebten. Es interessierte ihn auch nicht. Die Frau vom Jugendamt brachte ihn in die erste Pflegefamilie, später folgte die zweite, die dritte, die vierte, zwischendurch Kinderklapse, schließlich Heim, Schulabbruch, erste Verhaftung, Sozialstunden, Drogen, Entzug, Drogen, Klapse. Alles ganz natürlich, fand Jurij. Und dann kriegte er die letzte Chance – Schlossberghof Burg und das Zimmer unter den Dachbalken. Hier bei Fritz hatte er endlich die Ruhe gefunden, die er sein Leben lang gesucht hatte. Und jetzt hatte er das wieder verkackt.

Es tat ihm nur leid um Margot, aber wahrscheinlich würde die sich selbst retten. Wenn es ganz schlimm kam, würde sie sich die Pfote abbeißen. Wölfe konnten so etwas.

Er nicht. Seinen Kopf konnte er nicht abbeißen. Nicht einmal für diese Anfälle konnte er jemanden verantwortlich machen. Auch das hatte er selbst verkackt.

Sein Gehirn war einfach nicht gemacht für den Rausch. Sein Gehirn war gemacht für Ruhe und den Wald. Nur hatte es das nie in seinem Leben gegeben. Um ihn herum war es immer nur laut und hektisch gewesen, und am lautesten und hektischsten war es in ihm drin. Nur mit Drogen war er erträglich gewesen. Erträglich für die Umwelt, erträglich für sich.

Jurij hörte das Knarren der Eingangstür und Fritz' Stimme: »Ich weiß nicht, wo sie ist.« Er betonte jede einzelne Silbe, als stünde er auf der Bühne. Ein sehr schlechter Schauspieler in einem noch schlechteren Stück.

Dieser eine Satz reichte, um Jurij zu zerfetzen. Warum hast du nicht die Klappe gehalten?, dachte er. Tränen schossen ihm in die Augen, er presste die Fingerknöchel gegen die Zähne, um nicht aufzustöhnen. Fuck. Fuck. Fuck. Er wollte dieses Leben nicht verlieren. Er wollte eine letzte Chance, und die hatte er nur, wenn die Polizei nichts von der Waffe erfuhr.

»Wir sind nicht wegen Chantalle hier.« Die Stimme der Polizistin.

Jurij hielt die Luft an. »Wir würden gerne noch einmal mit Herrn Lehmann sprechen.«

Lass Fritz jetzt nichts Falsches sagen, flehte Jurij zu einem Gott, den er nicht kannte und der sich bisher herzlich wenig um ihn gekümmert hatte.

»Jurij?«, krächzte Fritz, als gäbe es mehr als einen Herrn Lehmann in diesem Haus.

Einatmen, ausatmen, hoffen.

»Ja, natürlich«, sagte Fritz schließlich mit dieser unnatürlich betonten Stimme. Wollte er ihn warnen? Sollte er sich durch die Dachluke quetschen und türmen? »Ich rufe ihn.«

»Ich bin hier.«

Jurij polterte die Treppen hinunter. Fritz stand an der Eingangstür. Er sah noch zerknitterter aus als sonst. Die Haare klebten an seinem Schädel. Neben ihm standen die beiden Polizisten, die heute schon einmal hier gewesen waren: kein SEK, kein Blaulicht, nur eine mittelalte Beamtin mit ihrem Kollegen, die ihn skeptisch musterten.

51. Kapitel

Der Junge polterte so prompt die Treppe herunter, dass er oben gestanden haben musste. Hatte der Alte das gewusst? Hatte er deshalb so merkwürdig gesprochen? Oder war er einfach nur schlafverwirrt? Klaudia konnte es nicht mit den Händen greifen, aber etwas ging hier vor. Etwas verbarg der Alte vor ihr, und dieses Etwas hatte mit dem Jungen zu tun.

»Wir kommen gerade von Herrn Welber«, sagte sie.

»Wie geht's ihm?« Lehmann blickte ihr offen ins Gesicht, runzelte angemessen zerknirscht die Stirn und wirkte so falsch wie ein grüner Hunderteuroschein.

»Er wurde genäht«, antwortete Klaudia. »Es geht ihm gut.« Sie musterte Lehmann, suchte nach Zeichen der Erleichterung, aber da war nichts. Der Junge war gespannt wie ein Flitzebogen. Er hatte Angst. Zu Recht, wie Klaudia fand.

Auf der Fahrt hierher hatte Thang sie mit den Basics über den Jungen versorgt. Jurij Lehmann hätte nie etwas mit den Ermittlungen zu tun haben dürfen. Ein Junkie, der ein neues Leben angefangen hatte. Klaudia traute ihm nicht. Sie hatte schon zu viele Drogensüchtige erlebt, die scheinbar clean waren. Sie waren alle gleich: immer verbindlich, immer freundlich, immer angepasst. Sie wickelten dich ein und saugten dich dann aus, bis nur noch deine

Hülle übrig war. Für die Dauer eines Wimpernschlags sah Klaudia eine Spinne in ihrem Netz. Nur waren Drogensüchtige keine Jäger, sondern Opfer, die alles taten, um ihre Drogensucht zu finanzieren. Alles. Klaudia schaute sich um. Auf einmal wirkte die Spreewaldidylle wie Dekoration. Ben war ein Poser gewesen, der mehr Geld gebraucht hatte, als ihm seine Jobs einbrachten. Jurij hatte eine Drogenvergangenheit. War das die Antwort?

»Es tut mir leid.« Jurij duckte sich unter ihrem Blick. Er schien ihre Gedanken zu spüren. Der Junge war nicht dumm. Sie musste vorsichtiger sein. »Wir haben mit Doktor Berghoff gesprochen«, antwortete Klaudia. »Sie hat uns einiges über Sie erzählt.«

»Ich hab das nicht gewollt«, sagte Jurij.

Diesmal glaubte Klaudia ihm. Nein, das hatte er bestimmt nicht gewollt: die Aufmerksamkeit auf sich lenken. Der Junge verwirrte sie. Sein Engagement für Wölfe schien echt zu sein. Aber das passte nicht. Kein Drogensüchtiger brachte die Energie auf, sich um etwas anderes als sich selbst zu kümmern. Sie alle waren Überlebensegoisten, mussten es sein, um den nächsten Schuss, die nächste Linie oder die nächste Nase zu finanzieren.

»Was hast du getan?« Fritz griff nach Jurijs Arm.

»Welber niedergeschlagen«, antwortete der Junge.

»Und das sagst du mir erst jetzt?« Fritz schwankte.

»Wollen wir uns nicht setzen?« Klaudia hatte Angst, der alte Mann würde jeden Augenblick umfallen.

»Ja, natürlich.« Fürsorglich führte Jurij den alten Fritz zum Tisch und drückte ihn auf den Hocker. Dann setzte er sich ebenfalls, legte die Hände auf den Tisch und starrte auf seine Finger.

Klaudia und Demel blieb nur noch die Bank.

»Sie werden beschuldigt, den Förster niedergeschlagen zu haben«, eröffnete Klaudia die Befragung. Sie kramte ihr Handy aus dem Rucksack und fragte, ob sie das Gespräch aufnehmen dürfe.

Ohne von seinen Händen aufzublicken, zuckte Jurij mit den Achseln. Es waren breite Hände mit abgebrochenen Fingernägeln, unter denen sich Dreck angesammelt hatte. Die Hände eines Mannes, der viel draußen arbeitete. Klaudia sah hinüber zu Fritz, auch seine Hände lagen auf dem Tisch. Er hatte die Finger ineinander verschränkt. Noch ein paar Jahre, und Jurijs Hände sähen aus wie die des alten Mannes. Knotig mit Hornhaut an den Fingerkuppen und Adern, die wie blaue Kordeln unter der dünnen Haut der Handrücken schimmerten.

Klaudia schaltete den Rekorder ein und wiederholte Welbers Anschuldigung, sie fügte das Datum hinzu und belehrte Jurij über seine Rechte. »Haben Sie das verstanden?« Sie beugte sich über den Tisch. Jurij nickte.

»Würden Sie bitte antworten, damit wir Ihre Antwort auf der Aufnahme haben?

Jurij krächzte ein Ja.

»Sie leiden unter Absencen«, sagte Klaudia. »Zustände, in denen Sie nicht wissen, was Sie tun«, fuhr sie fürs Protokoll fort. Bestimmt musste nicht ausgerechnet sie ihm erklären, was mit seinem Gehirn nicht in Ordnung war.

»Dann wissen Sie doch schon alles.« Jurij ballte die Hände zur Faust und erwiderte trotzig Klaudias Blick.

Klaudia hielt seinem Blick stand. Sie wusste, was er dachte: *Du hast ja keine Ahnung, weißt nicht, was es bedeutet, die Kontrolle zu verlieren und im Nichts zu landen.*

Aber du irrst dich, dachte sie und hoffte, dass nichts davon in ihrem Blick auftauchen würde. Ich weiß es. Leider.

»Wir würden trotzdem gerne Ihre Version hören«, fuhr sie fort. »Soweit Sie sich erinnern. Stimmt es, dass die Wölfin bei Ihnen war?«

Jurij nickte. Neben ihm keuchte Fritz.

»Beantworten Sie bitte die Frage.« Klaudia tippte auf ihr Handy.

»Ja, die Wölfin war bei mir.«

»Wie kann das sein?«

»Ich habe sie betäubt. Sie war verletzt. Sie brauchte Hilfe.«

»Wie haben Sie das gemacht?«

»Wie man das halt so macht.« Jurij zuckte mit den Achseln. »An einer günstigen Stelle eine Falle gebaut und Videokameras installiert.«

»Videokameras?« Unwillkürlich schüttelte Klaudia den Kopf. Das Gleiche hatte doch der Schäfer gemacht, es schien eine Spreewälder Spezialität zu sein.

»Haben Sie häufiger diese Absencen?«

Jurij blinzelte irritiert.

Er hatte Schwierigkeiten, der Befragung zu folgen. Ob er zugedröhnt war? Den Pupillen nach zu urteilen, nicht. Vielleicht die Nachwirkungen des Krampfanfalls.

»Geht so«, antwortete er schließlich.

»Und in letzter Zeit?«

»Worauf wollen Sie hinaus?« Jurijs Hand fuhr zu Klaudias Handy, als wollte er es ausschalten, und fiel dann mit einem leisen Klatschen auf die Tischplatte.

»Dem Jungen geht's gut«, mischte sich der alte Mann ein. »Er hat sie nur noch selten.«

»Wann war die letzte?«, fragte Klaudia.

Jurijs Nackenhaare richteten sich auf. Bevor er es verhindern konnte, antwortete Fritz. »Vor 'ner Woche oder so.«

»Waren Sie dabei?«

»Nein«, antwortete Fritz. Er hat's nur erzählt, weil ... Ist ja auch egal«, fügte er hastig hinzu. »Geht ihm ja schon viel besser.«

»Ben Gutsche wurde vor einer Woche oder so erschossen«,

sagte Klaudia zu Jurij. »Erinnern Sie sich an einen Streit mit ihm? Zum Beispiel wegen der Wolfswache?«

»Nein!« Jurij sprang auf. »Ich hab ihn nicht erschossen.«

»Sind Sie sicher?«, fragte Demel.

Jurijs Gesicht nahm die Farbe der gekälkten Wand an. »Ich kenn den Typen nicht mal. Chantalle hat ihn angeschleppt.«

»Sie ist verschwunden.« Flüsternd wiederholte der Alte die Worte, die er schon anstelle der Begrüßung gesagt hatte. Klaudia blickte auf das Foto, auf das er starrte. Es war der Schnappschuss, der ihn mit seiner Makarow in der Hand zeigte.

52. Kapitel

Sie nahmen Jurij mit aufs Revier, befragten ihn, nahmen Fingerabdrücke und DNA und ließen ihn nach zwei Tagen wieder laufen. Kein dringender Tatverdacht, hatte der zuständige Haftrichter gesagt, und er hatte natürlich recht. Auch wenn sie ziemlich sicher waren, dass es sich bei der Tatwaffe um Fritz' Makarow handelte, endete jeder Ermittlungsansatz vor einer Wand.

Unzufrieden mit dem Verlauf der Ermittlungen parkte Klaudia ihren Peugeot am Haus. Der schielende Kater lag auf dem Anleger. Sobald Klaudia ausstieg, machte er einen Buckel und streckte sich.

»Ich hab auf dich gewartet.«

Klaudia fuhr herum. Uwe saß auf der Treppe zwischen den Geranien. Er trug enge Fahrradhosen. Erst jetzt sah Klaudia das Rennrad, das an ihrer Scheune lehnte.

»Du hast mich erschreckt.«

»Tut mir leid. Ich wollte mit dir reden. In Ruhe.«

»Woher wusstest du, dass ich auf dem Heimweg bin?«

»Petra hat's mir gesagt.«

»Was machen die Kids?«

»Bhanu trauert um Petra Pan.«

»Ist sie schon wieder tot?« Klaudia schüttelte den Kopf. Seit sie im Spreewald lebte, besaß Uwes jüngere Tochter ein weißes Kaninchen namens Petra Pan. Das erste war verhungert, weil Uwe es schlichtweg vergessen hatte, und auch das zweite hatte seine Obhut irgendwie nicht überlebt. Beide Male hatte Uwe die Kaninchen heimlich ersetzt. Und nun war auch Petra Pan die Dritte gestorben, und diesmal hatte Bhanu es mitgekriegt.

»Nimmt sie es sehr schwer?«

»Sie weint sich die Augen aus.« Uwe folgte Klaudia in die Küche. Bevor sie die Tür schließen konnte, huschte der dicke Kater an ihr vorbei und verschwand ins Wohnzimmer.

»Weißt du, dass es irgendeinen geheimen Weg ins Haus gibt?« Klaudia hängte ihren Rucksack an den Haken und ging hinüber zum Kühlschrank. »Möchtest du etwas trinken?«

»Mineralwasser – wenn du hast.«

»Was machen Annalene und Tim?« Klaudia goss sich ein Glas Apfelsaft und Uwe ein Glas Wasser ein. Beide Gläser stellte sie auf den Küchentisch. Uwe stand immer noch im Raum.

»Nun setz dich doch.« Klaudia wandte den Blick von seiner hauteng sitzenden Fahrradmontur ab.

»Tim geht's gut. Frau Bode ist bei ihm. Wir wollen ihn wieder an meine Abwesenheit gewöhnen«, sagte Uwe. »Ab morgen bin ich wieder im Dienst.«

»Ist das nicht ein bisschen früh?«

»Ich bin seit fast vier Wochen zu Hause«, widersprach Uwe. »Mir fällt die Decke auf den Kopf.« Er verdrehte die Augen.

»Okay, dann trauert Bhanu also, und Tim ist versorgt.«

Klaudia nippte an ihrem Apfelsaft. Sie hatte Zeit.

Endlich zog sich Uwe einen der Stühle heran und setzte sich ebenfalls. Jetzt, wo sie nicht mehr sein Gemächt vor Augen hatte, fühlte sich Klaudia erheblich wohler.

»Die Mädels sind ganz aus dem Häuschen«, tastete er sich an den Grund seines Besuches heran. »Wegen diesem Jurij.«

»Was soll ich dazu sagen?« Klaudia drehte das Glas in den Händen.

»Sie sind davon überzeugt, dass er unschuldig ist.«

»Ja.« Klaudia nippte wieder an ihrem Apfelsaft.

»Nicole sagt, dass Chantalle kaum noch schläft.«

»Nicole?«, wiederholte Klaudia schmunzelnd.

»Frau Brumme.« Uwes Ohrmuscheln röteten sich.

»Sie ist nett.« Klaudia benutzte ihre neutrale Verhörstimme für diese Feststellung.

»Ja.« Uwe griff nach seinem Glas, nahm einen tiefen Schluck und hustete prompt.

»Es ist in Ordnung.« Klaudia sprang auf und klopfte ihm den Rücken. »Das Leben geht weiter.«

»Es ist einfach so passiert«, krächzte Uwe, als er wieder Luft bekam.

»Ist es denn das, was du willst?«

»Ich weiß nicht«, antwortete Uwe. »Vielleicht ist es einfach zu früh. Aber ...«

»Du musst dich nicht rechtfertigen.« Klaudia setzte sich wieder und griff nach ihrem Glas. Der dicke Kater stolzierte in die Küche und sprang auf ihren Schoß. Dort rollte er sich schnurrend zusammen. Auf einmal beneidete Klaudia Uwe, auch wenn sie nicht fand, dass diese Brumme zu ihm passte. Doch immerhin hatte er einen Menschen, der sich für ihn interessierte, und nicht nur einen schielenden Kater, der sich durch die Nachbarschaft fraß.

»Es ist unkompliziert mit ihr.«

»Klingt doch gut.« Klaudia vergrub ihre Finger im Fell des Katers.

»Wie sieht's denn aus?«

»Nicht gut«, antwortete Klaudia. »Der Junge leugnet, es gibt keine Zeugen, und seine Fingerabdrücke sind nicht auf der Waffe.

Wir mussten ihn also wieder laufen lassen. Er leugnet nicht einmal, dass er gewusst hat, wo Fritz die Waffe aufbewahrt hat, er leugnet nur, sie an sich genommen zu haben.«

»Sind überhaupt Fingerabdrücke auf der Waffe?«

»Nur die des Toten. Nicht mal welche von Fritz, obwohl der überhaupt nicht leugnet, die Waffe in der Hand gehabt zu haben.«

»Also war jemand sehr gründlich.«

»Ja.« Klaudia seufzte. Mittlerweile zweifelte auch sie an der Schuld des Jungen: Er war clean, sie hatten das getestet. Doch das war es nicht. Keine Drogen zu nehmen schloss nicht aus, dass er mit Drogen handelte oder sie herstellte. Auf der Suche nach einem Hinweis hatten Wibke und ihr Team Haus und Hof auf den Kopf gestellt und dabei nur einen alten Ehering gefunden, den Fritz identifizierte: Sein Vater hatte ihn beim Holzhacken zur Seite gelegt und nicht wiedergefunden. Ansonsten Fehlanzeige. Sie hatten auch den alten Lada abgeklebt und auseinandergenommen. Ebenfalls Fehlanzeige. Bis auf eine ausgebeulte Delle im Kotflügel und der Tatsache, dass der Wagen schon seit Monaten zum TÜV musste, und Urinspuren auf dem Fahrersitz hatten sie nichts gefunden: keine Drogen, keine Geldverstecke, keine Blutspuren.

»Und was sagt Fritz zu diesem Vorfall?«

»Dass es Nacht gewesen ist und Jurij mit nasser Hose nach Hause gekommen und verwirrt gewesen ist.«

»Nass im Sinne von ins Wasser gefallen?«

»Nass im Sinne von eingenässt«, antwortete Klaudia.

»Oh.« Uwe kratzte sich die Nase. »Und er erinnert sich nicht an das genaue Datum?«

»Leider nein.«

»Und Jurij?«

»Schweigt.«

»Ist wahrscheinlich das Klügste«, murmelte Uwe. »Was sagt Fritz denn zur Waffe?« Er drehte das Glas in den Händen.

Klaudia hatte das Gefühl, dass sie sich dem Grund seines Besuches näherten.

»Nur dass er nicht weiß, wann er die Makarow das letzte Mal gesehen hat«, antwortete sie. »Er sagt, er habe sie in einer Kiste unter dem Bett aufbewahrt und nur herausgeholt, um sie zu ölen. Er ist aus allen Wolken gefallen, als wir ihm gesteckt haben, dass ihm jetzt zumindest eine Geldstrafe droht.«

»Chantalle wusste von der Waffe.«

»Aha.« Klaudia nickte. Deshalb war Uwe also hier. »Annalene auch?«

Uwes Ohren leuchteten wieder. »Bleiben wir bei Chantalle.«

»Okay«, gab Klaudia nach. »Bleiben wir bei Chantalle.« Sie verstand den Kollegen. Er wollte ihr wichtige Informationen zukommen lassen, ohne seine Tochter in die Sache hineinzuziehen. »Woher?«

»Fritz hat sie ihr gezeigt.«

»Er hat sie also rumgezeigt.« Klaudia konnte sich die Situation gut vorstellen. Sie dachte daran, wie Chantalle mit dem alten Mann auf der Holzbank vor dem Haus gesessen hatte. Alte Männer neigten zum Salbadern, vor allem, wenn ihnen junge Mädchen zuhörten.

»Ben könnte also auch von der Waffe gewusst haben.« Klaudia griff wieder nach ihrem Apfelsaft.

»Sehr wahrscheinlich. Chantalle sagt, er hat sie gerne herumgezeigt.«

»Warum also nicht auch Ben«, sagte Klaudia. »Er könnte sie genommen haben. Aber wofür?«

»Möglicherweise wollte er damit die Wolfswache aufmischen«, sagte Uwe.

»Ist das deine oder Chantalles Idee?«

»Die Mädchen haben darüber gesprochen«, räumte Uwe ein.

»Vielleicht wollte er auch einfach nur angeben.« Klaudia dachte an das Foto, das ihr Bens Schwester aufs Handy geschickt hatte. Der Junge hatte ein Hemd getragen, das aussah, als hätte er es extra für diese Gelegenheit gekauft, und er hatte vor einem protzigen Wagen posiert, der ihm nicht gehörte. Der Junge hatte viel Energie darauf verwendet, den coolen Schein zu wahren, und Klaudia fragte sich unwillkürlich, wozu er fähig gewesen wäre, wenn dieser schöne Schein bröckelte.

53. Kapitel

Die Sonne blendete Stefan, der am Küchentisch saß und aus dem Fenster starrte. Hinter ihm breitete sich der brandige Geruch von Kartoffeln aus, denen das Kochwasser fehlte. Stefan bemerkte es nicht. Seine Gedanken waren oben in dem verschlossenen Zimmer. Irgendwann, während er hier gesessen und darauf gewartet hatte, dass die Kartoffeln gar würden, hatten seine Gedanken sich fortgeschlichen, die verschlossene Tür geöffnet und sich an das Bett seines toten Kindes gesetzt. Wenn er es wenigstens einmal hätte sehen können. Aber das hätte bedeutet, dass Franzi allein in ihrem Grab liegen müsste. Franzi allein in dem dunklen Sarg. Kälteschauer zogen sich über Stefans Wirbelkörper zusammen. Ein Gedanke, so unerträglich wie ihr Tod. So war sie wenigstens noch mit ihrem gemeinsamen Kind zusammen und damit irgendwie auch mit ihm. Er war bei ihr, auch wenn er hier in dieser Küche saß, die sie zusammen eingerichtet und kurz vor ihrem Tod noch sonnengelb gestrichen hatten. Weil noch Farbe übrig war, vom Kinderzimmer. Das Schellen der Türklingel riss ihn aus seiner Lethargie. Stefan schrak aus seinen Gedanken, roch die verbrannten Kartoffeln und sprang auf. Fluchend schob er den Topf von der Platte, schaltete den Herd aus und ging zur Tür.

»Es riecht verbrannt«, sagte Britta, kaum dass er die Tür geöffnet hatte.

»Komm rein.« Stefan trat zur Seite, und sie ging so selbstverständlich, als sei sie hier zu Hause, in die Küche.

»Du solltest kaltes Wasser auf die Kartoffeln gießen«, schlug sie vor. »Sonst brennen sie weiter an.«

»Mach ich«, antwortete Stefan, setzte sich jedoch wieder an den Küchentisch und lud Britta mit einer Handbewegung ein, seinem Beispiel zu folgen. Das Sonnengelb der Wände war verblasst. Wolken hatten sich vor die Sonne geschoben. Es fühlte sich an, als seien sie mit Britta gekommen, die am Herd hantierte.

»Lass uns eine Runde gehen.« Er sprang vom Stuhl auf und stürmte aus der Küche.

Sie spazierten am Fließ entlang und dann durch den Schlosspark. Leise Musik rieselte aus der hell erleuchteten Orangerie über die Wege. Eine Hochzeitsgesellschaft saß an langen Tischen, die auf der Veranda aufgebaut waren. Die Gäste aßen und tranken und waren fröhlich.

Stefan bereute den Impuls, der ihn aus dem Haus getrieben hatte. In der Orangerie hatten sie auch ihre Hochzeit gefeiert. Das Jawort hatten sie sich jedoch auf seinem Kahn gegeben. Die Standesbeamtin hatte nur zögernd eingewilligt und dann etwas wackelig inmitten der Blumen gestanden. Die Frauen der Kollegen hatten den Kahn hergerichtet. Sie hatten ihn abgeholt, und er hatte ihn erst zur Trauung wiedergesehen. Weiße und rote Rosen schmückten die Borte und bildeten einen Rosenbogen, unter dem er und Franzi saßen.

Franzi trug die Spreewaldtracht mit der weit ausladenden Haube. Immer wenn sie sich bewegte, musste er sich wegducken. Sie hatten viel gelacht.

Unwillkürlich beschleunigte Stefan seinen Schritt. Britta folgte ihm. Schließlich kamen sie ans Fließ und ließen die Musik und das Lachen hinter sich. Schweigend liefen sie nebeneinanderher. Doch schließlich räusperte Britta sich.

»Die Polizistin war bei uns«, sagte sie. »Sie hat gefragt, ob Ben eine Waffe gehabt hätte.«

»Wie kommen die denn darauf?« Stefans Neugier war geweckt. Unwillkürlich blieb er stehen.

»Keine Ahnung. Vielleicht weil sie den anderen laufen lassen mussten.« Britta spielte mit einem Zweig, den sie abgebrochen hatte. »Die erzählen uns ja nichts. Du fragst sie was, und sie antworten mit einer Gegenfrage. Und erst wenn sie weg sind, begreifst du, dass sie dir nichts gesagt haben.«

Stefan kannte dieses Gefühl nur zu gut. Er erinnerte sich an all die Gespräche mit den gelackten Polizisten vom LKA.

»Vielleicht solltet ihr euch einen Anwalt nehmen«, schlug er vor.

»Einen Anwalt?«, fragte Britta. »Aber wir haben doch nichts getan.«

»Es geht nicht darum, ob ihr etwas getan habt. Es geht darum, dass ein Anwalt ihre Sprache spricht.«

»Hast du einen Anwalt?«

»Noch nicht«, räumte Stefan ein. »Aber ich denke darüber nach.«

»So ein Anwalt ist doch teuer, oder?«

»Trotzdem«, sagte Stefan, obwohl ihm der Gedanke erst in diesem Moment gekommen war, hier am Ufer der Spree, zwischen den in der Abenddämmerung tanzenden Mücken.

»Ich hab nicht atmen können in dem Moment.« Britta ließ den Zweig fallen, hob einen Stein auf und warf ihn ins Fließ. Ringe breiteten sich auf der Wasseroberfläche aus. »Es ist, als ob sie ihm die Schuld geben an seinem Tod. Deshalb hab ich Jonas angerufen, und er hat gesagt, die Polizei würde spinnen.«

»Er glaubt also nicht, dass sich Ben selbst erschossen hat?«

»Nein.« Britta warf einen weiteren Stein. »Und ich auch nicht. Man bestellt sich doch nicht neue Unterwäsche und erschießt sich dann.«

»Vielleicht war er verzweifelt.«

»Er war nicht verzweifelt«, widersprach Britta. Spritzend landete der nächste Stein im Wasser. »Das hätte ich gemerkt.«

»Du hast auch nichts von seiner Freundin gewusst«, gab Stefan zu bedenken.

»Weil sie nicht seine Freundin war.« Brittas Stimme klang, als bisse sie die Zähne zusammen.

»Das könnte ein Grund sein.« Stefan wusste selbst nicht, warum er so beharrlich nachfragte. Die Sache ging ihn nichts an, und Britta wurde zunehmend wütend. Aber vielleicht war es das, was er erreichen wollte: sie wütend zu machen, damit sie ihrer Trauer etwas entgegensetzen konnte.

Klang wie die Psychokacke aus der *Apotheken Umschau*. Stefan versenkte die Hände in den Hosentaschen, um nicht auch noch Steine ins Wasser zu werfen.

»So war Ben nicht.« Seufzend atmete Britta ein. »Vielleicht war er verliebt, aber nicht so.«

»Aber ihr Foto war sein Desktophintergrund.«

»Das hat überhaupt nichts zu sagen. Vielleicht wollte er einfach nur Jonas neidisch machen. So nach dem Motto: Guck mal, was ich für eine tolle Freundin habe.«

»Hat Jonas keine Freundin?«

»Nein.« Der nächste Stein landete mit einem nachdenklichen Plopp im Wasser der Spree. »Dabei ist er nett.«

Klang, als wäre sie gerne Jonas' Freundin. Stefan fühlte sich auf einmal unendlich alt.

»Nein.« Bevor Stefan nachfragen konnte, was dieses Nein bedeutete, fuhr sie fort. »Es geht nicht um ein Mädchen.«

»Aber worum dann?«

»Die Polizistin reitet immer noch auf den Drogen herum.«

»Drogen können einen Menschen verändern.«

»Aber das hätte ich doch gemerkt.« Britta wandte sich vom Ufer ab. Schweigend liefen sie weiter. Stefan dachte an die Spaziergänge mit Franzi, und Britta fragte sich wahrscheinlich, wann ihr Bruder der Fremde geworden war, der er nun, nach seinem gewaltsamen Tod, zu sein schien.

54. Kapitel

»Wir waren gestern bei dieser Selbsthilfegruppe.« Thang kam mit zwei Bechern zurück in ihr gemeinsames Büro und stellte einen vor Klaudia ab. Das grelle Licht der Leuchtstoffröhren ließ sein Gesicht grau wirken. Tiefe Schatten lagen unter seinen Augen. Klaudia war sich sicher, dass sie nicht besser aussah. Der Fall nagte an ihr.

»Es ist zum Mäusemelken.« Mit einer ungeduldigen Handbewegung schob sie die Computermaus über den Tisch. Nach ihrem gestrigen Gespräch mit Uwe scannte sie alle Vorgänge der letzten Monate, bei denen Waffen benutzt worden waren. Nachdem sie in der Umgebung nicht fündig geworden war, hatte sie den Suchradius erweitert. Aber auch hier kam sie nicht weiter. »Es gibt keinen Hinweis, dass diese Waffe vor Bens Tod benutzt worden ist. Nicht mal für die Ortsschilder, das war Schrot. Außer diesen Sprengungen der Geldautomaten ist überhaupt wenig passiert.«

»Dieser Arzt war schon sehr beeindruckend«, sagte Thang. »So ein Kleiner, Dünner. Sah aus, als hätte er gerade erst Abi gemacht. Und steht vor dieser Masse an Leuten.« Kopfschüttelnd setzte sich Thang auf Klaudias Schreibtischkante. »Ich meine wirklich Masse«, fügte er hinzu und breitete die Arme aus. »Ich hab immer gedacht, Janine sei ein Einzelfall. Aber: Das ist echt irre, wenn du in einem Raum bist, wo fast alle zwei Stühle brauchen. Kannst du dir das vorstellen?«

»Was?« Irritiert griff Klaudia nach dem Becher. Sie war zu sehr im Fall, um Thang folgen zu können. Sie trank einen Schluck und schüttelte sich. »Puh, was ist das?«

»Kaffee?« Thang trank einen Schluck und verzog den Mund. »Kann sein, dass das Wasser nicht ganz heiß war«, räumte er schließlich ein. »Ich hab kurz mit Petra gesprochen.«

»Und warum hast du löslichen Kaffee genommen?« Klaudia konnte sich vorstellen, worüber er mit Petra gesprochen hatte. Wenn Thang erst einmal in Fahrt war, konnte aus kochendem Wasser durchaus lauwarmes werden, ohne dass er das bemerkte. Manchmal sehnte sich Klaudia nach der Zeit zurück, in der Thang nur das Nötigste gesprochen hatte. Doch seit seine Frau diese Therapie machte, hatte sich auch seine Zunge gelöst. Selbst die Praktikanten von der Fachhochschule der Polizei wussten, wie viele Kilo Janine bereits abgenommen hatte. Thangs Frau wäre wahrscheinlich wenig begeistert, wenn sie das wüsste. Nun ja. Niemand außer Petra kannte sie leibhaftig, also würde sie es wohl nicht erfahren.

»Der andere war alle.«

»Alle?«, wiederholte Klaudia fassungslos. »Ich habe die Dose erst Anfang der Woche aufgefüllt.«

»Jetzt ist sie auf jeden Fall leer, und im Vorrat ist auch keiner mehr.«

»Mist«, fluchte Klaudia. »Wer ist denn eigentlich dran mit Kaffeekaufen?«

»Du.« Mit Todesverachtung trank Thang seinen Kaffee. »Die haben Bilder von der OP gezeigt, und eine Ernährungsberaterin war auch da. Kannst du dir vorstellen, dass Janine aufpassen muss, nicht zu viel abzunehmen?«

»Bestimmt haben wieder die Kollegen von der Leitstelle unsere Vorräte geplündert.« Klaudia stand von ihrem Schreibtisch auf, um den Kaffee wegzuschütten. Ein vorbeifahrender Zug ließ die Fensterscheiben klirren. »Ich kaufe auf dem Heimweg eine Palette.«

»Weißt du, dass dein gesamter Bauch am Nabel hängt?«

»Wovon redest du?«

»Von dem Vortrag.«

»Und was hat das mit meinem Magen zu tun?«

»Nun ja«, hob Thang an. »Das ist folgendermaßen ...«

Bevor Klaudia ihre unbedachte Frage bereuen konnte, rettete ihr Diensttelefon sie vor einem OP-Bericht, den sie nicht hören wollte. Der wachhabende Kollege teilte ihr mit, dass Herr und Frau Hanusch sie sprechen wollten.

»Ich komme.« Klaudia legte auf. »Wir kriegen Besuch«, murmelte sie. »Der Schäfer und die Schäferin.«

55. Kapitel

Jurij stand im Hof und hackte Holz. Das tat er täglich, seit sie ihn wieder rausgelassen hatten. Der Schweiß tropfte ihm vom Gesicht, und sein Körper arbeitete wie eine Maschine. Holz auf den Hackklotz legen, zuschlagen, bücken. Holz auf den Hackklotz legen, zuschlagen, bücken. Nur nicht denken. Fritz hockte im Haus. Es war nicht nur das Wetter, das ihn von seiner Bank vor dem Haus vertrieben hatte.

Nach dem Altweibersommer war der Himmel nun grau, und der Wind pfiff um den Hof. Sie heizten den Kachelofen an, und Fritz saß die meiste Zeit des Tages davor und blätterte in seinen Zeitschriften. Dabei hörte er Radio und antwortete nur das Nötigste. Wenn es Schlüssel im Haus gäbe, würde Fritz sich nachts einschließen.

Jetzt hätten sie gut Besuch gebrauchen können. Aber niemand kam vorbei. Nicht einmal Chantalle. Es war vorbei. Wahrscheinlich grübelte Fritz darüber nach, wie er es ihm am besten sagte, ohne einen Anfall zu provozieren. Jurij war so viel wie möglich draußen. Er wollte es Fritz nicht noch schwerer machen, also verbrachte er seine Zeit damit, die Ställe winterfest zu machen, im Garten zu arbeiten, und wenn er alles erledigt hatte und ihm nur noch blieb, zu dem schweigenden Fritz ins Haus zu gehen, hackte er Holz. Er legte seine ganze Wut in die Schläge, und der Berg an Holzscheiten wuchs. Er hatte es wieder verkackt. Fritz glaubte ihm nicht, die Polizei glaubte ihm nicht, und warum sollten sie auch. Schließlich hatte er sie angelogen. Im Gegensatz zu Fritz wusste er, wann er den Anfall gehabt hatte. Es passte zeitlich, aber er war nicht an der Weide gewesen. Zumindest glaubte er das.

Er erinnerte sich nur verschwommen. Seine Nase hatte ihn aus der Betäubung geholt. Es hatte gestunken: nach Pisse und Bahnhofsklo, und er hatte eine Weile gebraucht, um zu begreifen, dass er es war, der so stank. Er hatte sich bepisst. Er hatte mit bepisster Hose hinterm Lenkrad gesessen. Das war ihm nicht mehr passiert, seit er mit sieben aus der dritten Pflegefamilie geflogen war. Er hatte die Augen aufgeschlagen. Es war Nacht. Der Mond stand als schmale Sichel am Himmel. Pfotenscharren, ein leises Wuffen, zögernd und ein bisschen vorwurfsvoll. Mühsam hatte er sich umgedreht. Sein Nacken fühlte sich an wie mit Holzsplittern gespickt. Plisch und Plum kratzten am Draht ihres Verschlags, den er in den Lada gebaut hatte. Sie wollten raus. Jurij stieß die Fahrertür auf und stieg aus. Kalt strich die Nachtluft seine nassen Hosenbeine entlang. Er fröstelte. Ihm war klar, dass er einen Anfall gehabt haben musste. Während er die Hunde aus dem Wagen ließ, damit sie ihr Geschäft verrichten konnten, zermarterte er sich das Hirn, was ihn ausgelöst haben könnte. Veronika hatte ihn und ein paar andere zum Grillen eingeladen. Damit sie die neue FÖJlerin kennenlernten. Er hatte die Hunde mitgenommen, damit sie ihre Geschwister treffen konnten.

Chantalle und Ben waren auch da gewesen, es hatte ihn geärgert, dass sie diesen Typen angeschleppt hatte. Das Nächste, an das er sich erinnerte, waren Lichter, die sich ihm ins Hirn brannten, als würden sie sich einen Weg durch seinen Kopf fräsen. Die Hunde waren ausgerastet, er war rechts rangefahren, und danach war da nur der Geruch von Pisse und Bahnhofsklo.

Fritz hätte wahrscheinlich nichts bemerkt, wenn nicht die bepisste Hose gewesen wäre. Er hatte nachgefragt, und Jurij hatte ihm geantwortet. Fritz war der einzige Mensch, den er nicht anlog.

Motorengeräusch, das Schlagen einer Autotür, Schritte. Die Hunde spitzten die Ohren, sprungbereit standen sie am Gitter. Gespannte Aufmerksamkeit. Sie würden nicht bellen. Wer kläfft, hat Angst, und sie waren zu sehr Wölfe, um Angst zu haben. Auch Jurij kläffte nicht, obwohl ihm das Herz in der Kehle pochte. Fuck, dachte er. Jetzt kommen sie mich wieder holen. Und diesmal werden sie mich nicht wieder laufen lassen. Nicht, weil ich es getan habe, sondern weil sie keinen anderen haben, dem sie die Sache anhängen können. Gleichzeitig fragte eine ängstliche Stimme, die er in der Regel erfolgreich ignorierte, ob sie nicht doch recht hatten. Er erinnerte sich schließlich auch nicht daran, Welber eine gedonnert zu haben. Aber warum?, hielt Jurij der Stimme entgegen. Ich kannte den Typen doch kaum.

Es war jedoch nicht die Polizistin, die um die Ecke bog, sondern Veronika.

»Wie geht's dir?« Sie trat neben den Hackklotz und musterte ihn.

Jurij spürte das Gewicht der Axt am Arm und schlug sie in den Klotz. Um Zeit zu gewinnen, sammelte er die Holzscheite ein und stapelte sie auf die anderen. Seit er Veronika das erste Mal im Schlossberghof getroffen hatte, war sie für ihn die Mutter, die er nie gehabt hatte. Alles an ihr war mütterlich: das hennarot getönte Haar, die breiten abgearbeiteten Hände, der Blick ihrer wasserblauen Augen. Veronika war ein Mensch, der mit beiden Beinen fest im Leben stand. Sie war nicht nur Biologin beim Landesumweltamt, sondern bewirtschaftete auch selbst einen Hof auf einer Kaupe. Deshalb gehörte sie dazu, deshalb akzeptierten die Schäfer sie.

»Ich habe mit dem Tierarzt gesprochen«, sagte Veronika.

»Und? Was sagt er?« Jurij griff nach seinem Pulli und zog ihn über den Kopf. Wenn der Tierarzt Anzeige erstattete, war er dran. Dann hatte er gegen seine Bewährungsauflagen verstoßen und fuhr ein.

»Er hat gesagt, du sollst dich von seinen Giftschränken fernhalten.«

»Es war eine Scheißidee.«

»Einsicht ist der beste Weg zur Besserung.« Veronika kniff die Augen zusammen. »Was ist mit Fritz?«

»Er will mich loswerden.«

»Hat er Angst vor dir?«

»Irgendwie schon.«

»Wegen der Anfälle?«, fragte sie. »Weil du dann nicht weißt, was du tust?«

»So ungefähr.«

»Was sagt denn dein Arzt?«

»Welcher Arzt?«

»Aber du musst doch einen Arzt haben?«

»Ich bin nicht versichert.«

»Nicht versichert?« In diesen beiden Worten lag Veronikas gesamte bürgerliche Fassungslosigkeit. »Aber das geht doch nicht.«

Jurij zuckte mit den Schultern.

»Du musst zum Arzt.«

»Hast du mir nicht zugehört?«, fragte er erschöpft. »Ich bin nicht versichert.« Er betonte jede einzelne Silbe, um die Botschaft in ihr Hirn zu hämmern. »Und ich hab auch kein Geld.«

»Ich kümmere mich um einen Termin.«

Irgendwie wollte Veronika ihn nicht verstehen. Aber er war

kein Wolf, für den das Land eventuell anfallende Tierarztrechnungen begleichen würde.

»Hörst du mir überhaupt zu?« Jurij ballte die Fäuste.

»Natürlich.« Erstaunt über die Unterstellung runzelte Veronika die Stirn. »Du hast kein Geld und bist nicht versichert. Das ist doch kein Zustand.«

»Wie willst du das ändern?«, ätzte Jurij. »Mir etwa einen Job geben?«

»Zum Beispiel«, antwortete Veronika, als läge das tatsächlich im Bereich ihrer Möglichkeiten. »Aber erst einmal schicke ich dich zu einer Freundin. Sie ist Ärztin in Lübbenau.«

»Ich …« Jurij verschluckte den Rest des Satzes, weil er wusste, es war sinnlos. Veronika hatte schon ihr Handy in der Hand. Sie würde ihn zu ihrer Freundin schicken, und wahrscheinlich würde sie ihm sogar einen Job besorgen. Und das alles war gut, aber es würde nichts daran ändern, dass Fritz ihn loswerden wollte.

56. Kapitel

Klaudia blieb auf dem Treppenabsatz stehen und musterte ihre Besucher durch die Glasscheibe. Hanusch und seine Frau hatten sich für den Besuch bei der Polizei herausgeputzt wie für den Kirchgang. Er trug einen Anzug und sie das lange Haar zu einem Knoten aufgesteckt. Sie standen steif aufgerichtet, als hätten sie Stöcke verschluckt. Aha, dachte Klaudia, nahm die letzten Stufen, drückte die Tür auf und begrüßte ihre Besucher.

»Leider haben wir keinen Fahrstuhl«, sagte sie und stieg ihnen voran die Treppen zu den Büros der Kripo hinauf.

»Das macht nichts«, antwortete Frau Hanusch etwas außer Atem. Ihr Mann sagte nichts, entweder fehlte ihm die Luft für oder die Lust am Small Talk. Schließlich erreichten sie das Dachgeschoss, und Klaudia führte die beiden in ihr Büro.

»Das ist mein Kollege Herr Rudnik«, stellte Klaudia Thang vor. Die beiden stutzten einen Moment – wie die meisten, wenn sie den sehr sorbisch klingenden Nachnamen des Halbvietnamesen hörten. »Wenn Sie bitte hier Platz nehmen wollen?« Sie führte das Ehepaar zu dem Bistrotisch, der in der Schräge unter dem Fenster stand. Hanusch musste den Kopf einziehen, um zu seinem Stuhl zu gelangen. Seine Frau hatte weniger Probleme. Sie saßen beide sehr gerade und wussten nicht, wohin mit den Händen.

»Es ist etwas beengt bei uns.« Klaudia setzte sich auf den letzten freien Stuhl, und Thang rollte mit seinem Bürostuhl heran.

»Das macht nichts«, sagte Frau Hanusch wieder.

»Was können wir für Sie tun?« Klaudia wollte es ihnen nicht unnötig schwer machen.

»Es ist wegen Axo«, sagte Hanusch nach einem Seitenblick auf seine Frau.

»Axo?«, fragte Klaudia.

»Unser Hund«, warf Frau Hanusch ein. »Axo ist unser Hund. Der Boxer«, fuhr sie fort.

»Ich verstehe.« Klaudia beugte sich vor. »Was ist mit Axo?«

»Also, manchmal entwischt er«, sagte der Schäfer. »Er kommt aber immer wieder zurück.«

»Und manchmal bringt er dann Sachen mit«, fügte seine Frau hinzu.

»Sachen?«, fragte Thang.

»Alles Mögliche, mal Butterbrotpapier, mal Socken«, sagte Hanusch.

»Axo war also ausgebüxt«, fasste Klaudia zusammen, was sie bisher verstanden hatte. »Und er hat etwas mitgebracht«, fügte sie hinzu.

Der Schäfer nickte.

»Und was?«, fragte Thang.

»Wie bitte?«

»Der Kollege möchte wissen, was Ihr Hund mitgebracht hat. Denn das ist ja der Grund, warum Sie hier sind, oder? Axo hat etwas mitgebracht.«

»Wir haben uns nichts dabei gedacht.« Frau Hanusch griff nach der Hand ihres Mannes. »Wirklich. Wir hatten ja keine Ahnung. Sonst hätten wir ja sofort die Polizei angerufen.«

»Aber so haben wir ihn weggeschmissen«, sagte Hanusch. »Und als Sie dann gefragt haben. Ich weiß auch nicht.«

»Ich verstehe.« Diese zwei Worte gehörten so sehr zu Klaudias Standards, dass sie sie sogar benutzte, wenn sie kein Wort verstand.

»Und was haben Sie weggeschmissen?«, fragte Thang. Sein Gesicht verriet so wenig wie Klaudias seine wachsende Ungeduld. Man musste den Menschen die Zeit lassen, die sie brauchten.

»Habe ich das nicht gesagt?« Der Schäfer blickte hastig zu seiner Frau.

»Ich weiß nicht«, sagte Frau Hanusch. »Ich glaube nicht.«

»Es war nichts Besonderes, sonst hätten wir ja die Polizei benachrichtigt. Vielleicht hätten Sie den Jungen dann eher gefunden. Oh Gott.« Hanusch biss sich auf die Lippen. »Das muss schrecklich für seinen Vater sein. Wenn ich mir vorstelle, unsere ...«

»Rudi.« Frau Hanusch griff nach der Schulter ihres Mannes.

»Es war ein Turnschuh«, stieß er hervor. »So ein weißer.«

»Mit Flecken«, ergänzte seine Frau. »Deshalb haben wir uns ja nichts dabei gedacht. Wir haben gedacht, den hat jemand weggeschmissen. Passiert ja oft. Sie machen sich ja kein Bild, was alles im Wald rumliegt. Einmal hat Axo sogar einen Teddy mitgebracht. Ganz zerfetzt war der.«

»Und weil Sie ihn fortgeworfen haben, haben Sie uns nicht eher davon erzählt.« Klaudia erinnerte sich noch sehr gut an ihr Bauchgefühl. Sie hatte gewusst, dass der Schäfer ihr etwas verheimlichte.

»Wir haben gedacht, wir machen uns strafbar«, antwortete seine Frau. »Weil wir doch Beweismittel in den Müll geworfen haben.«

»Und warum sind Sie jetzt gekommen?«, fragte Thang.

»Es hat uns keine Ruhe gelassen.« Wieder beantwortete Frau Hanusch die Frage. »Also haben wir einen Anwalt konsultiert.« Das letzte Wort sprach sie aus, als hätte sie es für diese Gelegenheit auswendig gelernt.

»Wann ist denn Ihr Hund ausgebüxt?«, fragte Klaudia.

»Anfang der Woche.«

»Und die Flecken?«

»So rostrot und viel Schmutz halt. Zuerst habe ich gedacht: Das ist Blut, aber dann konnte ich das nicht glauben. Und jetzt war es doch welches, oder?«

»Zumindest hatte das Opfer nur noch einen Schuh, und der war weiß. Es ist also wahrscheinlich, dass Ihr Axo den Schuh des Opfers zu Ihnen nach Hause gebracht hat.«

»Allein der Gedanke ist schrecklich.« Frau Hanusch schauderte. »Es war auch wirklich nur der Schuh. Sonst hätten wir uns doch gemeldet. Wenn da ...« Sie beendete den Satz nicht. Für einen Moment war nur das Klingeln der Signalschranke zu hören, das den nächsten Zug ankündigte. »Meinen Sie, Axo hat ...?« Frau Hanuschs Augen weiteten sich.

»Ich meine«, Klaudia räusperte sich bedächtig, »manchen Fragen sollte man nicht nachgehen.« Sie dachte an Doktor Berghoffs Worte: Die Natur ist darauf eingerichtet, Aas zeitnah zu verwerten.

57. Kapitel

Veronika verfrachtete ihn wie ein Kind auf den Beifahrersitz. Hätte er nicht sofort selbst nach dem Gurt gegriffen, hätte sie ihn auch noch angeschnallt. Da war Jurij sich sicher. Während der gesamten Fahrt stand dieses Warndreieck aus Sorgenfalten auf ihrer Stirn. Wenn es möglich gewesen wäre, hätte Jurij sich noch beschissener gefühlt: Sie machte sich Sorgen, und sie war sauer. Alles gleichzeitig und alles wegen ihm.

Die Praxis befand sich gegenüber vom Lübbenauer Einkaufszentrum, und obwohl das Wartezimmer voll war, schickte die Arzthelferin Jurij direkt in ein kleines Untersuchungszimmer: Liege, Blumenbilder an den Wänden, ein Gerät mit vielen Knöpfen und einem Bildschirm, ein Wandtelefon.

»Ruf mich an, wenn du fertig bist«, sagte Veronika. »Ich muss noch was erledigen.«

»Ich komm schon klar.«

»Du rufst mich an«, wiederholte Veronika. »Haben wir uns verstanden?«

Jurij nickte. Was blieb ihm schon, als zu parieren. Nachdem sich die Tür hinter Veronika geschlossen hatte, stieg Panik in ihm auf. Es war eng in dem Raum, wie in einer Gefängniszelle. Mit jedem hastigen Atemzug rückten die Wände ein Stück näher. Jurij hockte auf der Liege und schloss die Augen. Er stellte sich vor, er sei im Wald, und das leise Rauschen der Klimaanlage sei das Wispern des Windes in den Wipfeln der Bäume.

»Herr Lehmann?« Die Stimme einer Frau brachte ihn in die Wirklichkeit zurück. Es war eine junge Stimme. Er öffnete die Augen. Vor ihm stand eine Arzthelferin. Ihr rotblondes Haar lag straff an ihrem Kopf, und das blaue Praxisshirt spannte über ihrem üppigen Busen. Um den Hals trug sie ein Stethoskop, und in den Händen, die in Untersuchungshandschuhen steckten, hielt sie ein Tablett mit Spritzen, Röhrchen und Desinfektionsspray.

Die Arzthelferin musterte ihn, als habe sie ihn bei etwas Verbotenem ertappt. »Ich muss Ihren Blutdruck messen.«

»Geht klar.« Jurij schob den Ärmel seines Pullis hoch. Der kritische Blick der Arzthelferin brachte ihm seine schmutzigen Hände, die vernarbten Venen in den Ellenbeugen und den Geruch seines Schweißes ins Bewusstsein. Jedes für sich war schon schlimm genug; in der Summe musste der Eindruck katastrophal sein. Beschämt senkte Jurij den Blick. Schweigend pumpte die Arzthelferin die Manschette auf. Der Anblick seiner zerstochenen Ellenbeuge hatte ihr wohl die Sprache verschlagen.

»Ich muss dann noch Blut abnehmen«, sagte sie, nachdem sie die Manschette entfernt hatte. Jurij war es recht. Er zuckte zusammen, als sie die Nadel in seine Vene rammte. Das hätte er besser gekonnt. Nachdem das Mädchen verschwunden war, kam die Ärztin. Sie war so nett wie Veronika und hob nicht einmal die Augenbrauen, als sie seine Anamnese aufnahm.

»Ich überweise Sie zu einem Neurologen«, sagte sie schließlich. »Die Praxis ist gleich hier im Haus. Ich informiere den Kollegen sofort. Die machen dann ein EEG, das ist eine Messung der Hirnströme, und kümmern sich um alles Weitere.«

»Ich bin nicht versichert.« Jurij hatte das Gefühl, dass er das nicht oft genug wiederholen konnte.

»Noch nicht«, sagte die Ärztin und drückte eine Taste des Wandtelefons. »Frau Gutsche in die Zwei.« Jurij stutzte. Gutsche? Hieß Ben nicht Gutsche?

Die Tür öffnete sich, die dralle Arzthelferin kam wieder herein, und Jurij ahnte, dass sie wohl nicht zu allen Patienten so grob war. Ohne ihn eines Blickes zu würdigen, brachte sie ihn zum Neurologen. Dort ging alles ganz schnell, und Jurij fragte sich, wie Veronika das gemacht hatte. Der Neurologe versorgte ihn noch mit Tabletten, und Jurij verließ die Praxis. Es war jetzt später Nachmittag. Die meisten Praxen hatten schon geschlossen oder waren im Begriff zu schließen. Im Flur wartete Veronika auf ihn.

»Alles klar?«, fragte sie.

Jurij nickte.

»Ich muss noch einkaufen.« Veronika griff nach seinem Arm und zog ihn zur Seite. Die dralle Arzthelferin schob sich an ihnen vorbei. Sie hatte ihr Handy am Ohr, und ihre Augen glänzten verdächtig.

Ich hätte was sagen sollen, dachte Jurij. Aber was? Ich habe Ihren Bruder nicht erschossen? Ich kannte ihn kaum. Das entsprach zwar der Wahrheit, aber würde sie ihm das glauben?

»Und ich könnte einen kräftigen jungen Mann gebrauchen«, drang Veronikas Stimme in seine Gedanken.

»Ich glaube, sie ist mit Ben verwandt?«

»Die Arzthelferin?«

»Ja.« Gedankenversunken rieb sich Jurij die Ellenbeuge.

»Was ist nun?«, fragte Veronika betont munter, als müsste sie einen bösen Geist vertreiben. »Hilfst du mir?«

»Klar.« Jurij folgte ihr zum Aufzug. Die nächste halbe Stunde hatte er Mühe, Veronika an Sonderangeboten vorbei durch den Supermarkt zu folgen. Er manövrierte den vollgepackten Einkaufswagen an Rollatoren und gestressten Müttern vorbei, die von ihren Kindern getreten wurden, die wie kleine Paschas in den Einkaufswagen hockten.

Als sie schließlich den Supermarkt verließen und die Einkäufe in Veronikas Kombi luden, sah Jurij die Arzthelferin. Sie kam zu ihnen herüber. Neben ihr ging ein Typ mit aufgepumptem Bizeps und einem Kopf, der zu klein für den muskelbepackten Körper wirkte. Kurz begegneten sich ihre Blicke, dann lenkte der an- und abschwellende Ton eines Martinhorns Jurij ab. Ein Polizeiwagen bog mit eingeschaltetem Blaulicht und Sirenengeheul in den Kreisverkehr ein. Und dann ging alles ganz schnell. Der Typ rammte ihm die Faust in den Magen, Veronika schrie auf, das Mädchen kreischte, und Jurij ging nach Luft schnappend in die Knie.

58. Kapitel

»Das ist es also gewesen.« Nachdenklich setzte sich Klaudia wieder an ihren Schreibtisch, nachdem sie die Hanuschs hinausbegleitet hatte. »Das Geheimnis des zweiten Turnschuhs.«

»Ich glaube, die sehen ihren Hund jetzt mit anderen Augen«, antwortete Thang.

»Liegt sonst noch etwas an?« Klaudia streckte sich, ihre Nackenwirbel knackten.

»Der Bericht aus der Rechtsmedizin ist da«, antwortete Thang.

»Und?«

»Nichts Neues.« Thang lehnte sich zurück und klopfte mit dem Kugelschreiber gegen die Schneidezähne. Ein sicheres Zeichen, dass er bei der Sache war und nicht wieder zu irgendwelchen OP-Berichten abdriften würde. »Sie können nicht einmal sagen, ob es Mord oder Selbstmord war. Und dann stand da noch … warte mal«, Thang beugte sich vor und scrollte sich durch den Bericht. »Sie haben auch noch eine Mail hinterhergeschickt.«

»Lass mich raten.« Klaudia dachte an ihr Telefonat mit der Rechtsmedizinerin. Sie hatte sie gebeten, auf der Leiche nach Täterspuren zu suchen und sie mit Jurijs DNA abzugleichen. »Sie haben keine Spuren von Fremd-DNA auf der Leiche gefunden.«

»Woher weißt du das?«, fragte Thang verblüfft.

»Kriminalistischer Scharfsinn.« Klaudia legte die Hand auf

den Solarplexus und sonnte sich für einen Moment in der Anerkennung des Kollegen. Er musste nicht unbedingt wissen, wie ihr Gespräch mit der Ärztin verlaufen war.

»Ich glaube, da bist du falsch verbunden«, hatte Klaas nach einem verblüfften Schweigen gesagt, und in ihrer Stimme klang ein unterdrücktes Lachen mit. »Für Wunder sind wir nicht zuständig.«

Klaudia war sich ziemlich dämlich vorgekommen. Schließlich hätte sie wissen müssen, dass sich zersetzende Haut nicht der beste Spurenträger war. Doch die Hoffnung starb bekanntlich zuletzt.

»Wir haben also nichts.« Resigniert blies sie die Wangen auf.

»Unsere Aufklärungsquote bei Kapitalverbrechen liegt bei hundert Prozent«, entgegnete Thang.

»Willst du mich trösten oder die Latte hochhängen?«

»Wie es hilft.« Thang grinste.

Klaudia konnte ihn so viel besser leiden, wenn sein Denken nicht um häusliche Probleme kreiste. »Ich glaube, wir wären ein ganzes Stück weiter, wenn wir wüssten, woher das Geld stammt.«

»Sein Konto ist unauffällig«, antwortete Thang. »Keine besonderen Bewegungen, kein auffällig hoher Kontostand.«

»Aber richtig viel Geld in der Schublade«, murmelte Klaudia nachdenklich. »Wenn wir nur sein Handy hätten.«

»Leider spurlos verschwunden.«

»Spricht nicht unbedingt für Selbstmord.« Müde streckte Klaudia die Beine aus und dehnte ihre Wadenmuskeln.

»Vielleicht ist es in einem Elsternnest gelandet«, gab Thang zu bedenken.

»Das ist jetzt nicht dein Ernst, oder?«

»Wer weiß.« Thang lehnte sich wieder zurück. »Der Verbindungsnachweis ist unspektakulär. Ich hab die am häufigsten auftauchenden Nummern angerufen.«

»Und?«, fragte Klaudia.

»Sie gehören seiner Schwester, Jonas Delling und Chantalle Brumme. Was ist dieser Delling für ein Typ?«

»Eiweißshakes und Muskelfatzke«, antwortete Klaudia.

»Irgendetwas Auffälliges in seiner Wohnung?«

»Möbeldiscounter und Aldi-Technik.« Klaudia stand auf und trat ans Fenster. »Nichts, was sich nicht durch Hartz IV finanzieren ließe.« Der Sommer schien endgültig vorbei zu sein, zumindest hatte die Sonne sich hinter eine kompakte Wolkendecke zurückgezogen. »Es sieht bei ihm auf jeden Fall nicht so aus, als sei er zu plötzlichem Reichtum gekommen.«

»Im Gegensatz zu Ben«, sagte Thang.

»Im Gegensatz zu Ben.« Klaudia dachte an den Wäschekorb im Zimmer des Jungen, an das neue Notebook. »Was hat deine Nachfrage bei den Kollegen vom LKA ergeben?«

»Negativ«, antwortete Thang. »Sie hatten Ben nicht auf dem Schirm.«

»Vielleicht ist er gerade erst ins Geschäft eingestiegen?«

»Und gleich wieder rausgeflogen.« Nachdenklich klackerte der Kugelschreiber gegen Thangs Zähne. »Bleibt die Frage: Woher hatte er das Kapital?«

»Gute Frage.« Klaudia dachte an die beiden prall gefüllten Umschläge. »Zwischenhandel?«

»Unwahrscheinlich.« Klack. »Wir haben hier nicht die Infrastruktur.« Klack. »Eher so Einzeldealer, die ihre Ware aus Tschechien und Polen beziehen.«

»Also nichts, womit man Geld scheffelt?«

»Vielleicht hat er jemanden gelinkt.« Thang warf den Kuli auf die Schreibtischunterlage und stützte sich mit beiden Armen auf. Aufmerksam musterte er sie.

»Folge dem Geld«, murmelte Klaudia.

»Was?«

»Nur so ein Spruch.« Klaudia ging zu ihrem Schreibtisch zurück und bückte sich nach ihrem Rucksack. »Ich spreche noch einmal mit der Familie.«

»Meinst du, sie verheimlichen dir etwas?«

»Nein.« Nachdenklich kaute Klaudia auf der Unterlippe. »Zumindest nicht bewusst. Aber möglicherweise habe ich auch bisher nicht die richtigen Fragen gestellt.«

»Und wenn wir die Antwort doch schon haben?« Thang griff wieder nach dem Kuli. »Wenn es dieser Jurij war und einfach nur ein Streit eskaliert ist?«

»Klingt das schlüssig?« Klaudia ließ sich auf ihren Stuhl fallen und schloss die Augen. »Die beiden waren verabredet«, tastete sie sich durch das Meer der Möglichkeiten. »Jurij nimmt die Makarow mit, weil ...« Sie stockte. Es gab zwei Gründe, warum jemand eine Pistole einsteckte. Man fühlte sich bedroht, oder man wollte drohen.

»Es geht um Drogen«, warf Thang ein. »Würde passen. Schließlich hat Jurij eine Drogenvergangenheit.«

»Nur als User«, widersprach Klaudia. »Nicht als Dealer.«

»Die Grenzen sind da fließend.« Klack. »Vielleicht sollte er hier eine neue Infrastruktur aufbauen.«

»Widersprichst du dir nicht gerade selbst?«

»Nur als Option.« Thang zielte mit dem Kuli auf Klaudia.

»Also gut.« Sie nahm den Gedanken auf. »Diese ganze Wolfschose ist also nur Tarnung.«

»Exakt.«

»Wir haben nicht den leisesten Hinweis auf Drogen gefunden«, erinnerte Klaudia den Kollegen.

»Unser Freund hatte ja auch Zeit genug, sie verschwinden zu lassen.« Klack. »Ich stelle mir das so vor«, wieder landete der Kuli auf der Schreibtischunterlage, und Thang beugte sich vor. »Jurij trifft sich mit Ben. Es kommt zum Streit. Er zückt die Waffe, schießt und macht sich dann in die Hose, als er begreift, was er getan hat.« Zufrieden mit dem Szenario, das er entworfen hatte, lehnte sich Thang zurück und griff wieder nach dem Kuli. »Und das meine ich wörtlich.« Er grinste so breit, dass seine goldenen Backenzähne aufblitzten. »Er wischt seine Fingerabdrücke von der Waffe, drückt sie dem Opfer in die Hand und haut ab.«

»Oder es war Ben, der die Waffe dabeihatte«, spann Klaudia einen anderen Faden. »Er richtet sie auf seinen Angreifer, es kommt zum Kampf, ein Schuss löst sich, und er stürzt getroffen zu Boden.«

»Und wer ist in deiner Version der Angreifer?«

Klaudia hob die Schultern und ließ sie wieder fallen. Sie konnte den toten Jungen sehen, den Waldrand, die Waffe, aber sie sah keinen Angreifer. Wer immer den Jungen umgebracht hatte, blieb ein konturloser Schatten ohne Gesicht.

59. Kapitel

Klaudia lenkte den Peugeot auf den Parkplatz am Aldi-Markt und zog den Zündschlüssel ab. Die Vibration des Motors erstarb und mit ihr Céline Dions Stimme, die gerade »Hush now« aus dem Refrain von »A New Day Has Come« sang. Klaudia schloss die Augen und gönnte sich einen Moment der Stille. Ihr Tinnitus sirrte ohne besondere Höhen und Tiefen vor sich hin. Sie nahm es als gutes Zeichen. Es gab Tage, da brummte er wie eine übergewichtige Hummel durch ihre Hirnwindungen. Doch das passierte nur noch selten. Sie hatte gelernt, auf sich aufzupassen.

Klaudias Gedanken wanderten zu Jurij Lehmann, ihrem einzigen und höchst unzureichenden Verdächtigen. Sie verstand sehr gut, wie der Junge sich fühlen musste. Schließlich kannte sie das Gefühl, vom eigenen Gehirn ausgehebelt zu werden. Auch wenn die Zeiten, in denen Paul Potts ihr in einer Endlosschleife das »Nessun Dorma« ins kranke Ohr schmetterte und in denen sich die Welt so schnell um sie drehte, dass sie kotzend und würgend in der Ecke landete, vorbei waren. Wie immer, wenn Klaudia an die ersten Monate nach der Trennung von ihrem Ex dachte, richteten sich die feinen Härchen in ihrem Nacken auf. Sofort imaginierte sie ein Stoppschild, und ihre Gedanken kehrten folgsam zu ihrem aktuellen Fall zurück.

Wo war nur der Ansatz? Sie runzelte die Stirn, und das Sirren schwoll an. Sie hasste es, auf der Stelle zu treten. Doch sie wusste auch, dass es sie keinen Schritt weiterbringen würde, wenn sie alles, was sie bisher hatten, wie ein Schaf wiederkäute. Also hatte sie, als Thang seine Fahrradtasche schulterte, ebenfalls ihren Rechner heruntergefahren.

»Denk an den Kaffee«, hatte er ihr über die Schulter hinweg zugerufen, und weil Kaffee der Kraftstoff war, der das Kommissariat am Laufen hielt, war sie jetzt hier.

Klaudia nahm den Rucksack vom Beifahrersitz und stieg aus. Mit Blaulicht und eingeschaltetem Martinshorn fuhr ein Einsatzwagen in den Kreisverkehr, dann hörte Klaudia den Schrei einer Frau. Es dauerte eine Weile, bis sie die Frau geortet hatte. Mit ihrem kranken Ohr hatte sich auch ihr Richtungshören verabschiedet. Aber dann sah sie die Gruppe. Auf dem gegenüberliegenden Parkplatz am Einkaufszentrum rang ein Mann mit zwei Frauen. Sie klammerten sich an ihn. Klaudia rannte zwischen den parkenden Autos hindurch zu der Gruppe. Überrascht kniff sie die Augen zusammen: Das waren doch dieser Jonas und Bens Schwester, und als sie die Gruppe fast erreicht hatte, blickte die ältere Frau in ihre Richtung. Doktor Berghoff! Klaudia schob eine offen stehende Autotür zu, die ihr den Weg versperrte.

»Können Sie nicht aufpassen?«, keifte eine wütende Frauenstimme hinter ihr. Klaudia hörte es nur als Hintergrundrauschen. Ihre gesamte Aufmerksamkeit war auf die streitenden Menschen vor ihr gerichtet.

»Was ist hier los?«, brüllte sie, und drei, nein, vier Augenpaare starrten sie fassungslos an.

Der Einsatzwagen bremste nun ebenfalls bei den Streitenden. Die Wagentüren wurden aufgestoßen, und Uwe und eine Kollegin mit blondierten Haaren stiegen aus.

Uwe sah erstaunlich blass aus, und Klaudia hatte das Gefühl, dass er nicht ganz sicher auf den Beinen war. Während die Kollegin die Personalien der Streitenden aufnahm, zog Klaudia ihn zur Seite.

»Geht's dir gut?«

»Ja. Klar.« Uwe nahm die Dienstmütze ab und rieb sich den Nacken. Verschwitzt klebten seine Haare am Kopf.

»Du siehst scheiße aus.«

»Danke für die Blumen.« Für einen Moment sah es so aus, als wollte Uwe sie stehen lassen, doch dann fuhr er fort: »Ist echt irre.« Er sah hinüber zum Einkaufszentrum. Schaulustige standen dort mit ihren Einkaufswagen. »Bei meinem letzten Einsatz vor dem Krankenschein sind wir mit Blaulicht hierher und bei meinem ersten Einsatz danach ebenfalls.« Sein Blick kehrte zu Klaudia zurück.

»Und was machst du hier?«

»Zufall«, antwortete sie. »Aber wo ich schon mal hier bin, möchte ich mit allen sprechen.«

»Okay.« Uwe sah nicht besonders glücklich aus, ging dann aber hinüber zu seiner Kollegin und beriet sich mit ihr. Nach einem hastig geflüsterten Wortwechsel und einem Seitenblick zu Klaudia nickte sie schließlich.

»Wir nehmen Sie zur weiteren Aufnahme der Personalien auf die Wache mit«, sagte Uwe.

Jonas Delling öffnete den Mund, um zu widersprechen, zog es dann aber doch vor zu schweigen.

»Sie steigen bei uns ein«, forderte Uwe Britta und Jonas auf. »Und Sie folgen uns bitte«, bat er Doktor Berghoff.

Auch Klaudia folgte dem Dienstwagen und parkte widerrechtlich hinter der Kirche. Während Uwe sich um Stühle kümmerte und ihre unfreiwilligen Gäste in Gesellschaft der blonden Kollegin warteten, blickte sie sich im Bürgerbüro um. Das also war dem

Staat die Bürgernähe wert. Das Büro sah aus, als sei es aus Restbeständen zusammengekratzt worden: Der Schreibtisch war zerkratzt, der Bürostuhl ausgeleiert und die Wände nikotingelb gestrichen. Ansonsten war es klein und roch dumpf nach feuchten Wänden. Uwe kehrte mit Stühlen zurück, die er vor dem Schreibtisch aufreihte.

»Danke«, sagte Klaudia. »Ab jetzt komme ich klar.«

»Auf keinen Fall.« Uwe verschränkte die Arme vor der Brust.

»Ich klau euch schon nicht die Topfpflanzen.« Klaudia zeigte auf eine vertrocknete Pflanze, die auf dem Schreibtisch stand. Ihr lahmer Scherz löste bei Uwe nur Augenrollen aus.

»Keine Alleingänge«, sagte er.

»Du hast doch bestimmt schon Feierabend. Musst du nicht nach Hause?«

»Scheiße, nein«, antwortete Uwe. »Frau Bode ist froh, wenn sie mich nicht vor den Füßen hat.«

»Okay«, gab Klaudia schließlich nach. »Aber halte dich aus meiner Befragung raus.«

»Jawohl, Frau Kriminalobermeisterin. Der kleine Revierpolizist schweigt, wenn die Kripo spricht.«

Klaudia war sich nicht sicher, ob die Bemerkung wirklich so scherzhaft gemeint war, wie sie klang. »Holst du sie dann bitte?«

Als Uwe das Büro verlassen hatte, setzte sich Klaudia hinter den Schreibtisch. Nun hieß es warten. Sie blätterte in einer der Broschüren, die vor ihr lagen. Es war der übliche Infokram: *Wege aus der Gewalt*, *Sicher wohnen*. Klaudia dachte an den schielenden Kater und daran, dass sie immer noch nicht wusste, wie er ins Haus gekommen war. Vielleicht sollte sie sich doch eine Broschüre mitnehmen.

Augenblicke später füllte sich das Büro. Die Kontrahenten setzten sich vor den Schreibtisch, und Uwe und die blonde Kollegin lehnten am Türrahmen.

»Was war das da gerade?« Klaudia blickte auf die vier Menschen, die jeder auf seine besondere Art auf den Besucherstühlen hockten. Nur die Biologin und Jonas erwiderten Klaudias Blick. Die beiden anderen starrten Löcher in den Fußboden. Brittas Hände lagen auf ihren Knien, die eng beieinanderstanden. Ihre Schultern zuckten. Jurij wischte sich die Nase, sein Rücken war gekrümmt, als ducke er sich weg, die Hände baumelten zwischen den Knien. Jonas saß breitbeinig auf seinem Stuhl, stützte eine Faust auf dem Oberschenkel ab und starrte sie offensiv an. Klare Aussage: Du kannst mich mal. Ich hab Eier in der Hose.

Klaudia unterdrückte einen Seufzer und blickte zu Berghoff. Sie saß zwischen Jurij und Britta und hatte einen Arm um die Schulter des Mädchens gelegt, während die andere Hand auf Jurijs Oberschenkel lag.

»Es war meine Schuld«, sagte Berghoff zu Klaudias Überraschung. »Ich habe vergessen, dass Britta bei meiner Freundin arbeitet. Beziehungsweise«, sie stockte, »nicht vergessen. Wohl eher nicht daran gedacht, dass sie überhaupt in der Praxis sein könnte.« Berghoff hustete trocken. Als sie fortfuhr, klang ihre Stimme heiser. »Nach allem, was passiert ist.«

»Warum waren Sie in der Praxis?«, fragte Klaudia.

Jurij zuckte mit den Achseln.

»Wegen der Anfälle?«

Diesmal nickte Jurij.

»Gut«, sagte Klaudia. »Das erklärt Ihr Zusammentreffen.« Sie beugte sich vor und versuchte, Brittas Blick auf sich zu ziehen. Vergeblich.

»Aber nicht, warum Sie auf dem Parkplatz waren.« Sie wandte sich an Bens Freund.

»Zufall«, antwortete Jonas Delling prompt. Und vielleicht hätte Klaudia ihm das abgenommen, wenn Britta nicht gleichzeitig geantwortet hätte.

»Ich«, flüsterte sie.

»Vielleicht lassen Sie zunächst einmal Frau Gutsche antworten.« Schmallippig lächelte Klaudia Dellings testosterontriefendes Selbstbewusstsein nieder.

»Sie haben Herrn Delling also angerufen«, fasste Klaudia schließlich den stockenden Bericht des Mädchens zusammen. »Warum?«

»Ich«, Britta wischte sich mit dem Jackenärmel durchs Gesicht. »Ich wäre sonst geplatzt«, sagte sie nach einem Seitenblick in Jurijs Richtung, der an Berghoffs mütterlichem Busen abprallte. »Ich musste einfach mit jemandem darüber reden. Ich war so wütend.« Sie ballte die Hände zu Fäusten. Etwas von der Wut, die sie gespürt hatte, schien zurückgekehrt zu sein, richtete sie auf, straffte ihre Schultern. Berghoff schien die Veränderung ebenfalls wahrzunehmen. »Wir verstehen dich«, murmelte sie.

»Und Sie sind dann als rettender Ritter an den Ort des Geschehens geeilt?« Mit dieser Frage wandte sich Klaudia an Delling.

»Der Typ hat meinen besten Freund plattgemacht«, fauchte der, frei nach dem Motto: Angriff ist die beste Verteidigung. »Und läuft einfach so rum.«

»Und da haben Sie gedacht«, fiel ihm Klaudia ins Wort, »helf ich der Polizei mal bei der Arbeit.«

»Ihr tut ja nichts.« Delling blickte hastig über die Schulter. »Ist doch wahr«, fügte er hinzu und verschränkte die Arme vor der Brust.

»Dieser junge Mann war außer sich.« Berghoff beugte sich vor. »Er hat Jurij niedergeschlagen. Das war Körperverletzung.«

»Hör auf.« Jurij schob Berghoffs Hand von seinem Bein. »Kann ich bitte gehen?«, fragte er.

»Wollen Sie keine Anzeige erstatten?«

»Nein.« Jurij schob den Stuhl zurück und stand auf. Doch anstatt hinauszugehen, verlagerte er das Gewicht von einem Bein aufs andere. »Das mit deinem Bruder.« Er vergrub die Hände in den Hosentaschen. »Das tut mir leid. Und.« Er starrte auf den gesenkten Kopf des Mädchens. »Ich versteh auch, dass du sauer bist. Aber ich war's nicht. Ich habe ihn nicht umgebracht.«

Schluchzend schlug Britta die Hände vors Gesicht.

»Ich kannte ihn kaum«, fuhr Jurij fort. »Er war nur ein paarmal mit Chantalle auf dem Hof. Es tut mir leid.« Er machte auf dem Absatz kehrt und drängte sich an Uwe und der blonden Kollegin vorbei.

»Warum wart ihr eigentlich so schnell am Einkaufszentrum?« Klaudia stand mit Uwe an ihrem Wagen. Die blonde Kollegin war zu *Bubner* gegangen, um Kaffee zu besorgen. Das erinnerte Klaudia daran, dass sie immer noch keinen gekauft hatte.

»Die Leitstelle hat uns hingeschickt. Die Herrschaften haben wohl Aufsehen erregt.«

»Das ist merkwürdig.« Klaudia schob eine Haarsträhne hinters Ohr.

»Wieso?«

»Ich weiß nicht.« In Gedanken kehrte sie zurück auf den Parkplatz: Sie stieg aus dem Auto, hörte das Heulen des Martinshorns, hörte die aufgeregte Stimme der Frau. Irgendwie war alles gleichzeitig passiert.

Uwe räusperte sich, um sie an seine Gegenwart zu erinnern.

»Ich frage mich nur gerade«, fuhr sie fort und drückte auf den Autoschlüssel, um ihren Wagen zu öffnen, »was war Henne und was Ei?« Die ganze Aktion erschien ihr zu plakativ, so als wollte jemand mit dem Finger auf Jurij Lehmann zeigen. Doch wie hieß es so schön: Zeigst du mit dem Finger auf jemanden, zeigen drei Finger auf dich.

»Was?«

»Nichts.« Klaudia seufzte müde.

»Was machst du jetzt?«

»Kaffee kaufen.« Klaudia stieg in ihren Wagen.

»Mach keinen Scheiß.« Uwe schlug mit der flachen Hand aufs Wagendach.

»Ich werde mich bemühen.« Klaudia startete den Wagen, und Uwe trat zur Seite. Im Rückspiegel sah Klaudia, wie seine Kollegin ihm einen Becher reichte.

Klaudia parkte noch einmal am Einkaufszentrum. Während der Fahrt war ihre Einkaufsliste um Cola, Chips und Gummibärchen angewachsen. Irgendwie schien heute ein guter Abend für Chips und einen *Ally-Mc-Beal*-Marathon zu sein.

Im Eingangsbereich des Einkaufszentrums lärmten sechs gut gelaunte Frauen mit umgeschnallten Engelsflügeln vor dem Geldautomaten.

»Wird's bald?«, drängte eine, die einen Korb mit *Feiglingen* über dem Arm trug. »Der Bus kommt gleich.«

»Der muss das Geld wohl drucken.« Die angesprochene Frau schlug gegen das Bedienungsterminal.

»Vielleicht ist er außer Betrieb«, mischte sich eine weitere Frau ein.

»Das ist doch Quatsch. Dann hätte er doch nicht meine Karte genommen.«

»Ich meine ja nur«, ruderte die Frau zurück. »Weil es in der Zeitung stand.«

»Du meinst das mit den polnischen Banden, die Bankautomaten in die Luft jagen?«

»Hast du es auch gelesen?«

»Und die haben den hier gesprengt?« Die Frau am Bedienungsterminal klopfte mit dem Fingerknöchel gegen den Automaten.

»Nicht den«, korrigierte sie eine andere Frau. »Den, der hier vorher hing.«

»Wirklich?«

»Nimm endlich dein Geld«, mischte sich die Frau ein, die den Korb mit den Getränkevorräten trug. »Der Bus ist da.«

Lachend und scherzend drängte die Gruppe an Klaudia vorbei, die wie erstarrt auf den Geldautomaten starrte. Geldscheine wirbelten durch ihren Kopf, Blaulicht, Uwes Stimme: »Bei meinem letzten Einsatz vor dem Krankenschein sind wir mit Blaulicht hierher …«

60. Kapitel

Klaudia vertagte den gemütlichen Abend vor der Flimmerkiste und fuhr zur *Alten Feuerwache*. Die platinblonde Bedienung zapfte Bier und nickte ihr grüßend zu. Bens Vater saß vor dem Tresen und rührte sich nicht. Er blickte auch nicht auf, als Klaudia sich zu ihm setzte. Neben seinem Ellbogen stand ein übervoller Aschenbecher, aus dem Zigarettenrauch zur Decke aufstieg und die Raumluft entscheidend verschlechterte.

Mit keiner Geste ließ der Vater des toten Jungen erkennen, dass er ihre Anwesenheit zur Kenntnis nahm.

Als das Schweigen zwischen ihnen ungemütlich wurde, griff die Thekenfrau nach Gutsches Arm und drückte ihn. »Du hast Besuch, Chef.« Sie packte die Gläser auf ein Serviertablett und verschwand im Durchgang zum Hinterzimmer. Als sie die Tür öffnete, brandeten Stimmen und lautes Lachen in den Schankraum.

»Ihr habt ihn laufen lassen.« Gutsches Stimme klang, als hätte er all die ausgedrückten Kippen geraucht. Was er wahrscheinlich auch getan hatte.

»Wir hatten unsere Gründe.« Es hatte keinen Sinn, dem Mann irgendetwas zu erklären. Angehörige verstanden in den seltensten Fällen, dass nicht jeder Verdächtige auch der Täter war.

Gutsche griff nach der Zigarette, doch anstatt daran zu ziehen, drückte er sie aus.

»Ich wüsste gerne, wann Ben sich den neuen Computer gekauft hat«, sagte Klaudia.

»Was hat das damit zu tun?« Zum ersten Mal sah Gutsche Klaudia in die Augen. Die Trauer um den toten Sohn hatte tiefe Krater in sein Gesicht gezogen, und die geröteten Augen zeugten von schlaflosen Nächten. Sein Atem roch muffig. Wahrscheinlich rauchte er zu viel und aß zu wenig. »Er war ein guter Junge.«

»Vielleicht kann Britta mir da helfen.«

»Was haben Sie mit ihr gemacht?«

»Was hat Sie denn erzählt?«

»Der ist einfach in der Praxis aufgetaucht. Und jetzt hat sie Ärger.«

»Jurij Lehmann hat keine Anzeige erstattet.«

»Das fehlt auch noch«, fuhr Gutsche auf.

»Jonas Delling hat ihn niedergeschlagen«, erinnerte ihn Klaudia.

»Der Jonas ist doch auch völlig durch den Wind. Der und mein Ben waren die besten Freunde. Schon in der Grundschule. Haben immer zusammengesteckt. Der war mehr hier als bei sich zu Hause.« Gutsche schüttelte den Kopf. »Viel Mist haben sie gemacht. Wie Jungen eben so sind.«

»Wissen Sie, wann Ben den Computer gekauft hat?«, kam Klaudia auf den Grund ihres Besuches zurück. »Wir haben keine Belege bei ihm gefunden.«

»Natürlich nicht.« Gutsche steckte sich eine Zigarette an und inhalierte den Rauch mit zurückgelegtem Kopf. »Der hatte ja keine Ordnung in seinen Sachen.«

»Also haben Sie die Rechnung?«

»Oben abgeheftet.«

»Würden Sie nachschauen?«

»Muss ich nicht.« Gutsche drehte die Zigarette in den Händen.

»Ich weiß es so.« Wieder zog er an der Zigarette. »Es war der 27. August.«

»Oh!« Klaudias Theorie bröckelte. »Also ein Geburtstagsgeschenk?«

»Von mir nicht«, sagte Gutsche. »Hat er sich selbst geschenkt, hat er gesagt.«

»Und woher hatte er das Geld?«, fragte Klaudia. »Verwandtschaft?«

»Bestimmt nicht.«

»Und?«, fragte Klaudia. »Haben Sie ihn nicht gefragt?«

»Nein.« Gutsche drückte die Zigarette im Aschenbecher aus, dann legte er die Hände auf die Knie. Wie er so auf dem Barhocker saß, hängende Schultern, geneigter Kopf, die Hände auf den Knien, sah er aus, als höre er aufmerksam zu. Vielleicht tat er das auch. Vielleicht dröhnte in seinem Kopf eine Stimme, die in einer Endlosschleife wiederholte: Wenn ich ihn gefragt hätte, würde er dann noch leben?

»Er hat gesagt, er hat einen Job gemacht«, sagte Gutsche tonlos. »Ich wollte ihm glauben.«

Klaudia nickte. Die Leidensfähigkeit und Verdrängungsleistung von Eltern erstaunten sie immer wieder. Lieber nicht nachfragen, um nur ja keinen Streit zu provozieren. Was ich nicht weiß, macht mich nicht heiß. Nichts sehen, nichts hören, nichts sagen und nichts riechen. Die Devise von Eltern, die sich mit aller Macht an ihre heile Welt klammerten. Manchmal funktionierte die Strategie sogar. Sie dachte an ihre eigene Jugend. In ihrem Fall hatten sich die Geduld und die Leidensfähigkeit ihrer Familie gelohnt. Doch es hätte auch anders kommen können.

»Danke.« Klaudia glitt vom Barhocker. Wieder brandete Männerlachen in den Schankraum.

»Wissen Sie, woher mein Junge das Geld hatte?«

»Nein.« Klaudia schulterte den Rucksack. Aber ich werde es herausfinden. Sie sprach den Gedanken nicht aus. Für Gutsche würde das eher wie eine Drohung denn ein Versprechen klingen.

61. Kapitel

Britta stand an einem der verwaisten Verkaufsstände am Hafen. Sie trug eine ausgeleierte Strickjacke über dem blauen Praxisshirt und der weißen Hose, die auch noch in Franzis Schrank lagen. Wenn er keine Gäste im Kahn gehabt hätte, wäre er weitergefahren. Er wollte nicht mit ihr reden, nicht schon wieder. Sie tat ihm nicht gut, nichts von ihrem Schmerz sägte auch nur an der Spitze seines eigenen. Er verstand nicht, warum sie sich ausgerechnet an ihn klammerte. Er war nicht der Freund, den sie suchte. Sie hatte kein Recht, sich in sein Leben zu drängen, nur weil Franzi tot war.

All dies dachte Stefan, während er die Touristen aussteigen ließ, die üblichen Scherze machte und die Geldscheine zählte, die ihm die Männer in die Hand drückten. Ein letztes Foto, und er stand allein am Kahn. Es war die letzte Tour des Tages gewesen.

»Stör ich dich?« Zögernd trat Britta zu ihm.

»Nein«, log er. Ihr Gesicht war vom Weinen verquollen, die Haare strähnig. »Natürlich nicht«, fügte er hinzu und fühlte sich so elend, wie sie aussah.

»Es ist heute etwas Schreckliches passiert.« Ihr Wortschwall brach über ihn herein. Er verstand Worte wie Jurij, Praxis, Jonas, Schlägerei, Polizei.

»Und dann war sie bei Vater.«

»Wer?«, fragte Stefan, dessen Verstand immer noch damit beschäftigt war, die Fragmente der Geschichte zu einem sinnvollen Ganzen zusammenzufügen.

»Die blonde Polizistin.«

»Warum?«

»Sie wollte wissen, wann Ben das neue Notebook gekauft hat.«

»Warum?«, fragte Stefan.

»Hat sie nicht gesagt. Sie hat nur gefragt. Und auch wieder, woher er das Geld hatte.«

»Na ja«, sagte Stefan. »Diese Frage stellt sich natürlich.«

»Aber wir wissen es nicht, und wir werden es auch nicht wissen, egal, wie oft sie fragen.«

»Was hat dein Vater denn gesagt?«

»Nichts.« Britta schniefte. »Unsere Kellnerin hat es mir erzählt. Sie hat es gehört. Papa sagt mir ja nichts.«

»Nicht zu dir«, sagte Stefan. »Zur Polizistin.«

»Na, dass sich Ben das Notebook letzten Monat zum Geburtstag geschenkt hat.«

»Im August?«, fragte Stefan tonlos. Franzi war im August gestorben. Am 24. August, dem Tag, an dem der Polizeiwagen gegen ihr Fahrrad geschleudert war. Sie hatte keinen Helm getragen, aber auch mit hätte sie keine Chance gehabt, hatte die Ärztin im Krankenhaus gesagt.

»Ja«, antwortete Britta, die so sehr in ihrer eigenen Welt war, dass sie nichts von seinem Schmerz wahrnahm. »Am siebenundzwanzigsten«, fügte sie hinzu. »Er ist Jungfrau. Das glaubt man immer nicht. Er hat so gar nichts von einer Jungfrau an sich. Wenn man uns vergleicht, würde man mich für die Jungfrau halten, dabei bin ich Widder.« Sie lächelte und schluchzte gleichzeitig und merkte dabei nicht, dass sie von ihrem toten Bruder in der Gegenwart sprach. Sie erzählte noch einiges über die Unterschiede zwischen ihr und ihrem toten Bruder. Stefan bekam nur Bruchteile mit, in seinem Kopf schoben sich die Fragmente zu einem Bild.

»Dieser Jonas«, unterbrach er Britta, »war er Bens bester Freund?«

»Sie haben alles zusammen gemacht. Er vermisst ihn schrecklich. Deshalb ist er ja auch sofort gekommen, als ich ihm gesagt hab, dass dieser Typ in der Praxis war.«

»Wo wohnt er?«

»Hier in Lübbenau.« Britta zeigte mit dem Daumen nach Westen. »Auf der anderen Seite der Gleise.« Sie nannte ihm die Adresse. »Warum fragst du?«

»Keine Ahnung«, sagte Stefan. Er hob die Schultern und ließ sie wieder fallen. »Nur so eine Idee.«

»Was für eine Idee?« Britta schlang die ausgeleierte Strickjacke um den Körper, als würde sie frieren.

Erst jetzt fiel Stefan auf, wie hager ihr Gesicht geworden war. Alles kindlich Runde war verschwunden, und zurückgeblieben war eine verhärmte Frau. »Ich weiß nicht.« Er löste die Kette vom Eisenring und stieg in den Kahn. »Pass auf dich auf.« Mit dem Zeigefinger tippte er gegen den Rand seiner Schiffermütze und stieß sich mit dem Rudel vom Anleger ab.

Zu Hause saß er lange in der Küche: sah zu, wie die Nacht den Raum verschluckte, bis nur noch er übrig war. Es war Neumond. Wolken hatten sich vor die Sterne geschoben. So wie vor einem Monat. Er hatte die Hand nicht vor Augen sehen können, als er hinter der Polizistin in die Nacht hinausgestolpert war. Sturm hatten sie geschellt. Dabei hatte er noch nicht geschlafen, er war im Keller gewesen, hatte an der Überraschung gearbeitet. Seit der Nacht war er nicht mehr unten gewesen. Er hatte nicht einmal daran gedacht. Warum auch? Franzi war nicht mehr da. Sie brauchte keinen Schaukelstuhl, den er liebevoll abgebeizt, ausgebessert und weiß lackiert hatte.

Stefan schlug mit der Faust auf den Tisch, einmal, zweimal. Dann stemmte er sich in die Höhe. Er musste es einfach wissen.

62. Kapitel

Am Freitagmorgen versackte Klaudia mal wieder in dem Zeitloch zwischen Wasserkocher und Dusche. Entsprechend spät und abgehetzt erschien sie zur Besprechung. Im ersten Jahr hatte PH ihr deshalb regelmäßig Einläufe verpasst. Mittlerweile war ihr Chef jedoch entweder toleranter geworden, oder er hatte resigniert. Die Einzige, die ihr Zuspätkommen mit einem Stirnrunzeln quittierte, war Demeter-Anders.

Scheiße, dachte Klaudia und lächelte die Kapitalstaatsanwältin freundlich an. Warum musste sie ausgerechnet heute anwesend sein?

»Die Spurenlage ist also – vorsichtig ausgedrückt – unübersichtlich«, schloss Wibke ihren Bericht.

»Sonst was Neues?« Demeter-Anders griff bereits nach ihrer Schultertasche.

»Es hat gestern noch einen Zusammenstoß zwischen Jurij Lehmann, der Schwester des Opfers und Jonas Delling gegeben«, sagte Klaudia.

Sofort scrollte sich PH durch die elektronische Akte.

»Keine Anzeige«, sagte Klaudia. »Die Kollegen haben die Personalien aufgenommen und alle Beteiligten nach Hause geschickt.«

»Warum weißt du dann Bescheid?«

»Zufall.« Bei der Gelegenheit fiel Klaudia ein, dass die Palette mit dem Kaffee immer noch in ihrem Kofferraum stand.

»Wie dem auch sei«, fuhr sie fort und berichtete von ihrem Verdacht, der ihr gekommen war, als sie die flotten Jungesellinnen am Geldautomaten beobachtet hatte.

»Unwahrscheinlich.« Bevor überhaupt einer der Kollegen etwas sagen konnte, hatte Demeter-Anders ihr Urteil gefällt.

»Es klingt nicht sehr wahrscheinlich«, räumte Klaudia ein. »Aber es wäre möglich.«

»Diese Geldautomatenknacker sind hochprofessionell arbeitende Banden aus Polen und Tschechien. Die rekrutieren keine deutschen Jugendlichen. Sie sollten mal mit den Kollegen vom LKA sprechen. Die sind da dicht dran.«

»So dicht«, murmelte Demel, »wie der Hase am Igel.«

»Es gibt Trittbrettfahrer«, meldete sich Thang zu Wort.

»Und was genau wollen Sie mir damit sagen?« Demeter-Anders' Augenbrauen zuckten.

»Na ja. Unser Opfer und ›Wer auch immer‹ könnten sich gedacht haben, was die können, können wir schon lange. Zumindest würde es das Geld erklären.«

»Es ist wirklich ritterlich, wie Sie Ihrer Kollegin beispringen, Herr Rudnik.« Demeter-Anders schob ihren Stuhl zurück. »Aber das sollten wir nicht vertiefen. Melden Sie sich, wenn Sie belastbare Fakten haben«, sagte sie zu Klaudia und rauschte hinaus.

»Ups.« Verblüfft warf Wibke den Zopf über die Schulter. »Was war das denn?«

»Sie ist sauer wegen der Presse.« PH schob einen Stapel Zeitungen über den Tisch. »Deshalb war sie überhaupt hier.« Von sämtlichen Titelbildern starrte ihnen ein finsterer Wolf entgegen, und die Überschriften reichten von WOLF REIßT MENSCHEN bis zu TÖDLICHER SPREEWALD.

»Das kann sie uns nicht ankreiden.« Klaudia lehnte sich mit verschränkten Armen zurück. »Die schreiben doch sowieso, was sie wollen.«

»Demeter-Anders hasst schlechte Presse.« Wibke klappte ihr Laptop zu und unterdrückte ein Gähnen.

Sie sah müde aus. Müde und sehr zufrieden, dachte Klaudia. Wahrscheinlich hatte sie Sex gehabt. Für einen Moment beneidete Klaudia die Freundin. Ihr eigenes Sexualleben bestand aus ihr selbst und sonst niemandem. Auf Dauer eher unbefriedigend, aber in ihrem Alter wohl nicht mehr zu ändern.

»Da bin ich ganz bei Demeterchen«, sagte Demel im Tonfall der Staatsanwältin und brachte damit alle zum Lachen.

»Ich finde deine Idee nicht so schlecht.« Die Besprechung war vorbei, und Demel hockte, die Arme vor der Brust verschränkt, auf Klaudias Schreibtischkante.

»Es gibt Hinweise. Da kann Demeter-Anders sagen, was sie will.« Klaudia berichtete von ihrem Gespräch mit Bens Vater.

»Zeitlich könnte es auch passen«, meldete sich Thang zu Wort, der den Vorgang in ComVor aufgerufen hatte. »Der Einsatz war in der Nacht vom 23. August auf den 24. Die Kollegen vom LKA haben sofort die Ermittlungen aufgenommen. Einerseits, weil wir natürlich davon ausgegangen sind, dass es die üblichen Verdächtigen sind, zum anderen wegen der Toten. Schließlich waren unsere Kollegen beteiligt.«

»Die hatten doch keine Chance«, sagte Demel. »Die Typen, hinter denen sie her waren, haben Krähenfüße auf die Fahrbahn geworfen. Diese Metallkrallen schlitzen jeden Reifen auf. Natürlich sind sie ins Schleudern gekommen.«

»Und Franziska Endrulat ...« Klaudia stand von ihrem Platz auf, um das Fenster zu öffnen. Ihr Büro war einfach zu klein für drei Sachbearbeiter. Mit verschränkten Armen lehnte sie am Fensterrahmen. Der Luftzug trocknete den Schweiß auf ihrem Nacken.

»... war leider zur falschen Zeit am falschen Ort. Sie war schwanger.«

»Scheiße«, fluchte Demel.

»Ich habe ihren Mann getroffen.« Klaudia dachte an die Begegnung auf der Spree. »Er ist Fährmann. Ein netter Typ.«

»Das Leben ist echt beschissen«, murmelte Thang.

»Vielleicht sollte ich die Kollegen vom LKA tatsächlich mal anrufen.«

»Dann solltest du das tun«, sagte Demel, »bevor Demeterchen es tut.«

»Wie ritterlich du doch bist«, ätzte Klaudia. Auch wenn sie kein Fan der Kapitalstaatsanwältin war, gefiel ihr die Verniedlichung des Namens nicht. Und zwar aus dem einfachen Grund, weil es nie ein Demelchen oder ein Rudnikchen geben würde.

Demel lief rot an und rutschte von ihrem Schreibtisch.

»Du könntest mir einen Gefallen tun«, rief Klaudia ihm hinterher.

»Was denn?« Noch immer eingeschnappt drehte er sich zu ihr um.

»Den Kaffee aus meinem Wagen holen.« Sie warf ihm die Autoschlüssel zu.

»Flirtet ihr noch, oder fetzt ihr euch schon?«, fragte Thang, kaum war der Kollege außer Hörweite.

»Eifersüchtig?« Ohne auf Thangs Antwort zu achten, ging Klaudia zu ihrem Schreibtisch zurück und drückte die Kurzwahl fürs LKA. Schließlich meldete sich eine Frauenstimme und bat sie um einen Augenblick Geduld. Herr Meinert würde gerade noch telefonieren.

»Das ist jetzt nicht wahr.« Klaudia hielt die Hand über den Hörer und sog heftig die Luft ein.

»Doch«, bekräftigte Thang. »Ich komme mir zwischendurch wirklich vor wie der letzte Praktikant. Ich dachte, wir sind das Team.«

»Es ist dieser Meinert.«

»Was?« Thang dämmerte, dass Klaudia in einem anderen Film unterwegs war.

»Dieser Meinert leitet die Ermittlung.«

»Und wer ist das?«

»Der Computertyp, der letztens mit Demeter-Anders hier war.«

»Kein Wunder, dass die nicht zu Potte kommen«, sagte Thang und wandte sich wieder seiner Arbeit zu.

63. Kapitel

Klaudia parkte ihren Peugeot auf dem großen Parkplatz am Lübbenauer Stadtzentrum und lief die wenigen Schritte zum *Café Zeitlos*. Meinert hatte den Treffpunkt vorgeschlagen. Er habe einen privaten Termin in Lübbenau, und sie könnten sich vorher im *Café Zeitlos* treffen. Klaudia willigte ein, obwohl es ihr lieber gewesen wäre, sich in ihrem Büro mit ihm zu treffen. Seine überraschende Enthüllung bei der Dienstbesprechung steckte ihr tiefer in den Knochen, als ihr lieb war.

Nach dem Gedrängel der letzten Woche, als der gesamte Marktplatz ein Open-Air-Atelier gewesen war, in dem gewerkelt wurde und Skulpturen entstanden, wirkte Lübbenaus Zentrum heute geradezu verwaist. Obwohl sich die Wolken verzogen hatten und die Sonne schien, waren nur wenige Tische am *Café Bubner* besetzt. Vor dem *Café Zeitlos* sah es nicht viel besser aus. Auch wenn der LKA-Kollege nicht gewunken hätte, hätte Klaudia keine Schwierigkeiten gehabt, ihn zu sehen.

»Ich war so frei, zwei Becher Kaffee zu bestellen.« Er erhob sich halb von seinem Stuhl und reichte ihr die Hand. »Ich hoffe, das ist in Ordnung.«

»Natürlich.« Meinerts Händedruck war angenehm fest, die Hand kühl. Unauffällig musterte Klaudia den Kollegen. Meinert trug Jeans und unter dem Blazer ein weißes Shirt. Die mittelblonden Haare lockten sich im Nacken ein wenig. Nichts an ihm erinnerte mehr an den muskelbepackten Schläger aus Fiedlers Entourage. Eher wirkte er wie ein jungdynamischer Banker, der den Schlips zu Hause gelassen hatte, um einen auf lockerer Typ zu machen.

»Danke, dass Sie sich Zeit für mich nehmen.« Klaudia verzichtete bewusst auf das kollegiale Du. »Wenn ich geahnt hätte, dass das LKA Cottbus ein Einmannbetrieb ist, hätte ich Sie nicht mit meiner Anfrage belästigt.« Sie setzte sich ihm gegenüber und schob ihren Rucksack unter den Tisch.

»Es war einfach eine gute Gelegenheit.«

»Was?«, fragte Klaudia. »Das hier?« Sie zeigte auf den sonnenbeschienenen Platz.

»Nein«, widersprach Meinert. »Die Besprechung.«

»Und wofür war sie eine gute Gelegenheit?« Vergeblich versuchte Klaudia, die Wut wegzuatmen, die ihr aus allen Poren sickerte. »Wollten Sie sich mal die dämliche Kollegin ansehen, die Ihre Ermittlungen gefährdet hat?«

»Hat es so auf Sie gewirkt?«, fragte Meinert mit einem Grinsen, das schief in seinen Mundwinkeln hing. »Tut mir leid, das war nicht beabsichtigt.«

»Warum haben Sie mir überhaupt gesagt, wer Sie sind? Was sollte das?«

»Ich hab gedacht ...« Meinert räusperte sich, bevor er weitersprach.

Es tat Klaudia gut zu sehen, dass es ihm nicht besser ging als ihr.

»Jetzt, wo ich beim LKA in Cottbus bin, werden wir häufiger miteinander zu tun haben«, fuhr er fort. »Und ich wollte nicht, dass Sie es von einem anderen erfahren.«

»Wusste Demeter-Anders von Ihrem Plan?«

»Ehrlich gesagt hatte ich keinen.« Meinerts Mundwinkel verzogen sich wieder zu diesem schiefen Grinsen. Ein Kranz aus feinen Fältchen bildete sich um seine Augen. »Als Sie rumgerätselt haben, woher wir uns wohl kennen, ist mir aufgegangen, dass ich wohl nicht so einfach Hallo sagen kann.«

»Ich verstehe.« Klaudia schob sich eine Haarsträhne hinters Ohr und ärgerte sich im gleichen Augenblick über diese Geste, weil sie ihre Unsicherheit verriet. »Sie hatten wirklich keine Ahnung?« Sie dachte an ihren Unfall. Jemand hatte ihre Reifen manipuliert, und sie war sich sicher, dass sie beide diesen Jemand kannten.

»Ich war nicht Fiedlers Babysitter.« Eine Falte tauchte zwischen Meinerts dunkelblonden Augenbrauen auf. »Nur sein ...«, er hob die Hände und malte Gänsefüßchen in die Luft, »Kumpel.«

»Ein guter Kumpel?«, fragte Klaudia.

»Zumindest hielt er mich dafür. Hören Sie ...« Er beugte sich vor und senkte die Stimme. »Man kann nicht als Verdeckter Ermittler in der Szene arbeiten, ohne Beziehungen zu den Leuten aufzubauen. Man freundet sich an, macht mit, gewinnt ihr Vertrauen.«

»Und Fiedler hat Ihnen vertraut.«

»Wohl nicht genug.« Meinert sah ihr offen ins Gesicht. »Er hat nie über den Unfall gesprochen, sonst stände es in den Akten.«

Klaudia glaubte ihm. Die Wut, die aus ihren Poren sickerte, verdunstete. Sie wusste, dass Meinert recht hatte, und sie wusste auch, dass sie es im Wesentlichen ihm verdankten, dass die Gruppe zerschlagen worden war und Fiedler in Cottbus auf seinen Prozess wartete.

Die Kellnerin kam zu ihrem Tisch und stellte zwei Becher mit herrlich duftendem Kaffee vor ihnen ab.

»Also.« Meinert lehnte sich zurück. Entspannt hielt er den

Kaffeebecher in beiden Händen und musterte Klaudia über den Tassenrand hinweg. »Was willst du wissen?« Als sei jetzt alles geklärt, wechselte er zum kollegialen Du.

»Eigentlich alles, was du mir zu diesen Sprengungen von Bankautomaten erzählen kannst.«

»Das ist eine Menge«, sagte Meinert nachdenklich. »Was interessiert dich besonders?«

»Der Fall in Lübbenau.«

»Denkst du, er hat was mit deinem Toten zu tun?«

»Würdest es dir etwas ausmachen, erst einmal meine Frage zu beantworten?« Auch Klaudia lehnte sich jetzt, scheinbar entspannt, zurück. Erstes Prinzip: NLP – Neurolinguistisches Programmieren: Spiegele die Körperhaltung des Gegenübers, um Vertrauen aufzubauen.

Meinert zuckte mit den Schultern und ratterte dann die Fakten herunter, die Klaudia bereits kannte.

»Gibt es irgendetwas, das von den anderen Sprengungen abweicht?«, fragte sie, als er fertig war und von seinem Kaffee trank.

»Du meinst außer der toten Radfahrerin?« Meinert stellte die Kaffeetasse ab und blickte sich suchend nach der Kellnerin um.

»Ja«, antwortete Klaudia schlicht.

»Es war eigentlich wie immer: Gas rein, Lunte dran, Geld einsacken und dann: Nichts wie weg.«

»Wie muss ich mir das vorstellen?«

»Ganz einfach: Die Täter füllen mit einem Schlauch Gas oder eine brennbare Flüssigkeit in die Öffnungen des Geldautomaten und lösen dann mit einer Lunte oder anderen Zündvorrichtungen die Explosion aus«, antwortete Meinert. »Es ist eigentlich immer das Gleiche. Aber das muss nichts heißen«, fügte er hinzu. »Du findest Anleitungen im Internet.«

»Du meinst, im Darknet?«

»Nicht unbedingt.« Meinert lachte. »Auch auf ganz normalen Seiten. Nach so einer Sprengung findet sich immer ein übereifriger Schreiberling, der seine Leser ganz genau informieren will.«

»Es gibt also nichts, was euch veranlassen würde, andere Täter in Betracht zu ziehen?«

»Es passt alles zum üblichen Modus Operandi.« Meinert schien die Aufmerksamkeit der Kellnerin zu haben, denn er hob seine Tasse und machte mit der anderen Hand das Victory-Zeichen. Dann fuhr er fort: »Allerdings ist das kein zwingender Beweis. Trittbrettfahrer werden immer so gut wie möglich ihr Vorbild imitieren. Und weil es sich um schlichte Verbrechen und keine politisch motivierten Überfälle handelt, schreit auch niemand ›Ich war's!‹«

»Damit kennst du dich ja aus.« Der spitze Pfeil war abgeschossen, bevor Klaudias Verstand eingreifen konnte. »Sorry«, murmelte sie.

»Wie viel Asche habt ihr denn bei eurem Opfer gefunden?« Wenn Meinert sich von ihrer Bemerkung getroffen fühlte, ließ er es sich zumindest nicht anmerken.

»10.970 Euro, plus schicke Unterwäsche und ein Notebook.«

»Erbeutet wurden rund 25.000 Euro.« Meinert rieb sich das Kinn. »Könnte also die Hälfte sein.«

»Sein Anteil.« Klaudia nickte. »Habt ihr DNA vom Tatort?«

Spöttisch wanderten Meinerts Augenbrauen in die Höhe.

»Die Hoffnung stirbt halt zuletzt«, verteidigte sich Klaudia. Natürlich hatten sie DNA. Es waren Geldautomaten gewesen. Sie hatten mehr DNA, als sie jemals würden verarbeiten können.

»Dann bleibt wohl nur die gute alte Polizeiarbeit.« Seufzend versenkte Klaudia die Nase in den Kaffeebecher, den die Kellnerin gebracht hatte. Der warme Duft der Kaffeebohnen streichelte ihre Nasenschleimhaut. Wenn Ben den Geldautomaten gesprengt hatte, hatte er das bestimmt nicht allein getan. Könnte es sein, dass Jurij Lehmann sein Partner gewesen war? Unwillkürlich schüttelte Klaudia den Kopf, was ihr ein irritiertes Stirnrunzeln ihres Gegenübers einbrachte. Die beiden passten irgendwie nicht zusammen. Auch wenn Lehmann bestimmt kein Unschuldslamm war. Sie sollten noch einmal diesem Jonas Delling auf den Zahn fühlen. Gleich Montag würde sie das tun.

64. Kapitel

Stefan saß in seinem Polo und starrte auf den Hauseingang. Es war ein unscheinbares Haus, sanierte Dutzendware, die Fenster dunkel, in keiner Wohnung brannte Licht. Er ging zum Hauseingang, aus geöffneten Fenstern drangen Stimmen und leise Musik, ein Licht sprang an und tauchte die Tür in ein dumpfes weißes Licht. Der Name, den er suchte, stand ziemlich in der Mitte des Schildes, ein handgeschriebener Zettel, der neben dem Klingelknopf klebte. Stefan legte den Finger auf die Klingel, lauschte dem Hall der Schelle nach und wartete. Keine Stimme fragte nach, kein Türöffner summte. Nur in der Erdgeschosswohnung flackerte Licht auf. Er sah einen Schatten am Fenster und drückte sich unwillkürlich gegen die Eingangstür. Er wartete, bis das Licht in der Erdgeschosswohnung erlosch, bevor er noch einmal schellte. Wieder nichts. Stefan ging zum Auto zurück, steckte den Schlüssel ins Zündschloss und überlegte es sich anders. Die Kälte der Nacht kroch ihm in die Glieder, und irgendwann sank ihm das Kinn auf die Brust, und er fiel in einen unruhigen Schlaf, aus dem ihn das Zuschlagen einer Autotür weckte. Ein Paketdienst parkte direkt hinter ihm.

Stefans Nacken fühlte sich an, als sei er auf ein Rudel gespießt worden, und in seinem Kopf hämmerte der Schmerz. Er schluckte trocken. Seine Schleimhäute hatten sich über Nacht in Schmirgelpapier verwandelt. Was wollte er überhaupt hier? Er war Kahnführer, kein Rächer. Verzweifelt biss sich Stefan auf die Zungenränder, um Speichel zu produzieren, dann sah er die Wasserflasche in der Beifahrertür. Franzi hatte immer Wasser dabeigehabt. Täglich drei Liter, hatte sie gesagt, und dass er zu wenig trinken würde. Als er sich vorbeugte, um die Flasche aus der Tür zu nehmen, schoss ihm Schmerz vom Nacken in die Zehen. Die Flasche war noch halb voll, und Kohlensäureblasen stiegen auf, als er sie öffnete. Stefan trank mit Bedacht. Er meinte, den Geschmack von Franzis Lipgloss auf der Zunge zu schmecken. Dann war die Flasche leer, und er ließ sie einfach fallen. Er würde in diese Wohnung gehen und diesen Typen zum Reden bringen, selbst wenn er ihm die Wahrheit aus den Knochen prügeln musste. Er lief über die menschenleere Straße und hatte dabei das Gefühl, wie ein Geist neben sich zu schweben. Er sah seiner Hand dabei zu, wie sie sich hob, sah, wie sich sein Zeigefinger auf den Klingelknopf neben dem Zettel legte, lauschte dem durchdringenden Geräusch der Schelle und hatte dabei die ganze Zeit das Gefühl, nicht er selbst zu sein. In der Erdgeschosswohnung bewegte sich eine Gardine. Es war ihm egal. In seinem Kopf war kein Platz für solche Gedanken. In seinem Kopf war nicht mal Platz für ihn. Die Gegensprechanlage knackte, und eine verschlafene Stimme fragte, was zum Teufel los sei.

»DHL.« Stefan sagte das Erste, das ihm in den Sinn kam. Der Türsummer brummte, und Stefan raste die Stufen zur Wohnung hinauf. Er rannte, weil er Angst hatte, seine Zweifel könnten ihn einholen. Der Typ stand in Boxershorts in der Wohnungstür. Nackter Oberkörper, mächtiger Bizeps, schlafschwere Augenlider, die Haare verstrubelt.

»Was …?« Er trat einen Schritt zurück, doch Stefan war schneller und drängte sich an dem verdutzten Mann vorbei in die Wohnung. Bevor er reagieren konnte, landete Stefans Faust auf seinem Kinn.

»Scheiße, was soll das?« Delling ging in die Knie.

Stefan riss ihn an den Haaren hoch, sah die aufgerissenen Augen des Jungen, zögerte. Seit seiner Grundschulzeit hatte er keinen Menschen mehr angegriffen. Zwar hatte er sich nichts gefallen lassen, so einer war er auch nicht gewesen, aber er hatte nie den ersten Schritt getan.

»Franzi«, stöhnte er. Er schlug mit der flachen Hand zu, wie man ein Kind ohrfeigt. Doch es war kein Kind, das vor ihm kniete. Es war der Mörder seiner Frau.

»Schickt dich dieser Wolfsfreak? Traut die Sau sich nicht, selbst zu kommen?«

»Nicht der Wolfsfreak.« Stefan wusste, von wem Delling sprach. »Meine Frau schickt mich. Sie ist tot. Ihr habt sie umgebracht.«

Er sah das Erschrecken und die Schuld im Gesicht des anderen und schlug zu. Der Typ wehrte sich, doch seine Muskeln waren nur aufgepumpt. Stefans Muskeln hatten die Fließe der Spree geformt. Trotzdem gelang es dem Typen, sich zu befreien. Er floh ins Wohnzimmer, warf ihm den Couchtisch vor die Füße, wollte an ihm vorbei. Stefan holte aus und erwischte Delling an der Schläfe, er strauchelte und knallte mit dem Kopf gegen das Regal mit dem DVD-Player. Die plötzliche Stille dröhnte in Stefans Ohren. Er hatte ihn umgebracht. Er bückte sich, tastete nach der Halsschlagader seines Gegners. Er war sich nicht sicher, ob er seinen eigenen oder Dellings Puls in seinen Fingerspitzen spürte. Keuchend ging er in die Knie, Dellings Lider flatterten. Er schlug die Augen auf, starrte ihn desorientiert und verwirrt an.

»Ich bring dich zum Arzt«, sagte Stefan und glaubte es in diesem Moment selbst. Er zog Delling auf die Beine und schob ihn aus der Wohnung. Der Junge agierte wie ein Zombie. Sie traten vors Haus. Stefan kniff die Augen zusammen: Niemand war zu sehen. Er bugsierte Delling zu seinem Wagen, setzte ihn auf den Beifahrersitz und schnallte ihn wie ein Kind an. In dem Augenblick, in dem er den Blinker setzte, wusste er, dass er den Jungen auf keinen Fall zu einem Arzt bringen würde. Nicht, bevor er nicht die Wahrheit aus ihm herausgeprügelt hatte.

65. Kapitel

Am Montagmorgen war Klaudia nicht nur pünktlich, sondern so früh am Lübbener Revier, dass sie einen Parkplatz an den Bahngleisen fand. Es war ein etwas trüber Septembermorgen, die Sonne schwebte als fahle Scheibe über den Hochnebeln, und in der Luft lag die erste Ahnung von Herbst. Fröstelnd schulterte Klaudia ihren Rucksack, nahm den Kaffeebecher, den sie sich unterwegs geholt hatte, und betrat das Revier durch den Hintereingang. Die Steinfliesen glänzten feucht, und der Geruch von Zitrone überlagerte den üblichen Mix aus eingekochtem Kaffee und feuchtem Keller. Die diensthabende Kollegin blickte auf, als sie Klaudias Gruß hörte. Ihre Augenbrauen wanderten in die Höhe.

»Bist du aus dem Bett gefallen?«, fragte sie.

»Bett?« Klaudia grinste breit. »Was ist das?«

»Kommt ihr voran?« Die Augenbrauen wanderten mitleidig zur Mitte.

»Muss ja, oder?«

»Sieht so aus.« Die Kollegin konzentrierte sich wieder auf ihren Computerbildschirm.

»War's ruhig?«

»Extrem ruhig. Nur am Samstag Radau in einer Wohnung in Lübbenau«, antwortete die Kollegin. »Eine Nachbarin hat eine Schlägerei gemeldet. Als die Streife dort ankam, war allerdings niemand mehr vor Ort. Nur die aufgebrachte Nachbarin, die die Polizei gerufen hatte. Wohl so eine von der Sorte ›Blockwart‹. Die Kollegen hatten Mühe, die alte Dame zu beruhigen.«

Bei der Erwähnung der Nachbarin pochte Klaudias Ermittlerader gegen ihr Zwerchfell. »Hast du die Adresse?«

»Warte«, die Kollegin griff nach der Maus. »Hier ist es ja.« Sie nannte den Namen der Straße, in der Delling wohnte.

Klaudia beugte sich über den Tresen und drehte den Bildschirm in ihre Richtung. Die Kollegin schob ihr die Maus zu, und sie scrollte sich durch den Bericht. Die Nachbarin hatte angegeben, dass es zu einem Streit gekommen sei und die beiden Männer dann gemeinsam das Haus verlassen hätten. Der Wohnungsinhaber, ein Herr Delling, sei nur mit einer Unterhose bekleidet gewesen. Und natürlich konnte die Nachbarin weder sagen, in was für ein Auto die beiden gestiegen waren, noch hatte sie die Nummernschilder gesehen. »Scheiße.«

»Was ist mit diesem Delling?«, fragte die Kollegin.

»Das wüsste ich auch gerne.« Klaudia suchte und fand schließlich die Telefonnummer der Nachbarin. Sie tippte sie in ihr Handy, doch niemand meldete sich.

»Mist.« Klaudia steckte ihr Handy wieder ein. »Kannst du da jemanden vorbeischicken? Lass gut sein«, widersprach sie sich im gleichen Atemzug. »Ich fahre selbst hin.«

Zwei Stufen auf einmal nehmend, rannte sie die Treppe zu den Büros der Kripo Lübben hinauf. In der ersten Etage stolperte sie auf dem Treppenabsatz über das gelbe Schild, das die Putzfrau aufgestellt hatte. Petra kam gerade aus PHs Büro und setzte sich hinter ihren Schreibtisch, um den Computer hochzufahren.

»Bist du aus dem Bett gefallen?«, fragte sie. »Die Putzfrau ist noch oben.«

»Habe ich bereits bemerkt.« Klaudia humpelte zu Petras

Schreibtisch und stellte ihren Kaffeebecher ab. »Bin ich die Erste?«

»Die erste Sachbearbeiterin«, korrigierte Petra. »Du warst beim Friseur.« Kritisch kniff sie die Augen zusammen. »Sieht gut aus.«

»Danke«, antwortete Klaudia. »Wibkes Idee.«

»Ach ja?« Petras Augenbrauen wanderten in die Höhe. »Und ich dachte schon, du hättest dich wegen deines Dates am Freitag aufgehübscht.«

»Wie bitte?«

»Thang hat mir erzählt, dass du dich mit der Sahneschnitte vom LKA getroffen hast.« Petra strahlte Klaudia an. »War es nett?«

»Es war dienstlich. Außerdem ist der Kollege frisch verheiratet.« Klaudia spürte, wie ihr Hitze in den Nacken stieg. Petra war die geborene Kupplerin. Als Klaudia ganz neu im Revier gewesen war, hatte sie ihr eine Affäre mit Demel empfohlen und davor gewarnt, mit Joe auszugehen. Der würde das zu ernst nehmen, hatte sie gesagt, obwohl auch Petra, die alles wusste, nicht ahnen konnte, wie tödlich ernst es Joe gewesen war.

»Wär auch zu jung für dich gewesen.«

»Wenn du das sagst.« Klaudia schüttelte den Kopf. Die Welt war einfach ungerecht. Ihr Ex pimperte eine Frau, die zwanzig Jahre jünger war als er, und war damit ein toller Hecht. Sie trank einen harmlosen Kaffee mit einem – vielleicht zehn Jahre jüngeren – Kollegen und musste sich anhören, er sei zu jung.

»Ich bin dann fertig.« Die Putzfrau kam die Treppe herunter und bückte sich nach ihrer gelben Warntafel.

»Sag mir Bescheid, wenn PH da ist«, bat Klaudia. »Ich muss unbedingt mit ihm sprechen.«

»Was Besonderes?«

»Ich weiß nicht.« Klaudia legte die Hand auf ihren Magen. »Ich habe ein ungutes Gefühl.«

In ihrem Büro wählte sie zunächst Jonas Dellings Nummer. Vergeblich. Es meldete sich nur die Mailbox. Das Gleiche bei Jurijs Handynummer. Sie suchte nach der Festnetznummer des Hofs vom alten Fritz und erfuhr von ihm, dass Jurij nicht mehr dort lebte, also wählte sie Berghoffs Nummer. Auch da meldete sich nur die Mailbox. »Mist.« Entnervt warf sie das Smartphone auf die Schreibtischplatte.

»Dir auch einen wunderschönen guten Morgen.« Thang schob seine Fahrradtaschen unter den Schreibtisch und sich dahinter. »Bist du aus dem Bett gefallen?«

»In Dellings Wohnung hat es eine Schlägerei gegeben, und ich erreiche ihn nicht.«

»Was ist mit diesem Jurij?«

»Ebenfalls nicht zu erreichen.«

»Komische Sache.« Thang kratzte sich den Nacken.

»Du wolltest mich sprechen?« PH klopfte an den Türrahmen.

Sie setzte ihn kurz ins Bild und berichtete dann von ihrem Gespräch mit Meinert. Demel kam nun ebenfalls herein und setzte sich wie immer auf Klaudias Schreibtischkante, während PH ans Fenster trat.

»Verdächtigst du Delling?«, fragte Thang.

»Ich weiß nicht.« Klaudia dachte an den jungen Bodybuilder. »Ich könnte mir vorstellen, dass die beiden das Ding zusammen gedreht haben. Aber Mord?« Sie schüttelte den Kopf. »Er hat die Leiche gefunden, die beiden waren Sandkastenfreunde, und er war völlig neben der Spur.«

»Nichts davon spricht gegen ihn als Täter«, sagte PH. »So mancher Mörder ist erschüttert, wenn er mit den Konsequenzen seiner Tat konfrontiert ist.«

Diesem gedrechselten Satz folgte Schweigen. Mord hinterließ immer Narben auf der Seele. Nicht nur bei den Angehörigen, sondern auch bei den Tätern und den ermittelnden Beamten.

Schließlich räusperte sich PH. »Was ist mit diesem Jurij Lehmann?«, fragte er.

»Auch verschwunden«, sagte Klaudia widerstrebend.

»Wenn wir Bens Handy hätten, wären wir klüger«, seufzte Demel.

»Es wäre auch schön, wenn der Täter sich einfach so stellen würde.« Klaudia hielt nichts davon zu jammern.

»Und dass der Typ verschwunden ist, ist sicher?«, fragte Demel. »Er könnte ja zu Hause im Bett liegen.«

»Ich habe versucht, die Nachbarin zu erreichen«, sagte Klaudia. »Ebenfalls vergeblich.«

»Such dir einen Kollegen, und treib diesen Lehmann auf«, sagte PH zu Demel. »Und ihr fahrt bei diesem Delling vorbei.« Er stieß sich von der Fensterbank ab und nickte Klaudia und Thang zu. »Ich will die beiden hierhaben, und dann wird Klartext geredet.«

66. Kapitel

Die Frühnebel hatten sich verzogen, als Klaudia und Thang aus ihrem Dienstwagen stiegen und bei Delling anschellten.

»Der ist nicht zu Hause«, sagte eine Frauenstimme. »Entführt wurde er, aber das stört ja niemanden.«

Klaudia drehte sich um. In der Erdgeschosswohnung lehnte eine Frau im Fenster und musterte die Polizisten von oben herab.

»Sind Sie Frau Blaschek?«, fragte sie.

»Steht ja an der Klingel, oder?«

»Wagner. Kripo Lübben.«

»Kripo Lübben?« Misstrauisch wanderte Blascheks Blick von Klaudia zu Thang. »Na, dann wundert mich nichts mehr.« Sie schüttelte den Kopf. »Früher hätte es das nicht gegeben. Da war die Welt noch in Ordnung. Stundenlang hab ich gewartet. Und als Ihre ...«, ihr abschätziger Blick kehrte zu Klaudia zurück, » ... Kollegen dann endlich hier waren, war natürlich alles vorbei. Tot hätte er sein können.«

»Herr Delling ist also nicht wieder aufgetaucht.«

»Sag ich doch. Wahrscheinlich liegt er irgendwo in der Spree. Nicht, dass ich ihm eine Träne nachweinen würde. Immer diese laute Musik. Nicht auszuhalten. Aber es kümmert sich ja keiner.« Auf einmal kniff Blaschek die Augen zusammen, liftete ihren üppigen Busen und beugte sich weiter aus dem Fenster.

»Sie war'n schon mal hier, wa?« Dann nickte sie zufrieden. »Die Tage erst.«

»Stimmt.« Klaudia erinnerte sich an die Bewegung hinter der Gardine, als sie das erste Mal hier gewesen war, um Delling zu befragen. »Würden Sie uns bitte die Tür aufdrücken?«, fragte Klaudia.

»Dürfen Sie das denn?«

Klaudia blickte der Frau einfach nur in die Augen. Es wurde Zeit, die Unterhaltung zu beenden.

»Ja, wenn Sie meinen?« Blaschek schloss das Fenster.

»Gefahr in Verzug?«, murmelte Thang.

»Gefahr in Verzug«, bestätigte Klaudia.

Sie stiegen die Stufen zu Dellings Wohnung hinauf. Als sie den ersten Treppenabsatz erreichten, hörten sie, wie unten eine Tür geöffnet wurde. Wahrscheinlich wollte sich Frau Blaschek das Schauspiel nicht entgehen lassen. Endlich passierte mal etwas in ihrem Leben. Klaudia stellte sich auf die Zehenspitzen und versuchte, über den Spion ins Innere der Wohnung zu sehen. Als ihre Handflächen die Tür berührten, schwang sie auf.

»Nicht gut.« Thang tastete nach seiner Dienstwaffe und schob sich vor Klaudia. In der Wohnung roch es dumpf nach übervollen Aschenbechern und Dope. Verlassen, dachte sie. Es riecht verlassen. Sie drückten die Türen auf, die rechts und links abgingen. Bad: leer, ein Handtuch lag auf dem Badewannenrand. Die Klobrille war hochgeklappt. Auf dem Waschbecken lag ein Nassrasierer. Die andere Tür führte ins Schlafzimmer. Zerwühltes Bett, Fenster auf Kipp. Die nächste Tür führte in eine Küche, die nicht größer war als ein Badelaken. Auf der Anrichte zwischen Kühlschrank und Spüle standen eine Dose Eiweißkonzentrat und ein Shaker. Klaudia dachte an die Buchtitel seiner übersichtlichen Bibliothek.

»Ach du Scheiße«, sagte Thang.

Klaudia trat zu ihm. Er stand in der Wohnzimmertür. Sie blickte über seine Schulter. Bei der Befragung war der Raum sehr ordentlich gewesen, doch nun knirschten Scherben unter ihren Schuhsohlen. Der Couchtisch war eingetreten, die Sessel verschoben, als hätte es eine wilde Jagd gegeben, immer im Kreis herum. Der Plasmabildschirm lag zerschmettert in der Ecke, das Regal darunter war aus der Verankerung gerissen. DVDs und Bücher lagen wild durcheinander.

»Das sieht nicht gut aus.« Klaudia zog ihr Smartphone aus der Tasche und wählte noch einmal Dellings Nummer. Tüdeldüdeldütt! Tüdeldüdeldütt!

Klaudia drehte sich im Kreis. Irgendwo in diesem Durcheinander lag Dellings Handy, und sie hatte nicht den blassesten Schimmer, wo.

Scheißohr, fluchte sie innerlich, als sie ein Blinken im Augenwinkel wahrnahm. Thang war schneller. Er zog einen Schutzhandschuh über und grub es vorsichtig aus den Trümmern des Couchtisches.

67. Kapitel

Während Wibke und ihre Kollegen sich um die Wohnung kümmerten, versammelte sich das Team der Kripo Lübben zu einer außerordentlichen Lagebesprechung.

»Was wissen wir?«, fragte PH, der wie immer vor dem Flipchart saß.

»Wir wissen, dass Ben Gutsche tot ist«, antwortete Klaudia. »Und dass Jonas Delling nach einem Kampf verschwunden ist.«

»Das ist nicht viel«, sagte PH. »Was ist deine Arbeitshypothese?«

»Dass die beiden jemandem quergekommen sind.«

»Zum Beispiel diesem Jurij?«, fragte PH.

»Das konnten wir noch nicht klären«, mischte sich Demel ein. »Laut Frau Doktor Berghoff ist er mit einer Praktikantin irgendwo im Wald und sucht die Wölfin. Was er am Wochenende gemacht hat, weiß sie nicht.«

»Also bleibt er im Rennen?«

»Sieht so aus«, bestätigte Demel.

»Ansonsten?« PHs Blick wanderte zu Klaudia.

»Wir haben Dellings Handy gecheckt und die Nummern überprüft. In den letzten Tagen hat er eigentlich nur mit Ben Gutsches Schwester und der Muckibude, in der er trainiert, telefoniert. Viele Freunde scheint er nicht zu haben.«

»Der Täter könnte sich aus dem Verlauf gelöscht haben«, gab PH zu bedenken.

»Möglich«, erwiderte Klaudia. »Aber das werden die Kollegen der Technik rekonstruieren.«

»Glaubst du immer noch, dass die beiden den Geldautomaten gesprengt haben?« PH kniff die Augen zusammen und musterte Klaudia nachdenklich.

»Ich weiß es nicht«, gab sie ehrlich zu. Es war unprofessionell, sich an Ermittlungsansätze zu klammern.

»Ich habe ein Scheißgefühl bei der Sache.« PH stand auf und trat ans Fenster.

»Immerhin war kein Wolf beteiligt.« Demel lachte als Einziger über seinen Scherz.

»Ich gebe hier ja nur ungern den Spielverderber, aber könnten wir bitte bei der Sache bleiben?« PH kehrte zum Tisch zurück. »Immerhin ist ein Mensch tot und ein anderer verschwunden.«

Demel blickte entschuldigend in die Runde. Klaudia wusste, was ihn zu solchen Scherzen trieb. Adrenalin raste durch ihr Gefäßsystem: Fight or Flight – Kampf oder Flucht. Das war der Modus, in dem ihre Körper funktionierten. Nicht: Setz dich hin, und fasse alles zusammen. Und auch wenn ihre Köpfe wussten, dass das genau das Richtige war, reagierten ihre Körper auf das Adrenalin.

»Was ist mit der Zeugin?« PH beugte sich vor. »Kann sie den Typ wirklich nicht beschreiben?«

»Sie hat ihn nur von hinten gesehen. Laut ihrer Beschreibung ist er größer als Delling und dunkelhaarig.« Thang seufzte.

»Es ist zum Kotzen«, fluchte Klaudia. Ihr Smartphone zwitscherte.

»Das ist Wibke.« Ihr Puls beschleunigte sich. Hastig nahm sie das Gespräch an. »Was gibt's?«, fragte sie anstelle einer Begrüßung.

»Wir haben etwas gefunden, das dich interessieren dürfte.« Wibke klang direkt fröhlich.

»Warte! Ich stelle dich laut.« Klaudia drückte auf das Freisprechsymbol und legte das Smartphone auf den Besprechungstisch.

»Könnt ihr mich verstehen?«, fragte Wibke.

»Perfekt«, antwortete Demel.

»Also«, sie räusperte sich, als wollte sie zu einem langen Vortrag ansetzen.

Alles nur Show, dachte Klaudia, doch sie gönnte der Kollegin den Auftritt. Seit die Umstrukturierungen im Rahmen von »Polizei Brandenburg 2020« begonnen hatten, fühlte sich Wibke wie die Liesel von der Post.

»Wir haben in einer alten Sporttasche, versteckt unter stinkenden Socken, Geld gefunden«, sagte sie und fügte nach einer Kunstpause hinzu: »Und zwar 12.000 Euro. Ob das die Agentur für Arbeit weiß?«

»Wohl eher nicht.« Triumphierend schlug Klaudia sich mit der Faust in die Handfläche. »Es wurden rund 25.000 Euro erbeutet, das weiß ich von Meinert.«

»Sie haben also halbe-halbe gemacht.« Thang klopfte sich mit einem Stift gegen die Zähne. »Also alles ganz easy. Kein Grund, einander umzubringen.«

»Wenn sie zu zweit waren«, murmelte Demel.

»Und schon sind wir wieder bei dem geheimnisvollen dritten Mann«, fügte Klaudia hinzu. Sie hatte den gleichen Gedanken gehabt.

»Den sie über den Tisch gezogen haben könnten«, ergänzte Demel.

»Was ein Motiv wäre.« Sie verschränkte die Arme vor der Brust und sah in die Runde. Demel nickte, und Thang runzelte die Stirn. Er öffnete den Mund, schloss ihn aber wieder, ohne etwas zu sagen.

»Der dritte Mann«, murmelte PH. »Gibt es jemanden im Umfeld der Jungen, auf den wir mit dem Finger zeigen könnten?«

»Jurij Lehmann«, sagte Thang. »Er ist früher schon auffällig gewesen. Außerdem ...«, er hob den Daumen, » ... haben er und Jonas Delling sich geprügelt.« Es folgte der Zeigefinger. »Die Waffe, mit der Ben Gutsche erschossen wurde, stammt vom Hof, auf dem Jurij Lehmann lebt.« Mittelfinger. »Lehmann neigt zu Blackouts, und er hat uns nicht gesagt, dass er bei dieser Wolfswache war.«

»Wir wissen nicht, ob er da gewesen ist«, widersprach Klaudia. Sie verstand nicht, warum Thang so auf diesen Jurij fixiert war. »Chantalle ist nicht hingegangen. Dasselbe könnte für Jurij gelten.«

»Warum haben wir ihn das nicht gefragt?« Eine typische PH-Frage, auf die es nur falsche Antworten gab.

»Wir haben keine Hinweise, dass er am Tat- und späteren Fundort gewesen ist.« Klaudia blies sich den fluffigen Pony aus der Stirn. Seit dem gemeinsamen Friseurbesuch mit Wibke trug sie die Haare jetzt kinnlang mit Highlights und einen aufgehübschten Pony; vorbei die Zeiten von Seitenscheitel zu schulterlangen mausblonden Haaren. Sie war sich sehr verändert vorgekommen, als sie sich im Spiegel gemustert hatte. Verändert und irgendwie jünger. Doch nur Petra hatte es bemerkt und gleich in den falschen Hals gekriegt.

»Kann es sein, dass du diesen Lehmann magst?«, fragte Demel.

Kann es sein, dass Thang ihn nicht mag?, dachte Klaudia widerwillig, gab aber dann nach. Wenn er nicht gerade herumalberte, traf Demel meistens den Nagel auf den Kopf. Sie waren nicht hier, um Menschen zu verteidigen, sondern um die Wahrheit herauszufinden.

»Also gut«, gab sie nach, auch wenn sie das Gefühl hatte, den größten Unsinn zu verzapfen. Doch das war kein Ausschlusskriterium für Hypothesen. Das Leben verzapfte den größten Unsinn, das hatte sie in ihren langen Jahren als Ermittlerin gelernt. »Gutsche und Delling haben Jurij Lehmann benutzt und dann ausgetrickst. Zumindest ist er bei der Beuteverteilung leer ausgegangen.«

»Es kommt zum Streit«, spann Demel ihren Gedanken weiter. »Erst mit Ben, später mit Jonas.«

»Im Verlauf der ersten Auseinandersetzung erschießt Jurij Ben.«

»Aber er kommt nicht an das Geld.«

»Warum haben sich die beiden an der Weide getroffen?«, fragte Klaudia. »Wenn es so ist, wie wir annehmen, dürfte Ben Gutsche gewusst haben, dass sich Jurij Lehmann nicht einfach so abservieren lässt. Er war vielleicht ein Poser, aber so blöd kann man doch nicht sein, oder?«

»Lehmann kann ihn unter einem Vorwand dahin gelockt haben«, entgegnete Thang. »Vielleicht hat Ben Gutsche jemand anderen erwartet.«

»Du meinst Chantalle Brumme?«

»Zum Beispiel. Ben Gutsche war verliebt in die Kleine. Er kann gedacht haben, dass sie dort auf ihn wartet.«

»Wir müssen noch einmal mit ihr sprechen.«

»Kümmert euch darum.« PH nickte in Klaudias und Demels Richtung. »Wie geht die Geschichte weiter?«

»Durch die Prügelei auf dem Parkplatz gerät Delling in Lehmanns Blickfeld«, fuhr Thang fort.

»Warum da erst? Warum kennen die beiden sich nicht?«, warf PH ein. »Immerhin ist Jurij Lehmann nach deiner Theorie der dritte Mann.«

»Klingt wie ein alter Krimi«, warf Demel ein.

»Lass Thang weitermachen.« Die Fingerspitzen gegeneinandergelegt, saß PH zurückgelehnt am Tisch.

»Die Kollegen, die den Wagen verfolgt haben, haben von zwei Tätern gesprochen«, fuhr Thang fort. »Natürlich kann jemand auf dem Rücksitz gelegen haben, den sie nicht gesehen haben«, kam er möglichen Einwänden zuvor. »Aber wenn es wirklich nur zwei Täter gewesen sind, könnte Jonas Delling der Mann im Hintergrund sein und ...«

»Warum sollte Ben Gutsche die Beute mit Delling teilen?«, unterbrach Klaudia ihn. »Wenn er das Ding mit Jurij Lehmann dreht?«

»Weil wir es bei Jonas Delling gefunden haben«, sagte Thang schlicht. »Mann, Klaudia. Es ist eine Hypothese. Oder hast du eine bessere Erklärung?«

»Nein«, gab Klaudia zu und seufzte frustriert. Diese ganze Geschichte war wie ein zu kurzes Laken: Sobald man einen Fakt abdeckte, kriegte ein anderer Zugluft.

»Es kann sein, dass Jurij Lehmann nichts von der Existenz eines Dritten wusste. Er ist fremd hier, hat wenig Kontakte.«

»Vor allem keine nachweisbaren zu Jonas Delling«, unterstützte ihn Demel.

»Aber warum hat der ihm dann auf dem Parkplatz aufgelauert?« Klaudia hasste die Rolle des Teufelsadvokaten. »Das ist ja wie aufzeigen und mit den Fingern schnippen.«

»Findet ihr es nicht merkwürdig, dass Jurij Lehmann ausgerechnet in der Praxis auftaucht, in der die Schwester des Opfers arbeitet?«, fragte Demel.

»Doktor Berghoff hat ausgesagt, dass sie Jurij Lehmann dorthin gebracht hat, weil sie mit der Ärztin befreundet ist«, entgegnete Klaudia, die nicht in die Akten sehen musste, um die Fakten präsent zu haben.

»Gut, lassen wir das mal so stehen«, sagte Thang. »Egal, wer jetzt wen zum Arzt gebracht hat. Tatsache ist, dass dieser Angriff auf dem Parkplatz dazu geführt haben könnte, Jurij Lehmann auf Delling aufmerksam zu machen.«

»Das Ganze ist viel zu konstruiert. Außerdem ...« Klaudia stockte. Sie wünschte, Wibke säße mit am Tisch, dann würde sie sich nicht ganz so verlassen fühlen. »Das war alles so gleichzeitig, so inszeniert. Wie eine Choreografie. Die Auseinandersetzung hatte noch gar nicht angefangen, da waren Uwe und seine Kollegin schon vor Ort.«

»Du meinst, jemand hat im Vorfeld die Leitstelle angerufen?«

»Könnte doch sein, oder?«

»Aber das kann nicht Lehmann gewesen sein«, meinte Demel. Er kratzte sich den Nacken. »Und warum sollte es Delling tun?«

Ja, warum?, dachte Klaudia. Das machte alles keinen Sinn. »Was ist mit Bens Vater?« Sie dachte an den Mann, der seit dem Tod seines Sohnes um Jahre gealtert war. »Er könnte in Dellings Wohnung gewesen sein.«

»Wieso das?«, fragte Thang. »Hältst du etwa ihn für den dritten Mann?«

»Nein, das nicht. Aber ich war bei ihm und bin auf Delling gekommen. Vielleicht hatte er die gleiche Idee. Ich meine, Jonas Delling und Ben Gutsche waren unzertrennlich. Vielleicht wollte er ihm einfach mal auf den Zahn fühlen.«

»Das wäre möglich.« Thang legte den Kuli auf die Tischplatte und beugte sich vor. »Er könnte Delling zur Rede gestellt haben.«

»Die Situation eskaliert«, nahm Klaudia den Faden auf. »Und er nimmt den Verletzten – Slash – die Leiche mit …«

»Vielleicht hat er ihn ins Krankenhaus gebracht?«, unterbrach PH ihren Gedankenstrom. »Haben wir da schon nachgefragt?«

»Noch nicht.« Klaudia fühlte sich erwischt.

»Okay«, sagte PH. »Darum kümmere ich mich. Ihr …«, er nickte Klaudia und Demel zu, »fühlt dem Vater auf den Zahn, und Thang bleibt an diesem Jurij dran.«

Thang öffnete den Mund, als wolle er widersprechen, klappte ihn dann jedoch wieder zu, ohne ein Wort gesagt zu haben.

68. Kapitel

Die Kneipe war geschlossen, und Klaudia klingelte am hinteren Eingang. Es war Britta, die ihnen die Tür öffnete. Klaudias Herz zog sich mitleidig zusammen. Die letzten Tage hatten dem Mädchen zugesetzt. Das Haar hing in einem strähnigen Zopf über ihre Schulter, ihr Gesicht war blass, und ihre Augen waren vom Weinen gerötet. Sie wirkte nicht überrascht, dass die Polizei wieder vor der Tür stand, eher gottergeben. Klaudia fragte sie nach ihrem Vater.

»Papa ist im Großmarkt.« Brittas Stimme klang flach und schläfrig, und Klaudia fragte sich, ob das Mädchen unter dem Einfluss von Beruhigungsmitteln stand.

»Dürfen wir reinkommen?«, fragte Klaudia.

Britta zuckte mit den Achseln, führte sie dann aber in die Küche. Dampf stieg aus einem Topf auf dem Herd auf, und auf der Arbeitsplatte lagen eine Zeitung mit Zwiebelschalen, ein Küchenmesser und ein Holzbrettchen.

»Ich mache gerade Kartoffelsalat. Setzen Sie sich doch.«

»Danke.«

Klaudia und Demel setzten sich an den Küchentisch. Sie hatten verabredet, dass Klaudia die Befragung übernehmen sollte. Britta setzte sich nicht zu ihnen, sondern nahm den Topf vom

Herd und schüttete die Kartoffeln in ein Sieb, das über dem Spülbecken hing. Dampf hüllte sie ein.

»Was wollen Sie von Papa?«

»Weißt du, ob dein Vater Samstag bei Jonas Delling war?«

»Warum sollte er?« Britta wandte sich zu ihnen um und verschränkte die Arme vor der Brust. Klaudia und Demel waren jetzt der Feind, und Klaudia verstand das Mädchen sogar. Nicht nur der Mörder hatte ihr den Bruder genommen, sondern auch ihre Ermittlungen. Sie musste nun damit zurechtkommen, dass ihr kleiner Bruder ihr im Tod fremd geworden war.

»Vielleicht, um von ihm zu erfahren, woher dein Bruder das Geld hatte.«

»Mein Bruder hat keine Drogen verkauft!« Unwillkürlich sprach Britta lauter. Ihre Finger gruben sich in ihre Oberarme. »Warum haben Sie Papa gefragt, wann Ben sich das Notebook gekauft hat?«

»Weil wir auch nicht glauben, dass er Drogen verkauft hat.« Klaudia rang nur kurz mit sich, dann fuhr sie fort. »Jonas Delling ist verschwunden, und in seiner Wohnung haben wir 12.000 Euro gefunden. Am 22. August wurde der Geldautomat im Einkaufszentrum gesprengt. Die Beute betrug ca. 25.000 Euro. Also in Summe etwa der Geldbetrag, den wir bei deinem Bruder und Jonas Delling gefunden haben.«

»Sie glauben, dass Jonas meinen Bruder getötet hat?« Britta griff sich an die Kehle. Ihre Stimme klang gepresst, als würde der Gedanke sie würgen. »Die beiden waren die besten Freunde. Schon immer. Sie haben alles zusammen gemacht.«

»Das eine schließt das andere nicht aus«, sagte Klaudia. »Im Gegenteil. Es liegt nahe, dass dein Bruder und sein bester Freund den Bankautomaten gesprengt haben.«

»Oh mein Gott! Und ich …«

»Was? Und ich?« Klaudia ließ das Mädchen nicht aus den Augen. Britta schüttelte sich, als erwache sie aus einem bösen Traum.

»Nichts.« Ihre Stimme brach. Sie presste die Fingerknöchel gegen die Lippen, als wollte sie sich mit Gewalt daran hindern zu sprechen. »Gar nichts«, sagte sie schließlich. Sie atmete tief ein, dann hatte sie sich wieder in der Gewalt. »Mein Vater war Samstag nicht bei Jonas.«

»Weißt du das sicher?«, fragte Demel.

»Samstag war Bens Beerdigung.«

»Warte«, sagte Klaudia, als Demel sich nach links wandte, um zu ihrem Wagen zu gehen, den sie am Spreeschlösschen geparkt hatten. »Mir geht dieses ›und ich‹ nicht aus dem Kopf.«

»Okay.« Demel steckte sich eine Zigarette an. »Und was willst du jetzt machen?«

»Rauch in Ruhe deine Zigarette.« Klaudia zog Demel nach rechts zum *Spreewald-Idyll*. Das Wasserspiel plätscherte einladend, doch an keinem der Holztische in dem schattigen Hof saßen Gäste. Klaudia war es nur recht. Von hier aus hatten sie eine gute Sicht auf die Spreestraße. »Wir warten einen Moment.«

»Worauf?«

»Ich weiß es nicht, es ist nur so eine Ahnung.«

»Also gut.« Achselzuckend stellte Demel sich an den Brunnen und rauchte seine Zigarette. Klaudia wollte schon aufgeben, als Britta, ohne nach rechts und links zu schauen, die Spreestraße Richtung Markt entlanglief.

69. Kapitel

»Bingo«, sagte Demel. »Wohin die Kleine wohl geht?«

»Keine Ahnung«, antwortete Klaudia. »Wahrscheinlich zu ›und ich‹.«

Britta Gutsche bog vor der Brücke zum Schloss rechts in die Dammstraße ab.

»Wenn du meinst?«, brummelte Demel. »Für mich sieht es eher so aus, als sei sie auf dem Weg zum Hafen.«

Zum Hafen! Eine Erinnerung streifte Klaudia. Sie sah Schiebschick im Kahn des Mannes der toten Radfahrerin. Er war Fährmann. Schiebschick hatte seinen Namen genannt, doch sie erinnerte sich nicht. Unwillkürlich beschleunigte Klaudia ihren Schritt. Alles in ihr drängte nach vorn, doch sie zwang sich, hinter dem Mädchen zu bleiben. Heute war Montag, und deshalb war nur wenig Betrieb am Hafen. Die Verkaufsstände waren noch geschlossen, und nur der Souvenirshop hatte geöffnet. Britta sprach zunächst den Fährmann an, der am Anleger auf Gäste wartete. Als der den Kopf schüttelte, stieg sie die Stufen zum Büro der Fährleute hinauf. Es dauerte nicht lange, da kam sie wieder heraus. Klaudia und Demel traten hastig hinter einen Postkartenständer.

»Bleib du dran«, zischte Klaudia. »Ich gehe hoch und frage nach, was sie wollte.«

Sobald Britta an ihnen vorbei war, verließ Klaudia das Versteck und raste die Stufen zum Büro der Fährleute hoch.

»Ja, wenn das mal nicht meine Lieblings-*holca* ist, wa?« Schiebschick strahlte Klaudia aus tränenden Altmänneraugen an.

Er saß hinter dem Schreibtisch. Ein eher ungewohnter Anblick, aber ein erfreulicher. So sparte Klaudia sich eine Menge Formalitäten.

»Was wollte Britta Gutsche?«, fragte sie.

»Hat die *holca* was ausgefressen?«

»Ich glaube, dass sie etwas weiß, das mir helfen würde«, antwortete Klaudia. »Also: Bitte.«

»Sie wollte wissen, ob der Stefan heute fährt.«

»Stefan wer?«, fragte Klaudia ungeduldig.

»Na, der Stefan«, antwortete Schiebschick. »Der Mann von der kleinen Franziska.«

»Wo wohnt er?«

»Nicht weit.« Schiebschick nannte ihr die Adresse. »Aber was wollt ihr denn alle von ihm?«, rief er ihr hinterher.

»Ich hoffe, nichts«, sagte Klaudia zu sich selbst und raste die Treppe hinunter und zurück Richtung Markt. Stefan Endrulat wohnte in einer der Gassen, die direkt am Fließ lagen. Noch auf dem Markt hatte sie Demel eingeholt. Britta war vor ihnen, hielt ein Handy ans Ohr und bog gerade ab. Klaudia hatte den Eindruck, sie hätten auch direkt hinter ihr gehen können, ohne von ihr bemerkt zu werden.

»Ich will nicht, dass sie dahin geht«, keuchte Klaudia. »Britta!«, rief sie, bevor Demel reagieren konnte.

Das Mädchen fuhr herum, ihre Hand fiel herab, das Handy landete auf dem Kopfsteinpflaster.

»Warum willst du zu Stefan Endrulat?« Klaudia bückte sich nach dem Handy und sammelte die Einzelteile ein.

»Ich, ich«, stammelte Britta. »Nur so.«

»Wovor hast du Angst?«

»Ich … Ich habe keine Angst.« Ihre weit aufgerissenen Augen straften sie Lügen.

»Du hast es ihm erzählt, nicht wahr?« Klaudias Stimme war weich und beruhigend. Ein Daunenkissen, in das man sich fallen lassen konnte. Und Britta fiel.

»Er hat bestimmt nichts mit Jonas' Verschwinden zu tun. Bestimmt nicht.«

»Warum bist du dann hier?«

»Weil …« Schluchzend schlug Britta die Hände vors Gesicht. »Weil«, sagte sie schließlich. »Ich weiß nicht.«

»Was hast du ihm erzählt?«

»Er ist der Einzige, mit dem ich sprechen konnte. Papa war immer nur wütend, am meisten auf sich selbst, und Jonas war doch Bens Freund. Bei Stefan konnte ich einfach traurig sein, ohne Fragen, ohne Verdächtigungen. Weil: Er wusste ja, wie man sich fühlt.«

»Weil er seine Frau verloren hat.«

Britta nickte.

»Geh bitte nach Hause.«

»Ich …«

Schritte ließen Klaudia aufblicken. Es war Schiebschick, der so schnell lief, wie es sein Stock zuließ. Klaudia spürte ein Schmunzeln in den Mundwinkeln. Natürlich war der Alte ihnen gefolgt. Sie runzelte die Stirn und verschränkte die Arme vor der Brust, damit das Schmunzeln sich nicht zu einem breiten Grinsen auswuchs.

»Ich wusste gar nicht, dass du hier in der Nähe wohnst.«

»Wollt nur mal nach dem Rechten schaun, wa?« Schiebschick

hielt sich für Klaudias Schutzgeist. »Dachte, vielleicht könnste Hilfe gebrauchen.«

»Das können wir tatsächlich.« Klaudia ignorierte Demels herabfallenden Unterkiefer. »Du könntest Britta nach Hause bringen. Das wäre ganz reizend.«

Schiebschicks Mundwinkel sackten Richtung Kinn und ließen seine faltigen Wangen wie leere Tabaksbeutel herabhängen. Dann fing er sich wieder und grinste. Der Alte war ein guter Verlierer.

»Na, dann komm mal mit dem alten Onkel Schiebschick mit, wa?« Er griff nach Brittas Hand und zog sie zwischen angewinkeltem Arm und Weste hindurch. Die Schultern gerade und den Stock mit einem Anflug von Verwegenheit schwingend, marschierte er davon. Das Mädchen an seiner Seite hielt den Kopf gesenkt.

»Ein rührender Anblick«, murmelte Demel. »Du hast mir vielleicht einen Schreck eingejagt. Ich habe uns schon mit Schiebschick im Schlepptau anklingeln sehen.«

»Du mich auch.« Klaudia boxte den Kollegen gegen den Oberarm.

Das Haus, in dem Stefan Endrulat wohnte, war so unscheinbar wie alle Häuser in der engen Gasse: schmutzig weißer Putz, kleine Fenster, ein Postkasten mit Zeitungsrolle. Der einzige Farbtupfer war ein Kranz aus Trockenblumen an der Eingangstür. Dicht an der Hauswand parkte ein blauer Polo. Wahrscheinlich Endrulats Wagen. Die Polizisten stiegen die beiden Stufen zum Eingang hinauf. Auf dem schlichten Messingschild über der Klingel stand »Familie Endrulat«.

Klaudias Herz zog sich zusammen. Franziska Endrulat war schwanger gewesen, als sie starb. Stefan Endrulat hatte also nicht nur seine Frau, sondern auch sein ungeborenes Kind verloren.

Das machte ihn zu einem bedauernswerten Mann. Doch machte es ihn auch zu einem gefährlichen Mann?

Demel räusperte sich. »Willst du da wirklich so rein?«, fragte er. Wahrscheinlich dachte er das Gleiche.

»Er ist kein Killer«, flüsterte Klaudia.

»Das war die Rohloff auch nicht«, zischte Demel. »Schon klar.« Klaudia erinnerte sich zu gut an die gepflegte Mittfünfzigerin, die vor ihren Augen ihren Mann mit seinem eigenen Jagdgewehr erschossen und dann die Waffe auf sie gerichtet hatte. »Aber was willst du machen?«, fügte Klaudia hinzu. »Sollen wir vielleicht mit einem SEK da rein?«

»Hast du wenigstens deine Dienstwaffe dabei?«

»Nein.« Klaudia schüttelte den Kopf. »Ich kann Krav Maga.«

»Und ich Mikado.« Demel seufzte.

»Du hast deine SIG Sauer doch dabei, oder?«

»Natürlich.« Demel klopfte sich auf das Holster.

»Dann ist doch alles klar.« Klaudia drückte den Klingelknopf. Der Ton schrillte durchs Haus. Nichts. Sie klingelte wieder, und diesmal ließ sie den Zeigefinger auf dem Knopf liegen. Auch jetzt: keine Reaktion.

Klaudia trat von der Haustür zurück und sah sich um. Hinter dem Polo führte ein enger Durchgang zum Fließ. »Wir gehen hintenrum.« Klaudia zwängte sich an dem Wagen vorbei.

»Nach mir.« Demel griff nach ihrer Schulter und zog sie zurück. Mit entsicherter SIG Sauer schob er sich wie ein Fernsehbulle, den Rücken dicht an der Hauswand, durch den engen Durchlass.

Am Ende des Durchgangs bildete der Unterstand, in dem das Holz für den Winter gestapelt war und die Mülltonnen standen, die Grundstücksgrenze zum Fließ. Ansonsten war gerade genügend Platz für eine schmale Terrasse mit Bank und Holztisch und einer kleinen Wiese, auf der eine Hollywoodschaukel stand. Dann kam schon der Anleger mit dem hochgezogenen Fischkasten. Ein Spreewaldkahn lag am Anleger.

»Er muss zu Hause sein.« Klaudia drückte den Hebel der Terrassentür. Mit einem Klicken schwang sie auf.

»Herr Endrulat?«, rief Klaudia. »Ich bin's. Klaudia Wagner. Kripo Lübben. Wir sind uns schon einmal begegnet.« Angestrengt lauschte sie in die Stille. »Wir kommen jetzt rein.« Immer noch keine Reaktion. Irgendwo tickte eine Uhr. Dann hörte sie das Schnaufen.

»Es kommt aus dem Keller«, flüsterte Demel, der auf einmal gar nicht mehr lächerlich wirkte, wie er sich mit der Waffe im Anschlag an die Wand drückte.

Klaudia schluckte gegen die Trockenheit ihrer Mundschleimhaut an. Das Stöhnen hatte erstickt geklungen, geknebelt.

70. Kapitel

Die Sonne stand noch tief im Osten. Über ihnen raschelte der Wind in den Bäumen, das Klopfen eines Spechtes hallte durch den Wald, und Vögel zwitscherten in den Bäumen. Jurij lockerte die Schultern. Es tat gut, im Wald zu sein.

Seit er die Sache mit Fritz verkackt hatte, hatte Jurij sich nicht mehr so wohlgefühlt. Hier zu sein und das Moos unter den Schuhsohlen zu spüren fühlte sich an, als hätte er sein Leben zurück. Hier im Wald konnte er vergessen, dass er alles verloren hatte, selbst Plisch und Plum. Die beiden lebten jetzt bei Veronika auf dem Hof. Er wäre auch gerne dort untergekrochen. Doch für ihn war dort kein Platz gewesen, obwohl es ihm nichts ausgemacht hätte, bei den Hunden im Zwinger zu schlafen. Aber Veronika hatte nur den Kopf geschüttelt und ihn zunächst im Schlossberghof untergebracht. »Ist ja nur vorübergehend«, hatte sie gesagt. »Bis uns etwas Besseres einfällt.« Sie kümmerte sich um ihn wie um ein zu früh geborenes Lamm oder einen verletzten Wolf. Und genauso fühlte sich Jurij: schwach und verletzt.

Im Schlossberghof schlief er auf dem Sofa in der Kochnische und half seiner Nachfolgerin beim Eingeben der Probendaten, die von den Wolfspaten geschickt wurden. Vorgestern hatte er sich beim Tierarzt entschuldigt. Der hatte ihn zusammengeschissen, verzichtete jedoch auf eine Anzeige. Aber nur wegen Veronika, sagte er, und Jurij solle nie wieder auch nur einen Fuß in seine Praxis setzen. Wenn Jurij nicht im Schlossberghof war, streifte er durch den Wald und suchte vergeblich nach Spuren von Margot. Noch immer konnte er sich nicht erklären, wie die Wölfin sich befreit hatte.

Wahrscheinlich sei sie doch nicht so tief betäubt gewesen, wie er gedacht habe, hatte Veronika gemeint. Und habe die Chance genutzt, die sich ihr bot. Wölfe seien kluge Tiere. Margot würde schon zurechtkommen.

Gestern Abend hatte dann die Försterin vom Rochauer Revier angerufen: ein hinkender Wolf sei in der Nähe des Waldlehrpfades gesichtet worden. Sie hatte ihnen die Koordinaten durchgegeben, und nun waren sie hier. Sie hatten den Wagen an der Landstraße stehen lassen und liefen jetzt durch den lichten Wald, die Sonne immer im Rücken. Jurij wäre lieber allein gewesen, doch Veronika ließ ihn nicht mehr ans Steuer, also hatte er die FÖJlerin mitgenommen.

»Warte mal.« Im weichen Boden des Waldlehrpfades war ein deutlich sichtbarer Pfotenabdruck. Jurij bückte sich und schob etwas trockenes Laub zur Seite.

»Ist das eine Wolfsspur?« Die FÖJlerin hockte sich neben ihn. »Irre.« Mischa klang atemlos. Es war das erste Mal, dass sie auf einer Exkursion war.

»Ein einzelner Pfotenabdruck reicht nicht.« Jurij genoss es, seiner Nachfolgerin die Welt der Wölfe zu erklären. Es tat einfach gut, etwas zu wissen. Das war besser als Drogen. Wenn es um Wölfe ging, war er wer. Nicht nur ein abgefuckter Ex-Junkie, sondern jemand, der Bescheid wusste, sich auskannte.

»Hier am Weg kann das auch gut ein anderer Kanide sein.« Natürlich hätte er »Hund« sagen können, aber »Kanide« klang so nach Veronika.

Mischa nickte. »Soll ich die Spur fotografieren?« Noch während sie fragte, ließ sie den Rucksack von den Schultern gleiten.

»Noch wissen wir nicht, ob es ein Wolf ist«, bremste Jurij ihren Elan. Sie fanden noch weitere Pfotenabdrücke, sie verliefen kreuz und quer über den Pfad.

»Eindeutig ein Hund«, erklärte Jurij. »Wölfe laufen schnurgerade.« Er sah auf Veronikas Smartphone. Sie hatte es ihm gegeben, weil es GPS hatte. Wer sie erreichen wolle, müsse halt im Büro anrufen, hatte sie gesagt. Jurij blickte auf. »Aber wir nähern uns der Stelle, wo der Wolf gesehen wurde.«

»Meinst du, es ist deine Wölfin?«

»Viele Wölfe hinken.« Jurij schaffte es, scheinbar gleichmütig mit den Achseln zu zucken. Natürlich hoffte er, dass es Margot war, weil das bedeutete, dass Margot lebte, dass sein Eingreifen sie nicht getötet hatte. Es dauerte nicht mehr lange, bis sie die Stelle erreichten, an der der Wolf gesehen worden war. Hummeln taumelten über das sich im Wind wiegende Gras. Es war eine gute Lichtung, das sah Jurij sofort. Das Gras war hoch, und abgestorbene Bäume erleichterten Wölfen das Anschleichen. Wie immer auf solchen Lichtungen gab es auch hier einen Hochsitz. Später würden sie dort hinaufsteigen und sich auf die Lauer legen. Sie hatten alles dabei, um notfalls die Nacht im Wald zu verbringen.

Sie umkreisten die Lichtung, bis sie auf eine Spur trafen, die schnurgerade in den Wald führte. Jurij ließ seinen Rucksack zu Boden gleiten, holte die Spurbilder heraus und verglich sie mit der Spur, die er vor Augen hatte.

»Sie ist es«, murmelte er.

»Bist du dir sicher?«

»Ja.« Jurij strich mit dem Zeigefinger über die Abbruchkante der Spur und legte das Foto daneben.

»Hier ist Losung«, rief Mischa.

»Großartig.« Jurij stemmte sich in die Höhe. Er wollte gerade rüber zu Mischa gehen, als Veronikas Smartphone in seiner Tasche vibrierte. Er nahm es in die Hand. Veronikas Festnetznummer.

»Geh doch dran«, sagte Mischa. »Vielleicht ist es wichtig.«

»Meinst du?« Jurij hatte ein Scheißgefühl, doch schließlich wischte er mit dem Daumen übers Display. Er wandte sich ab, damit Mischa sein Gesicht nicht sehen konnte.

»Die Polizei sucht dich«, sagte Veronika. »Du sollst dich bei ihnen melden, sobald du zurück bist.«

Tränen schossen Jurij in die Augen. Seine Beine zuckten, als wollten sie loslaufen. Doch diesmal würde er nicht weglaufen. Er gehörte hierher.

71. Kapitel

»Auf drei.« Demel flüsterte, obwohl wer immer da unten auf sie wartete oder ihnen auflauerte, wusste, dass sie im Haus waren. Das Stöhnen war jetzt verstummt, und wieder dröhnte nur das Ticken der unsichtbaren Uhr durchs Haus. Die Polizisten standen zu beiden Seiten der Kellertür. Klaudia würde sie aufreißen, und Demel würde vorangehen, die SIG Sauer im Anschlag, den Finger am Abzug. Schweiß glänzte auf seiner Stirn. Auch er schluckte trocken.

Eins …

Klaudia atmete aus.

Zwei …

Sie streckte die Hand aus, legte die Finger um den Knauf.

Drei …

Klaudia riss die Tür auf, weißes Neonlicht brannte. Demel warf sich nach vorne und polterte die Treppe hinunter. Klaudia hielt sich dicht hinter ihm. Als Erstes bemerkte sie den modrigen Geruch. Es stank nach Fluss und Schweiß und Verzweiflung. Stefan Endrulat hockte in einer Türöffnung, die Beine eng am Körper, und streckte ihnen ein Smartphone entgegen. Er sah fürchterlich aus. Ein Auge war zugeschwollen, die Lippe aufgeplatzt, ansonsten war sein Gesicht so weiß wie das Neonlicht.

»Er hat gestanden«, flüsterte er.

»Herr Endrulat.« Klaudia nahm das Smartphone und kniete neben ihm nieder, während Demel sich an ihnen vorbei in den Keller drängte. »Scheiße!«

Der Klang seiner Stimme ließ Klaudia aufblicken. Der niedrige Kellerraum war als Hobbykeller eingerichtet, mit Werkzeugen an der Wand, einem Arbeitstisch und dahinter einem weiß lackierten Schaukelstuhl, in dem ein gefesselter Mensch saß: bewusstlos, das Kinn auf der Brust.

Demel zerrte sein Handy aus der Hosentasche und wählte die Kurzwahl der Leitstelle. Erst dann trat er zu der regungslosen Gestalt im Schaukelstuhl.

»Lebt er?«, fragte Klaudia.

Der Mann an ihrer Seite schluchzte.

»Ich weiß nicht«, keuchte Demel. »Mist. Ich kriege keinen Puls. Doch«, korrigierte er sich im gleichen Atemzug. »Ich habe ihn.« Demel riss das Textilband vom Mund des Opfers. Auch wenn Dellings Gesicht aussah, als sei er als Sandsack missbraucht worden, erkannte ihn Klaudia. Demel ließ sein Klappmesser aufschnappen und zerschnitt das Textilband, mit dem Delling an den Schaukelstuhl gefesselt worden war.

»Hilf mir mal«, stieß er zwischen zusammengepressten Zähnen hervor.

»Sie rühren sich nicht von der Stelle. Haben Sie mich verstanden?«

Endrulat nickte. Trotzdem behielt Klaudia ihn im Auge, während sie ihrem Kollegen half, Delling auf dem Boden zwischen Werkbank und Arbeitstisch in die stabile Seitenlage zu bringen. Mehr konnten sie im Moment nicht tun. Blut sickerte aus seinem Mundwinkel, aber er atmete, und sein Herz schlug.

»Ich habe alles aufgezeichnet. Jedes Wort, das ich aus ihm herausgeprügelt habe.« Endrulat starrte auf den Bewusstlosen. »Er und Brittas Bruder haben Franziska auf dem Gewissen. Und meinen Sohn.« Er schlug die Hände vors Gesicht und schluchzte haltlos.

»Wir müssen Sie mitnehmen.« Klaudia quetschte den Satz an der Enge vorbei, die ihr den Hals zuschnürte. Wer war hier Täter, wer Opfer?

Das an- und abschwellende Signal eines Einsatzhorns kündigte das Eintreffen des Notarztwagens an.

»Ich zeige ihnen den Weg.« Klaudia war schon an der Treppe, bevor Demel ihr widersprechen konnte. Sie brauchte diese Auszeit. Ein frischer Windhauch wehte ihr den leicht modrigen Geruch vom Fließ in die Nase.

Mit dem Eintreffen der Rettungskräfte belebte sich die Straße. Nachbarn traten aus ihren Häusern: betroffene Gesichter, neugierige Gesichter.

»Im Keller.« Klaudia wies den Rettungssanitätern den Weg. Eine zierliche Frau führte sie an, sie trug einen weißen Kittel über grüner OP-Kleidung.

Für einen Augenblick blieb Klaudia noch in der Tür stehen, schloss die Augen und atmete tief ein.

»Ist was mit Stefan?« Die zittrige Stimme einer Frau. »Hat er sich was angetan?«

»Sie sind?« Klaudia blickte auf die ältliche Frau herunter, die vor ihr stand. Sie trug einen Kittel über Gummistiefeln und das graue Haar als geflochtene Zöpfe um den Kopf gewickelt.

»Die Nachbarin.« Die Frau nickte zum nächsten Haus, wo ein kahlköpfiger Mann stand: Arbeitshose, Flanellhemd, dicke Wollsocken an den Füßen, keine Schuhe. Sein Gesicht sah aus, als hätte er gerade ein Nickerchen gemacht.

»Er war so unglücklich. Wegen der Franzi.« Die Augen der Nachbarin füllten sich mit Tränen, und für einen Moment beneidete Klaudia sie. Die Frau konnte einfach losheulen, wenn ihr danach war.

Klaudia kehrte ins Haus zurück. Demel saß jetzt mit Endrulat in der Küche. Einer der Rettungssanitäter war bei ihnen und verarztete Endrulats aufgeplatzte Lippe.

»Wir sind hier so weit«, rief die Ärztin von unten herauf.

»Moment noch«, antwortete der Sanitäter. »Kann ja nicht hexen«, brummelte er leiser. Dann sagte er zu Demel: »Der hier ist so weit verarztet. Ich denke, ihr könnt ihn mitnehmen.«

»Was ist mit dem anderen?«, fragte Klaudia.

»Das müsst ihr die Tanja fragen. Aber ich denke, den nehmen wir mit.«

»Wohin?«

»Spreewaldklinik Lübben. Das ist die nächste.« Der Rettungssanitäter schulterte seine Tasche und polterte die Treppen zum Keller hinunter. Kurze Zeit später trugen die beiden Sanitäter Delling auf einem Krankenstuhl die enge Treppe hinauf. Klaudia erwartete sie im Flur. Delling schien bei Bewusstsein zu sein, die geschwollenen Lider waren einen Spaltbreit geöffnet. Um den Nacken trug er eine Halskrause, und ein Schlauch führte von seinem Handrücken zu einer PET-Flasche, die die Ärztin trug. Klaudia trat an die Wand, um ihnen Platz zu machen.

»Das Arschloch hat mich überfallen«, lispelte Delling. »In meiner eigenen Wohnung. Das ist ein Irrer! Hören Sie? Ein Irrer.« Er wandte den Kopf in Klaudias Richtung. »Ich habe alles gesagt, was er hören wollte, nur damit er aufhört. Hören Sie. Alles!«

»Wir sprechen darüber, wenn es Ihnen besser geht.« Klaudia wusste, dass sie nichts von dem, was Endrulat mit seinem Smartphone aufgezeichnet hatte, gerichtsrelevant verwerten konnten. Und das war auch gut so. Doch sie hatten das Geld. Sie sah zu, wie Delling unter den neugierigen und entsetzten Blicken der Nachbarn in den Krankenwagen geschoben wurde. Die Ärztin kam noch einmal zurück. Sie war jung, wie die meisten Ärzte, die den Notdienst in Lübbenau abdeckten. Sie arbeiteten in den umliegenden Krankenhäusern, wenn sie nicht ihre 24-Stunden-Schichten beim DRK schoben. Sie trug ein Klemmbrett unter dem Arm.

»Wir haben ihm Tilidin gegeben«, sagte sie. »Er war schon wach und ansprechbar, als ich ihn untersucht habe«, fügte sie hinzu. »Scheint einen dicken Schädel zu haben. Wir röntgen ihn durch, aber ich glaube, dem fehlt nichts, was die Zeit nicht heilt.«

»Kann ich heute noch mit ihm sprechen?«

»Später vielleicht. Der Kollege hat Ihnen schon gesagt, wo wir ihn hinbringen?«

»Ja, nach Lübben in die Spreewaldklinik.«

»Genau.« Die Ärztin nickte. »Ich sehe mir noch eben einmal den anderen Verletzten an.«

Klaudia folgte ihr in die Küche.

»Ich bin Doktor Jezewsky.« Die Ärztin bückte sich. »Wann sind Sie geboren?« Sie stellte noch einige andere Fragen, die Endrulat alle mit monotoner Stimme beantwortete. Unter anderem fragte sie nach dem Hochzeitstag. Klaudia zuckte zusammen. Doch auch diese Frage beantwortete Endrulat mechanisch und ohne zu zögern. Der Stress hatte seine Gefühle abgeschaltet, er funktionierte wie eine Maschine.

»Das ist doch schon mal gut.« Die Ärztin lächelte. »Noch eine kurze Untersuchung, und dann haben Sie es hinter sich.«

Das glaubst auch nur du. Klaudia und Demel tauschten ein verstohlenes Augenrollen, während die Ärztin Endrulat untersuchte. Sie drückte an seinem Schädel herum und leuchtete ihm mit einer bleistiftdünnen Lampe in Augen und Ohren. Zum Schluss bat sie ihn noch, nur mit dem Blick ihrem Zeigefinger zu folgen. »Haben Sie Schmerzen?«

Endrulat schüttelte den Kopf.

»Okay.« Die Ärztin machte sich einige Notizen. »Scheint so weit alles intakt zu sein«, sagte sie schließlich und verabschiedete sich.

»Wir schicken einen Kollegen zum Krankenhaus«, sagte Klaudia.

»Tun Sie, was Sie nicht lassen können, aber ich glaube, dass Herr Delling froh sein wird, wenn er in seinem Krankenhausbett liegt, und bestimmt keinen Fluchtversuch unternimmt.«

»Sicher ist sicher.«

»Ihre Entscheidung.« Die Ärztin packte ihre Tasche und verließ die Küche. Das Heulen des Martinshorns kündigte das Eintreffen des Einsatzwagens an.

Die Kollegen von der Polizeiwache Lübben hatten eindeutig länger gebraucht als die Rettung. Aber sie hatten auch den weiteren Weg. Klaudia sprach mit ihnen ab, dass sie Endrulat nach Lübben mitnahmen und erkennungsdienstlich behandelten. Klaudia und Demel würden noch auf Wibke und ihre Kollegen von der Spurensicherung warten und dann ebenfalls zum Revier kommen und Endrulat das erste Mal befragen, bevor er zum Arrest nach Königswusterhausen gebracht wurde.

»Ich hole eben meine Kamera.« Demel drängte sich an den Schaulustigen vorbei und eilte durch die enge Gasse. Während sie auf den Kollegen wartete, rief Klaudia die Leitstelle an und bat darum, einen Kollegen zum Krankenhaus zu schicken, dann schloss sie die Tür vor den Schaulustigen und ging durchs Haus. Sie wollte wissen, was für ein Mensch Endrulat war, wenn er nicht gerade zum Rächer mutierte. Sie stieg die Stufen zum Obergeschoss hinauf, sah sich im Schlafzimmer um, im Bad und öffnete schließlich die dritte Tür. Die Rollos waren herabgelassen. Im dämmrigen Licht sah Klaudia eine Wiege mit blauem Himmel, einen Wickeltisch, eine Kommode, auf der ein Teddy saß: auf ein Kind wartend, das nie geboren werden würde. Alle Möbel schimmerten weiß, wie der Schaukelstuhl im Keller, aus dem sie Delling befreit hatten.

72. Kapitel

»Lass mal hören.« Ebenso wie Klaudia balancierte Demel eine Styroporschachtel mit Pommes und einem Burger auf dem Schoß. Sie waren auf dem Weg zum Revier, die tief stehende Sonne blendete sie. Demel biss in seinen Burger, während er den Blinker betätigte und abbog. Nachdem sie die Spurensicherung eingewiesen hatten, waren sie zu einem Drive-in gefahren. Es würde eine lange Nacht werden, und niemand konnte sagen, wann sie wieder die Gelegenheit hatten, etwas zwischen die Zähne zu kriegen. Klaudia saß auf dem Beifahrersitz und war nur froh, dass sie einen Automatikwagen fuhren, sonst hätte der multitaskingfähige Kollege auch noch schalten müssen.

»Makaber, oder?« Klaudia wischte sich die fettigen Finger an einer Serviette ab, fingerte Endrulats Smartphone aus der Tasche und drehte es nachdenklich in der Hand. »Ich komme mir vor wie in einem schlechten Film. Der Audiomitschnitt eines herausgeprügelten Geständnisses.« Sie schüttelte den Kopf und wischte mit dem Daumen übers Display. Ein Paar, das unter einem Rosenbogen stand, lächelte ihr entgegen. Der Mann trug die blaue Weste und die weiße Schiffermütze der Fährleute, die Frau eine breite weiße Haube mit einem Kranz aus geflochtenen rosafarbenen Blumen, einen schwarzen Rock, eine schwarze Schürze und eine ebenfalls schwarze Jacke mit Spitzenbesatz und darüber ein weißes Spitzentuch. Über dem Bild lag ein durchscheinendes Zahlenfeld. Eine echt sorbische Hochzeit, dachte Klaudia. »Es ist gesperrt.«

»Zeisch ma«, nuschelte Demel mit vollem Mund. Er stopfte sich den letzten Rest des Burgers in den Mund, spülte mit Cola nach und nahm Klaudia das Smartphone aus der Hand.

»Könntest du dich vielleicht aufs Fahren konzentrieren?«

»Das ist ein Hochzeitsbild.«

»Rote Ampel voraus.«

Demel sah kurz auf und bremste dann. »Wann war Endrulats Hochzeitstag?«

»Keine Ahnung.« Klaudia zuckte mit den Schultern. »Irgendwas im Mai vor zwei Jahren.«

Die Ampel wechselte zu Grün.

»Wir haben nur drei Versuche.« Demel ließ den Wagen anrollen. Noch immer sah er aufs Handy.

»Gib es mir.« Klaudia nahm ihm das Handy wieder ab. »Ich habe keinen Bock auf einen Auffahrunfall.«

»Wir können es eh nicht verwenden.« Brummelnd steckte sich Demel eine Handvoll Pommes in den Mund.

»Trotzdem.« Klaudia nahm ihr eigenes Smartphone aus der Tasche und drückte die Kurzwahl für die Leitstelle.

»Was soll ich ihn fragen?« Die Stimme des diensthabenden Kollegen klang mehr als erstaunt. »Okay«, sagte er schließlich, als Klaudia ihre Bitte wiederholte. »Solange du nicht meine wissen willst.« Er rief: »Kann mal einer unseren Neuzugang nach seiner Handy-PIN fragen? Dauert 'nen Moment«, fügte er in Normallautstärke hinzu. »Der Herr hat gerade ein Fotoshooting.«

»Ich habe Zeit.« Klaudia schaltete die Freisprechanlage an und stippte ihren Burger in die Mayonnaise, während sie der freundlichen Frauenstimme lauschten, die sie in mehr Sprachen, als Klaudia verstand, darum bat, sich einen Augenblick zu gedulden. Es knackte, und der Kollege sagte: »150 512, sein ....«

»Ich weiß«, unterbrach Klaudia den Kollegen, » ... sein Hochzeitstag.«

»Willst du auch noch seine Kontonummer?«

»Später vielleicht.« Klaudia drückte das Gespräch weg und steckte sich nachdenklich eine Pommes in den Mund. Auf einmal war sie gar nicht mehr so scharf darauf, sich den Mitschnitt einer Folter anzuhören.

»Nun stell's endlich an.« Demel klappte seine nun leere Styroporschachtel zu und beförderte sie in den Fond des Wagens. Sie fuhren jetzt auf der Autobahn, das war zwar ein Umweg, aber um diese Tageszeit deutlich schneller.

»Also gut.« Klaudia war genauso neugierig wie ihr Kollege, außerdem waren die Pommes pappig und der Burger fade. Ich bin zu alt für den Scheiß, dachte sie. Mit dem Daumen fuhr sie über das Ziffernfeld.

»Bingo.« Sie tippte auf das Symbol für Audiodatei.

Es war grässlich, mit anzuhören, wie Delling zum Reden gebracht wurde. Das Klatschen von Ohrfeigen, das dumpfe Dröhnen von Fausthieben, das Keuchen, das Schluchzen.

»Es war Ben«, kreischte Delling schließlich. »Er hat die Dinger aus dem Auto geschmissen.« Schluchzen, würgen. »Wirklich. Ich bin gefahren.« Das Schluchzen klang jetzt, als würde es nicht nur von Delling kommen. »Ich hab nicht gewusst, dass er die Dinger dabeihat.«

»Stell's aus, sonst kommt mein Burger retour.« Demel schüttelte den Kopf. »Scheiße.«

»Wie verzweifelt muss man sein, um so etwas zu machen.« Klaudia steckte das Handy weg.

»Meinst du, dass dieser Delling Ben Gutsche erschossen hat?«

»Wenn, dann werden wir es herausfinden.«

»Aber warum? Wegen des Geldes ja wohl nicht.«

»Gute Frage.« Klaudia dachte an die beiden Freunde. Der eine ein Poser, der das Geld mit beiden Händen ausgab, der andere, der es unter stinkenden Socken versteckte, um nicht aufzufallen. War das der Grund? Oder war alles ganz anders? Wenn Jonas Delling nicht der Mörder war, hatten sie nichts, absolut nichts. Das Keckern einer Elster riss sie aus ihren trübsinnigen Überlegungen. Klaudia kramte ihr Handy aus dem Rucksack.

»Was will denn Thang?« Sie drückte die Freisprechfunktion. »Ist dir langweilig?«

»Wo seid ihr?«

»An der Ausfahrt«, antwortete Klaudia. »Wir sind gleich am Revier.«

»Ich glaube nicht«, sagte Thang mit düsterer Stimme. »Wir haben ein Problem.«

73. Kapitel

Ein Problem, hatte Thang gesagt. Klaudia starrte auf das Heck des Wagens vor ihnen. Ihr Herzschlag beschleunigte sich und pumpte Adrenalin durch ihre Arterien. Alles um sie herum wurde klarer, als hätte sie eine Brille aufgesetzt. »Ist was mit Endrulat?« Sie drückte das Lautsprechersymbol, damit Demel mithören konnte.

»Das wäre die bessere Alternative.«

»Mach's nicht so spannend, Rudnik«, mischte sich Demel ein.

»Delling hat den Kollegen, den wir zum Krankenhaus geschickt haben, entwaffnet und als Geisel genommen.«

»Das ist jetzt nicht wahr, oder? Wie konnte das passieren?« Klaudia starrte auf das Handy in ihrer Hand, als habe es sich in eine züngelnde Schlange verwandelt.

»So zerschlagen, wie der ist?« Demel schüttelte fassungslos den Kopf. »Wen habt ihr denn zum Krankenhaus geschickt? Einen Praktikanten?«

»Natürlich nicht«, zischte Thang. »Die Leitstelle hat einen POK Kuloth hingeschickt.« Er benutzte die interne Abkürzung für Polizeioberkommissar.

Kuloth?, dachte Klaudia. Irgendetwas klingelte bei ihr, sie konnte es nur nicht fassen.

»Und wen noch?«, fragte Demel.

»Sonst niemanden.« Thang klang nicht, als würde er das gerne sagen. »Er sollte sich ja nur vor das Patientenzimmer setzen.«

»Na ja.« Demel schnaubte. »An Kuloth wäre zumindest niemand vorbeigekommen, so fett, wie der ist.«

Jetzt wusste auch Klaudia, von wem er sprach. Der Kollege hatte den Leichenfundort an der Schafweide gesichert.

»SEK und die Einsatzhundertschaft aus Cottbus sind angefordert.«

»Na denn.« Demel klatschte das mobile Einsatzsignal aufs Wagendach und gab Gas.

Aus allen Himmelsrichtungen strömten Einsatz- und Mannschaftswagen der Polizei zum Krankenhaus, und uniformierte Kollegen waren damit beschäftigt, das Gelände weiträumig abzusperren. Demel parkte den Wagen auf einem freien Feld rund um den Hubschrauberlandeplatz, und sie stiegen aus. Ein Hubschrauber war gerade gelandet. Kaum standen die Rotorblätter still, sprang ein bulliger Typ mit Sonnenbrille und kurz geschorenen, an den Schläfen ergrauten Haaren aus der Kabine. Er trug die schwarze Uniform der Einsatzhundertschaft. Klaudia erkannte ihn, als er die Sonnenbrille abnahm und auf sie zukam. Ihm folgte eine schmale Gestalt in fliederfarbenem Hosenanzug, die ebenfalls eine Sonnenbrille trug. Demeter-Anders.

»Die fehlt mir gerade noch.« Klaudia unterdrückte ein Stöhnen und hielt ihre Mundwinkel in der Waagerechten.

»Üble Sache.« Der Einsatzleiter reichte ihr die Hand.

»Sie kennen Herrn Bach?«, fragte Demeter-Anders.

»Detlev«, korrigierte der Einsatzleiter. »Und ja. Wir hatten bereits das Vergnügen.« Nichts in seinem kantigen Gesicht verriet, dass er sie aus einem Blutbad herausgeholt hatte.

»Das kannst du laut sagen.« Auch Klaudia ließ sich nichts anmerken. Stenogrammartig setzte sie ihn und die Staatsanwältin ins Bild.

»Also ist unsere Zielperson verletzt.« Detlev nickte. »Hat er Schmerzmittel gekriegt?«

»Tilidin«, sagte Klaudia. »Das ist ein Opioid.«

»Das dürfte ihn langsamer machen.«

»Nicht langsam genug.« Klaudia dachte an den Kollegen, den Jonas Delling überwältigt hatte.

»Dieser Fall ist ein Desaster.« Demeter-Anders schob sich die Sonnenbrille in die Haare. »Erst ein Wolf und nun das. Die Zeitungsfritzen werden uns in der Luft zerreißen. Ich sehe schon die Schlagzeilen: Geiselnahme im Krankenhaus.«

Scheiße, wir haben die gleiche Frisur, schoss es Klaudia höchst unprofessionell durch den Kopf. Sie fing sich jedoch, bevor diese Erkenntnis sich auf ihren neutralen Gesichtsausdruck auswirken konnte.

»Delling war übel zugerichtet«, mischte sich Demel ein. »Er konnte sich kaum auf den Beinen halten. Das hier ...«, er nickte in Richtung des Krankenhauses, » ... war nicht abzusehen.«

»Natürlich haben Sie recht.« Aalglatt legte die Staatsanwältin den Schalter um. Sie wusste ebenso gut wie jeder andere, dass es im Moment nicht darum ging, Schuldige zu finden, sondern darum, das Leben der Geisel zu retten. »Sie hatten tatsächlich den richtigen Riecher.« Anerkennend nickte sie Klaudia zu. »Gratuliere.«

»Nicht dazu.« Klaudia wandte sich ab. Thang war zu ihnen getreten.

»Er hat sich mit der Geisel in einem Krankenzimmer verschanzt«, berichtete er. »Wir haben die Verhandlungsgruppe angefordert. Aber er sagt, er will nur mit dir reden.«

»Mit mir?« Unwillkürlich tippte sich Klaudia auf die Brust.

»Zumindest bist du die einzige Kollegin, auf die die Beschreibung ›blonde Polizeischnalle‹ passt.«

»Ich bin auch blond.« Demel fuhr sich mit der Hand übers Haar.

»Aber keine Schnalle«, antwortete Thang. »Eher ein Pausenclown.«

»Geht's vielleicht sachlicher?«, fragte Demeter-Anders, und Klaudia ertappte sich dabei, dass sie die Meinung der Staatsanwältin teilte.

»Okay«, sagte sie. »Rede ich mit ihm.« Sie setzte sich in Bewegung, doch Detlev hielt sie zurück.

»Nicht, bevor wir dich nicht ausstaffiert haben.«

Das Patientenzimmer, in dem sich Delling verschanzt hatte, lag in einem Seitenflügel in der zweiten Etage. Nachdem die Kollegen sie ausstaffiert hatten, betrat Klaudia den kleinen Garten, der unter diesem Fenster lag. Eine Taube flatterte auf und landete auf dem Flachdach eines angrenzenden Gebäudes. Auch wenn sie der einzige Mensch weit und breit zu sein schien, wusste Klaudia, dass sie von Scharfschützen umgeben war. Sie trug ein Megafon in der Hand und eine schutzsichere Einsatzweste, die ihr zu weit war und deren Gewicht sie an ihre eigene Zeit in einer Einsatzhundertschaft erinnerte. Damals hatten sie Atomkraftgegner von Bahngleisen getragen. Ein ermüdender und frustrierender Job, den sie gehasst hatte. Wie gerne würde sie genau das jetzt tun. Es knackte in ihrem gesunden Ohr.

»Kannst du mich hören?« Eine Frauenstimme traf leicht verzerrt auf ihr Trommelfell.

Dich schon, dachte Klaudia. Alle anderen Geräusche waren gedämpft. Sie drückte auf »Sprechen« und bestätigte den Empfang.

»Ich bin Svenja von der Verhandlungsgruppe«, stellte die Frau sich vor. »Ich werde dich unterstützen.«

»Danke. Ich kann Unterstützung gebrauchen.«

»Du machst das großartig.«

Was mache ich denn? Klaudia lockerte die Schultern. Noch stehe ich hier einfach dumm rum.

»Sobald er am Fenster auftaucht«, Detlefs Stimme, »haben wir ihn im Visier. Eine falsche Bewegung, und wir eröffnen das Feuer.«

»Verstanden.« Der Gedanke, als Zielscheibe inmitten des Hofes zu stehen, trieb Klaudia den Schweiß aus den Poren. Sie blickte am Gebäude hoch und zählte die Fenster ab. Beim vierten Fenster hielt sie inne. Die Sonne spiegelte sich in den Scheiben. Dort musste er stehen, die SIG Sauer im Anschlag. Sie fragte sich, was er mit Kuloth gemacht hatte. Vielleicht war der Kollege gefesselt, vielleicht bewusstlos, vielleicht bereits tot? Klaudia schluckte trocken, dann hob sie das Megafon an die Lippen.

»Herr Delling!« Die Wände warfen den Hall ihrer Stimme zurück. »Ich bin es. Klaudia Wagner, die Polizistin, mit der Sie sprechen wollten.«

74. Kapitel

Zuerst passierte nichts, nur die Tauben in den Bäumen gurrten, dann erschien eine Gestalt am Fensterspalt.

»Nicht schießen.« Es war nicht Dellings Stimme, sondern eine atemlose Stimme, die gequetscht klang. Kuloths Stimme. Klaudia sah das hochrote Gesicht des Kollegen. Um seinen feisten Hals war eine Krawatte geschlungen. So eng, dass sie ins Fleisch schnitt.

So leid Klaudia der Kollege tat, jetzt in diesem Moment war sie einfach nur erleichtert. Er lebte.

»Er will einen aufgetankten 5er BMW als Fluchtwagen«, keuchte Kuloth, »und 250 000 Euro in kleinen Scheinen. Der Wagen soll vor dem Portal halten, und die Kollegin«, mit zitternder Hand zeigte er auf Klaudia, »soll ihm das Geld und die Autoschlüssel bringen.« Ein Ruck ging durch seine Gestalt. Seine Finger fuhren hoch zu seinem Hals. »In Unterwäsche und mit Handschellen und dazugehörigem Schlüssel«, krächzte er schließlich, dann verschwand er vom Fenster.

»Sag ihm, dass wir Zeit brauchen«, murmelte Svenjas Stimme in ihrem Ohr.

Klaudia hob das Megafon und bat um Zeit.

Wieder erschien Kuloths angstverzerrtes Gesicht im Fenster. »Zwei Stunden«, krächzte er.

»Sag vier, dann einigt ihr euch auf drei.« Auch wenn es ihr widerstrebte zu handeln, tat Klaudia, was Svenja verlangte.

»Das machst du großartig«, murmelte Svenja, als Kuloth ihnen Dellings Zustimmung mitteilte. »Und nun gehst du langsam rückwärts.«

Ein Schritt, ein zweiter, ein dritter. Hände griffen nach ihr. Klaudia fiel das Megafon aus den Händen. Die Kollegen führten sie zu einem Einsatzbulli mit verdunkelten Scheiben. Im Bulli warteten Detlev, Demeter-Anders und eine schlanke Frau Anfang fünfzig, die sich als Svenja vorstellte. Sie griff nach Klaudias Hand und drückte sie fest.

»Das hast du großartig gemacht.« Svenja lächelte so strahlend, dass Klaudia das Gefühl hatte, dieser Satz sei nicht einfach so dahergesagt. »Wie fühlst du dich?« Svenja neigte den Kopf zur Seite. Ihre Stimme war sehr viel angenehmer, als der verzerrte Klang aus dem Funkohrstöpsel im Ohr hatte vermuten lassen.

»Ich muss aufs Klo.« Klaudia zerrte sich den Funkohrstöpsel aus dem Ohr und schälte sich aus der schusssicheren Weste. »Sorry.«

»Geht mir auch immer so.« Svenja nickte verständnisvoll, während Demeter-Anders und Detlev intensiv auf den Monitor starrten, der den nun leeren Krankenhaushof zeigte.

Demeter-Anders' Mundwinkel zuckten. »Im Krankenhausfoyer ist eine Besuchertoilette«, sagte sie.

Klaudia verließ den Wagen und eilte an den martialisch aufgerüsteten Kollegen der Einsatzhundertschaft vorbei. Die Sonne schien, die Vögel sangen, und in drei Stunden würde sie in Slip und BH einem verzweifelten und bewaffneten Mann gegenübertreten, der wahrscheinlich bereits einen Mord auf dem Gewissen und nichts mehr zu verlieren hatte.

Erst als Klaudia in der Sicherheit der Toilette saß, überrollte sie der Gedanke mit aller Macht: Delling wollte sie als Geisel. Sie biss sich in den Handrücken und atmete gegen die Panik an. Du kannst das nicht, schrie eine Stimme in ihr, und gleichzeitig sagte die Polizistin in ihr: Du kannst das. Er will dich, weil er dich nicht ernst nimmt. Das ist ein Fehler. Als Klaudia das Foyer verließ, sah sie Pfarrer Welber. Er stand an der Absperrung und sprach mit aufgelösten Menschen, die zu ihren kranken Angehörigen wollten. Er nickte ihr aufmunternd zu. Ob er es bereits wusste?

Während die Kollegen die letzten Vorbereitungen trafen, rief Klaudia Conny an und sprach ein paar Worte mit ihrer Stiefmutter und ihrem Vater. Sie erzählte ihnen von dem Kater und dass es ihr gut ginge und sie bald mal wieder zu Besuch käme. Sie erzählte ihnen nicht, dass sie gleich zu einem Geiselnehmer in den Wagen steigen würde. Warum sollten sie sich Sorgen machen? Wenn es schiefging, würden sie es früh genug erfahren, und wenn es gut ging, würde sie ihnen beim nächsten Besuch davon erzählen.

»Hübsches Sümmchen.« Detlev stieß einen leisen Pfiff aus. Er stand vor dem geöffneten Geldkoffer und starrte hinein. Auch Klaudia konnte den Blick nicht abwenden. Noch nie hatte sie so viel Geld auf einem Haufen gesehen.

»Ich hoffe, das ist alles echt.« Sie räusperte sich. Seit sie wusste, dass sie Kuloths Platz einnehmen würde, wuchs dieser Kloß in ihrem Hals.

»Keine Panik«, beruhigte sie Svenja. »Wir gehen kein Risiko ein.«

»Ich weiß.« Klaudia gelang ein ziemlich schiefes Lächeln. Aus dem gleichen Grund hatten die Kollegen sich dagegen entschieden, Klaudia zu verdrahten. Allerdings schwebte knapp oberhalb des Patientenzimmers, in dem sich Delling mit der Geisel aufhielt, eine Drohne mit einem extrem guten Mikrofon, die jedes

Geräusch aus dem Zimmer aufnahm. Doch was immer im Moment in dem Zimmer vor sich ging, es geschah lautlos.

»Wenn du oben bist, halte die Hände locker mit den Handflächen zu ihm.« Svenja hob die Hände vor die Brust, um Klaudia die Haltung zu demonstrieren. »Stell eine Verbindung zu ihm her, such Augenkontakt.«

Klaudia nickte. Sie wusste, was sie zu tun hatte, trotzdem tat es gut, alles noch einmal zu hören.

»Ich bin sicher, das wird dir leichtfallen, schließlich hat er ausdrücklich nach dir gefragt. Er vertraut dir.«

»Ich glaube eher, er unterschätzt mich.«

»Keine eigenmächtigen Aktionen!« Demeter-Anders' Stimme klang alarmiert.

Klaudia nickte, den Blick auf ihre Füße gesenkt, die in Einmalbadeschlappen steckten, wie man sie in guten Hotels bekam. Der Nagellack an der rechten Großzehe war abgesplittert. Sie schob den linken Fuß über den rechten. Es war ein Scheißgefühl, halb nackt darauf zu warten, dass es endlich losging. Ihre Atmung war beschleunigt, ihr Pulsschlag erhöht, ihre Haut kühl. Sie fühlte sich wie ein Rennpferd in der Startbox. Wenn sie erst einmal unterwegs war, würde das Adrenalin sie tragen, doch jetzt machte es, dass sie glaubte, in der Enge des Einsatzwagens zu ersticken. Obwohl es im Einsatzwagen warm und stickig war, zog sie fröstelnd die Schultern hoch. Irgendwer hatte ihr eins dieser Flügelhemdchen besorgt, die Frischoperierte trugen. Darunter trug sie nur noch BH und Höschen.

»Wir sind immer ganz dicht an dir dran«, sagte Svenja. »Vergiss das nicht. Du bist nicht allein.«

»Alles klar«, erwiderte Klaudia. Obwohl sie genau das sein würde. Allein.

»Der Wagen ist da.« Detlev schob die Seitentür auf. Ein kühler Luftzug strich über Klaudias nackten Rücken.

»Also dann ...« Svenja griff nach dem Megafon und ging in den Hof.

Klaudia nahm die Menschen um sich herum nur als Schatten wahr. Hubschrauber kreisten über dem Gelände. Das Rattern ihrer Rotorblätter überlagerte sämtliche anderen Geräusche. Detlev ging zügig, und es fiel ihr schwer, in den zu großen Badeschlappen mit ihm Schritt zu halten. Noch trug sie das Flügelhemdchen, trotzdem fühlte sie sich nackt. Am Rande ihres Gesichtsfeldes flammten Blitzlichter auf. Plötzlich war Pastor Welber an ihrer Seite, schirmte sie mit seinem mächtigen Körper vor den Blicken der Schaulustigen ab. Dankbar lächelte Klaudia ihn an.

»Du schaffst das«, flüsterte er. »Ich werde für dich beten.«

»Mach das«, sagte Klaudia. Sie konnte jede Unterstützung gebrauchen.

Ein schnittiger roter Wagen parkte direkt vor dem Eingang. Blutrot, schoss es Klaudia durch den Kopf. Wahrscheinlich hatten sie die Farbe gewählt, um ihn besser im Auge zu behalten. Dabei hatten sie das überhaupt nicht nötig. Der Wagen war mit einem GPS-Sender präpariert. Er steckte in einer der Radkappen. Die Hubschrauber sollten nur davon ablenken und Dellings Stresslevel erhöhen. Zum ersten Mal fragte Klaudia sich, wohin Delling überhaupt wollte. Selbst wenn er versuchte, sich nach Polen oder Tschechien abzusetzen, hatte er keine Chance. Egal, wohin die Reise ging, überall warteten Polizisten auf ihn. *Hase und Igel.*

Welber drückte ihr noch einmal aufmunternd die Schulter, dann fiel er zurück. Im Foyer waren nur noch vermummte Kollegen der Spezialeinheit. Wenn sie das nächste Mal hier durchging, wären sie unsichtbar, jetzt streckten sie ihr die gereckten Daumen entgegen. Klaudia folgte Detlev in den Aufzug, der bereits auf sie wartete. Schweigend fuhren sie in die zweite Etage.

»Okay?«, fragte Detlev.

»Okay.« Klaudia hob die Hände über die Schultern und löste den Knoten des Patientenhemdes. Detlev nahm es über den Arm und reichte ihr Autoschlüssel und Koffer. Das plötzliche Gewicht zog an ihrem Arm. Der Koffer war deutlich schwerer, als sie erwartet hatte.

»Du hast recht«, sagte Detlev bedächtig. »Er unterschätzt dich.« Und dann fügte er, schon im Aufzug stehend, hinzu: »Weißt du: Es wäre besser, er steigt nicht in den Fluchtwagen.«

Klaudia wartete, bis sich die Aufzugstür hinter ihm schloss, bevor sie an die Tür des Zimmers 226 klopfte. Während sie auf die Geräusche aus dem Inneren lauschte, fragte sie sich, ob Detlevs letzte Bemerkung eine Aufforderung gewesen war.

75. Kapitel

Die Geisel öffnete ihr die Tür. Sofort hüllte Klaudia eine Wolke aus Schweiß, Angst und dem Gestank von Erbrochenem ein, die sie nach Luft schnappen ließ. Noch immer war diese erschreckend enge Krawatte um Kuloths Hals geschlungen.

»Ich muss dich abtasten«, keuchte er.

»Kein Problem.« Klaudia stellte den Koffer ab und hob die Arme. Autoschlüssel und Handschellen baumelten von ihrem Zeigefinger. Kuloths schweißnasse Hände strichen über ihren Körper. Als er sich bückte, sah sie in das verquollene Gesicht von Jonas Delling. Er hielt die SIG Sauer auf sie gerichtet. Sein Arm zitterte. In der anderen Hand hielt er das breite Ende der Krawatte, mit der er Kuloth kontrollierte. Delling schwitzte mindestens so stark wie sein Opfer, die Haut war stressbleich. Er musste tierische Schmerzen haben und ebenso tierische Angst. Eine tickende Zeitbombe.

»Ich habe alles, was Sie haben wollten.« Klaudia sah ihm in die Augen. »Das Geld, den Fluchtwagen.« Sie schluckte. »Die Handschellen.«

»Sie ist sauber.« Keuchend richtete Kuloth sich auf.

»Reinkommen.« Delling zog ihn wie einen Hund zurück und wedelte auffordernd mit der SIG Sauer. Nach einem kurzen Zögern folgte Klaudia der Aufforderung.

»Leg die Sachen auf das Bett.« Delling zeigte auf das vordere der beiden Betten.

Es war ein typisches Zweibettzimmer mit den üblichen Armaturen. Die Vorhänge waren vors Fenster gezogen und tauchten den Raum in diffus gelbes Licht.

»Und jetzt mach ihn fest.« Delling zeigte auf das zweite Bett. Erst jetzt bemerkte Klaudia die Handschellen, die am Bettgestell baumelten. Es hatte keinen Zweck, sich zu widersetzen. Außerdem hatte sie damit gerechnet, Kuloths Stelle einzunehmen.

»Es tut mir leid«, sagte sie, als sich die Handschellen um die feisten Handgelenke des Kollegen schlossen. Rote Striemen in der Haut verrieten ihr, dass er bis zu ihrem Eintreffen an dieses Bett gefesselt gewesen war. Sie lockerte die Krawatte. Ein erleichtertes Stöhnen stieg in seiner Kehle auf.

»Es tut mir leid«, krächzte er.

»Mach dir keinen Kopf.« Klaudia lächelte ermutigend auf ihn herab. Er hatte es hinter sich. Sobald sie das Krankenhaus verlassen hatten, würden sich Kollegen, Ärzte und Welber um ihn kümmern.

»Hört auf zu quatschen.« Dellings Stimme klang ebenso gepresst wie die seiner Geisel. »Mach den Koffer auf. Aber langsam«, fügte er hinzu. »Sonst knall ich dich ab.«

Klaudia erhob sich langsam, die locker geöffneten Hände in Brusthöhe. Sie sah ihm in die Augen. »So wie Ben?«

Für die Dauer eines Wimpernschlags krümmte Delling sich, dann hatte er sich wieder in der Gewalt. Ihr Schuss ins Blaue hatte mitten ins Schwarze getroffen. Die letzten Stunden hatte sie sich gefragt, warum er dieses Geiseldrama riskierte. Es wirkte so überdimensioniert für einen einfachen Raubzug. Also war sie auf das Naheliegende gekommen. Er war der Mörder, den sie suchten. Er hatte seinen besten Freund getötet.

»Halt die Schnauze!« Delling drückte die Mündung der SIG Sauer gegen Klaudias Stirn. Sein Kehlkopf hüpfte über den Hals. »Du hast ja keine Ahnung!«, keuchte er. Schweiß perlte ihm in die verquollenen Augen. Er blinzelte, und Klaudia handelte: instinktiv, blitzschnell. Ihre Hände fuhren zum Lauf der Waffe. Gleichzeitig sackte sie in die Knie und hebelte Delling mit einer fließenden Bewegung der Handgelenke die Waffe aus der Hand. Dann ging sie zum Angriff über und rammte ihm den Griff der SIG Sauer auf die Nasenwurzel. Delling schrie auf, ein Tritt ins Gemächt ließ ihn zusammensacken. Noch einmal traf ihn der Waffengriff, diesmal auf den ungeschützten Nacken. Delling ging zu Boden, und sofort war Klaudia über ihm, presste ihm das Knie ins Kreuz und verdrehte ihm den Arm auf den Rücken. »Sie sind verhaftet«, keuchte sie, dann hob sie den Kopf und rief Richtung Drohne: »Wir haben ihn! Er ist entwaffnet und außer Gefecht gesetzt.«

Sekunden später flog die Tür auf.

»Gut gemacht, Mädchen.« Detlev half ihr auf die Beine.

Klaudia zitterte, ihre Knie fühlten sich an, als seien ihre Knorpel zu Brei gekocht.

»Hast du nicht Lust zu wechseln?«

»Ich bin zu alt für so einen Scheiß.« Klaudia sackte neben dem Geldkoffer aufs Bett. »Vielleicht sollte ich in Frührente gehen.« Sie klopfte auf den Kofferdeckel, dann kamen ihr die Tränen.

76. Kapitel

Auf einmal waren alle da: Demel, Thang, PH und sogar Uwe. Ihre Stimmen füllten das Krankenzimmer. Sie umringten Klaudia und hüllten sie in ihre Fürsorge. Klaudia wären ihre Klamotten lieber gewesen, und das sagte sie schließlich auch.

Es war Welber, der ihr ihre Sachen brachte. Außerdem einen dampfenden Becher heißer Schokolade. »Ich habe noch zwei Päckchen Zucker reingetan«, sagte er.

»Mir geht's gut.« Klaudia stellte den Becher auf den Nachttisch. Allein der Gedanke an etwas Süßes ließ sie schaudern. Sie blickte sich um. Wenn man einmal von dem Gewühl absah, sah das Zimmer jetzt wieder aus wie ein ordinäres Krankenzimmer. Koffer und Handschellen waren verschwunden. Rettungssanitäter hatten Kuloth hinausgeschafft, und auch Delling wurde bereits verarztet.

»Wie geht's ihm?«, fragte Klaudia.

»Er wird den Schrecken überwinden«, antwortete PH. »Außerdem fühlt er sich schuldig.«

»Ich meinte Delling.«

»Hat böse was auf die Nase gekriegt«, antwortete Demel. »Krav Maga ist wohl doch effektiver als Mikado.«

»Worauf du einen lassen kannst.« Klaudia lachte. Das Lachen

kam ebenso spontan wie gerade die Tränen. Einfach laufen lassen, dachte sie.

Die Kollegen fielen ein, auch wenn der Witz eher ein Insider war.

»Meinen Bericht kriegst du morgen«, sagte Klaudia zu PH. »Ich will nur noch nach Hause.« Sie nahm den Plastikbeutel mit ihren Habseligkeiten, stand vom Bett auf und zog sich ins Bad zurück. Sie hörte die Stimmen der Kollegen und schließlich Welbers sonore Pastorenstimme, der dafür sorgte, dass sie das Zimmer verließen.

Ganz so schnell kam Klaudia dann doch nicht nach Hause. Sie musste sich erst durch ein Spalier applaudierender Kollegen arbeiten, selbst Demeter-Anders umarmte Klaudia und gratulierte ihr, dann musste sie natürlich alles in allen Einzelheiten erzählen. Und so war es schon Nacht, als Klaudias Peugeot in den Hof ihres kleinen Hauses am Fließ einbog. Sie schaltete die Zündung aus, und Céline Dion verstummte. »It's all coming back to me«, murmelte Klaudia. »Nein«, sie schüttelte den Kopf. »Ist es nicht.« Im grellen Scheinwerferlicht des Bewegungsmelders musterte sie ihr Haus, die Scheune. Nichts kam zurück. Dieses Haus war ihr Zuhause. Suchend sah sie sich nach Dickie um. Sie hätte jetzt gerne ihre Hände in seinem weichen Fell versenkt, ihn gekrault und ihm alles erzählt. Doch der schielende Kater war nicht zu sehen. Klaudia ging ums Haus herum, und ihr Herzschlag stockte für einen Augenblick. Aus dem Küchenfenster fiel Licht, die Haustür stand offen.

»Ich hab dein Auto gehört.« Schiebschick stand zwischen den Geranien. Über seinem spitzen Altmännerbauch spannte sich Klaudias rote Schürze. »Ich hab gedacht, du könntest was Warmes zwischen den Zähnen gebrauchen, wa? Ihr jungen Leute esst ja nichts.«

»Wie bist du reingekommen?«, fragte Klaudia und kannte die Antwort im selben Augenblick. »Du hast immer noch einen Schlüssel?« Fassungslos schüttelte sie den Kopf. Dabei hätte sie es wissen müssen. Als sie noch nicht selbst in dem Haus wohnte, hatte sie es den Sommer über an Urlauber vermietet. Schiebschick und eine Frau aus Burg hatten sich um alles gekümmert. Klaudia ging an Schiebschick vorbei in die Küche. Ein Brotkorb mit zwei Scheiben Brot stand auf dem Tisch, und auf dem Herd köchelte die Suppe. Auf einmal knurrte Klaudias Magen, und das Wasser lief ihr im Mund zusammen.

Dickie sprang von einem der Küchenstühle und strich ihr schnurrend um die Beine.

»Du warst es.« Klaudia dachte an das Chaos, das Dickie in der Nacht, in der sie Ben Gutsches Leiche gefunden hatten, in ihrer Küche veranstaltet hatte: zerbrochene Teller, Mehl in jeder Bodenritze. »Du hast ihn hereingelassen.«

»Ich hab's nicht gewusst. Ich wollte nur nach dem Rechten sehen, wa? Ich hab doch von der Leiche gehört. Ich muss doch wissen, wie es dir geht. Du bist doch meine *holca*.«

»Du bist unmöglich.« Klaudia ließ ihren Rucksack zu Boden gleiten und setzte sich an den Tisch.

»Iss erst mal Suppe.« Schiebschick füllte dampfende Suppe in ihren Teller. Dann setzte er sich zu ihr und musterte sie mit sorgenvollen wasserhellen Altmänneraugen.

Klaudia griff nach dem Löffel und blies über die Suppe. »Ich möchte nicht, dass du hier bist, wenn ich nicht da bin«, sagte sie und kostete vorsichtig von der Suppe. Sie war gerade richtig salzig, und Fettaugen schwammen auf dem Löffel. Das Huhn musste mindestens so fett gewesen sein wie der Kater. »Ich mag das nicht, und das weißt du. Joe hat damals in meiner Wohnung herumgeschnüffelt. Das ist krank.«

»Tut mir leid mit dem Kater.« Zerknirscht legte Schiebschick sein Gesicht in mehr Falten, als Klaudia für möglich gehalten hatte. »Ich hab nicht gemerkt, dass er rein ist. Sonst hätt ich ihn ja verscheucht, wa?« Ein zorniger Blick streifte Dickie, der auf Klaudias Schoß gesprungen war und dessen Nase sich gefährlich dem Tellerrand näherte.

»Danke.« Klaudia nahm sich eine Scheibe Brot aus dem Korb und bröckelte sie in die Suppe. Sie war froh, nicht allein zu sein.

»Was ist mit dem Stefan?«

»Er wird eine Anzeige bekommen: Freiheitsberaubung und Körperverletzung. Das sind keine Kavaliersdelikte.«

»Aber es war doch wegen der Franzi.«

»Auch Trauer gibt dir nicht das Recht zur Selbstjustiz.«

»Aber ohne ihn hättet ihr den Bengel nicht gekriegt, wa? Er hat euch doch geholfen.«

»Er hat alles schwerer gemacht und nicht nur sein Leben, sondern auch meins und das eines Kollegen in Gefahr gebracht. Es war falsch. Punkt. Ende der Diskussion.«

Und zum ersten Mal erlebte Klaudia, dass Schiebschick tatsächlich das Thema wechselte. Sie erzählte ihm von ihren Gedanken und was im Krankenhaus passiert war. Schiebschick war ein guter Zuhörer. Er schnalzte an den richtigen Stellen mit der Zunge, und es tat einfach gut, mit ihm im gelben Schein der Küchenlampe am Tisch zu sitzen. Doch schließlich ging er. Klaudia stand in der Tür und blickte aufs Fließ hinaus, bis die gebeugte Gestalt im Kahn in der Nacht verschwand. Dann ging sie ins Bett. Der Kater lag auf dem Kopfkissen. Sie barg ihr Gesicht an seinem Bauch und weinte sich in den Schlaf.

Epilog

» … und weil der Junge sich langweilte, rief er: ›Wolf! Wolf!‹«

»Was hast du dir denn reingezogen?«, fragte Jonas. Sie hatten bei ihm zu Hause abgehangen, einen geraucht: dies, das. Was man so macht an einem öden Montagabend. Dann waren sie hierhergefahren. Er müsse ihm etwas zeigen, hatte Ben gesagt und ihn nach Leipe gelotst. Bens Dad hatte hier die Jagd. Und jetzt standen sie an der Weide, von der sie im Frühjahr Lämmer geklaut hatten. An der Hütte hatte Ben ihnen mit seinem Jagdmesser die Kehle aufgeschlitzt und sie an einen Baum gehängt. Zum Ausbluten, hatte er gesagt. Während er und zwei Kumpels die Grillgrube aushoben, hatte Ben die Viecher ausgenommen und auf den Spieß gepackt. Und dann hatten sie da gesessen, Bier getrunken, darüber gequatscht, wie stabil es wäre, Geld zu haben, und den Spieß gedreht. Schließlich hatte Ben gesagt, das Essen sei fertig. Das Fleisch war außen verbrannt und innen roh, trotzdem hatten sie so getan, als sei es geil.

Ben stand mit dem Rücken zu ihm, auf einmal drehte er sich um. »Und dann: Peng.«

Er hielt eine Waffe in der Hand, trug schwarze Lederhandschuhe wie ein verdammter Profikiller. Unwillkürlich wich Jonas zurück, dabei geriet sein Fuß in eine Bodensenke. Er knickte um, und ein stechender Schmerz fuhr durch seinen Knöchel.

»Scheiße!« Einbeinig hüpfte er zum Weidezaun und lehnte sich dagegen. Jonas rollte den Socken herunter. Noch immer fuchtelte Ben mit der Waffe herum. Jonas massierte den Knöchel. Das würde ein ordentliches Ei werden und ihn im Training um Wochen zurückwerfen. Und nur weil dieser Poser einen auf Gangster für Arme machen musste. »Pack das Ding weg.«

»Piss dich nicht ein, Junge!« Ben ließ das Stück um den Zeigefinger rotieren. »Die ist gesichert. Da passiert nichts.«

Jonas wurde schon schlecht vom Hinschauen. »Woher hast du das Teil eigentlich? Von deinem Alten?«

»Quatsch. Das ist eine Makarow, keine Jagdwaffe.« Ben zielte auf Jonas.

»Lass den Scheiß.« Jonas blinzelte die Schweißtropfen weg, die ihm in die Augen liefen.

»Bam!« Ben hob die Pistole zum Mund und blies über den Lauf hinweg.

»Woher dann?«

»Von dem Alten, bei dem dieser Wolfslappen haust.«

»Du hast ihn abgezogen?« Ohne den Typen zu kennen, wusste Jonas, von wem die Rede war. Seit Ben diese Schnalle knallte, trieb er sich mit den Leuten vom Wolfsschutz rum.

»Warum?«, krächzte er. »Etwa, um sie zu unserem Ding im Einkaufszentrum mitzunehmen?« Der Gedanke, dass Ben in der Nacht eine Pistole dabeigehabt hatte, ließ ihn für einen Moment den stechenden Schmerz in seinem Fußgelenk vergessen. »Wer hat dir denn ins Hirn geschissen?«, fluchte er. »Was, wenn sie uns gepackt hätten?«

»Haben sie aber nicht. Und das ist nicht dein Verdienst.« Bens Stimme klang selbstgefällig. »Oder?«

Jonas wusste, dass er recht hatte. Ben hatte die Krähenfüße besorgt. So wie Ben auch die Idee gehabt hatte, damals, in der

Nacht auf der Lämmerweide. Lass es uns so machen wie die Polen und so einen Geldautomaten sprengen. Aber nur sie beide hatten es durchgezogen, die beiden anderen waren zu durchgeknallt, denen traute Ben nicht. Der Plan war genial. Alles aus dem Darknet, inklusive Folie fürs Nummernschild. Aber nach der Sprengung war alles schiefgegangen. Die Bullen waren schneller da gewesen, als sie gedacht hatten, und hatten sich an ihren Wagen gehängt. Mit hundertdreißig Sachen, mehr gab seine Kiste nicht her, waren sie über die Berliner Straße gerast, die Bullen an der Stoßstange, schließlich hatte Ben die Krähenfüße auf die Fahrbahn geworfen. Im Rückspiegel hatte Jonas noch gesehen, wie sich der Bullenwagen funkensprühend um die eigene Achse drehte.

Am nächsten Tag hatten sie gehört, dass die Bullen eine Frau gerammt hatten.

»Warum sind wir hier?« Die Zähne zusammenbeißend, belastete Jonas den Fuß.

»Damit du dich mit dem Gelände vertraut machst und die Sache am Samstag nicht verbockst.«

»Was für eine Sache?«, knurrte Jonas.

»Also.« Noch immer hielt Ben die Waffe in der Hand. »Der Plan ist folgender: Du schreist ›Wolf!‹, ich ballere im Gebüsch rum, schmeiß die Waffe ins Unterholz und hau ab. Die Bullen finden die Waffe, und dieser Wolfsfutzi ist dran.«

»Warum das denn?«

»Bist du behindert, oder was? Weil die Makarow von dem Typen ist, auf dessen Hof er haust.«

»Aber das weiß doch keiner.«

»Oh doch.« Jonas tippte sich an die Nase. »Die Bullen werden es wissen.«

»Ohne mich.« Jonas griff nach dem Zaunpfosten und versuchte, sich aufzurichten. »Ich brüll hier nicht wie ein Irrer: ›Wolf!

Wolf!‹, damit du rumballern kannst. Und das alles nur, weil diese Ökotunte deine Alte knallt. Das ist eine absolute Scheißidee. Außerdem sollten wir nichts machen, was die Aufmerksamkeit der Polizei auf uns lenkt. Hilf mir mal.« Er streckte die Hand aus.

»Uns sieht niemand, uns hört niemand.« Ben griff nach Jonas' Hand und half ihm auf die Beine. Sie standen jetzt ganz dicht voreinander. Die Makarow glänzte im Mondlicht »Die Makarow wird die Tschakos direkt zu diesem Lappen führen. Keiner wird auch nur an uns denken, genauso wie bei dem gesprengten Bankautomaten. Da denken die oberschlauen Lübbenauer auch, dass Polacken das Ding gedreht haben. Und Samstag werden sie denken, dass dieser Jurij hinter der Aktion steckt, weil sie wissen, dass er ein Wolfsfreund ist, und weil die Makarow dem Alten gehört.« Ben ließ wieder die Waffe um den Zeigefinger kreisen.

»Lass den Scheiß.« Jonas griff danach, er spürte das kalte Eisen und wie sich etwas unter seinem Griff löste, und dann knallte es, und Ben starrte ihn einfach nur an und ging in die Knie. Jonas wich zurück, starrte auf den Freund zu seinen Füßen, sah das Blut, hörte das Röcheln. Seine Gedanken rasten. Er bückte sich, tastete nach dem Puls, wie er es im Erste-Hilfe-Kurs gelernt hatte, doch er spürte nur das Wummern seines eigenen Herzens in den Fingerspitzen.

Ich will nicht in den Knast. Nachdenken, sagte er sich selbst. Du musst nachdenken. Er ist tot. Ihm ist es egal. Er zog sich Bens Handschuhe über. Fast hätte er gekotzt, als er die feuchte Wärme des toten Freundes an den Fingern spürte, dann wischte er die Waffe an einem Grasbüschel ab und drückte sie ihm wieder in die Hand. Mit einem Zweig verwischte er seine Spuren, bevor er zurück zum Auto ging und davonraste.

Jeden Tag dachte er: Heute ist es so weit. Er ging zum Training, hockte vor der Glotze, machte sich seine Eiweißshakes. Alles so wie immer. Nur, dass er nicht mehr schlief. Nichts passierte. Es war, als sei Ben einfach so verschwunden. Und dann war es Samstag, und er hatte es nicht mehr ausgehalten und war zu dieser Scheißwolfswache gefahren, obwohl er es hätte besser wissen müssen. Er hatte am Lagerfeuer gestanden und darauf gewartet, dass jemand aufschreien würde. Aber niemand schrie, alle waren fröhlich und ausgelassen. Die Feuer prasselten, und der Geruch von Grillfleisch hing über der Lichtung. Schließlich hatte er es nicht mehr ausgehalten und war selbst zu der Stelle gegangen, wo Ben gelegen hatte. Aber da war kein Ben. Also war er weitergegangen und hatte ihn schließlich gesehen. Ein Anblick, der ihn für den Rest seines Lebens verfolgen würde.

Danksagung

Wie immer danke ich an dieser Stelle den Menschen, die mir geholfen haben, dieses Buch zu schreiben. In die Welt der Wölfe haben mich Steffen Butzek und Lutz Krause eingeführt. Lieber Steffen, ich habe unser Treffen in deinem wunderbaren Haus inmitten von Fließen und Weiden sehr genossen.

Mein Wissen über Schafe und Schäfer verdanke ich Herrn Jarick, Frank Hähnel und Karin Ratzewitz, die bereitwillig meine Fragen beantwortet und mir einen Blick hinter die Kulissen ermöglicht haben.

Jürgen Othmer hat geduldig meine Fragen zum *Spreewald-Atelier* beantwortet. Eine Veranstaltung, die Sie unbedingt besuchen sollten. Sabine Becker möchte ich für den netten Nachmittag danken und dafür, dass sie mir geholfen hat, die richtigen Worte für Thang und Janina zu finden.

Wie immer danke ich auch meinem Lieblingskahnführer Marko Schröter und meinem Agenten Herrn Molden sowie seiner Frau für ihr stets offenes Ohr. Und fast zum Schluss noch dem Team des Ullstein Verlags.

Doch am meisten möchte ich dem Menschen danken, ohne dessen Zuversicht und Liebe ich von nun an auskommen muss. Danke, Eckhard, für vierzig wunderbare Jahre.